COLLECTION
FOLIO ESSAIS

Claude-Henri Chouard

L'oreille musicienne

Les chemins de la musique de l'oreille au cerveau

NOUVELLE ÉDITION
REVUE ET AUGMENTÉE

Gallimard

Claude-Henri Chouard, ancien chef du Service ORL de l'hôpital Saint-Antoine, est membre de l'Académie nationale de médecine.

AVANT-PROPOS

Si curieux que cela puisse paraître, mes travaux sur la surdité m'ont rapproché de la musique. En abordant le nerf auditif, jusqu'à le toucher dans l'oreille interne près du cerveau, en voulant lui fournir l'information sonore la plus appropriée, mes recherches m'ont conduit à opposer musique et parole, et m'ont obligé à choisir entre richesse fréquentielle et munificence temporelle. En inventant avec mon équipe des prothèses auditives, implantées ou non, la manipulation numérique du signal m'a fait entrevoir la différence entre mots ou phrases, et notes ou mélodies. Ainsi, c'est en objectivant les propriétés physiques de la musique que j'ai pu mieux apprécier celle-ci.

On dit que connaître, en général, aide à mieux aimer ; l'observation scientifique de la fonction auditive laisse entrevoir aujourd'hui pourquoi la musique est universelle. Notre ouïe l'a inventée, en la modelant à son image. En racontant ce qui anime l'oreille quand elle devient musicienne, je voudrais faire partager ce plaisir de comprendre.

Mais sans les musiciens la musique n'existerait pas. Ne serait-ce pas d'abord à eux de nous dire ce qu'est l'oreille musicienne ? Un chef d'orchestre, un compositeur, un professeur de chant, un instrumentiste, tous de grande expérience, m'ont aidé à comprendre ce qu'un certain savoir m'avait laissé entendre. Leurs réponses à mes questions techniques éclairent de leur vision d'artiste les faits anatomiques et physiologiques observés par les hommes de science. Écoutons-les d'abord.

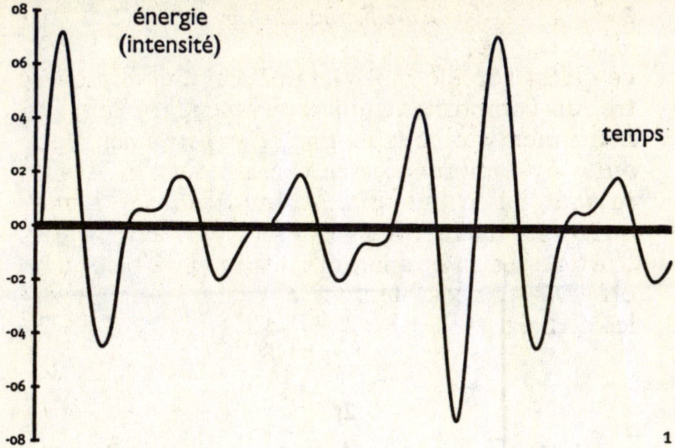

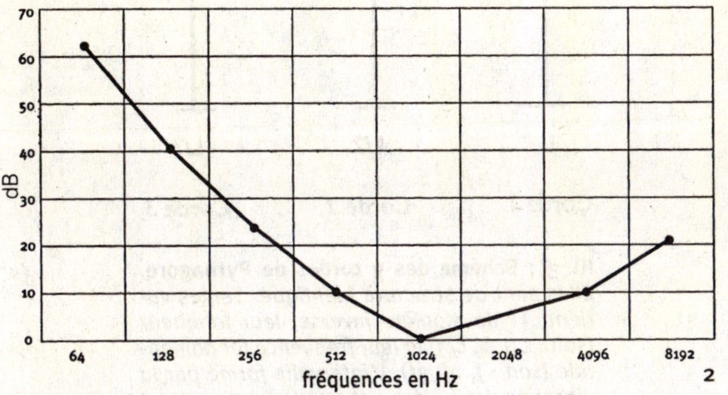

Ill. 1 : Schéma du déplacement oscillatoire des milieux ambiants constituant un son, *en fonction du temps, de part et d'autre de leur état d'équilibre représenté par la ligne noire.*

Ill. 2 : Seuils liminaires de l'audition chez l'homme en fonction de la fréquence. *Courbe des niveaux d'énergie minimum nécessaires, chez l'homme, pour déclencher le début d'une sensation sonore en fonction de la fréquence.*
De 512 à 2 048 hertz, il faut très peu d'énergie. Dans l'échelle d'intensité de ce graphique le niveau 0 dB correspond au niveau d'énergie du seuil de la fréquence la plus sensible. Les fréquences de la parole sont comprises dans cette zone fréquentielle où l'oreille est très sensible.

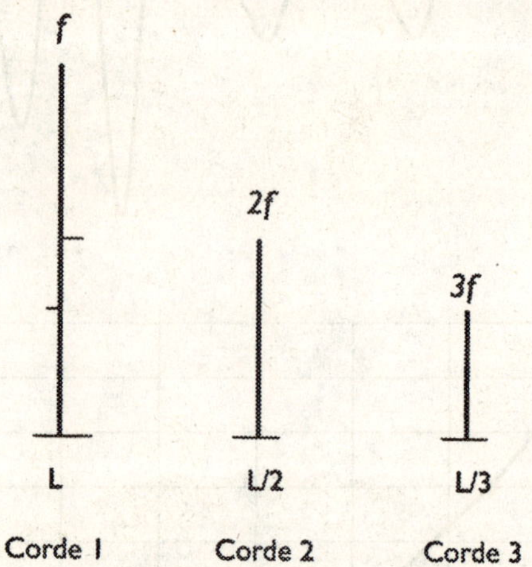

Ill. 3 : Schéma des 3 cordes de Pythagore. *Elles sont de structure identique. Seules varient, et de manière inverse, leur longueur (soit : L, L/2, L/3) et leur fréquence fondamentale (soit : f, 2f, 3f). L'intervalle formé par la vibration des cordes 2 et 3 est égal au rapport de leur fréquence fondamentale, c'est-à-dire 3f/2f, soit 3/2, c'est-à-dire une quinte (3/2).*

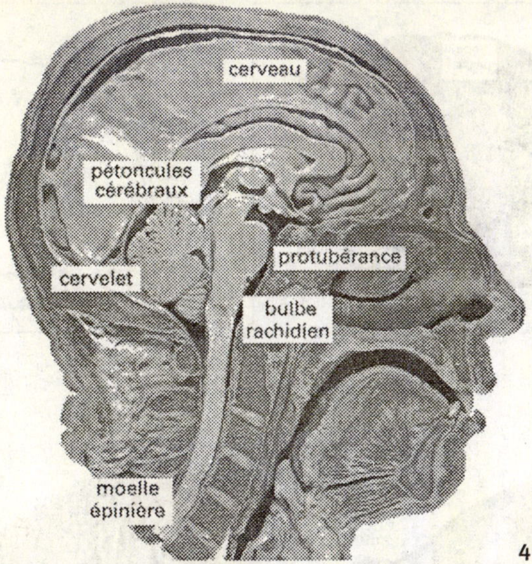

4

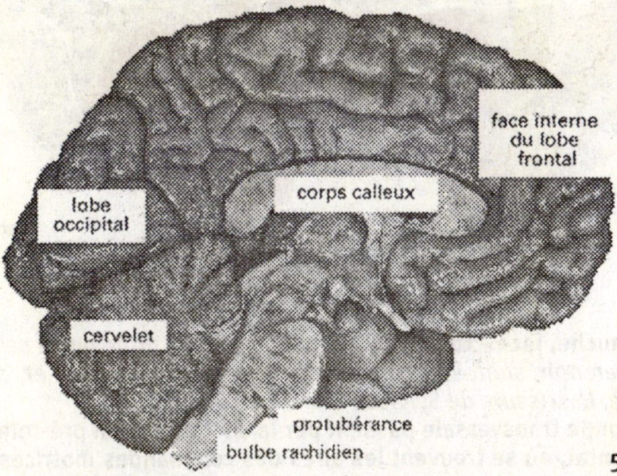

5

Ill. 4 : Coupe sagittale de l'encéphale et des trois étages de sa partie inférieure. *Les circonvolutions de la face interne de l'hémisphère cérébral sont masquées par le repli méningé médian.*

Ill. 5 : Coupe schématique de la partie profonde du cerveau.

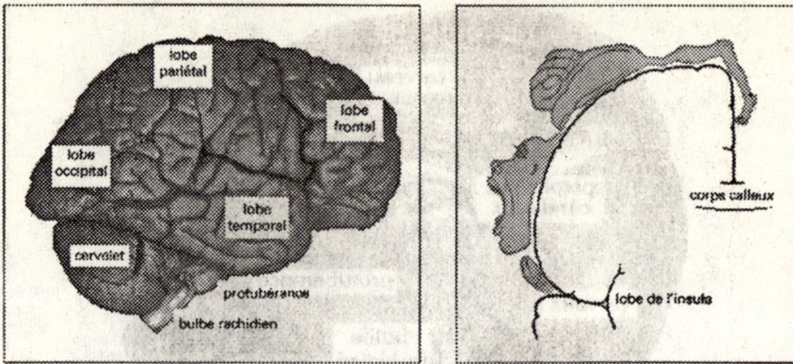

6

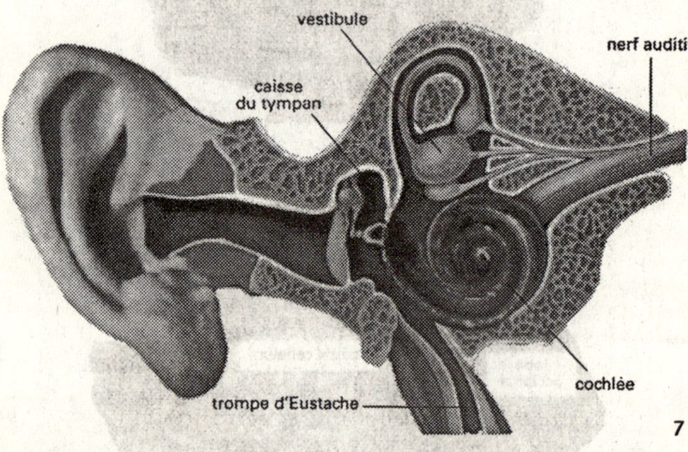

7

Ill. 6 : À gauche, face externe du cerveau. *Les deux principales scissures, marquées en noir, sont, verticalement la scissure de Rolando et, presque horizontale, la scissure de Sylvius.*
À droite, coupe transversale passant par la circonvolution pré-rolandique du lobe frontal, où se trouvent les aires des commandes motrices volontaires.
L'homonculus reflète l'hypertropie anatomique des centres correspondant aux mouvements du visage et de l'élocution, du pouce et des doigts de la main.

Ill. 7 : Schéma des oreilles externe, moyenne et interne.

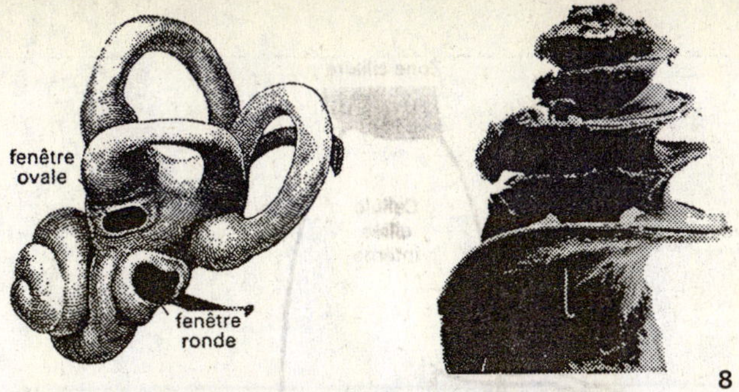

8

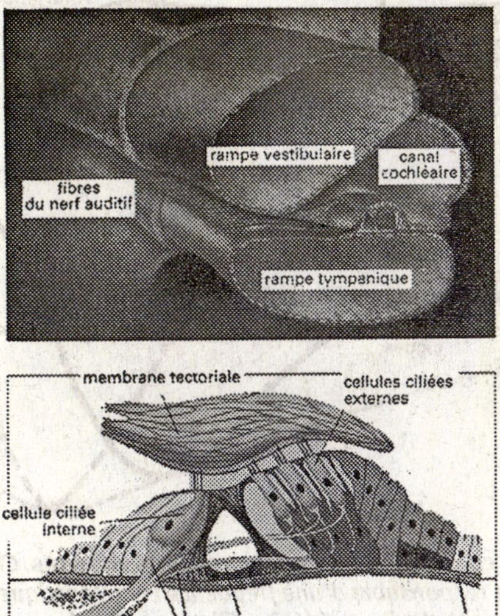

9

Ill. 8 : À gauche, le labyrinthe osseux de l'homme *sur lequel on voit le limaçon, les fenêtres et les trois canaux semi-circulaires du vestibule. À droite, sur la cochlée d'un cobaye, on voit* **l'enroulement en spirale de la lame basilaire.**

Ill. 9 : Le tube cochléaire. *On distingue la lame basilaire osseuse, traversée par les canalicules osseux dans lesquels se glissent les fibres auditives ; ces filets nerveux se dirigent vers l'axe de la cochlée (en direction de la gauche sur le schéma) pour atteindre leurs corps cellulaires. La lame basilaire devient membraneuse en dehors (vers la droite sur le schéma) et soutient l'organe de Corti.* **En bas,** *l'organe de Corti est schématisé à un plus fort grossissement.*

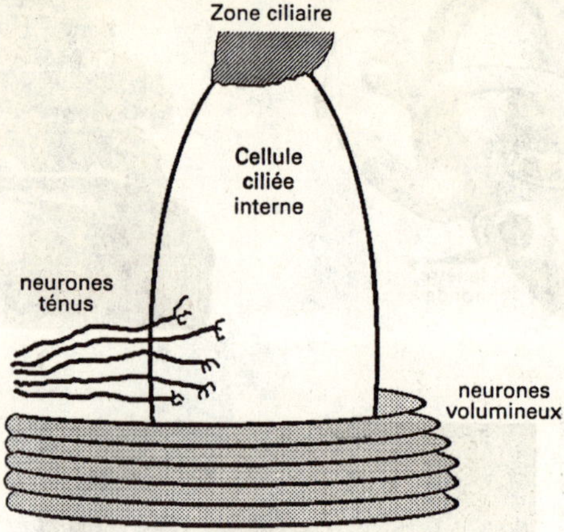

10

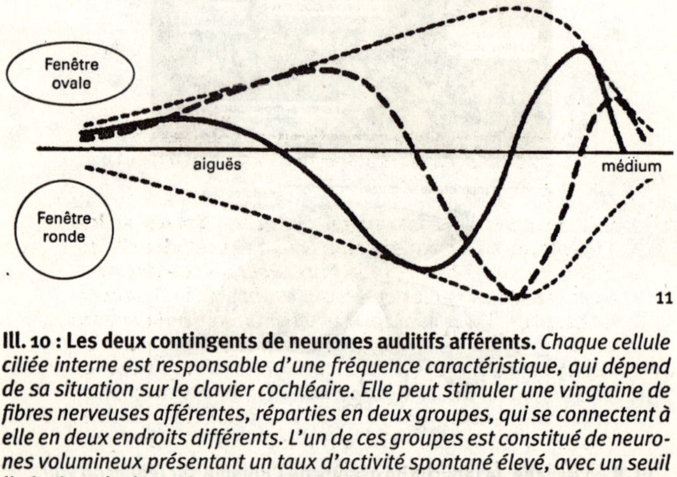

11

Ill. 10 : Les deux contingents de neurones auditifs afférents. *Chaque cellule ciliée interne est responsable d'une fréquence caractéristique, qui dépend de sa situation sur le clavier cochléaire. Elle peut stimuler une vingtaine de fibres nerveuses afférentes, réparties en deux groupes, qui se connectent à elle en deux endroits différents. L'un de ces groupes est constitué de neurones volumineux présentant un taux d'activité spontané élevé, avec un seuil liminaire très bas. L'autre comprend des neurones ténus, présentant au contraire un taux d'activité modéré, avec un seuil liminaire élevé.*

Ill. 11 : Aspect schématique de la vibration subie par la membrane basilaire pour un son pur de 2 kHz, *montrant à la fois la forme de son déplacement en fonction du déplacement de l'onde liquidienne, et l'enveloppe (en pointillé fin), c'est-à-dire le résultat global de cette oscillation. Le schéma ne représente que les parties aiguës et médium du clavier cochléaire. On notera que la zone apicale de la cochlée ne vibrera que pour les sons graves, tandis que la zone des fenêtres, correspondant aux fréquences aiguës, est perpétuellement mobilisée, quelle que soit la fréquence.*

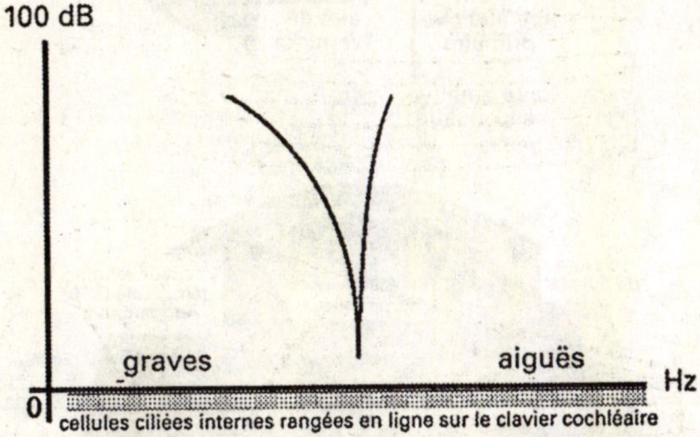

Ill. 12 : Sur l'axe horizontal, entre les graves et les aiguës, on a schématisé l'alignement des cellules ciliées internes sur le clavier cochléaire. *Pour un son pur, avec des intensités faibles et moyennes (bas de la figure), la sélectivité fréquentielle est excellente, très pointue, car une seule cellule ciliée interne et son contingent nerveux sont stimulés. Pour des intensités fortes, d'autres cellules ciliées internes, avec leurs contingents respectifs de fibres nerveuses, vont être également stimulées : la sensation fréquentielle devient moins précise, et se charge surtout en fréquences graves.*

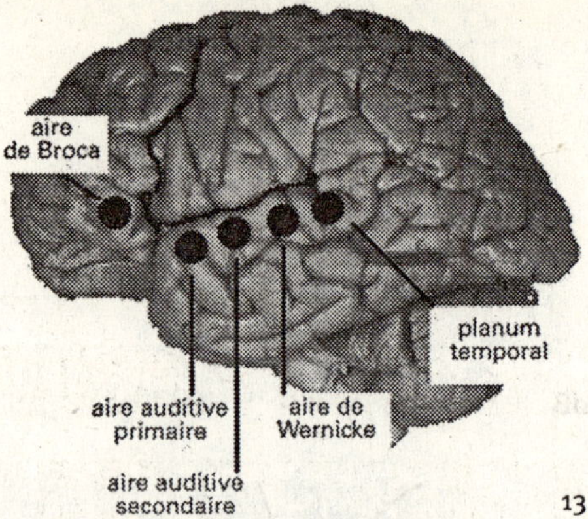

13

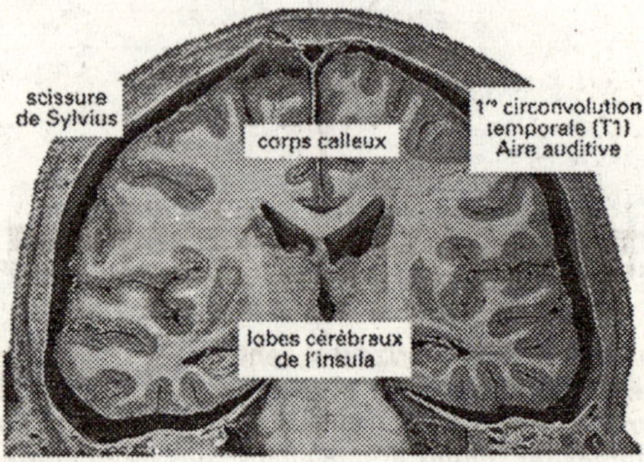

14

Ill. 13 : Répartition schématique des aires du langage et de l'audition du cerveau gauche d'un droitier.

Ill. 14 : Coupe transversale montrant le corps calleux, *qui réunit les deux hémisphères, et la localisation de l'aire auditive.*

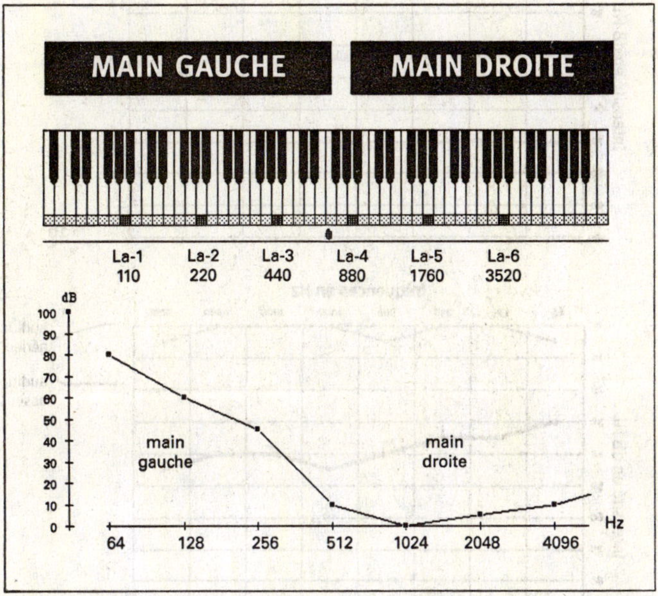

Ill. 15 : Les fréquences auxquelles l'oreille humaine est le plus sensible (1 000 à 3 000 Hz) *sont les fréquences privilégiées de la parole. Ce sont très habituellement celles de la mélodie. Elles se retrouvent sur la moitié droite du clavier.*

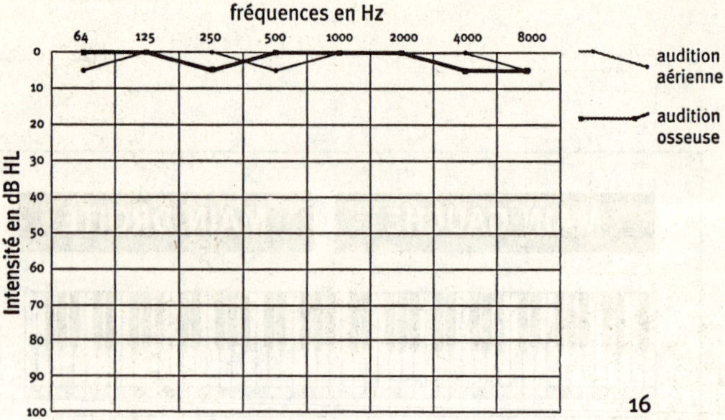

16

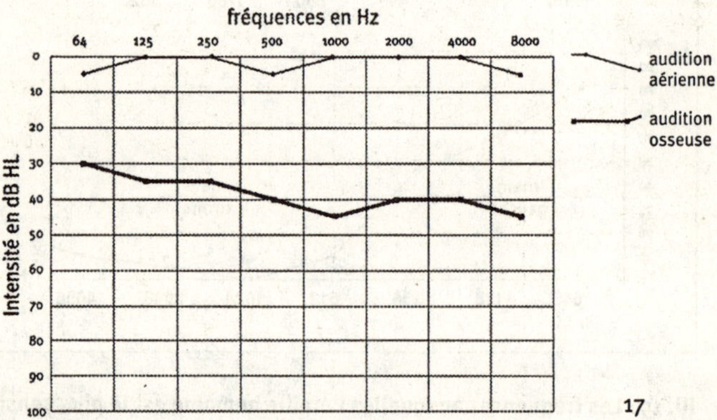

17

Ill. 16 : Audiogramme tonal d'un sujet dont l'audition est normale.

Ill. 17 : Audiogramme tonal d'un sujet présentant une surdité de transmission.

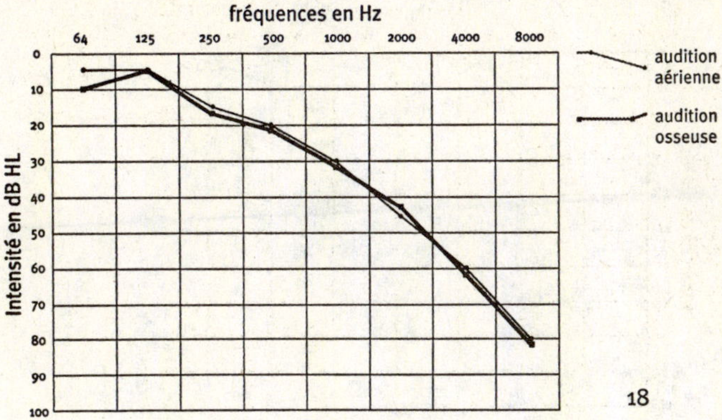

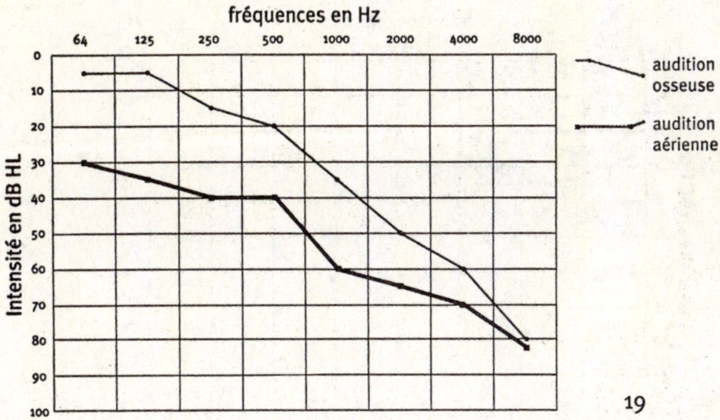

T. D. R.

Ill. 18 : Audiogramme tonal d'un sujet présentant une surdité de perception.

Ill. 19 : Audiogramme tonal d'un sujet présentant une surdité mixte.

ENVOI

Un état des lieux

James Conlon
chef d'orchestre

Comment expliquer le développement de la musique occidentale depuis trois siècles autrement que par celui de la civilisation qui l'a engendrée ? Quelle serait éventuellement la particularité qui ferait sa force ?

Je ne pense pas qu'on puisse considérer que la musique occidentale soit en elle-même supérieure aux autres musiques, si on n'a pas une connaissance aussi profonde des autres traditions musicales. L'énorme diffusion de la musique occidentale à travers le monde a des raisons historiques. Pendant très longtemps, d'abord en Europe puis aux États-Unis, sa domination a été assurée et développée par des moyens qui ont permis de lui faire franchir les frontières avec une facilité extraordinaire. Cette supériorité n'est donc pas seulement due à des qualités exceptionnelles, mais est aussi liée à des phénomènes historiques. Personnellement, bien que cette musique soit ma vie, bien qu'il s'agisse de la musique que je dirige, celle dans laquelle j'ai été élevé, je ne peux pas dire qu'elle ait une supériorité absolue. Dans mon pays, il y a cent ans, il y avait des orchestres de musique classique seulement dans les grandes villes. Aujourd'hui, il y en a partout. On observe ce fort développement de la musique classique au Japon et en Corée et cela commence en Chine.

Les musiques « exotiques » et les musiques indienne ou chinoise n'ont-elles pas quelque chose d'un peu monotone, qui expliquerait leur manque de diffusion ?

Je ne suis pas un expert des musiques indienne et chinoise, mais je ne pense pas que leur monotonie, apparente selon moi, explique leur diffusion limitée. Nous sommes, je crois, insensibles à leur spécificité. Nous ne sommes pas habitués aux finesses de ces langages et à leurs sonorités. Il faudrait faire un effort particulier pour pouvoir les apprécier. On retrouve d'ailleurs ce phénomène dans la langue chinoise parlée : il y a, par exemple, simplement pour les mots constitués d'une seule syllabe, une multitude de sens qui, à partir du même son, dépendent uniquement des différentes manières de l'accentuer. Seuls l'accent et l'intonation mis sur une syllabe en définissent le sens. Je sais que, dans la musique orientale, il y a des subtilités de cet ordre, que nous ignorons, et qui lui donnent tout son charme. Je pense qu'il en est de même pour la musique indienne, qui est certainement très riche pour ceux qui sont capables d'en comprendre les raffinements.

Est-ce que ce développement ne pourrait pas être en relation avec le fait qu'il y a des règles, des ensembles de codes, qui sont décrits par le solfège notamment, lois écrites qui ne se retrouvent pas de manière aussi développée dans les autres musiques ? Ou, au contraire, n'est-ce pas l'existence d'espaces de liberté à côté de ces règles qui, en permettant une certaine créativité lors de chaque représentation musicale, assure le succès de celle-ci ?

Personnellement, j'aimerais le croire, mais je n'en sais rien. Ce serait aux physiologistes de voir s'il est démontrable, scientifiquement, que notre système tonal d'accords, de quintes, de quartes corresponde à quelque chose dans la nature, dans le cosmos. Ce serait à eux de prouver s'il est vrai que certains phénomènes de la musique, qui sont psychiques avant d'être physiques, touchent d'une manière ou d'une autre une sorte de sensibilité humaine, et atteignent une zone de spiritualité plus vaste que les notes elles-mêmes. Mon instinct me dit que oui, mais je n'en ai bien sûr aucune certitude.

Ce qui fait peut-être l'intérêt de la musique occidentale, n'est-ce pas son évolutivité permanente, et notamment ce balancement régulier entre rigueur et liberté ? À la liberté conquise par l'abolition de la musique tonale a succédé le retour à la rigueur de la musique sérielle, puis à nouveau la liberté donnée par la mise en jeu du hasard, qui lui-même maintenant se codifie, etc. Ne serait-ce pas justement cette liberté trop grande, qui empêche le public de comprendre et goûter la musique occidentale moderne, et interdit à celle-ci d'avoir la diffusion que continue d'avoir la musique classique ?

Il est très difficile de préciser certaines choses sans tomber dans un jugement de goût. La musique sérielle est une idée intellectuelle, d'abord abstraite. Elle a été mise en œuvre par un géant d'une très grande culture et d'un génie musical extraordinaire : Schönberg a défini sa musique comme étant la musique du futur. Et si son opinion a prévalu, s'il a gagné la bataille, cela s'explique en partie par des raisons historiques. Cela a coïncidé avec un moment de l'Histoire où prévalait un fort débat philosophique sur le concept marxiste-hégélien du « point final ». Pendant le siècle qui vient de s'écouler, on croyait que tout ce qui était nouveau était forcément un progrès, donc une étape vers le point final. En réalité, on a fait beaucoup de bonnes choses, mais tout autant de mauvaises. À mon avis, une des idées les plus effroyables dans la théorie marxiste a été qu'il fallait détruire tout le passé afin de parvenir plus rapidement au point final qui, d'après Marx, était inéluctable. Cette erreur a justifié beaucoup d'excès, dans l'Histoire comme dans la musique, où on a voulu qu'il y ait une rupture complète et définitive avec la musique tonale. Ceux qui étaient favorables à ce concept ont vu la musique sérielle comme un point culminant et une conclusion logique dans le développement de toute la musique occidentale.

La domination de Schönberg était aussi en partie due au fait que beaucoup de compositeurs de sa génération, qui auraient pu remettre en question ses conceptions, avaient été décimés, soit par les hécatombes des deux guerres, soit par les massacres et les persécutions nazis. Ceux qui ont survécu ont écrit l'Histoire. Schönberg a survécu à beaucoup de ses contemporains, qui ont été tués dans les camps de concentration.

Pendant quinze ans, toute la musique des juifs a été interdite, et toute une génération a été décimée. Il n'y avait plus beaucoup de concurrence, plus de grands compositeurs capables d'argumenter, de discuter ce refus complet de la tonalité. À la fin de la guerre, Schönberg, qui était un des seuls grands compositeurs dans la grande tradition germanique ayant survécu, a laissé derrière lui une vision orthodoxe et dogmatique considérable de la musique. L'influence de Strauss était déjà loin. Même Stravinski, l'autre grand révolutionnaire de la musique du XXe siècle, a reconnu l'importance de la musique sérielle.

La génération suivante a suivi les règles de cette musique, car il semblait politiquement incorrect, à la fin de la guerre, de faire autre chose. C'est seulement après que les jeunes compositeurs ont commencé à se dire qu'il y avait peut-être d'autres voies.

Mais l'abstraction et la complexité font partie des qualités de la musique d'après guerre. D'une manière générale, ses créateurs ont préféré ne pas rendre leurs partitions facilement accessibles. Mais je pense que certains compositeurs contemporains qui émergent et travaillent actuellement trouvent, à partir ou au-delà de la musique sérielle, matière à enrichir la leur. Ils voient la musique sérielle plutôt comme un passage, un moment historique très riche, mais pas comme un point final.

Il faut éviter le dogmatisme intellectuel, qui tente de nous faire croire que ces sonorités reflètent à elles seules toute la culture musicale, et tout l'avenir de la musique. Car, de toute manière, cette musique, semble-t-il, inspire une forte résistance et un manque de compréhension. Ce constat n'a d'ailleurs pas gêné les compositeurs. Ils ont considéré qu'il n'était pas important de n'être ni apprécié ni diffusé : l'Art pour l'Art. Ils ont composé pour une élite intellectuelle et artistique, c'est-à-dire eux-mêmes, l'élite pour l'élite.

À mon sens, il y a là un profond problème philosophique. Je ne suis politiquement ni de droite ni de gauche. Certes, je suis très opposé au conservatisme, et ma tendance personnelle serait plutôt à gauche. Mais la politisation à gauche de ces compositeurs s'est quelquefois transformée en élitisme. Personnellement, si j'étais compositeur, je souhaiterais que ma musique touche le plus grand nombre d'êtres humains.

À ce propos, on constate aussi malheureusement le mauvais côté de l'impérialisme industriel des États-Unis qui a réussi à exporter, avec sa technologie, comme la radio, les walkmans, la seule musique qui lui paraissait vendable, donc intéressante pour lui, je veux dire la musique commerciale. Elle parle à tout le monde. La question est donc maintenant de savoir pourquoi la musique classique, et particulièrement celle du XXe siècle, n'a pas cette diffusion, pourquoi quelqu'un qui n'est pas dans un univers de musique occidentale et veut entendre de la musique demande du pop, du rap, et pas de la musique classique. Je pense que cela est dû à la simplicité de cette musique. Les rythmes, les harmoniques, la répétition en particulier sont le dénominateur commun à tout le monde. Si vous prenez une succession d'accords simples, et que vous les répétez constamment, un esprit simple — c'est-à-dire à qui les circonstances matérielles n'ont pas permis d'accéder à une éducation, qui lui facilite l'épanouissement de ses capacités — cet esprit simple va être capable de gérer la simplicité de cette musique, alors qu'il ne pourra pas suivre une musique plus compliquée, comme, par exemple, la musique classique occidentale. Cela lui sera d'autant plus facile qu'il peut la reproduire lui-même. La raison du succès des musiques populaires est qu'elles sont assez simples pour être comprises, digérées et reproduites par l'ensemble de la population.

Je pense qu'un bébé est un terrain vierge, sur lequel tout peut se développer. Si vous imaginez un tyran dictateur musicien qui ne laisserait plus diffuser dans les radios, et imprimer sur les CD, que de la musique classique à l'usage des enfants en bas âge, il suffirait d'une génération, éduquée avec Bach, Beethoven, Brahms, Messiaen ou Boulez, pour détruire toutes les musiques simples, car il est humain de croire que la musique que l'on connaît est toute la musique. C'est pourquoi je pense qu'il est très important de pouvoir faire entendre de la musique classique aux enfants, bien avant l'école, car après, cela risque d'être trop tard.

Plus la musique est complexe et intellectualisée, et moins on peut la diffuser, moins elle trouve un accueil large. Cette constatation conforte certains intellectuels de la musique actuelle, qui font de l'Art pour l'Art. Ils se disent : « Oui, mais Beethoven, lui non plus n'était pas compris en son temps ! Et Berlioz non plus, et Debussy non plus ! » Tout cela est en partie vrai. Mais la grande différence est qu'en une seule génération toutes les nouveautés, tous les apports de Beethoven ont été assimilés et admis par tout le monde. La génération qui a immédiatement suivi ces musiciens a non seulement compris ces apports, mais s'en est servie. Les musiciens ont trouvé cela tout à fait normal. Wagner est aussi un excellent exemple. Il a entraîné un tremblement de terre, pas seulement pour la musique, mais aussi pour le théâtre, la poésie et la littérature ; il a créé des ruptures et des polémiques qui existent encore aujourd'hui. Même si de son vivant, Wagner avait déjà une très grande influence, il avait aussi des admirateurs qui se disputaient avec ses détracteurs. Il en a été de même pour Stravinski qui fait aujourd'hui partie du répertoire classique. Au contraire, la musique de Schönberg connaît une résistance qui dure maintenant depuis trois ou quatre générations. C'est une grande différence qui mène à des questions auxquelles il est difficile de répondre.

Si on pose le problème de savoir si la musique complètement atonale, dodécaphonique, peut parler à tous les êtres humains, même à long terme, et dans cette définition restrictive, là, il est trop tôt pour le savoir.

Venons-en au problème du diapason.

C'est un problème technique professionnel.

Il a quand même défrayé la chronique musicale en France, il y a quelques décennies.

Les spécialistes de la musique baroque ont décidé, à l'époque où ils réhabilitaient les musiques anciennes, que le diapason devait être plus bas qu'il ne l'est aujourd'hui. Ils ont dit cela, car apparemment le diapason est monté avec le temps, et, s'appuyant sur cette théorie, ils ont abaissé la fréquence de référence. Il y a trente ans, j'étais formellement contre, car nul ne pouvait dire jusqu'où il fallait baisser le diapason, pour être vraiment dans la tonalité dans laquelle jouaient les musiciens du XVIIIe siècle. Aujourd'hui je suis plus nuancé. Le diapason n'est pas la substance de la musique. La montée ou la baisse du diapason est donc une affaire de convention sociale. Cela est comparable à la restauration des couleurs d'un tableau ancien. Seules les couleurs sont restaurées, la substance de la structure et du contenu ne change pas. La restauration, qui est un art délicat et controversé, est essentiellement une question de couleurs, d'ombres et de lumières. La question du diapason dans le renouveau de la musique baroque est seulement un détail parmi d'autres. L'essence de toute musique est la combinaison des fréquences exprimées dans le temps dans une structure. Il n'y a aucune expressivité intrinsèque ou signification artistique liée à une fréquence donnée.

Personnellement, si je ne dirige pas de musique baroque, c'est parce que j'estime qu'auparavant il faudrait faire de très longues études pour connaître toutes les règles d'interprétation de la musique baroque. D'une part pour être sûr de ce qui se passait à cette époque-là, d'autre part pour savoir ce qui s'est passé depuis, afin de définir vraiment, sans se tromper, comment on va jouer. On sait que le diapason a monté. Il n'y a eu aucun accord universel sur le niveau de ce diapason avant le XXe siècle. Au XIXe, par exemple, il existe notamment des lettres de Verdi, datant des dernières années de sa vie, dans lesquelles il insiste sur le fait qu'il fallait avoir un système de référence unifié pour l'Italie. Il y a même aujourd'hui certaines villes, comme Vienne par exemple, où le diapason est plus haut que dans d'autres. Le problème se pose encore pour les chanteurs aujourd'hui.

Selon vous, le diapason va-t-il continuer à monter ?

Je ne pense pas. Il existe une limite pour les instruments mais aussi pour les voix. Certaines catégories de voix sont plus rares aujourd'hui que dans le passé. Plusieurs explications sont possibles dont une pourrait être liée à la montée du diapason. Si Beethoven et Mozart renaissaient maintenant, ils seraient très étonnés, non seulement, peut-être, par le ton de notre diapason, mais surtout par la qualité de nos instruments. Beethoven était très content d'avoir le pianoforte ; mais, s'il entendait nos pianos d'aujourd'hui, il serait complètement ébloui.

Est-ce que, de l'ambitus des chanteuses de Mozart, on ne peut pas tirer une indication du diapason dont lui-même se servait à l'époque ?

Il n'y a pas là de raisons suffisantes pour tirer des conclusions définitives.

Parlez-nous de ce diapason qui s'élève un tout petit peu, pendant un concert, au fur et à mesure de l'exécution d'une œuvre. Pouvez-vous empêcher les musiciens de le faire monter, ou bien êtes-vous d'accord avec eux ?

Mais vous ne pouvez absolument rien faire. C'est un phénomène physique qui n'a rien à voir avec le chef.

Mais au début, l'orchestre s'accorde ?

Oui. C'est-à-dire qu'en réalité chacun a son propre accord, car d'abord le diapason dépend des instruments. Il y a des instruments qui sont construits pour jouer à 440 hertz. Puis, vous en avez d'autres qui ont été fabriqués pour jouer à 442. Pour comprendre comment cela se passe, imaginez que je joue du hautbois ; mon hautbois est calculé pour jouer à 440. Mais, à côté, j'ai mon voisin qui joue du cor anglais ; son instrument est façonné pour 442. Évidemment, au fur et à mesure qu'on exécute une œuvre, le diapason monte un tout petit peu. Le cor anglais, lui, est content parce que tout le monde joue à son diapason à lui, qui est à 442. Mais le hautbois, lui, qui est resté à 440, est un peu moins content ! Tout cela, bien sûr, est très relatif, parce que la justesse du ton ne dépend pas seulement de l'instrument. La justesse se module aussi avec les lèvres, suivant la façon de jouer avec sa bouche, ou sa langue, et peut modifier l'intonation.

Mais le violon aussi a tendance à monter car, au milieu de seize premiers violons, on s'entend mieux quand on joue un tout petit peu plus haut que son voisin. Et quand on distingue mieux ses propres sonorités, on a l'impression qu'on ajuste mieux ses notes, donc qu'on joue mieux. En fin de compte, même si chacun joue de son côté, l'ensemble des violons monte un peu, pour mieux s'entendre, pour mieux jouer. Et, progressivement, l'ensemble contribue aussi à faire monter le diapason.

Ce phénomène se produit très vite. Il faut à peine quelques minutes pour faire monter la tonalité de quelques hertz. Il y a donc là une dynamique et c'est pour cela qu'au début, le hautbois va très souvent donner un *la* qui va être volontairement un peu plus bas que ce qu'il devrait être, parce qu'il sait que les autres instruments vont monter, et qu'il aura du mal à les suivre. Ce phénomène est tout à fait naturel. Il exprime la vitalité de l'orchestre. C'est un phénomène vital, comparable au bruissement de la ville. C'est extraordinaire le bruit qu'il y a maintenant dans une ville, un bruit composé du souffle de toutes les individualités qui la composent : ceux qui klaxonnent, ceux qui conduisent leur voiture, tous ceux qui parlent, qui marchent, qui travaillent. Tout ce bruit révèle qu'il y a du monde. Si l'orchestre n'était pas vivant, s'il était constitué de robots électroniques, le diapason resterait désespérément stable.

Tous ces problèmes sont très intéressants pour les professionnels, peut-être aussi pour les scientifiques. Mais en fait, quand on écoute la musique, on ne pense pas à tout ça. On vit la musique, sans détailler ces microchangements de tonalité, et le contenu de la musique est évidemment le même à 440 hertz qu'à 444.

Et à 415 ?

Oui, la musique est aussi la même à 415 qu'à 444. Mais là, un autre problème est posé. Bien entendu, si Mozart ou Beethoven revenaient aujourd'hui, ils seraient sans doute choqués, mais peut-être pas. On ne sait pas. De toute façon, ces compositeurs ont conçu une certaine tonalité, et ils seraient surpris de ne pas la retrouver.

Cela dit, il y a des écrits fabuleux sur la transcription dans les essais de Busoni. Busoni n'était peut-être pas le plus grand des compositeurs, mais il était un musicien extraordinaire. Selon les témoignages de tous ceux qui l'ont connu, c'était un très grand génie, comparable à Liszt. Un de mes professeurs, Dick Marzollo, qui a été pendant de nombreuses années l'assistant de Toscanini, l'avait connu à Venise. Il me décrivait Busoni parlant à table avec tous ses étudiants, et il disait de lui : « C'était comme le Christ avec ses apôtres. » Busoni a beaucoup défendu la transcription. Il était lui-même un grand pianiste, et il avait transcrit beaucoup d'œuvres de Bach, comme Liszt l'avait fait avant lui. Liszt a tout transcrit car c'était la seule façon de faire connaître au plus grand nombre la substance de toutes les musiques de son temps où il n'y avait ni radio ni disques, mais des pianos. Liszt était un missionnaire pour la musique de ses contemporains. Il a élevé le concept de la transcription à un niveau supérieur, ce pour quoi il a été ensuite attaqué par les puristes, par les « orthodoxes » des générations suivantes.

Mais c'était une transcription dans le ton !

La question du diapason est partiellement reliée à la question de la transcription. C'est là où il faut lire Busoni. Il nous dit que, pour un compositeur, la distance qui sépare la substance de son inspiration de sa transcription en notes, en accords, est immense. Il la compare à celle qui sépare le soleil de ses planètes. Mais ensuite, le choix que représente, toujours pour le compositeur, la décision de faire jouer ces notes par un orgue, un piano ou un orchestre est secondaire. Imaginez l'ordre de grandeur de cette distance : la substance de la musique est le soleil ; sa réalisation en notes, l'Île-de-France ou l'Angleterre ; et le choix de l'instrumentation pour l'exécuter, Neuilly ou un quartier de Paris.

Cela a révolutionné ma pensée, quand j'ai compris que, pour le compositeur, la distance était si grande entre sa conception de la musique et sa traduction en notes. On dit souvent : « Les notes, c'est tout ! » Non, pour Busoni, ce n'était pas vrai. Les notes représentent déjà une réduction considérable de la pensée du compositeur. Avant d'aborder ces idées sur la question de la transposition, je voudrais préciser une chose. On sait que Mozart et Beethoven avaient des connotations très précises liées à chaque tonalité ; ils avaient pour chacune d'entre elles des associations et des significations : *ré* mineur correspondant à la mort, *ré* majeur à la vitalité. Pour Mozart, on sait que *mi* bémol et *do* majeur avaient des significations maçonniques. Vous avez rarement une tonalité avec quatre bémols ou quatre dièses. Vous avez *mi* majeur pour Zarastro, car il parle de quelque chose qui est déjà presque extraterrestre. Pourtant, malgré cela, ces compositeurs ont toléré des transpositions. Si une chanteuse se plaignait de ne pouvoir chanter un air, ils changeaient la tonalité. Pendant tout le XIXe siècle, les Italiens ont pu substituer des airs plus hauts ou plus bas, selon les exigences des chanteurs. Et quand on parle de la signification de la tonalité, dans les opéras de bel canto, ce sont des considérations théoriques limitées. Cela n'est vrai ni pour Bellini ni pour Donizetti. Rossini et Verdi n'ont pas hésité un instant à changer une tonalité, si cela était nécessaire.

Busoni avait une idée très imagée de ce problème. Il disait : « Si le visage de quelqu'un que vous aimez, et que vous reconnaissez, vous regarde d'une fenêtre, cela ne change rien que ce soit du premier étage, ou du deuxième étage, car le visage de votre bien-aimée est la substance de votre vision. » Que vous regardiez ce visage à la fenêtre du premier ou à celle du deuxième étage, c'est le même visage. De la même manière, la distance qui sépare le fait que ce soit en *la* majeur ou en *sol* majeur est toute petite par rapport à celle qui séparerait deux visages différents. Préférez-vous voir un visage, que vous ne connaissez pas ou que vous n'aimez pas, au deuxième étage, parce que c'est le deuxième étage ? C'est comme si vous disiez : « Tout ce qui est en *la* majeur est merveilleux. » Cela n'aurait pas de sens. La tonalité de l'œuvre n'est pas la substance de la musique mais seulement un choix parmi beaucoup d'autres, quelquefois arbitraire et aléatoire. Regardez le concerto pour hautbois et le concerto pour flûte de Mozart. Celui pour hautbois est en *do* majeur et celui pour flûte en *ré* majeur.

Comment décririez-vous votre représentation mentale de la musique ?

Ce qui m'intéresserait beaucoup serait de savoir comment les grands compositeurs ont entendu ou vu leur musique, s'ils avaient des images, des sentiments. Je pense qu'il y a toujours eu une dialectique entre les notes, les sons, et tout un univers d'impressions de tous les sens, impressions recueillies et transformées par l'esprit. On a beaucoup parlé de la différence entre la musique *absolue,* essentielle et la musique *à programme,* à thème, comme la *Symphonie pastorale*. Il y a eu à ce propos une sorte de conflit dans l'esprit de beaucoup de compositeurs. Nous le savons, car à un moment donné il était à la mode de présenter un programme. Puis les compositeurs ont eu presque honte ; ils ont enlevé les programmes. Mais les influences extramusicales restaient quand même à l'origine de la conception musicale.

Mais quelle est votre vision personnelle ?

Ma vie est d'être interprète, c'est-à-dire de comprendre, ou d'essayer de comprendre ce qu'a voulu transmettre le compositeur. En fait, il est certain qu'il n'existe pas réellement de musique entièrement absolue, car la musique est écrite par un être humain, et contient même de façon inconsciente toute la charge de sa mémoire. Déjà, à la Renaissance, il y avait des images perceptibles dans l'écriture musicale, par exemple des chutes de gammes quand il y avait de la pluie. Dans Bach, on a aussi des exemples : quand il écrit : « *Ich will den Kreutzstab* (le bois de la Croix) *gerne tragen...* », *der Kreutz,* c'est un dièse car le dièse correspond à l'image de la croix. Il y a beaucoup d'autres influences. Pendant le romantisme, les compositeurs ont eu moins de scrupules. Strauss se vantait de pouvoir décrire une cuillère, s'il le fallait.

Mahler, pour chaque symphonie, expliquait : « Le premier mouvement, c'est cela. » Et puis, un peu plus tard, il changeait le programme en disant : « Le programme du concert, c'est cela maintenant. » Mais trois mois après, il avait une autre explication, un peu différente. Deux ans plus tard, il y avait quelque chose d'autre. Mahler a fini par supprimer tous les programmes.

Il y a donc un conflit qui est naturel, quand un musicien, un compositeur ou un interprète commence à essayer de décrire ce que telle ou telle musique veut signifier. C'est pourquoi finalement les mots et les phrases, qui prétendent expliquer la musique, ont toujours moins de valeur que la musique elle-même. C'est l'insuffisance du mot qui démontre la réalité, l'importance, la validité de la musique en tant que telle. On dit aussi que la musique commence à exprimer quelque chose exactement au moment où les mots cessent de pouvoir le faire.

Très souvent je souhaite décrire les sentiments et les pensées que j'ai sur la musique, et j'essaye de les exprimer avec des mots. On peut pousser très loin cet effort, mais on aboutit toujours à la même conclusion : les mots ne sont pas la musique. Au-delà des mots pour la décrire, ce sont très souvent des images que j'associe.

Quand vous voyez une partition, est-ce que vous la voyez en notes, en sons, en pensées ? Est-ce que ce sont des objets qui signifient d'emblée quelque chose pour vous ? Ou bien entendez-vous les sons dès que vous les voyez représentés en notes ?

Les lettres représentent la meilleure métaphore. Quand vous voyez un ensemble de lettres, chacune a une signification. Mais très rapidement, vous ne voyez plus les lettres, mais le mot. *Do ré mi fa sol la si do* est l'alphabet. Les lettres mises ensemble forment un mot. Puis on passe du mot à la phrase, puis de la phrase au paragraphe. C'est la même chose pour la lecture d'une partition. Mais la lecture de la chose n'est pas la chose : la partition n'est pas la musique, ce qui est fondamental. La partition est la carte du territoire, mais ce n'est pas le territoire lui-même. Finalement, la musique commence à vivre quand elle est jouée, quand on l'entend, c'est-à-dire quand elle devient une réalité. C'est au moment où l'on entre dans la réalité que l'on commence à faire de la musique.

Très souvent, je suis en train d'équilibrer l'orchestre, et je dis aux musiciens : « Deuxième hautbois, plus fort ; les trompettes, moins fort ; les contrebasses, plus fort ! » Et le trompettiste me dit : « Oui, mais j'ai un *forte* ici ! » Mais tout le monde a un *forte*. Le hautbois, la contrebasse, la trompette ont un *forte*. Mais le *forte* de la trompette est plus fort que celui de la contrebasse. J'explique au trompettiste que tout est relatif, que le *forte* est écrit pour équilibrer la partition, et constitue simplement une indication, une signalisation, une « présignalisation ».

Il y a toujours eu une dialectique entre ce que les Allemands appellent *Texttreuer* et *Werktreuer*. *Texttreuer* signifie fidélité au texte. Cela veut dire : « Jouez le texte, pas plus, pas moins, et vous avez joué la musique. » *Werktreuer* au contraire, c'est une fidélité à l'œuvre, ce que d'autres préconisent quand ils disent : « Non, ce n'est pas suffisant ; il faut une fidélité d'esprit, en gardant une humilité à l'égard du texte. Vous jouez le texte, mais vous devez le jouer en le comprenant. » Ce n'est pas suffisant d'être fidèle au texte, il faut l'être, certes, mais avec l'esprit de la composition, en essayant d'élucider le texte, pour l'illuminer. Cependant, si on me demandait de choisir entre *Texttreuer* et liberté arbitraire, je serais formel : je choisirais le *Texttreuer*. Mais entre *Texttreuer* et *Werktreuer*, je préfère le *Werktreuer* avec une fidélité complétée par une lecture intelligente du texte.

Si vous fermez les yeux et que vous entendez de la musique, la voyez-vous avec des images, ou voyez-vous les notes que vous entendez en même temps que leurs sonorités ? Ou n'entendez-vous que le son ?

D'abord, j'entends. Puis, je vois les notes presque automatiquement. Cela est lié à l'éducation que possèdent ceux qui ont étudié le solfège. On ne peut pas y échapper ; on voit tout de suite si cela s'accorde en *ré* majeur par exemple. Cela est seulement valable pour les gens qui ont une éducation musicale, et tout spécialement pour la France, qui est le centre du solfège. Le solfège est né en Italie, mais a grandi dans le contexte de l'éducation et de la formation françaises. Pour les Français, la dictée musicale est une partie de l'apprentissage du solfège. À l'école, quand les enfants font une dictée, on leur propose souvent des mots qui ont un sens différent, mais qui se prononcent de la même manière : les *o* de corbeau, piano, landau. Il leur faut traduire un son et un sens avec des lettres. On entend quelque chose et on doit le réduire en un texte avec une orthographe précise. C'est une gymnastique fondamentale car le français comporte, bien plus qu'une autre langue, cette ambiguïté qui consiste à dire, avec subtilité, différents mots avec le même son. En Italie et en Espagne, un étudiant n'a pas le même problème avec la dictée ; on prononce, en italien et en espagnol, tout ce qui est écrit.

J'ai eu, aux États-Unis, une formation plutôt française en solfège, car le hasard m'a permis d'avoir trois professeurs d'origine française. L'un était américain, mais il avait étudié en France. La deuxième, Renée Longy, était née en France. Fille du premier hautbois du Boston Symphony Orchestra, elle avait quitté la France en 1917, et n'y était jamais revenue, mais elle est restée française jusqu'à la fin de sa vie. Le troisième, Jean Morel, qui était mon professeur de direction d'orchestre, avait quitté la France à la fin des années 30, et était resté aux États-Unis. J'ai donc bénéficié d'une forte influence française dans ma formation musicale, beaucoup plus importante que celle de la plupart des interprètes américains.

Et en Allemagne ?

Les Allemands apprennent différemment. Le solfège est un système qui est né en Italie, puis est venu en France, mais qui n'est pas universel. Je pense que tous les musiciens qui ont appris ce système entendent la musique avec un sens analytique.

Mais, pour bien répondre à votre question, il faudrait s'adresser à des gens qui ne sont pas musiciens, qui ne sont pas capables de dire si c'est un *do*, un *sol*, une quarte, une croche ou une double-croche. Je suis convaincu qu'analyser les notes et les nommer ne fait pas partie de l'expérience humaine normale, car je suis persuadé qu'on entend des unités. Ce n'est peut-être pas vrai pour nous, dans notre métier. Mais c'est vrai pour tout le monde : on entend une unité, on exprime des émotions, et quelques personnes les perçoivent en vision. Je pense que la forme de ces sensations varie d'un être humain à l'autre. Il y a des personnes qui sont plus sensibles aux perceptions optiques, d'autres ont des sensations mentales ou philosophiques, d'autres des sentiments affectifs.

J'ai été frappé lors de mon expérience en Allemagne : les Allemands entendent la musique beaucoup plus métaphysiquement que dans les autres pays. Quand je rencontre des gens dans la rue qui me parlent d'un concert auquel ils ont assisté sous ma direction, je compare mon expérience aux États-Unis, en France et en Allemagne et je m'aperçois que ces trois peuples, ces trois cultures n'apprécient pas la musique pour les mêmes raisons.

En effet, si vous rencontrez quelqu'un en Allemagne qui a assisté à un concert, il vous parle de questions philosophiques. Il vous dit : « Quand j'ai entendu cette symphonie la semaine dernière, cela m'a fait penser au fait que l'on vit au milieu d'un monde, dans lequel on a toujours des idéaux, et que malheureusement les idéaux ne se réalisent pas. » La musique inspire une *Sehnsucht*, le désir nostalgique d'autre chose. Ils remercient l'artiste qui les a émus et qui a touché ce point.

Aux États-Unis, l'auditeur rencontré dans des conditions similaires vous félicite pour votre « performance ». En Amérique, on a fait un veau d'or de la technologie et de la perfection, de la performance. Les Américains admirent un soliste capable de virtuosité, d'exactitude, pas nécessairement d'expressivité. Cela est aussi prodigieux que la navette spatiale, le shuttle, qui revient de l'espace et se pose sur terre. Ce qui les touche est la performance. Ils sont plutôt prêts à vous féliciter et à exprimer leur admiration pour votre maîtrise qu'à vous dire leur émotion.

Quelquefois quand je me promène à Paris, je suis abordé par des personnes dans la rue qui me disent : « Merci beaucoup pour les émotions que vous nous avez procurées. » Ils pensent : « On a passé un moment de bonheur, on a ressenti un plaisir. » Cela veut dire que le veau d'or est, pour les Français, le plaisir procuré par l'émotion.

Chaque public retrouve dans la musique un reflet de ses propres valeurs.

Qu'est-ce qu'un interprète ?

Avant de répondre à cette question, je voudrais dire que certaines connotations du mot « interprétation » paraissent donner un rôle trop important à celui-ci par rapport au rôle du compositeur.

Un interprète est un peu comparable à l'un des trois os dans l'oreille : les trois sont nécessaires pour entendre. Sans la musique matérialisée, non seulement écrite, mais jouée, vous n'avez pas de musique. Il faut un son, un médium et un auditeur, autrement dit la musique, l'instrument et la personne qui écoute. Sans ces trois éléments vous ne pouvez pas faire de musique. L'interprète, lui, se trouve au milieu. Il est la personne qui joue l'instrument. Il n'est pas plus que cela. L'instrument n'est pas la musique non plus. Je fais très attention avec certains solistes, à qui je dis : « Vous jouez du piano, mais vous ne faites pas de la musique », ou bien : « Vous êtes chanteuse, vous utilisez la musique pour montrer votre voix, mais vous devriez utiliser votre voix pour *faire* de la musique. »

Il est naturel que tous les musiciens soient obligés de lutter avec leur instrument, car la production d'un son est toujours basée sur une dynamique de force et de résistance : l'archet contre la corde, l'air contre l'anche. Chanter est aussi une lutte. Tout devrait être au service de la musique.

Cette lutte peut amener quelquefois l'interprète à déformer la compréhension de son propre rôle, à perdre conscience de son statut, à oublier qu'il n'est qu'un médium. Il doit se faire toujours plus petit que la musique. Ce qui fera son succès, à part sa technique, que ce soit de l'instrument pour un pianiste, ou de la maîtrise pour un chef, ce sera de savoir se mettre dans l'esprit du compositeur. Bien sûr, il est impossible d'avoir exactement le même esprit que lui. Mais la recherche de cet esprit est déjà une recherche noble, qui peut lui rendre transparente l'âme du compositeur et de la composition. Finalement, si j'ai un credo, c'est celui-là ! L'artiste doit rester ouvert à l'esprit de l'œuvre. La force de l'œuvre porte l'interprète, qui doit réaliser juste l'équilibre suffisant pour que l'eau porte le bateau.

Je me rappelle l'histoire du cheval de Karajan. Apprenant à monter à cheval, il avait voulu savoir sauter les obstacles. Il demanda à son maître de manège comment il devait s'y prendre pour faire sauter le cheval. Le maître lui a répondu que le cheval savait déjà sauter. « Il saute très bien tout seul, il faut le laisser faire. » Et Karajan continuait en disant : « Un bon orchestre le sait aussi. » Et le génie de Karajan — secret que j'ai compris par cette anecdote — a été de savoir laisser l'orchestre avancer de lui-même sans être un obstacle. La musique est comparable à un cheval. L'interprète doit toujours être soucieux de la laisser vivre dans sa force naturelle et de ne pas être obstacle.

Si l'interprète a permis à la musique de s'exprimer pleinement en elle-même, alors il a justifié sa raison d'être.

György Ligeti
compositeur

Quelles sont les sonorités caractéristiques de la musique ?

C'est une question de conventions culturelles. Dans la culture musicale européenne, en particulier au cours des trois derniers siècles, on s'est accoutumé à trouver normaux les sons tempérés, qui en réalité, au regard des harmoniques naturels, sont tout à fait faux. Mais grâce à l'éducation, et à l'écoute quotidienne, la tradition s'est imposée. Si aujourd'hui on joue sur une corde certains harmoniques naturels, tout le monde protestera en disant : non, ce n'est pas juste. Mais les sonorités tempérées ne sont apparues dans notre culture que tout récemment. Il y a beaucoup d'autres cultures musicales qui reposent sur des bases totalement différentes. En Papouasie-Nouvelle-Guinée par exemple, le peuple iatmul chante et joue de la musique selon les possibilités que leur donnent leurs sifflets. Ce sont des harmoniques très particuliers, mais ils y sont habitués. Un autre exemple : en Indonésie, la musique provient essentiellement d'instruments métalliques en alliages divers. Il y a même un endroit, dans un village très riche à Bali, où on utilise l'or presque pur. Ce sont soit des plaques, ou gongs, et c'est difficile de les accorder exactement.

Il existe deux systèmes d'accordage, mais seulement comme « systèmes de référence » (le *slendro* pentatonique et le *pélog* heptatonique), en réalité les plaques, etc., ont des hauteurs un peu « au hasard ». Les musiciens acceptent cet « aléatoire », ils y sont accoutumés. Ainsi ils acceptent les déviations : le *slendro* et le *pélog* sont plutôt des idées de base.

Il y a des intervalles privilégiés, l'octave et la quinte, notamment. Est-ce que cela correspond à quelque chose d'inné ?

C'est une question un peu darwiniste : quel est le système d'intervalles qui a la plus grande puissance pour survivre ? Il est clair que l'octave reste toujours une mesure qu'on identifie parce que c'est le deuxième harmonique du son fondamental. Le système des harmoniques, multiples entiers de la fréquence fondamentale, existe dans la nature, et nous, les hommes et les animaux, nous nous y adaptons. Si nous étions des chauves-souris, nous adapterions notre monde des fréquences en ne prêtant attention qu'aux fréquences supérieures à 20 kHz. Mais nous sommes des hommes, et nous cessons d'entendre là où les chauves-souris commencent. Dans la majorité des cas, la quinte et l'octave sont en effet privilégiées. Mais à Java et Bali — et aussi en Afrique équatoriale — très souvent les octaves se faussent et les gens l'acceptent, parce que cela correspond à leur coutume. Le système des harmoniques naturels est un fait acoustique général.

Si l'humanité n'existait pas, et s'il n'y avait pas d'animaux non plus, la nature des sons serait la même. La quinte aussi est un phénomène naturel ; elle existe. Mais, s'il n'y avait ni humains ni animaux pour l'entendre, personne ne pourrait dire que c'est juste ou pas juste : c'est plutôt un problème philosophique.

On retrouve ces particularités dans plusieurs cultures africaines. Pour les peuples de langue bantoue, ainsi que pour quelques autres peuples de l'Afrique de l'Ouest, les intervalles exacts sont intolérables, et les sonorités pures aussi leur sont insupportables : ils ne les aiment pas. Ils ont un petit instrument de musique — le *mbira* ou le *sanza* —, constitué d'un morceau de bois avec des lames métalliques, qui donne des sonorités à l'octave ou la quinte, etc., mais ce ne sont pas des intervalles exacts. Ils ont besoin esthétiquement qu'il y ait des battements — c'est leur jugement culturel — et ils sont obligés de détruire la pureté éventuelle d'un son. Et pour y parvenir, ils fixent sur leurs instruments différents petits boutons ou monnaies qui font des bruits. Mais, nous aussi, si nous écoutons des sons purs sinusoïdaux, au lieu des sons complexes périodiques auxquels nous sommes habitués, nous trouvons cela insupportable. La périodicité simple des sons sinusoïdaux nous les fait trouver vides, morts.

Est-ce que vous tenez compte de la valeur de ces intervalles dans la création de vos clusters, ces petites grappes de notes qui caractérisent une partie de votre œuvre ?

Oui. Comme j'ai beaucoup lu sur l'acoustique, j'ai eu envie d'appliquer certaines de mes connaissances quand j'ai cherché à créer des configurations musicales qui comportent des battements. Il s'agit de ces modulations d'amplitude qui se produisent lorsque les fréquences de deux sons sont très proches. Si elles sont trop proches, c'est presque l'unisson. Si elles s'éloignent, un peu, les battements vont bientôt renaître — ils sont un produit de l'interférence.

En une seconde, combien de notes successives peuvent être identifiées par l'oreille ?

On peut entendre les sons distinctement s'ils durent plus de 50 millisecondes, c'est-à-dire s'il n'y a pas plus de 20 sons successifs par seconde. Au-delà de ce seuil de 50 ms, la succession se brouille, s'estompe.

En tenez-vous compte quand vous composez ?

Oui. J'ai utilisé ces particularités dans mes pièces d'orchestre, en 1959 dans *Apparitions*, puis en 1961 dans *Atmosphères*, et dans le *Requiem* en 1964. J'avais appris cela dans le studio de musique électronique pendant les années 1957-1958 à Cologne en faisant des expériences avec des sons sinusoïdaux. Ma pièce électronique *Artikulation* est fondée sur cela.

Imaginons, par exemple, que j'aie une mélodie, c'est-à-dire une succession de n'importe quels sons ; quand cette mélodie n'est pas plus rapide que 20 sons par seconde, j'entends encore une succession de sonorités précises. Mais si la mélodie s'accélère au-delà de cette limite, le rythme se transforme en timbre, et la sensation sonore commence à se modifier. J'ai cherché à utiliser ce phénomène pour créer des harmonies insolites, qui n'existaient pas jusque-là, à l'aide de ce rythme ultrarapide, qui donnait des couleurs tout à fait inhabituelles à la sonorité nouvelle qui en résultait. J'ai utilisé cela surtout dans *Atmosphères* et dans le *Requiem*. En combinant différentes voix, dont les chants respectifs diffèrent un peu — on connaît cela dans la musique populaire hétérophonique, en Istrie, en Dalmatie, Serbie, Bulgarie —, on entend une mélodie nouvelle ; elle estompe la distinction de chacune de ces voix, à cause de ce qu'on appelle l'*overlap*, qui est ce chevauchement successif qui les unit. Sa sonorité est tout à fait inhabituelle.

Avez-vous l'oreille absolue ?

J'ai une très bonne oreille pour distinguer non seulement la justesse des intervalles de la musique occidentale, mais aussi celle qui caractérise les intervalles qui font la musique des différentes cultures ethniques, que j'ai particulièrement écoutées et étudiées. Pour moi, une tierce majeure sur le piano — je vous le dis à voix basse... ! — est très laide, parce que j'ai très souvent entendu, par exemple sur des enregistrements de la Nouvelle-Guinée, des gens qui ne chantent et ne jouent que sur des intervalles naturels. Je reviens un instant sur cette notion de normatif en musique : l'esthétique, c'est ce qui est accepté dans une culture. Cela ne concerne pas seulement les hauteurs respectives des sons ; cela intéresse aussi le rythme, l'accentuation. Si on connaît bien une culture, si on a beaucoup entendu de très bons musiciens jouer et chanter, on s'accoutume à un certain modèle, qui est accepté de tous, et tout ce qui s'en différencie trop paraît inacceptable. Prenons par exemple dans notre culture occidentale une chanteuse soprano : la Callas, si elle chantait sans aucun vibrato, ce serait inacceptable, parce que sur une note continue, sa voix doit comporter une certaine modulation de fréquence. Celle-ci est acceptée comme esthétiquement belle, et elle est pratiquement indispensable, mais seulement si les valeurs de cette modulation ne dépassent pas certaines limites. C'est la même chose qui se produit si on considère l'idéal de certaines cultures, dans lesquelles on trouve esthétiquement acceptable que les gens soient nus, tandis que pour d'autres cultures il faut absolument qu'ils soient cachés dans des vêtements.

Revenons à l'oreille absolue. Pour moi, c'est une question de mémoire. Mais mon cas est un peu différent : je suis inculte ! Enfant je n'ai eu aucun instrument. J'étais très en retard. Je n'ai disposé d'un piano qu'à quatorze ans : trop tard pour développer l'oreille absolue. Mais j'avais un frère qui a commencé le violon beaucoup plus jeune, lui avait l'oreille absolue. Je crois qu'en plus de la mémoire, l'acquisition de l'oreille absolue dépend de la précocité de l'éducation musicale et de la pratique instrumentale : on doit commencer bien avant la puberté.

En écoutant vos œuvres pour piano, on a l'impression, même si on n'a pas l'oreille absolue, que vos pianos sont accordés avec un la-3 *à 440 : est-ce vrai ?*

Pas forcément. 440 Hz était la norme dans mon enfance. Mais dans mon enfance, je n'ai pas eu de piano. Plus tard la norme a commencé à monter ; c'était à cause de la vanité du célèbre chef d'orchestre Karajan, à Berlin, car en effet les instruments à cordes sont plus brillants quand ils sont accordés plus haut. Cela a eu des effets extrêmement désagréables, parce qu'il est allé jusqu'à 445, voire 447 Hz. Cependant, le célesta* est resté à 440 Hz, et cette différence donne des dissonances formidables.

Pourtant le congrès international des fabricants de pianos à Toronto a décidé de rester à 440 Hz.

Oui, mais les grands chefs ne le veulent pas, et les violonistes aussi veulent toujours être plus brillants !

Quelle différence faites-vous entre une voix et un instrument ?

Avec les voix nous pouvons avoir certains formants sonores que l'instrument ne peut pas produire, tels le *e*, ou le *ou*, etc. Il en est de même pour certains bruits, comme le *d*, le *t*, le *k*. Dans notre culture, dans toutes les cultures humaines, nous sommes beaucoup plus sensibles aux spectres non harmoniques — c'est-à-dire le son des consonnes — qu'aux spectres harmoniques, tels ceux des voyelles. La musique est fondée en minorité sur les spectres harmoniques : l'attaque d'une note comprend surtout des sons transitoires, comme les consonnes. Si les spectres harmoniques étaient les plus signifiants, nous utiliserions dans notre langue uniquement la mélodie et pas

* Le célesta est un piano dont les cordes sont remplacées par des lames métalliques. Il donne des sonorités très pauvres en harmoniques, réalisant presque des sons purs.

les bruits, comme nous le faisons avec les consonnes. Le chant est une combinaison et une simultanéité de sons musicaux de fréquences différentes, constituant les voyelles, et de bruits filtrés formés par les consonnes.

Et vous, dans vos choix de compositeur, tenez-vous compte de ces propriétés sonores du chant ou de la parole ?

Exactement.

Pensez-vous que la personne qui chante sente vibrer son être, plus que celle qui joue du violon ?

Les grands chanteurs ou chanteuses expriment leur subjectivité émotionnelle, dont l'origine est située dans le cercle limbique, à la base du cerveau, c'est-à-dire dans une région cérébrale différente de celle où prennent naissance la parole et les mouvements musculaires du chant. Pour un violoniste, c'est la même chose : il intègre son instrument dans son corps, et il met en jeu son système limbique de la même manière.

Maître, c'est vous qui auriez dû écrire le livre ! Quand vous dirigez une de vos œuvres... c'est peut-être ce que vous allez faire tout à l'heure ?

Non, je compose seulement. J'assiste souvent à leur représentation, mais je ne les dirige pas. Je ne suis pas doué comme chef d'orchestre.

Quelle est votre vision, ou votre écoute, lorsqu'un chef dirige votre œuvre ? Est-ce que cela correspond toujours à la façon dont vous l'avez vue ?

Hélas, non. Cela veut dire, pas toujours. Parfois — heureusement — oui.

Comment réagissez-vous ?

Cela dépend. Il y a des cas heureusement où tout se passe bien, dès les répétitions. Cela veut dire que le chef connaît bien la partition, parce qu'il a eu le temps de l'étudier. Aujourd'hui c'est très rare. Dans ce cas, je suis d'accord avec son jeu, et j'aime la manière dont il dirige. J'ai aussi quelques musiciens préférés, par exemple ici en France le pianiste Pierre-Laurent Aimard : il est absolument merveilleux ; nous avons collaboré tant de fois ensemble qu'il connaît tout de ma musique. C'est aussi quelqu'un qui réagit automatiquement à l'acoustique particulière de la salle. Par exemple il va avoir ici, dans l'Arsenal de Metz, une touche différente de celle qu'il aura au Châtelet à Paris, parce que l'acoustique des deux salles est extrêmement différente. Il a vraiment une énorme sensibilité, de vastes connaissances et une grande expérience.

Quelle distance voyez-vous entre ce que vous voulez exprimer quand vous créez une œuvre et le moment où vous avez achevé son écriture ?

C'est une question d'expérience. Quand j'étais jeune, j'ai écrit beaucoup de choses qui sonnaient horriblement. Mais avec le temps, quand aujourd'hui je compose quelque chose, je sais à l'avance comment cela va sonner. Je peux comparer la réalisation avec ce que j'ai envisagé mentalement comme monde sonore et comme rapports formels. La musique, ce n'est pas seulement un phénomène acoustique, c'est beaucoup d'autres choses, et je peux imaginer la manière dont cela va sonner. C'est aussi une question de feed-back et de pratique permanente.

Connaissez-vous des musiciens gauchers qui écrivent avec leur main gauche ?

Oui, moi. Quand j'étais petit enfant, j'ai appris à lire et à écrire tout seul, et je me servais uniquement de la main gauche ; la main droite m'était inutile. J'écrivais avec des majuscules, j'avais trois ans à peine, et personne ne me corrigeait, car mes parents n'étaient d'abord pas du tout au courant de ce qui pour moi était un jeu. J'ai commencé à lire moi-même, à avoir des livres. J'ai même écrit des lettres, que j'ai retrouvées plus tard. Mais quand je suis entré à six ans à l'école, on m'a forcé à inverser ma façon d'écrire. À cette époque-là, c'était impensable d'accepter des gauchers à l'école. À cause de cela, ma calligraphie est devenue très laide, et je ne suis jamais arrivé à bien dessiner. Je suis un gaucher contrarié, dont la manière d'écrire a été renversée par la force. Aujourd'hui j'écris seulement avec la main droite, mais je peux très facilement écrire en miroir, de manière symétrique, avec les deux mains.

Et jouez-vous du piano ?

Oui, je suis très maladroit. J'ai commencé à quatorze ans, et à dix-sept j'ai arrêté !

Connaissez-vous des pianistes de rang international qui soient gauchers ?

Je ne peux pas vous répondre, car je ne leur ai jamais demandé s'ils étaient gauchers.

Comment visualisez-vous la musique ?

C'est totalement synesthésique, couleurs, images tactiles, moirées, superposées émergeant de domaines les plus divers. Mais ce n'est pas tout de suite acoustique. Quand j'ai composé mes dix-sept études pour piano, ce n'était pas une œuvre d'imagination purement acoustique. Ces études pour piano prennent en compte la position des mains, je veux dire les mouvements des dix doigts sur les touches, les dimensions des deux mains et la dimension du piano, éléments qui jouent tous un rôle, parce que j'ai cherché à être réaliste. Je ne voudrais pas écrire des choses injouables. Le plus grand compositeur pour piano c'est Chopin. Frédéric Chopin est un pianiste chez lequel la sensation tactile joue un rôle presque égal à la dimension acoustique. J'ai suivi Chopin dans cette direction. Tous les compositeurs qui pensent piano, Couperin, Scarlatti, Chopin, Debussy, Rachmaninov, en sont des exemples. Je n'ai pas cité Bach, Mozart et Beethoven parce qu'ils pensent musique, et pas spécifiquement piano. J'ai écrit des études, parce que j'aime la virtuosité, parce que là le sens du toucher prend une très grande importance. C'est toujours une combinaison d'impressions, de pression sur les mains, et dans les doigts, avec l'imagination musicale, ce qui s'applique à ma façon de travailler le piano. Même ma mélodie est formée tactilement comme chez Chopin. C'est vraiment de la synesthésie totale. Je ne peux pas écouter un son sans voir des couleurs ou des mots. La langue et les couleurs sont toujours liées. J'ai lu que Messiaen a pensé synesthétiquement, toujours en couleurs. C'est aussi très fort chez moi, seulement je ne l'ai jamais écrit, ni jamais dit officiellement.

Les physiologistes ont du mal à expliquer le mécanisme de l'attraction, qui aboutit à ce qu'avec les instruments à cordes la note sensible soit toujours attirée vers la dominante ou la tonique. Avez-vous une explication à ce phénomène ?

C'est un produit historique, le produit du changement des normes fixées, qui ne sont en réalité jamais fixées, mais qui changent avec le temps, comme le fait le langage. Si on considère différentes langues, disons la langue française et la langue pygmée : elles sont totalement différentes. Ce sont des conventions historiques fondées sur l'acculturation. Dans chaque pays les enfants, dès leur naissance, entendent la langue autochtone. Je suis né dans une région où on ne parlait que le hongrois. Pendant longtemps, je n'ai jamais réfléchi sur les autres langues, ou sur les autres orthographes. Je crois que la même chose s'applique à la musique. Beaucoup de gens disent : « Certaines musiques contemporaines sont horribles, on ne peut pas les comprendre. » Mais c'est une question de convention culturelle, et de connaissance des normes.

La tonalité est née au cours du XIIIe siècle. Au XIVe siècle déjà elle était très répandue, surtout dans la musique française et flamande. Un compositeur comme Dufay a écrit une chanson d'une très grande beauté — « Se La Face ay pâle » — qui est peut-être la première pièce purement tonale encore dans un cadre modal. C'était le fruit d'une évolution des chants grégoriens, des différentes musiques populaires, vers une musique culte très élaborée, qu'on retrouve aussi chez Philippe de Vitry, Guillaume de Machaut, et plus tard d'autres compositeurs, dont le plus grand est Dufay.

Et depuis Dufay, à travers la grande culture, surtout en France du Nord, puis après en Italie, on a vu apparaître des chansons à trois voix, polyphoniques. Cela a conduit très graduellement, dans le système modal donné, à trouver naturel qu'on augmente d'un demi-ton la note pénultième sous la finale, ce qui veut dire que la pénultième devient « sensible ».

C'est une espèce d'« attraction » de la pénultième vers la finale. Ainsi la finale devient « tonique » et la sensible fonctionne comme la tierce de la « dominante ». Et cela a commencé à se défaire, à se détruire dans la musique romantique du XIXe siècle chez Liszt et Wagner, et plus fort encore chez Schönberg pour qui tous les sons peuvent être la sensible, donc il n'y a pas de finale. L'attraction, c'est donc un produit historique, qui se rencontre seulement en Europe de l'Ouest et en Europe centrale. Mais nous connaissons beaucoup d'autres cultures musicales qui n'ont pas ce phénomène.

L'attraction n'existe pas avec le piano ?

Oh, jamais, bien sûr. Cela a commencé surtout dans la musique chantée.

Mais quand une mélodie est transcrite du violon pour le piano ?

L'attraction n'existe plus. Mais nous y sommes accoutumés, et on change l'impression sonore dans le cerveau. Les fréquences sont fixées. Quand nous écoutons un air en *do* majeur, comme nous sommes accoutumés à ce *do* majeur, le *si* est un peu plus haut ; notre mémoire nous le fait entendre comme nous le souhaitons, un peu différent de ce qu'il est physiquement !

Le rythme est la seule information qui reste de la musique pour les sourds profonds. Est-ce lui qui assure l'énorme diffusion de la musique populaire ?

Ce sont des données physiologiques. Les mammifères répondent aussi à un rythme régulier. Par exemple les vaches produisent plus de lait en écoutant Vivaldi. Les bébés aussi se calment et s'endorment, si on les berce à un rythme régulier. D'autre part les bébés n'exécutent pas de mouvements à un rythme régulier : la coordination des mouvements n'arrive que plus tard, quand le petit enfant commence à participer à la culture qui l'entoure.

Mais il y a beaucoup de cultures, et elles sont souvent très différentes. Dans les cultures africaines, au sud du Sahara, malgré la pulsation régulière en musique et dans la danse, il y a un mépris de la symétrie, tandis que la culture européenne favorise la symétrie, surtout dans la musique de danse.

Vous arrive-t-il d'improviser ?

Il y a eu un temps, à Budapest, où j'ai beaucoup improvisé sur le piano. À Budapest, à cette époque, nous étions dans une bien triste situation, sous la dictature stalinienne ; on ne pouvait pas écouter mes compositions en concert, parce que c'était interdit. J'ai beaucoup improvisé pour moi-même ou pour des amis, comme ça. Mais c'était un moment très singulier de ma vie. Aujourd'hui, je n'improvise plus. Vivant dans une société libre, je peux composer et écouter mes pièces au concert.

Votre création est essentiellement intellectuelle. Au moment où vous composez telle ou telle œuvre, faites-vous référence auditivement aux sons que vous voulez créer ?

Non, non ! Très souvent j'essaye sur le piano, mais ce n'est pas une improvisation. Une idée me vient à l'esprit, et je veux l'essayer. Mon travail de compositeur n'est pas abstrait ou intellectuel. Naturellement mon imagination est surtout auditive, et toujours très concrète.

Parlez-nous de la façon dont vous composez.

Au tout début, j'ai des idées musicales un peu générales, que j'entends. Ce ne sont pas des mélodies ou des thèmes. Ce sont des imaginations auditives un peu nébuleuses ; d'habitude, j'ébauche un petit dessin, qui correspond à une forme musicale, seulement pour me donner une représentation symbolique, visuelle, de ce qui est imagination musicale. Très souvent — on peut le voir sur mes esquisses — j'écris des mots ou des noms de compositeurs. Par exemple, si j'ai écrit « Scriabine », cela ne veut pas dire que j'utilise là un thème de Scriabine. C'est plutôt que le mot Scriabine m'a suggéré une idée. Plus tard, quand je travaillerai à cet endroit, ce mot va m'évoquer une certaine sonorité, proche de Scriabine. Ces notes, lorsque les musicologues regardent mes esquisses, les amènent à faire beaucoup de mauvaises interprétations. Si j'ai écrit « Dufay » ; Dufay est un mot destiné à ma mémoire, pour me faire penser à un certain détail de polyphonie, ou de technique de conduite des voix, qui m'était venu à l'esprit à ce moment-là. C'est comme si on recherche, dans un ordinateur, la signification du libellé de chaque adresse. Ce que j'ai écrit sur le papier, ce sont des moyens qui me permettent de retrouver quelque chose que j'ai imaginé, mais que je n'ai pas écrit, parce que je n'avais pas le temps de le noter en écriture musicale. Par la suite, grâce à ces dessins, habituellement abstraits, je retrouve ces sensations, et c'est ce qui fait que ma composition est un processus très long.

Et la couleur ? Vous notez la couleur ?*

Oui, j'écris « vermillon » ou « jaune », etc. Oui, j'écris des couleurs. J'utilise beaucoup de crayons colorés, mais cela ne veut pas dire que les couleurs de mes crayons soient directement associées avec certaines couleurs : je peux écrire « rouge » avec mon crayon vert. Au niveau conceptuel, ce n'est toujours qu'un moyen mnémotechnique.

Il y a un code entre ce que vous écrivez et ce qu'il y a dans votre tête que les musicologues ne connaissent pas. N'est-ce pas source d'erreur pour vos exégètes ?

Oui, j'ai trouvé, dans de nombreuses thèses de doctorat sur ma musique, des calculs compli-

* Scriabine a cherché des équivalences entre les sept couleurs du spectre chromatique et les sept notes de l'échelle diatonique.

qués, tels ceux induits par la grande mode qui s'est emparée du nombre d'or. Les nombres de Fibonacci — Léonard de Pise —, je les ai utilisés une seule fois, c'est vrai, quand j'ai composé *Apparitions*. Mais depuis je ne les ai plus jamais employés. Pourtant, beaucoup de gens continuent à les retrouver dans mes œuvres. Croyez-moi, on peut toujours trouver ce qu'on cherche. Si un dessin est assez complexe, ou si quelque chose n'est pas symétrique, on peut toujours s'en rapprocher par le nombre d'or.

Janine Reiss

professeur de chant

Les acousticiens ont observé, dans le sonagramme des grands chanteurs lyriques, un renforcement des bandes fréquentielles autour du 3 kHz objectivant la puissance et le legato, qui leur permettent de chanter avec ampleur, sans microphone. S'agit-il d'une qualité spontanée, ou peut-elle s'acquérir par l'enseignement technique que leur donnent les professeurs de chant ?

Ma réponse à cette question vous surprendra, mais elle est le fruit d'une très longue expérience : je pense que cela ne s'apprend pas vraiment, car un chanteur d'opéra, un chanteur lyrique, qui est capable de chanter sans micro, peut renforcer ses sonorités, sa puissance, par le travail et obtenir ainsi la possibilité de couvrir les musiciens de l'orchestre et tous les choristes. Mais, s'il n'est pas né avec des cordes plus fortes, plus longues, un palais souple très flexible, et surtout une énorme possibilité respiratoire, je pense que le travail ne pourra pas lui apporter ce que la nature lui aura refusé. Dans ma vie, j'ai vu beaucoup de gens qui voulaient obtenir le résultat dont vous parlez, mais leur anatomie, leur constitution, c'est-à-dire leur nature propre ne le leur a pas permis.

Faisons une comparaison simple. Je ne suis absolument pas sportive et n'ai pratiqué aucun sport dans ma vie. Mais, chaque fois que je le peux, je suis les Jeux olympiques, parce que je pense que ces sportifs sont comme les chanteurs que je fais travailler. Au départ, ils sont doués d'une certaine possibilité, musculaire ou autre, préalable indispensable au développement de leurs capacités, grâce au travail. C'est une qualité naturelle, qui peut aussi être complètement gâchée par le travail, complètement anéantie, annihilée par un mauvais travail, ou au contraire embellie, amplifiée par un bon travail. Le problème des chanteurs, au départ, est de rencontrer un bon professeur de chant. Ils n'ont guère de protection contre le risque de tomber sur un mauvais enseignant, parce que, pour s'établir professeur de chant, il n'existe pas de véritables critères de compétence. Pour devenir professeur de médecine il y a des critères, pour devenir professeur de chant il n'y en a aucun.

Donc je pense, et c'est même une certitude, que l'enseignement ne peut pas créer en vous ce que la nature ne vous a pas donné. Celle-ci a favorisé au départ ceux qui réussissent à devenir chanteurs d'opéra. Pour devenir chanteur de variétés, chanteur de rock, le micro supplée et comble les lacunes, mais chanteur d'opéra, non !

La même excellence est-elle nécessaire pour l'audition ?

C'est un problème très vaste. Tout d'abord, le chanteur qui essaye de s'entendre lui-même en général déforme sa technique. Non pas lorsqu'il s'écoute au travers d'un magnétophone, qui ne lui rend pas en général sa voix avec beaucoup de netteté, mais quand il s'écoute lui-même, pendant qu'il est en train de chanter. Il y a beaucoup de chanteurs qui ont une espèce de tic, qui consiste à se mettre la main en cornet sur l'oreille. Cette habitude généralement empêche complètement l'expansion vocale et la projection des sons. Ce geste est d'autant plus inutile que la voix que, nous, nous entendons lorsque nous chantons ou parlons n'est pas du tout la voix qu'entend votre interlocuteur. Si bien que lorsque le chanteur essaye d'entendre cette voix-là, il la déforme. Ce qu'il faut conseiller à un chanteur, pour qu'il ait une juste émission de sa voix, c'est de chercher son équilibre corporel, en répartissant la liberté de sa gorge — qui est liée aux modulations du tonus laryngé, au voile du palais très soulevé — avec une égale et régulière distribution du souffle.

Mais bien sûr, l'oreille, l'oreille instinctive est nécessaire pour chanter juste. Je me souviens d'avoir eu il y a quelques années un exemple malheureux de cette impérieuse nécessité. En commençant les répétitions avec un chanteur — c'était très impressionnant —, je me suis aperçue que, sans qu'il s'en rende compte, il chantait presque tout le temps un ton trop haut. Un ton trop haut, c'est énorme ! Il ne s'en apercevait pas, et même quand je lui donnais la note au piano, un *sol*, par exemple, il chantait un *la*. Son oreille interne ne lui servait à rien. Il avait un problème technique que l'oreille ne pouvait pas résoudre.

C'était pour lui un problème récent ?

Oui, autant que je me souvienne, et, naturellement, il a mis ça sur le compte de problèmes familiaux, d'ennuis personnels.

Il y avait à Paris un curieux médecin qui s'est beaucoup occupé de cela un moment donné. Callas avait été chez lui, et en était ressortie hors d'elle. Il faisait enregistrer les chanteurs et essayait après de les faire travailler en corrigeant leur voix, justement d'après l'écoute. Je me souviens qu'un jour Callas m'avait dit : « Tu sais, je viens d'avoir une expérience absolument épouvantable ! Quand je pense à tous les chanteurs qui ont connu cela ! Moi j'ai voulu faire pareil, j'ai voulu comprendre, j'ai voulu savoir... Mais c'est une catastrophe, et si tu insistes tu perds complètement la justesse de ton audition. »

Le chanteur ne chante-t-il juste que dans la mesure où il sent la contraction de ses muscles, la position de son voile, etc. ?

Oui. Et d'ailleurs, quand l'attaque d'une nouvelle phrase est bien faite, elle est, non pas entendue par le chanteur en anticipation, mais elle est sentie par lui. Cela veut dire qu'il a pris son souffle, il a soulevé son voile du palais, il sait où il va envoyer cette note. Et s'il adopte cette façon de faire, il enverra toujours la note exactement au même endroit, là où il le veut. Lorsqu'un chanteur vous dit « J'ai une angine, une laryngite », là, bien sûr, il ne devra pas chanter. Mais, en dehors de ces cas aigus, un chanteur en possession d'une bonne technique vocale saura toujours très précisément, quelle que soit sa forme, et en anticipation, comment il va attaquer sa phrase. Ce geste, qu'est la voix, est aussi automatique, instinctif et aussi précis que n'importe quel mouvement de sport qui est bien fait, une descente à skis ou un coup de raquette. C'est un exemple que je donne souvent : comme un coup de raquette !

Y a-t-il des chanteurs sourds ?

Sourds ? Mais non ! Car ils ne pourraient pas entendre la musique. Par contre, il y a des chanteurs aveugles.

L'oreille sert donc à quelque chose ?

Bien sûr ! Mais l'oreille sert comme deuxième contrôle. Pourtant, il ne peut pas y avoir de chanteur sourd, parce qu'il faut bien que le chanteur entende une introduction musicale, au moins une note pour commencer, car il ne peut pas commencer n'importe quand. Il y a d'ailleurs très peu de chanteurs qui ont l'oreille absolue, qui peuvent attaquer sur un *la*, ou sur un *do*, simplement parce qu'on leur a dit de le faire. C'est très rare ; de toute façon, l'oreille absolue est très rare, même chez les musiciens.

Comment réagissent vos chanteurs aux variations du diapason ?

Très mal.

Pouvez-vous entrer dans le détail ?

J'ai signé plusieurs fois, parce qu'on me l'a demandé, des espèces de pétitions pour que l'on ramène le diapason à une valeur un peu plus basse. Vous savez que l'ascension du diapason s'est faite en majeure partie à la demande des instruments à vent de l'orchestre, parce qu'ils sonnent plus joliment quand leur diapason est un peu plus élevé. C'est pour cela que la musique baroque — là aussi il y a probablement beaucoup d'erreurs et d'errance — ramène à un diapason plus grave, et finalement, d'un seul coup, les gens se trouvent formidablement à l'aise. Mais il est vrai que le diapason haut dérange beaucoup certains chanteurs, parce que la voix humaine, malgré tout, n'est pas extensible jusqu'à l'infini.

Le diapason baroque ne descend-il pas souvent très bas ?

Oui, ça peut les déranger dans ce sens-là aussi, bien sûr.

Ne peut-on avoir, d'après l'ambitus d'une soprano mozartienne, une idée du diapason avec lequel Mozart travaillait ?

Si, très bien. C'est très juste.

Alors, d'après votre expérience, à quelle hauteur se situerait-il ?

Aux environs de 440 Hz, je crois qu'actuellement c'est très précisément 442 Hz. Mais le diapason baroque est à 415 Hz et peut même descendre à 392 Hz !

Vous citez Mozart avec raison. Les airs de concert de Mozart, la plupart du temps, semblent écrits pour des voix qui n'existent pas, qui n'existent plus. La Reine de la Nuit, par exemple, et bien des airs de concert de Mozart, sont écrits sur deux octaves et demie.

Mais la Reine de la Nuit ne doit-elle pas, aussi dans La Flûte, *chanter également sur un registre très grave ?*

La Reine de la Nuit est un exemple parfait de cette largeur d'ambitus, car elle chante aussi très grave par moments. Mais une vraie Reine de la Nuit, je suis sur la route depuis beaucoup d'années, et ne l'ai entendue qu'une seule fois dans ma vie : c'était Edda Mauser. Je travaillais à l'opéra Garnier à l'époque, Rolf Liebermann m'y avait fait entrer. J'avais en charge la direction musicale, et quand Edda est venue pour répéter la Reine de la Nuit, Rolf est venu s'asseoir derrière moi dans la salle, et m'a dit : « Janine, écoutez bien cette Reine de la Nuit, car je pense que vous n'en avez jamais entendu une pareille, et je crois que vous n'en entendrez jamais plus une autre. »

C'est l'unique femme que j'ai entendue attaquer le récitatif très dramatique avec une voix de soprano dramatique et monter sur les contre-*fa*, notes ultimes, sans détimbrer aucunement sa voix, en gardant, jusque dans ces contre-*fa*, la même violence on peut dire, et le même volume que dans le récitatif du début. Ça, c'est tout à fait exceptionnel. Hélas ! Quand il vous arrive de chanter la Reine de la Nuit de cette façon-là, vous ne la chantez pas pendant vingt ans !

Pourquoi dit-on qu'il y a beaucoup moins de basses qu'autrefois ?

Il y a moins de basses, et moins de ténors aussi. Je crois que c'est aussi une question de technique vocale, très variable d'un pays à l'autre. Le ténor est un animal qui a été longtemps, et qui est encore un peu, en voie de disparition, si on peut dire, depuis qu'un malheureux ténor, un soir, a découvert l'*ut* de poitrine. Revenons à la musique du XVIIIe, dont vous parliez tout à l'heure ; dès qu'un ténor passait le *la* par exemple, il passait en falsetto, et grâce à ce falsetto il montait jusqu'à des contre-*ut*, comme il le voulait. Il n'en avait pas honte. Cela faisait partie du charme de son interprétation et permettait de servir une musique qui avait été écrite pour cela. Les ténors qui ont une voix étendue — ils sont rares — savent comment passer en falsetto sur le suraigu, et colorer ce falsetto pour que la coloration de la ligne vocale soit uniforme sur toute la longueur.

Alors que maintenant, les ténors qui veulent vous montrer des bons trucs ne cherchent jamais à dépasser le falsetto, mais veulent toujours les faire en *ut* de poitrine, c'est-à-dire en continuation et en concordance avec des sons du médium. Nous avons fait il y a très peu de temps, dans un centre de formation où je travaille maintenant, un concours d'entrée avec deux cent cinquante chanteurs. Nous avons retenu un ténor, et encore !

Et les basses alors ?

Pour les basses, c'est la même chose en sens inverse, parce qu'il y a eu une époque où on voulait chanter uniquement dans la partie, on peut dire, médium de la voix, donc sans passer en falsetto dans l'aigu, même sans avoir cette voix efféminée, mais sans aller non plus en poitrine. Les grands mezzos ont aussi ce genre de problème, qui tend maintenant à disparaître, depuis qu'on a recommencé à comprendre aux États-Unis — mais ce n'est pas encore venu en France — que la voix était quand même faite de trois registres : le registre de poitrine, le registre de médium et le registre de tête. Donc maintenant, on recommence, si je puis dire, à fabriquer des basses. Tant mieux, bien sûr, car on a beaucoup de mal à programmer des rôles comme Zarastro, Osmine, etc. Quand vous faites un concours comme celui dont je viens de vous parler, sur deux cent cinquante chanteurs — sans citer un chiffre exact — on doit avoir deux cents sopranos, parce que c'est la voix la plus commune.

Comment se traduit cette souffrance du chanteur face aux variations du diapason ?

Cela se traduit si on veut par un étirement de la voix. Par exemple, il n'y a pas très longtemps, j'ai fait travailler un ténor, qui devait chanter un contre-*ut*. Je lui ai expliqué qu'avec la façon dont il utilisait sa voix, il lui était impossible de monter jusqu'à l'*ut*, et je lui ai dit : « Vous vous rendez bien compte que vous appuyez le *si* bémol, et si vous appuyez le *si*, vous n'avez plus la possibilité de monter jusqu'à l'*ut*. » En suivant mon conseil, il est arrivé à sortir un contre-*ut* très correct. Mais il m'a dit : « Ça, je ne peux pas le chanter comme ça : c'est un contre-*ut* en falsetto. » À quoi je lui ai répondu : « Pas du tout. Seulement vous avez cessé de vouloir avoir un contre-*ut* à l'arraché. » Mais ils ont souvent l'impression qu'en chantant ainsi ils perdent la virilité de leur expression vocale.

Donc, c'est un petit peu la même chose pour les basses. On les prévient : « Attention de ne pas sombrer ! », car lorsqu'ils sombrent, ils perdent une des qualités essentielles de la voix, c'est-à-dire les harmoniques élevés. Ce sont toujours les harmoniques de tête qui font que la voix est belle, qu'elle se promène dans le théâtre ! Lily Lehmann a écrit un livre stupéfiant d'intelligence sur le chant, dans lequel justement elle disait que moins on entend sa voix lorsque l'on chante, plus on est sûr que ce sont les autres qui l'entendent. Elle cite aussi l'exemple de sa mère, qui jusqu'à l'âge de quatre-vingt-six ans a conservé des contre-*mi* naturels, parce qu'elle ne chantait qu'avec des harmoniques de tête sur les sons, qu'elle n'avait jamais cherché à sombrer. Pour ma part, j'ai souvent constaté que plus on a d'harmoniques de tête vers l'aigu, plus on a un grave facile, parce que l'échelle s'allonge. L'échelle s'agrandit, parce que vous travaillez sur des voix naturelles.

Jusqu'où va la connaissance en solfège des chanteurs de qualité, tels ceux que vous rencontrez ?

C'est une méchante question !

Osons la poser !

Vous ne pouvez pas vous imaginer ! J'ai toutes sortes d'exemples, bien sûr. Il y a le chanteur parfait musicien, comme l'était Maria Callas, comme Domingo, Nicolaï Gedda, Teresa Berganza, Mady Mesplé. Ce sont des gens qui se mettent au piano comme moi, et qui déchiffrent n'importe quoi, à livre ouvert.

Et puis il y a des chanteurs très connus, je ne les citerai pas, qui ont une très belle voix, qui font une très belle carrière, mais qui savent à peine lire la musique ! Naturellement, ils ne jouent d'aucun instrument, sinon, ils sauraient, au moins un peu, lire la musique. À ce propos, il est intéressant de souligner qu'à l'audition d'un chanteur, vous vous rendez compte immédiatement s'il est instrumentiste ou pas. L'interprétation d'un chanteur, même s'il a beaucoup de talent, doué d'une vraie nature d'artiste, est différente suivant son degré de connaissance de la musique, selon qu'il est instrumentiste ou qu'il ne l'est pas. Je peux vous assurer qu'on s'en rend compte dès la troisième ou quatrième phrase. J'ai toujours refusé de faire travailler un chanteur qui ne lit pas du tout la musique.

Votre question va très loin, car il y a naturellement des degrés dans l'ignorance du solfège. À l'opéra on rencontre de très belles voix, qui font de très belles carrières, parce qu'ils ont des cordes vocales, un diaphragme et tout ce qui leur permet d'avoir un très bel organe, qui de plus sont des artistes-nés, parce qu'ils ont une présence en scène tout à fait impressionnante, mais qui sont presque incapables de lire trois notes. Ils se débrouillent parce qu'ils ont des chefs de chant, qui leur tapent les notes au piano pour leur faire apprendre leur texte. Pourtant, ils se privent d'un atout majeur, car c'est dans la lecture de la partition que l'on peut essayer de comprendre ce que voulait dire le compositeur.

Avez-vous remarqué, parmi ceux qui ont une certaine pratique musicale, que vos élèves d'origine latine, italienne, espagnole, française, avaient une connaissance du solfège meilleure que ceux qui sont anglo-saxons ?

C'est le contraire. La culture latine est aujourd'hui très en arrière de la culture anglo-saxonne. C'est de la culture anglo-saxonne que nous commençons à comprendre comment il faut travailler.

Je parle là de la connaissance du solfège.

Non. Il s'agit de la technique de la musique, de l'apprentissage des bases du métier de chanteur. La première fois que je suis allée travailler au MET, à New York, on avait su qu'il y avait un « French coach » qui exerçait pendant quelques semaines, et j'ai vu arriver des jeunes chanteurs qui sont venus me prier de leur donner quelques leçons. J'ai accepté, et chacun d'entre eux m'a demandé l'autorisation d'amener son pianiste, pour pouvoir mieux suivre les conseils que j'allais leur donner, et se sentir soutenu après mon départ. Étonnement de ma part, et acceptation comme vous pouvez l'imaginer. Ils m'ont alors expliqué qu'ils avaient besoin de tout apprendre, considérant qu'ils n'avaient pas de tradition.

Cette attitude est une fameuse leçon d'humilité. Le passé, qu'il soit italien ou français, à cause du siècle des Lumières, nous a rendus vaniteux. J'ai compris là combien les Anglo-Saxons avaient de leur métier une vue complètement professionnelle. Pour eux, le métier de chanteur n'est pas seulement d'avoir une belle voix, que l'on perfectionne avec des disques, des cassettes, des professeurs, et hop ! on va sur la scène. Non, c'est le pays du métier. Les États-Unis, c'est le pays de la comédie musicale, qui est la somme de tous les arts du spectacle. Vous verriez l'étonnement de mes chanteurs, quand je leur dis : « Allez voir un peu les comédies musicales, et vous verrez ce que c'est que l'art complet d'un chanteur. »

Nous avons vécu ici, aussi bien qu'en Italie d'ailleurs, sur le culte de la voix. Très tôt, j'ai été surprise qu'on néglige le reste. J'ai commencé ce métier à seize ans. J'avais fait toutes mes études de piano, d'harmonie, de contrepoint, de chant grégorien, et mon père m'avait dit, parce que personne n'était musicien dans ma famille, mais on avait l'esprit très large : « Si tu veux te lancer dans cette carrière musicale, il faut que tu fasses de la littérature et des langues étrangères. » Béni soit-il ! J'ai suivi ses conseils, si bien que ce métier de professeur, je l'ai appris par tous les bouts. D'abord j'ai appris tout ce qui entoure le métier à proprement parler, puis j'ai acquis une connaissance littéraire de l'opéra qui m'a permis de transmettre mon expérience à ceux à qui elle convient.

Ces réflexions m'ont amenée à faire travailler les chanteurs autrement. C'est un sentiment très étonnant quand on le formule, même pour moi qui le vis tous les jours, mais je peux vous dire, même si vous ne me croyez pas, que les choses ont beaucoup changé. L'opéra est devenu maintenant un art international. On y trouve toutes les nationalités. Par exemple, dans la dernière distribution de *Don Quichotte*, à Paris, vous avez une Roumaine, deux Américains et un Français. Dans le cas d'une telle production, mon rôle est d'amener tous les chanteurs à avoir une même vision de la musique française, qui passe par une même articulation, une même pureté dans le cas de la langue, etc. Bien sûr, chacun y apporte ses antécédents, sa manière de voir, sa manière de travailler, etc. Mais les étrangers, quand ils apprennent leur partition, font immédiatement une traduction. Un garçon comme Samuel Ramey, grand chanteur américain, ne parle pas couramment le français. Sachant qu'il ne maîtrise pas complètement notre langue, le premier devoir qu'il se crée est de faire une traduction parfaite de son rôle ; de plus, il travaille son articulation avec acharnement, ayant toujours la hantise de n'être pas compris. Il faudrait toujours avoir la possibilité de faire travailler un chanteur comme un comédien, en donnant la priorité au texte, qui, ne l'oublions pas, a inspiré le compositeur.

Chez certains chanteurs au contraire, on bute parfois sur une absence complète de compréhension du texte. Je leur propose de faire la réplique comme au théâtre, mais ils en sont incapables, parce qu'ils peuvent chanter la phrase, mais pas la dire, ce qui prouve que leur texte, par lequel ils devraient devenir l'autre, n'a pour eux aucune véritable signification. Pas assez comédiens, ils savent mettre en œuvre leur dynamique corporelle, leur respiration, leur position vocale, etc. ; ils peuvent apprendre une ligne musicale, sur laquelle ils mettent des mots, mais si vous les arrêtez brusquement pour leur demander à qui ils parlent, ou répondent, très souvent ils ne le savent pas, pour la bonne raison qu'ils sont entièrement préoccupés par la production des sonorités de leur chant.

On en est encore là ! Mais heureusement les choses se transforment, et on commence à comprendre, grâce aux Anglo-Saxons, que l'opéra est un art complet, et que c'est probablement l'art le plus difficile de tous les arts de la musique, parce qu'il faut dire des textes, danser, et que la voix soit toujours là. Autrefois, on ne cherchait que la beauté de la voix. Mais à partir du moment où on a fait venir à l'opéra des metteurs en scène qui ne connaissaient pas l'art lyrique, tout a changé, quelquefois pour le meilleur, d'autres fois pour le pire, car, ne connaissant pas l'opéra, ils ne pouvaient pas tomber dans ses pièges (faiblesse de certains livrets, etc.), mais ils exigeaient des chanteurs de devenir des comédiens. J'ai assisté, et j'assiste encore parfois, à des drames épouvantables, parce qu'on demande aux chanteurs de faire des choses qu'ils sont incapables de faire, car, malgré tout, il faut d'abord sauvegarder l'appareil vocal. Pourtant, il faut admettre que les metteurs en scène ont réellement contribué à faire énormément avancer l'opéra. Il est arrivé que de bons jeunes chanteurs se soient plaints de n'avoir pas été sollicités, sous prétexte qu'ils étaient français ; en fait, on ne les avait pas engagés parce qu'ils étaient moins bons que les autres. Cela a incité les jeunes à perfectionner leur travail de comédien, ce qui, additionné à leur voix, leur donne une autre dimension.

Ne parlons pas du récitatif, mais quand le chant monte dans les aigus, la sonorité des voyelles change, et bientôt on confond un a *et un* i. *Dans ces valeurs fréquentielles élevées, le sens de ce que l'on chante ne va-t-il pas s'estompant ?*

Il commence déjà par s'estomper pour le chanteur lui-même. Je leur dis très souvent que l'art d'un grand artiste, au cours d'une représentation d'opéra, est fait de plusieurs paramètres, qui à la fin de la représentation se trouvent liés, et donnent aux spectateurs l'illusion ou l'impression qu'il ne les a jamais lâchés, qu'il a été les chercher au fond de leur fauteuil, et qu'il les a vraiment fait participer à l'histoire qu'il leur a racontée.

Pouvez-vous préciser ces paramètres ?

À la base de tout, il y a la position vocale, qui vous permet de faire, ou de ne pas faire. Quand la position vocale est saine, et qu'elle est complètement assurée sur toute la tessiture de votre voix, le deuxième paramètre est de savoir comprendre l'interprétation par l'étude du récitatif. Le récitatif, c'est le moment où le chanteur est le plus livré à lui-même, car il a une liberté, non pas de rythme, mais de mesure. Et là, il est absolument comédien, car la situation prend le pas sur le bel canto. Néanmoins, il devra conserver un contrôle vocal, très nécessaire à la poursuite du rôle.

Quelle différence faites-vous entre liberté de rythme et de mesure ?

C'est une question dont je débats très souvent. Prenons un récitatif de Mozart : l'orchestre s'arrête. Le chanteur est accompagné au clavecin. Les temps de respiration, les tempi du débit du texte sont entièrement livrés à la volonté du chanteur, qui se fonde sur la façon de nous décrire son personnage, mais surtout sur les sentiments qu'il ressent. Un récitatif n'étant pas battu par le chef d'orchestre, ce qu'il ne faut absolument jamais changer justement, c'est la rythmique. Le chanteur et le clavecin disposent du temps qu'ils veulent, des silences dont ils ont besoin, et de la précipitation ou de la lenteur du débit du texte. Cette connivence, qui s'établit pendant les répétitions, le chanteur la règle avec le claveciniste, pour décider de la part d'improvisation, et de quelle manière commenter la situation, le mot, le sentiment par une ou deux fioritures. Pour cela, c'est merveilleux d'avoir un claveciniste sensible et imaginatif.

Mais ce que je ne permets pas aux chanteurs, c'est de chanter en changeant la rythmique. Parce que le compositeur, qui connaît admirablement la langue dans laquelle il utilise son récitatif, a bien évidemment décidé de la rythmique nécessaire à une expression. Nous en faisons d'ailleurs autant quand nous parlons, dans la vie quotidienne ; nous n'en sommes pas conscients, mais nous changeons notre rythmique : il y a des choses sur lesquelles on s'appesantit, d'autres sur lesquelles on passe. C'est pareil pour un récitatif. Changer de rythmique pourrait trahir le compositeur, et lorsqu'on trahit le compositeur, on est toujours moins bon que quand on lui est fidèle. Un compositeur rapide comme l'était Mozart a poli les phrases, il les a répétées jusqu'à ce qu'il ait trouvé le rythme correspondant exactement aux sentiments qu'il voulait exprimer ; puis il les a traduits en croches, doubles-croches ou noires, etc. On n'a pas le droit de déformer ce rythme. Ce qui appartient aux chanteurs, c'est le tempo dans lequel ils vont le dire, les silences qui vont séparer les bribes de phrases, comme nous le faisons quand nous parlons.

Après viennent les airs, les duos, les trios, les ensembles, etc. Là vous êtes dépendants d'une rythmique, parce que vous dépendez les uns des autres, et à nouveau du chef d'orchestre, qui a repris sa baguette. Dans le récitatif, aucun mot ne doit échapper à la compréhension de l'auditeur, c'est absolument capital. Dans le chant, quand on reste dans le médium, dans le haut médium, et dans l'aigu, on peut toujours continuer à se faire très bien comprendre, même si les voyelles changent un peu, à condition d'accentuer les consonnes. Ce qui fait la faiblesse de notre langue, de même que la langue italienne, c'est quasiment l'absence de consonnes. Donc, si vous voulez que le texte arrive à celui qui vous écoute, si vous voulez être convaincant, il faut que vous ajoutiez des consonnes, un peu à l'anglo-saxonne, si vous voulez !

La consonne projette le mot. C'est elle qui donne aussi sa densité à l'expression. Par exemple le *r* est une consonne qui n'existe pas réellement dans notre langue. D'où la nécessité, à mon avis, de légèrement rouler les *r* quand on chante, pour éviter tout pari sur ce que nous avons entendu. D'ailleurs Mounet-Sully, Sarah Bernhardt, quand ils déclamaient du Corneille, du Racine, roulaient les *r* pour que leur *r* arrive au fond de la salle. Évidemment les chanteurs sont face à un dilemme quand ils veulent grasseyer les *r*, car s'ils les grasseyaient vraiment, ça leur mettrait la voix trop en arrière, elle serait donc moins puissante, et quand ils ne veulent pas les rouler du tout ni les grasseyer, on ne les comprend pas.

Les chanteurs anglais arrivent à rouler les r *?*

Très bien, parce que quand ils chantent dans leur langue, ils roulent les *r*, à l'italienne. Si vous les entendez chanter du Purcell, vous remarquerez qu'ils roulent les *r* de manière beaucoup plus accentuée que s'ils parlaient. Si vous prenez des gens comme Piaf, Montand ou Brel, ils donnent des *r* très forts, grasseyés et dans le fond de la gorge, ce qui ne les dérange pas, car ils ont un micro, donc pas de problème de volume. Rappelez-vous : « Ah, quand il me p*r*end dans ses b*r*as, qu'il me pa*r*le tout bas, je vois la vie en *r*ose. » Mais on ne peut pas chanter comme ça à l'opéra, parce que ces *r*-là sont trop bas sur le larynx et sur la gorge, et que l'art lyrique a un mode d'expression qui lui est propre, et que nous n'avons pas le droit de changer.

Connaissez-vous des chanteurs gauchers ? Et pensez-vous que le fait d'être gaucher influe sur leurs qualités de chanteurs ?

Effectivement je connais des chanteurs gauchers, mais il ne m'est jamais venu à l'idée que cette particularité pouvait avoir une influence quelconque sur leur sensibilité, leur sens de l'espace, leur émotivité. Désormais, je vais y prêter plus d'attention.

Julian Rachlin
violoniste

Comment expliquez-vous le développement planétaire de la musique occidentale ?

La musique occidentale, dans son expression tonale, possède un caractère universel parce qu'elle permet de transmettre, dans un très large éventail, les émotions les plus variées, et par là d'être immédiatement comprise par les groupes ethniques les plus divers. Les musiques chinoise, indienne, africaine sont chacune porteuses d'ambiances, de sensations qui leur sont propres. Mais aucune musique n'a cette faculté qu'a la musique occidentale d'être appréciée sur tout le globe, car la musique tonale capte l'attention et parle beaucoup plus que les autres à celui qui l'écoute.

Dans ce domaine faites-vous une différence entre musique tonale et musique atonale ?

La différence est un peu de la même nature, et il est difficile de l'exprimer par des mots. Dans sa rigueur la plus grande, la musique dodécaphonique sérielle vous oblige, pour en capter la beauté, à une écoute différente. Elle transmet un désir, une émotion que j'appellerais mathématique. Vous appréciez des sons, des séries de sonorités, des suites d'intervalles, mais vous ne sentez pas le développement symphonique de phrases chargées d'émotions successives, aboutissant ou non à une conclusion, comme celui que nous propose la musique tonale.

La musique atonale vous amène à écouter une construction abstraite ; belle comme une démonstration arithmétique, la suite de ses déductions vous place dans une situation beaucoup plus intellectuelle qu'émotionnelle. C'est peut-être pour cela qu'elle parle moins à la majorité des êtres humains.

N'est-ce pas sur ce plan que se situe le plaisir visuel de lire certaines partitions, notamment celles de Bach ?

Ce plaisir se retrouve chez presque tous les grands compositeurs. Mais il s'ajoute à toutes les émotions, mélancoliques, joyeuses, etc., que la musique tonale nous procure avant tout.

Que représente pour vous le phénomène de l'attraction, très particulier à la musique tonale ?

Ce besoin de retourner à la tonique pour conclure traduit en partie la ressemblance de la musique tonale avec une conversation, un entretien entre le compositeur, l'interprète et celui qui l'écoute. Quand la fréquence de la note sensible est modifiée par le phénomène de l'attraction, ce changement fréquentiel tend à la rapprocher de la fréquence de la tonique. C'est là où le violon, dans son expression, présente un énorme avantage sur le piano, car ce changement n'est pas réalisable sur la plupart des instruments à sons fixes. On peut, sur le violon, l'obtenir de mille façons, selon les mouvements du doigt sur la corde. Par ce jeu de l'attraction, en une fraction de seconde vous pouvez exprimer une multitude d'émotions, grâce à une infime variation de la manière dont le doigt se pose sur la corde. C'est un moyen d'expression supplémentaire, qui permet aux violonistes de le moduler à volonté en fonction des sentiments qu'ils veulent exprimer. Avec l'expérience, le violoniste choisit et réalise plus ou moins consciemment les modalités multiples de cette attraction. C'est un des grands secrets du violon.

Quelle est pour vous la valeur fréquentielle de la note de référence dans la musique tonale ?

Cela dépend du pays dans lequel vous jouez. Aux États-Unis, la plupart des orchestres jouent à 440 Hz et ne dépassent guère 441 Hz. À Vienne, c'est autour de 445, voire 446 Hz que se situe le diapason de tous les orchestres. Mais cela dépend aussi du piano qui m'accompagne. Ma référence favorite est 443 Hz. Cette valeur est commandée par la personnalité de mon instrument. Cette fréquence donne à mon violon le maximum de résonance, le fait mieux sonner et lui donne toute sa brillance et ses couleurs. En tournée la référence peut changer d'une ville à l'autre, 440 Hz ici, 442 là-bas, 443 ailleurs, et aussi varier d'un chef à l'autre. Personnellement, je préfère nettement 443 Hz, mais je m'adapte, et j'y suis d'ailleurs contraint.

Que pensez-vous du diapason abaissé dans la musique baroque ?

Lorsqu'il s'agit de compositeurs comme Vivaldi, ou ses prédécesseurs, et de son diapason abaissé à 415 Hz, je suis un fan de la musique baroque. Cette pratique propose un mode d'expression très intéressant, à condition d'être interprétée par d'excellents musiciens. Mais je ne pense pas que ces recherches doivent s'appliquer à des compositeurs plus récents, comme Mozart. Personnellement je joue toujours entre 440 et 445 Hz. Peut-être aimerai-je un jour jouer de la musique baroque, mais ce n'est pas pour aujourd'hui.

À votre avis pourquoi la plupart des orchestres baroques sont-ils anglais, hollandais, voire français, et très rarement autrichiens, allemands, italiens ?

En Allemagne, on est très conservateur. Au contraire, le goût de la liberté et de l'aventure est beaucoup plus développé en Angleterre, en Hollande, ou en France, ce qui a favorisé l'aventure du baroque, qui au début présentait un aspect non conventionnel, que l'on retrouve d'ailleurs dans toute l'expression artistique anglaise actuelle.

Toutefois, je ne sais pas si l'explication que je propose en ce qui concerne l'Allemagne peut s'appliquer à l'Italie ou à des pays comme la Russie ou la Hongrie.

Que pensez-vous de l'oreille absolue ?

J'ai l'oreille absolue, ce qui me permet d'entendre énormément de choses. C'est parfois un inconvénient : entendre Mozart joué à 415 Hz fait percevoir de graves distorsions, qui me sont désagréables. Mais la richesse d'écoute apportée par l'oreille absolue est extrêmement délectable ; de plus elle est très utile pour jouer d'un instrument, notamment du violon.

Quel a été le premier instrument sur lequel vous avez commencé à jouer ?

Le violon. Mes parents souhaitaient que j'apprenne le piano, mais, tout petit, je n'aimais pas le piano, dont les notes étaient fixes, autoritairement définies. Je n'avais aucun choix entre *si* et *do*, tandis qu'avec le violon tout était possible. J'ai appris le piano plus tard, et j'ai pu apprécier tout ce qu'il apporte, mais je préfère le violon. Ma mère est pianiste, mon père est violoncelliste. Mon père n'a pas l'oreille absolue. Ma mère l'a peut-être ; il se peut que la pratique du piano favorise chez un jeune enfant la survenue de l'oreille absolue, mais ce n'est pas obligatoire, ou systématique.

L'apprentissage précoce du solfège est-il indispensable pour qu'apparaisse l'oreille absolue ?

À mon avis, le solfège n'est pas du tout indispensable à l'oreille absolue. Je l'avais à trois ans, bien avant d'apprendre à lire et à écrire, et bien avant d'apprendre le solfège. La musique et avec elle toutes les notes des instruments avaient chacune pour moi un visage aussi évident et différent que ceux de mes parents et de tous les éléments de mon entourage. Mais, à l'époque, j'étais incapable de les nommer dans leur totalité, parce que je savais à peine parler.

Le solfège apprend à donner un nom à ces sonorités pour qu'elles soient compréhensibles et reconnaissables, pour qu'on puisse en parler facilement entre musiciens. Mais chacun des termes du solfège, le nom des notes, le nom des accords, etc., n'est qu'un code entre initiés, qui se contente de résumer très brièvement tout ce que contient la réalité entendue quand on a l'oreille absolue.

Je pense que beaucoup d'interprètes de musiques populaires ont l'oreille absolue, sans connaître le solfège, et n'en ont peut-être pas conscience. Ces musiciens ont probablement dû dès l'enfance s'inventer, égoïstement, une sorte de solfège personnel, rien que pour eux.

On dit que, si l'oreille absolue semble moins fréquente chez les musiciens anglo-saxons que chez les musiciens slaves ou latins, c'est parce qu'ils nomment les notes par des lettres A, B, C et non par des noms, la, si, do, *comparables à ceux de personnes vivantes. Qu'en pensez-vous ?*

J'aime cette explication. J'ai vingt-six ans, je suis d'origine russe, et je suis arrivé en Autriche à l'âge de trois ans. En Lituanie, mes parents nommaient les notes comme on le fait en France ou en Italie : *do, ré, mi,* etc. Quand j'ai commencé à aller à l'école à Vienne, on m'a appris à les appeler C, D, E. Mais je n'ai jamais pu utiliser cette détermination couramment, et je dois dire que lorsque je pense à un *fa*, la note représentée par ce mot est beaucoup plus présente que celle exprimée par la consonne F. Le *fa*, je le vois ; il est là devant moi : je le prends à bras-le-corps ! Et son visage change quand d'autres notes s'approchent de lui.

Comment voyez-vous la musique quand vous jouez ?

À la fois d'une manière très abstraite, en ambiance, en atmosphère, mais aussi très pratique, car c'est un langage par lequel j'essaye de transmettre une impression ou un affect. J'essaye de parler et de penser avec mon instrument quand je joue seul, pour moi, ou en public. Je cherche, par mon jeu, à parler, à raconter une émotion, ou à transmettre une sensation. Jouer est pour moi la façon la plus intense de communiquer mes émotions. J'y arrive beaucoup mieux qu'avec des mots.

Quand vous jouez, quelle relation avez-vous avec le compositeur et l'assistance ?

Jouer me donne la possibilité d'entrer dans un nouveau monde, de communiquer avec ce personnage extraordinaire*, l'auteur de la musique que j'interprète. J'essaye de me mettre à son service, de transmettre son message écrit en noir sur blanc en comprenant ce qu'il a éprouvé lorsqu'il a composé cette musique, pour pouvoir retransmettre le plus fidèlement possible cette information si précieuse que sont les mouvements successifs de l'âme du compositeur. Il ne suffit pas de jouer des notes, d'interpréter parfaitement ce que le compositeur a écrit, qui est indiqué sur la partition. L'essentiel n'est peut-être pas ce qui est noté, mais ce qu'on peut lire à travers les lignes. Pendant cette sorte de transmission de pensée et cette espèce d'osmose, j'essaye de me rapprocher du compositeur, pour entrer en symbiose avec lui, et jouer comme il aimerait qu'on interprète sa musique.

Il y a, de l'autre côté, l'autre partie de la salle : le public, devant lequel je me sens tout nu, qui

* « ... *this guy who's upstairs...* », nous a dit Julian Rachlin en montrant le ciel du doigt.

suit et reçoit tout ce que le compositeur a voulu nous transmettre par sa musique. L'idéal, c'est d'arriver à cette communication magnétique, à la fois affective et raisonnée, qui se fait entre l'auditoire, les musiciens, le chef et le compositeur, à travers les sonorités de la musique. Cela se fait dans le silence, car parfois le public est si concentré qu'on entend ce silence qui porte la musique.

Pascal Dusapin

compositeur

Comment les éléments sonores, en se juxtaposant, « composent »-ils la musique ?

Je ne peux proposer aucune définition sérieuse de la musique. En revanche, je sais que je deviens meilleur et me sens physiquement mieux lorsque j'entends de la musique. Un simple son peut suffire. Quand j'étais enfant, le souffle du vent avait une action très apaisante sur mon psychisme. Je me sentais plus heureux, ma pensée devenait limpide, j'y puisais une grande force...

Pouvez-vous commenter les divers moyens que l'humanité a utilisés pour transmettre et partager ce message sonore ?

Je pense que la musique est une invention abstraite des hommes. C'est un jeu. Mais « sonner », c'est aussi s'adresser à l'univers et l'invoquer, un moyen de communiquer au-delà du monde des hommes.

On utilisait dans le passé divers instruments sonores pour permettre à une chorale ou à un orchestre de jouer « à l'unisson ». Le diapason est devenu cet étalon de la musique quand on a pu compter ses vibrations. Que pensez-vous de ses fluctuations actuelles d'un orchestre à l'autre ?

C'est un vrai problème. Certains orchestres sonnent pour moi trop haut. On sait que cette montée du diapason correspond à une recherche de la brillance harmonique et orchestrale.

Que pensez-vous de l'oreille absolue ?

L'oreille absolue est d'abord un instrument de pouvoir. Rien de plus impressionnant qu'un chef d'orchestre qui sait nommer les fausses notes ! Mais je connais des musiciens — et non des moindres —, par exemple Alfred Brendel, qui n'ont pas l'oreille absolue. À la vérité, et d'un simple point de vue « musical », l'oreille absolue n'a aucune importance pour un musicien. Elle est même déconseillée pour certains, par exemple les chanteurs. Pour ma part, je n'aime pas travailler avec des chanteurs qui ont l'oreille absolue. Ils chantent la plupart du temps assez faux, car ils sont quelquefois incapables d'ajuster leurs intonations à celles des autres. Je connais beaucoup de violonistes qui ont l'oreille absolue, et qui ne cessent de se préoccuper des hauteurs de leurs notes. C'est une erreur, car l'oreille absolue ne prend pas en compte le tempérament relatif propre au jeu des cordes.

Vous qui avez parlé de formes au Collège de France, pensez-vous qu'il y ait, comme souvent dans la nature, une corrélation entre les formes de la musique et certaines règles mathématiques ?

Avant même de composer, il m'arrive d'« entendre » des formes. C'est-à-dire de vraies formes graphiques. C'est, au fond, un symptôme kinesthésique appliqué aux surfaces, plus rarement aux volumes. C'est probablement un particularisme qui n'a rien de scientifique. Quelquefois, je dessine les formes de la musique. Cette attitude est plus courante chez les compositeurs. Ils y sont habitués très tôt. À la vérité, lorsque nous écrivons la musique, nous la dessinons d'abord, et maintes corrélations graphiques et sonores s'établissent au fil de l'expérience. Je ne crois à aucune axiomatique en ce domaine. Au Collège de France, j'ai abordé beaucoup des processus qui régissent certains aspects de ma musique. C'était la première fois que je le faisais, car j'ai toujours pris soin de ne rien dévoiler de l'ingénierie de mes compositions, tout simplement parce que ces principes structurels relèvent souvent du bricolage et ne sont en rien exemplaires. Je veux dire au sens où ceux-ci pourraient faire école. Je ne fais pas de théorie. En revanche, je suis inspiré par quantité de choses qui viennent de la biologie et des mathématiques, en particulier la morphogenèse de René Thom et les fractales de Mandelbrot. Mais ce sont surtout des applications poétiques, car je ne maîtrise rien de ces chapitres des mathématiques qui sont à la vérité extrêmement complexes et totalement hors de mon entendement.

A-t-on raison de chercher à retrouver la représentation mentale d'œuvres musicales des compositeurs passés ?

Je pense que si l'on entendait la musique comme elle était interprétée du vivant de leurs auteurs (par exemple celle de Beethoven), nous la trouverions inaudible !

Lors des répétitions de vos œuvres, vous arrive-t-il d'intervenir pour en modifier l'interprétation ?

Pour une création, je suis systématiquement présent et je défends chacune des moindres intentions de ma musique. J'aime beaucoup travailler avec les interprètes. Après les avoir gentiment martyrisés, j'aime aussi abandonner ces partitions à leurs intentions et au flux naturel de la partition. C'est la rencontre entre leurs intentions et les miennes qui créent l'espace vrai de la musique. D'autre part, il arrive que des interprètes ne soient pas d'accord avec mes demandes, en particulier sur le tempo. Certains arrivent à me convaincre de changer ce que je pense moi-même de ma propre musique, et c'est une grande joie pour moi.

Quels sont les devoirs de l'interprète vis-à-vis d'un compositeur disparu ? Jusqu'où va sa liberté d'interprétation ?

La liberté d'un interprète est totale, dès lors qu'il respecte la partition. La distance entre une partition et son interprétation peut être immense. L'essentiel ne peut se noter. C'est à l'interprète de transcender cette absence.

Quel est le rôle du créateur, et quel est celui de l'interprète ?

Votre question, et la réflexion qu'elle suppose, ne concernent que la musique écrite qui est un avatar de la musique du monde. La musique du monde, pour une immense part (je crois à plus de 95 %), n'est pas écrite. Ils n'ont pas le même rôle. Par exemple, il peut exister une énorme différence entre les tirages d'une photographie, lorsqu'elle n'est pas réalisée par le photographe lui-même. C'est aussi vrai pour la peinture, où aujourd'hui (comme par le passé du reste !...) beaucoup de peintres travaillent avec des assistants, qui réalisent certains éléments de leurs toiles : Jeff Koons, Frank Stella ; Sol Lewitt par exemple parlait d'une « interprétation possible » de ses œuvres par ses assistants. Et que penser d'un film placé sous la responsabilité du réalisateur certes, mais cadré par un chef opérateur ? Ou d'un chorégraphe, qui ne danse pas, mais laisse une marge interprétative à ses danseurs en les laissant improviser partiellement ? Ou d'un metteur en scène qui « exploite » les talents interprétatifs de ses acteurs ? etc.

Dans la musique telle que je la pratique, c'est-à-dire en l'écrivant, une grande part de la « chose » réside justement dans cet écart que crée l'interprétation. Cette interprétation est l'espace ouvert et conçu par la partition. Lorsque j'écris, je sais ça.

Comment notez-vous l'intensité sonore dans vos compositions ?

Comme le solfège le permet. C'est-à-dire en indiquant la notation du *ppp* au *fff* (de pianississimo à fortississimo).

La notation des intensités est assez complexe à l'orchestre car les instruments ne sonnent pas tous de la même façon et ont un contrôle dynamique différent de leurs registres respectifs. Par exemple, si vous voulez un *mf* (mezzo forte) dans le registre grave du hautbois, il vaut mieux écrire un *mp* (mezzo piano), voire un *p* (piano) ! Car, dans ce registre, cet instrument est plutôt revêche ! Même si cela est moins vrai avec les jeunes instrumentistes, dont la technique a énormément progressé ces dernières années. Il peut arriver que la notation soit plus psychologique, par exemple si l'on écrit un *ppppppp* qui « voudrait » signifier le plus doux possible ou un *ffffff* (le plus fort possible). Ligeti usait beaucoup de cette sur-notation. Cela est très efficace, car c'est très clair.

Mais il est vrai que la différence entre un *p* (piano) et un *pp* (pianissimo) peut-être purement théorique en certaines acoustiques. Pour ma part il m'arrive d'écrire *mp/mf* (mezzo piano/mezzo forte) pour laisser la possibilité de choisir entre les deux, si cela est nécessaire.

L'étude de la physiologie de l'audition montre que 1) la discrimination des fréquences diminue quand l'intensité du message augmente en se rapprochant du seuil douloureux (# 100 dB) ; 2) une exposition prolongée autour de ces intensités abîme la fonction auditive, transitoirement d'abord, puis de manière définitive. Tenez-vous compte de ces deux notions dans votre travail de compositeur ?

Oui, il m'arrive d'écrire des accords orchestraux saturés par l'intensité *fff* (fortississimo). Je souhaite alors que quelque chose de l'harmonie disparaisse, au profit d'une perception purement volumétrique. C'est aussi un procédé dramaturgique. Dans mon opéra *Perelà*, il y a une scène entière où la fille d'Alloro est accablée par la souffrance. L'orchestre se convulse sur lui-même, en convertissant progressivement sa verticalité par une intensité énorme. Je souhaite alors qu'une certaine perception harmonique se désagrège presque jusqu'au seuil de douleur. Je vous rassure, c'est du théâtre...

INTRODUCTION

L'oreille musicienne, dans l'approche physiologique que je vais lui donner, est l'assemblage des mécanismes qui nous permettent d'entendre la musique.

Les sonorités voyagent à travers l'oreille et le cerveau, marquant souvent des étapes obligées dans certains des centres nerveux qu'elles traversent, en s'y métamorphosant avant d'atteindre notre conscience. Car chaque son, sélectionné selon sa forme et son environnement, connaît une destinée différente, parcours initiatique qui tient du récit d'aventures. Je n'évoquerai ici que des faits mesurables et reproductibles.

Il convient d'abord de définir la musique. Quelques remarques candides, par élagages successifs, peuvent cerner le sens que je lui donne. Il ne s'agit pas d'un corps physique tel le pain ou le vin, dont se nourrirait notre oreille. Comme tout bruit, il s'agit d'un ensemble de mouvements perçus par notre organisme, une suite de pulsations des milieux ambiants auxquels notre ouïe est électivement sensible. La musique, initialement, naquit parmi les sonorités créées volontairement par l'homme. La contraction de son diaphragme et de son larynx, en une sorte de sirène avec sa soufflerie, a été pour lui le moyen le plus simple d'agiter l'air de vibrations stridentes, qu'il nomma cris, en les modulant par la tension de ses cordes vocales et la pression de sa cage thoracique. Plus tard, il apprit à ciseler ces vibrations en signaux sophistiqués — phonèmes, paroles ou chants — grâce à sa gorge, sa langue et les muscles de son visage. Puis un jour, l'*Homo habilis* a inventé des instruments — flûtiau, lyre ou synthétiseur —, objets façonnés pour émettre des sons qu'il appela musique, s'inspirant des bruits de la nature qu'il copiait, ou de sons encore plus étranges qu'il inventa.

La tradition, mémoire sélective, veut que la musique instrumentale ait été inventée par Pan, qui lui donna trois fonctions. Ce dieu des pâtres grecs, pour meubler sa solitude, a créé sa flûte d'abord pour son plaisir. Cette première fonction, ludique, est la plus évidente ; on peut imaginer que l'instrumentiste, premier auditeur de la musique qu'il joue, s'arrêterait vite s'il n'y trouvait satisfaction ; c'est pour cela que, malheureusement, bien des musiciens dont l'audition et les sensations sonores s'altèrent se voient obligés d'abandonner leur art à plus ou moins longue échéance.

Très vite Pan aura aussi été amené à user de sa flûte pour communiquer avec d'autres bergers. Le bruit de sa voix, trop faible, et surtout trop sophistiqué, s'amortissait de collines en vallées en s'abîmant dans l'air de l'Arcadie. La musique de sa flûte au contraire était plus robuste, mais aussi plus simple, et il dut user de codes, rythmes, silences, ou triolets en quartes ou quintes répétées, pour envoyer ses messages dans le lointain. Cette deuxième fonction de la musique, dont le rôle est la transmission, est tout aussi importante.

Peu à peu, les clés de ce codage s'estompèrent, en prenant une autre dimension, et les signaux cryptés des flûtes qui se parlaient au loin se sont mués en états d'âme, que nos pâtres apprirent à partager avec d'autres. Troisième fonction, la musique devint le lien de la cohésion sociale du groupe que formaient ces bergers.

La musique, on le voit, est donc aussi bien l'intention du musicien que l'attention de l'auditeur. Je suis l'un et l'autre, quand sous mes doigts chante mon piano. L'intention du compositeur paraît donc essentielle. Une mélodie n'est pas n'importe quel son, ni n'importe quel bruit ; la manière dont est entendu ce qui a été créé est également importante, car l'écoute de l'auditeur et les échos éveillés dans sa mémoire font musique des sonorités reçues. Aussi est-il logique qu'il existe, dans notre cerveau, des réseaux qui lui sont réservés jusqu'au domaine de notre conscience.

Pour conclure par une lapalissade physiologique, la définition de la musique qui aujourd'hui vient naturellement à l'esprit s'exprime en forme de tore précis mais sans limites. Elle comprend, quelle qu'en soit l'origine, toutes les sonorités instrumentales qui se veulent musicales, et le sont pour ceux qui les écoutent. Elle se différencie du verbe et du discours. C'est pourquoi, la plupart du temps, je distinguerai la musique, dépourvue de contenu sémantique — même dans le chant, il est souvent atténué —, de la parole, chargée de significations précises méticuleusement agencées.

Cette distinction de bon sens n'est pas sans fondement. Elle s'appuie sur les caractères physiques qui opposent leur champ fréquentiel, leurs durées, leurs rythmes et les énergies qu'elles dissipent toutes deux. Elle repose aussi sur la coïncidence entre certaines consonances harmonieuses avec l'acmé de quelques phénomènes physiologiques. Elle se retrouve, enfin, dans l'existence de circuits nerveux, différents pour l'une et pour l'autre.

Quant aux bruits, qui physiquement peuvent être n'importe quoi, ils n'existent que parce qu'ils ne sont ni musique ni parole, même si, ignorée ou perçue, leur mémorisation ancienne peut nous les rendre ensuite — tels certains messages, ou la radio du voisin — agréables ou dérangeants, ineffables ou horribles.

Pourtant, la musique n'est pas que la mémorisation de certaines sonorités avec les diverses circonstances de leur audition. Autant qu'une série d'acquisitions culturelles, elle est aussi l'expression de préférences innées. Elle reflète un besoin, peut-être une véritable nécessité, dont l'obligation est objectivée par des mécanismes physiologiques et des réseaux nerveux particuliers destinés à la satisfaire, dont certains sont présents dès la naissance.

CHAPITRE PREMIER

LE MESSAGE SONORE : LES SONS, LA PAROLE, LE CHANT, LA MUSIQUE

Je ne parlerai ici que des sons dont l'origine est un mouvement plus ou moins complexe de l'environnement. On les qualifie d'objectifs parce que, facilement mesurables, ils peuvent, si leurs paramètres sont compris entre certaines valeurs, entraîner chez l'être vivant qui y est soumis, l'homme notamment, des réactions quantifiables et, pour la plupart, comparables d'un sujet à l'autre.

On les oppose aux sensations sonores subjectives, dues à un fonctionnement paranormal ou pathologique des organes de l'audition (acouphènes, hallucinations), car ces derniers ne peuvent pas être objectivés ni mesurés, sauf exceptionnellement dans quelques cas, en tenant compte des conséquences qu'ils entraînent chez le sujet qui en souffre. Je les évoquerai brièvement, en détaillant les mécanismes de l'audition.

Une sonorité objective est un ébranlement, une vibration plus ou moins longtemps répétée du milieu ambiant. Le plus souvent, c'est l'air atmosphérique dans lequel nous vivons. Pour les poissons, il s'agit de l'eau ; nous-mêmes, en plongée sous-marine, nous pouvons entendre le hors-bord qui passe très loin au-dessus de nous, ou le heurt du trident sur les rochers. Le son peut être aussi la vibration d'un solide, comme il l'est pour le Sioux, dont l'oreille collée au sol entend venir de loin la cavalcade ennemie, ou quand un diapason chante dans notre tête lorsqu'on le pose sur le crâne.

Entendre, c'est donc palper la vie, c'est sentir les vibrations de l'espace. Un espace immobile est un espace dont le temps est absent, presque mort, insonore. Car ces mouvements de l'espace que notre oreille perçoit, ces vibrations, c'est-à-dire ces variations de pression de l'air ou de l'eau qui nous entoure, auront besoin du temps pour nous être sensibles. Mais, avant d'être aérien, l'homme est essentiellement un être d'eau : en lui tout n'est que liquides et viscosités, même si l'air est indispensable à sa vie. La sensation sonore va naître en lui d'une intention mouillée émue par les mouvements de l'air.

L'air est léger, élastique, alors que l'eau est plus dense, mais beaucoup moins compressible. Pour faire vibrer l'air, il faut peu d'énergie, mais ses ondes s'estompent rapidement. Écoutez : à quelques mètres, sauf si on hurle, la voix n'est plus audible, tandis qu'on peut entendre, l'oreille collée au sol, le galop lointain des chevaux. Pour attirer l'attention de nos liquides sensibles, les vibrations de l'air, qui forment l'énorme majorité de nos sensations sonores, devront être démultipliées, amplifiées pour remuer l'aquarium de notre oreille interne, où baignent les fibres nerveuses, qui vont ensuite chanter dans notre cerveau.

Le rôle de l'oreille, c'est d'être l'intermédiaire

obligé entre l'extérieur, c'est-à-dire vibratoire, et notre cerveau, conscient ou inconscient. Elle effectue la traduction simultanée des bruits du dehors, c'est-à-dire des mouvements de l'espace, en un langage perceptible pour nos sens. Cet interprète est l'organe de Corti. Bien installé dans sa cabine en forme de coquillage, le limaçon, il traduit inlassablement les messages sonores. Il les transforme en influx nerveux, qui sont les seuls signaux que puisse comprendre l'auditoire des neurones, dont les doigts baignent dans les liquides de l'amphithéâtre hélicoïdal de notre oreille interne, chacun bien à sa place pour constituer l'origine du nerf auditif.

Mais ces vibrations, que constituent les bruits de l'extérieur, sont amplifiées avant d'être transmises aux liquides de l'oreille interne et à l'organe de Corti. Cette amplification est effectuée en grande partie par l'oreille externe et l'oreille moyenne. Elle est très utile. Pour s'en convaincre, il suffit de penser à la gêne ressentie lorsqu'on a l'oreille bouchée.

De quoi sont faits les bruits, les sons, c'est-à-dire ce qui permet de les mesurer, mais aussi de les différencier, pour ensuite savoir les reconnaître ?

LA NATURE DES SONS

Le mouvement de l'espace, qui constitue une vibration sonore, se figure de manière assez simple. Imaginons un rectangle coupé en deux par une médiane horizontale, qui représente de gauche à droite le temps qui passe, et sépare deux espaces, positif en haut et négatif en bas ; elle figure l'état d'équilibre pressionnel d'un milieu ambiant, l'air par exemple. Une vibration de l'air va le faire osciller de part et d'autre de la ligne médiane de ce graphique, qui s'apparente à l'écran d'un oscilloscope, sur lequel on appliquerait le signal électrique d'un micro captant un signal sonore.

Comme on le voit sur l'illustration 1, l'intensité de cette vibration va s'objectiver par l'amplitude de l'oscillation, et sa fréquence par le nombre de fois par seconde où ce mouvement va croiser la ligne médiane d'équilibre. Intensité, fréquence, durée sont les paramètres les plus importants d'un son ; nous les verrons d'abord. Mais il en existe d'autres, la phase, la forme, etc.

Pour faciliter la compréhension de cet exposé, qui est de nature acoustique, je vais faire appel — rarement, car j'en connais le danger — aux notions simples que sont musique et bruit, en priant les mélomanes et les amateurs de musique primale d'excuser cette terminologie réductrice : elle n'est pas le signe linguistique d'un conservatisme culturel, mais elle est essentiellement pratique, et s'appuie sur la quasi-certitude que mes lecteurs ont formé leurs oreilles à l'aune de la musique occidentale.

L'intensité

Un son est dû à une force qui s'applique sur un environnement élastique et le fait vibrer. Mais l'intensité d'un son s'atténue très vite, dès que la force qui l'a généré ne s'applique plus, car l'élasticité des milieux ambiants, l'air notamment, est imparfaite : leur viscosité absorbe cette force, la dissipe en chaleur, et la vibration s'arrête.

Cette force est une pression, dont l'unité, le pascal, tient compte de la surface sur laquelle elle s'exerce. En physique, la force capable de communiquer une accélération d'un mètre/seconde par seconde à une masse d'un kilogramme s'appelle un pascal, si elle est appliquée sur une surface d'un mètre carré. Cette pression ne va déclencher un mouvement du milieu ambiant que si elle est différente de la pression qui y règne. La naissance d'un son et son intensité dépendent donc d'un rapport de forces, qui lui-même dépend de la relation existant entre la pression nouvellement appliquée et la pression préexistant initialement. Cette mesure relative, car elle doit tenir compte de ces deux variables, se fait avec une unité, le bel. En pratique, on utilise le plus souvent le dixième du bel : c'est le décibel (en abrégé dB). Ce terme est un hommage à Graham Bell, physicien américain de la fin du XIXe siècle, qui enseignait la langue des signes aux sourds-muets ; c'est d'ailleurs en cherchant à améliorer ce mode imparfait de communication qu'il a inventé le téléphone.

Généralement, pour apprécier cette mesure relative, on prend comme variable de référence ce qu'on appelle le 0 dB, qui est égal à 20 micropascals. Les intensités sonores s'expriment en dB, dont on précise parfois qu'il s'agit de dB SPL (*Sound Pressure Level*). Mais la mesure de cette intensité va donner des résultats très différents selon la distance entre le lieu de la mesure et l'emplacement de la source sonore. Dans l'air, on estime que l'intensité diminue de 6 dB chaque fois qu'on double cette distance.

Très souvent, en médecine ou en physiologie, ainsi que dans la pratique du parler quotidien, on est obligé de tenir compte du fait que la sensibilité de l'oreille humaine dépend de la fréquence, en définissant un dB HL (*Hearing Level*). Celui-ci prend pour référence zéro le seuil liminaire d'audition du sujet humain normal, propre à chacune des principales fréquences audibles (ill. 2).

Ainsi peut-on, chez un patient atteint de surdité, apprécier la perte auditive en dB en fonction de la fréquence. Ce seuil liminaire n'est pas le même pour toutes les espèces, et beaucoup d'animaux sont bien plus sensibles que nous au moindre bruit.

Habituellement, un son dont l'intensité dépasse 100 dB HL devient insupportable et risque surtout de provoquer des lésions de l'oreille interne. Cet inconfort imputable à des sons trop violents doit être entendu comme un signal d'alarme et entraîner une réaction de défense contre le bruit. Quant à la fatigue auditive, elle apparaît lorsque l'oreille est soumise à un son permanent, même peu intense. Elle peut n'être qu'une accoutumance, pas forcément désagréable, passagère, mais responsable d'une baisse de la sensation d'intensité, sorte d'habituation qui atteint son maximum, en général, après une minute d'exposition. Ce phénomène, plus net si c'est un son grave, est encore plus sensible si se surajoute un son intermittent, qui réalise un véritable masquage du son initial. On l'observe quand on voyage en avion : quelques instants de discussion avec son voisin suffisent à dissiper le bruit des moteurs.

Quand un son s'amplifie, la plus petite différence de sensation d'intensité perceptible est proportionnelle à l'intensité du stimulus : plus le stimulus initial est fort, plus l'augmentation de son intensité devra être importante pour qu'elle soit perçue. C'est ce qu'ont démontré au siècle dernier deux savants allemands, Weber et Fechner, en observant que la sensation croît à peu près comme le logarithme décimal de l'excitation. Que ce logarithme soit décimal signifie que l'excitation doit croître de telle manière qu'elle corresponde à la puissance de dix de la sensation (dix puissance un, 10^1), c'est une fois dix, c'est-à-dire dix ; dix puissance deux (10^2), c'est dix fois dix, c'est-à-dire cent ; dix puissance trois (10^3), c'est dix fois dix fois dix, c'est-à-dire mille. On emploie le dB, qui est une unité relative, quand on compare deux intensités. L'une des deux devient alors la référence. Si vous tapez mille fois plus fort, la sensation ne sera que trois fois plus intense ; son accroissement sera de 3 bels, c'est-à-dire 30 dB.

Percevoir une très faible différence d'intensité dépend beaucoup de la nature du son. Pour un son pur, et à des intensités très faibles, le seuil différentiel est proche de 2 dB. Cette discrimination s'améliore quand augmente l'intensité sonore, mais d'une manière qui dépend un peu de la fréquence du son : au-dessus de 4 kHz elle est moins bonne que pour les fréquences graves. Pour un son complexe, qui est composé de plusieurs sons purs, et représente le type habituel des sons des voyelles et de la musique, cette discrimination va dépendre de la fréquence de ces différents sons purs. Ces phénomènes expliquent les difficultés qu'entraîne la surdité d'oreille interne, car cette capacité de discriminer des variations d'intensité, à la fois faibles et rapides, est indispensable à la compréhension de la parole, lorsqu'elle est noyée dans un brouhaha sonore irrégulier, tel, par exemple, celui d'un restaurant.

Deux sons différents, qui donnent la même sensation d'intensité, requièrent pour les mettre en œuvre une énergie qui dépend de la fréquence de chacun d'eux. Cette énergie est sensiblement la même pour les fréquences que contient la parole, c'est-à-dire de 500 à 4 000 Hz et au-delà (ill. 2). Mais pour les sonorités graves, elle croît de plus en plus à mesure que la fréquence s'abaisse. C'est pourquoi, s'il est facile de se protéger des fréquences aiguës, qui transportent relativement peu d'énergie, il est plus malaisé d'étouffer les vibrations de basse fréquence. On parle souvent d'« assourdir » ces bruits, impropriété qui mériterait des commentaires ! Quoi qu'il en soit, la difficulté de cet « assourdissement » dépend directement de l'énergie que transportent les vibrations graves. Elle est du même ordre que celle qui a été nécessaire à leur émission. C'est pourquoi il est plus aisé de se protéger des vibrations aériennes d'une contrebasse que des vibrations solides des murs d'une chambre. Pourtant ces vibrations sont de même fréquence, même si les unes ont été engendrées par le frêle effort d'un archet sur des cordes diaphanes, et les autres par un métro roulant sous votre immeuble. Pour insonoriser une maison il faut, ou bien des parois très épaisses, ou bien des cloisons doublées de mousses composites dont la microélasticité absorbe l'énergie sonore.

D'ailleurs, l'emploi de plus en plus courant des microphones et des haut-parleurs contribue beaucoup à modifier le message reçu, qu'il s'agisse de sonoriser des salles immenses ou d'entraîner des effets spéciaux. Un chanteur qui quête aux terrasses des cafés peut attirer la compassion des consommateurs, qui, retrouvant des sonorités d'intensités usuelles, remplissent volontiers son escarcelle. Par contre, les artistes du bitume qui s'aident d'amplis puissants montés sur accus pour hypertrophier leur organe produisent, hélas, une intensité telle et tellement insolite que ces chansons se changent en vacarmes gênants, les porte-monnaie restent fermés, et les oreilles aimeraient bien pouvoir en faire autant.

La fréquence

Une vibration de l'espace, pour qu'elle constitue un son, doit se poursuivre, oscillant de manière plus ou moins fréquente et plus ou moins prolongée de part et d'autre de la ligne d'équilibre de notre graphique. Si cette oscillation est régulière, elle donnera naissance à un son périodique et provoquera une sensation « musicale », analogue à celle fournie par la plupart des instruments de musique. Si cette oscillation est irrégulière, elle est dite apériodique ; elle entraînera une sensation qualifiée de bruit. Désordre et régularité opposent ces deux catégories de sons, auxquelles empruntent aussi bien la parole que la musique.

Les sons périodiques

Le rythme régulier des oscillations qui leur donnent naissance définit leur fréquence. Son unité de mesure est appelée le hertz (Hz), en hommage à un autre physicien allemand de la fin du XIXe siècle, Heinrich Hertz, qui découvrit les ondes magnétiques. Cette unité définit une vibration par seconde. Quand elle se compte par milliers, on parle de kilohertz (kHz). On distingue ainsi les sons graves, de fréquence faible, et les sons aigus, de fréquence élevée. Mais, au-delà de 16 000 Hz environ, c'est-à-dire 16 000 vibrations par seconde, nous ne percevons plus aucun son : ces signaux suraigus s'appellent alors des ultrasons, auxquels seuls sont encore sensibles les chiens et surtout certains animaux, telle la chauve-souris, qui pour se déplacer font appel au phénomène de l'écholocation. Il s'agit de l'émission par l'animal, véritable radar à ultrasons, de vibrations sonores dont l'écho sur les obstacles est reçu, analysé et utilisé pour deviner, sans les voir, leur existence et leur distance.

La fréquence d'un son détermine la sensation de hauteur qu'il fournit. Quand elle croît, cette sensation passe du grave à l'aigu. L'inverse se produit si la fréquence décroît. L'appréciation de la différence de hauteur de deux sons, faculté qu'on appelle la tonie, se retrouve sur toute l'étendue du spectre audible, c'est-à-dire jusqu'à

12 ou 15 kHz. La hauteur d'un son est parfois appelée hauteur fondamentale, pour la différencier de ce que certains musiciens nomment hauteur brute, qui est en réalité le timbre du son.

Physiologiquement cette sensation de hauteur n'est pas exactement la même pour les deux oreilles. La différence peut atteindre un quart de ton. Elle est variable d'un sujet normal à l'autre, mais elle augmente nettement en cas de déficience de l'oreille interne. En pratique, ce phénomène est rarement ressenti, car l'audition est presque toujours bilatérale, et le cerveau fusionne les deux informations en une sensation fréquentielle moyenne.

La hauteur d'un son de fréquence déterminée se modifie aussi quand l'intensité de ce son augmente. Schématiquement elle s'élève pour les sons aigus, s'abaisse pour les sons graves, et demeure stable pour les sons médiums, autour de 2 300 Hz, c'est-à-dire à peu près le *ré*-6. Cette variation est très modérée entre 500 et 5 000 Hz. Dans les fréquences extrêmes, elle atteint un demi-ton, quand on passe de 40 à 90 dB. Elle est cependant variable d'un sujet à l'autre.

Mais tout cela n'est vrai que pour des sons purs. Lorsqu'il s'agit d'un son complexe, fait de l'addition de plusieurs sons purs de fréquences différentes, les composants graves s'abaissent et les aigus s'élèvent. L'oreille ou plutôt les centres cérébraux de l'audition font sans doute une sorte de moyenne, expliquant pourquoi les sons musicaux, comportant de nombreux harmoniques, ne changent guère en hauteur quand leur intensité augmente. Néanmoins, on comprend pourquoi ils peuvent devenir dissonants s'ils sont trop forts. Le recrutement d'une oreille interne malade, parce qu'il élève le seuil liminaire et abaisse le seuil douloureux, entraîne souvent les mêmes dissonances.

En outre, la hauteur du son fourni à une oreille est modifiée quand on y ajoute un autre son périodique de fréquence différente, ou un bruit qui le masque partiellement. Ce changement de hauteur dépend des caractères du son surajouté. Il est très net quand c'est la même oreille qui perçoit les deux stimuli, mais se retrouve également lorsque ces derniers sont répartis chacun sur une oreille différente. Ce phénomène semble donc relever à la fois de l'oreille interne et des centres cérébraux.

La fréquence des sons graves, à mesure qu'elle s'abaisse au-dessous d'une centaine de hertz, est progressivement perçue plus comme une pulsation, par exemple celle d'un moteur à explosion tournant à faible vitesse, que comme une sensation sonore proprement dite. Au ralenti, le rythme de ce moteur, c'est-à-dire sa fréquence, est de 2 à 4 Hz. Chaque explosion a d'ailleurs une sonorité qui ne serait pas la même s'il s'agissait d'un diesel, d'un deux-temps, voire des heurts successifs d'un instrument léger sur un verre de cristal. Si on accélère, progressivement la fréquence des explosions augmente, et vers 30 Hz environ le bruit d'ensemble de ce moteur prend lui aussi une certaine sonorité, grave au début, puis de plus en plus aiguë, qui se surajoute au son propre de chaque choc. Et soudain, autour de 300 Hz, les coups de ce moteur se fusionnent ; ils ne peuvent plus être distingués, tandis que le bruit d'ensemble change de couleur, car sa texture sonore s'est enrichie de l'éventail fréquentiel propre à chaque battement. Si on appuie sur l'accélérateur, la hauteur de cette sonorité nouvelle s'élève, jusqu'à ce que l'on finisse par changer de vitesse, ce qui va alors faire baisser le régime.

Quand ces vibrations entre 0 et 300 Hz animent un solide, ces sons peuvent être perçus de manière tactile par les terminaisons de la peau sensibles à la pression, qu'on appelle organes de Pacini. C'est aussi au-delà de 300 Hz que ces petits organes intracutanés ne peuvent plus percevoir les vibrations. La communauté de valeur de cette limite de perception, véritable frontière, que connaissent deux organes sensoriels anatomiquement si différents, l'organe de Corti et l'organe de Pacini, n'est jusqu'à présent qu'une constatation sans explication plausible. À moins qu'on ne considère l'embryogenèse : l'oreille interne provient, chez l'embryon, d'un épaississement localisé de l'ectoderme, qui est le tissu qui plus tard donnera la peau et ses annexes. Peut-être celui-ci contient-il dans ses potentialités une faculté d'analyse des vibrations, dont le champ fréquentiel se répartira ensuite au mieux entre les organes qu'il va engendrer.

Quoi qu'il en soit, pour peu qu'ils soient intenses, ces sons graves peuvent aussi nous remuer en profondeur, faire objectivement vibrer nos os, nos tendons, nos viscères. Les sensations ainsi engendrées s'ajoutent, dans les centres nerveux du tronc cérébral, à celles fournies par l'oreille. Elles y rejoignent aussi — dans la danse notamment, si souvent associée à la musique — les vibrations nées aussi bien dans les membres des artistes, instrumentistes ou chorégraphes, que dans les yeux et les oreilles des spectateurs, et contribuent ainsi à constituer le message sensoriel dans sa totalité.

On pourrait résumer la différence entre rythme et fréquence en revenant à l'illustration 1. Sur ce graphique, chaque cassure de la courbe, ou chacun de ses passages à travers la ligne d'équilibre, exprime aussi bien le rythme que la fréquence de cette oscillation. Pour percevoir la valeur de ce nombre, nous disposons de plusieurs organes. Si ce nombre est compris entre 0 et 300 Hz, la peau peut s'en charger, grâce à ses corpuscules de Pacini situés dans l'épaisseur du derme. L'oreille interne, plus compétente, apprécie les valeurs de ce nombre s'il reste compris entre 0 et 15 kHz environ. Il nous manque, hélas, un organe dont la sensibilité s'étendrait jusqu'à quelques milliers de kilohertz, comparable à celle dont sont dotés les échographes des cabinets médicaux. Mais quel fouillis sonore serait alors notre environnement !

Cependant, nos muscles, nos tendons, voire nos viscères nous tiennent également au courant des déplacements qu'ils subissent. La plupart du temps, nous n'y prenons pas garde. Pourtant, dans la danse ou la course, ou dans d'autres circonstances, ces mouvements se reproduisent continuellement. Nous en prenons conscience et les appelons rythme. L'information qu'ils contiennent parvient au cerveau par des fibres nerveuses particulières, constituant les voies de la sensibilité profonde. Mais nous sommes incapables d'analyser ou de définir, ni même de percevoir, la fréquence de ces mouvements si elle est supérieure à 8 ou 10 oscillations par seconde. Nous retrouverons ce nombre limite quand nous reparlerons du rythme plus en détail, et des paramètres de la mémoire immédiate.

La capacité de l'oreille à distinguer l'une de l'autre deux sonorités dont la fréquence est très proche dépend de leur hauteur. Ce pouvoir discriminateur est très puissant pour les fréquences moyennes. Nous en reparlerons, car ce sont ces fréquences moyennes que l'homme utilise le plus couramment dans la parole. Cette faculté diminue quand l'intensité augmente. Elle s'affaiblit aussi, en dessous de 60 Hz et au-delà de 5 kHz, zones dans lesquelles il devient très difficile de distinguer moins d'un demi-ton, alors que les sensations d'octave restent bien identifiables dans ces zones fréquentielles élevées. Ces deux bornes fréquentielles, 60 Hz et 5 kHz, définies par les psychoacousticiens à partir de leurs tests auditifs sur des sujets sains, sont intéressantes parce que ce sont pratiquement les mêmes que les physiologistes ont retrouvées sur l'animal, quand ils ont étudié les moyens employés par l'oreille interne pour coder les fréquences.

Ces variations de sensation de fréquence, comme celles d'intensité, se mesurent de manière logarithmique. Analogue au décibel, l'unité qui les exprime, le savart*, est égal à mille fois la

* Savart, luthier du XIXe siècle, construisit de nombreux instruments expérimentaux avec lesquels il étudia notamment les intervalles de fréquence.

valeur du logarithme de ce rapport fréquentiel, qui est une fraction dont la note la plus haute constitue le numérateur. Le savart est le plus petit intervalle de fréquence perceptible par l'oreille humaine la plus fine. Il correspond à peu près à la trois centième partie d'une octave. Au voisinage de 440 Hz, le savart est à peu près égal à 1 Hz. Subjectivement, l'oreille exercée ne commence à ressentir une dissonance entre deux notes que lorsque leur intervalle dépasse 5 savarts. Au contraire, au cours de l'exécution d'une œuvre musicale, des variations inférieures à 5 savarts sont les bienvenues, parce qu'elles lui donnent de la vie. Les fluctuations fréquentielles du hautbois lors d'un concert, et celles du cor anglais, dont James Conlon nous faisait part, oscillaient entre 440 et 444 Hz.

La définition physique du savart lui octroie une grande universalité, que n'a pas le cent, encore moins le comma. Le cent est égal au centième du demi-ton tempéré ; mais comme cette valeur, propre à la musique occidentale, peut varier, notamment lors du phénomène d'attraction, cette définition n'a pas la rigueur de celle du savart ; le cent est pourtant très utilisé par les Anglo-Saxons. Quant au comma, il en existe au moins trois, chacun faisant référence aux systèmes acoustiques pythagoricien, zarlinien puis tempéré ; ils tissent l'histoire de la musique occidentale ; mais les valeurs diverses de chacun d'entre eux, sources de confusions, leur ôtent tout intérêt pratique. Ces différents commas sont à peu près égaux à 5 savarts, c'est-à-dire le plus petit intervalle acceptable sans impression de dissonance et de distorsion sonore. Ces discordances reflètent en partie celle que je viens d'évoquer, qui altère, dans les basses et surtout les hautes fréquences, la relation entre la valeur numérique du son fondamental d'une note et la sensation de hauteur qu'elle fournit.

Cette vibration, en se répétant, anime le milieu ambiant de mouvements comparables à ceux produits à la surface de l'eau par la pierre qu'on y jette. La forme de ces ondes conditionne la sensation sonore. Elle définit la qualité du son. Si les ondes ont la forme — appelée sinusoïdale — de demi-cercles successifs réguliers, elles fournissent un son pur. C'est une éventualité avec laquelle on travaille souvent dans les laboratoires, mais elle est rare dans la nature. Pour cette raison peut-être, un son pur n'est pas très agréable, on aurait envie de dire pas très musical. Il est tellement abstrait, dans sa pureté mathématique, qu'il semble pauvre en harmoniques, et il l'est réellement par définition.

Si l'on écoute deux sons purs de fréquence très voisine, que nous appellerons F1 et F2, on en perçoit un autre en plus, comme un battement sonore, dont le rythme (ou la fréquence !) est égal à F1-F2. Mais il n'est facilement perceptible que si cette différence ne dépasse pas quelques dizaines de hertz. Si les valeurs fréquentielles de nos deux sons se rapprochent, le battement ralentit et va finalement s'effacer lorsque les deux fréquences seront identiques. C'est ce phénomène qui guide en partie le travail de l'accordeur de piano. Cependant, si les valeurs des fréquences F1 et F2 s'éloignent notablement l'une de l'autre, ce battement devient un autre son pur dont la fréquence est une combinaison arithmétique de la valeur de celle des deux sons qui lui ont donné naissance : c'est la troisième sonorité des violonistes décrite par Tartini — on y reviendra au chapitre II à propos des otoémissions.

Un son complexe périodique présente une expression graphique faite d'une succession d'ondes régulières, sans être sinusoïdales. On démontre qu'il est composé d'un nombre plus ou moins important de sons purs, d'intensité variable. Les sons complexes périodiques sont dits harmoniques quand ils sont composés de sons purs, dont les fréquences sont la suite des multiples entiers de la fréquence F du son fondamental, soit 2 × F, 3 × F,... *n* × F, etc. Pour une fréquence fondamentale de 100 Hz, la même valeur fréquentielle, 100 Hz, sépare les uns des autres, comme les barreaux d'une échelle, chacun de ses harmoniques. Généralement la fréquence fondamentale prédomine. Très bien identifiable, elle permet de définir la hauteur tonale de la sonorité. Les voyelles, certaines parties du chant des oiseaux, la plupart des instruments de musique sont constitués presque entièrement de ces sons complexes périodiques harmoniques.

En effet, lorsqu'un instrument de musique donne une note isolée, même si elle est bien caractérisée par le nombre exprimant sa fréquence de base, on n'obtient jamais exactement un son pur, sauf s'il s'agit d'un synthétiseur. Cette note est un son complexe, qui comporte d'autres sons, dont la fréquence est le double, ou le triple, ou le quadruple, etc., de celle de la note en question, que l'on appelle alors « son fondamental ». Ces parasites sont appelés harmoniques. Prenons l'exemple d'une corde de violon ou de harpe. La vibration de cette corde produit un son, dont le fondamental dépend de sa tension, de sa masse et de sa longueur. Si, parmi ces paramètres, seule varie la longueur, on observe que plus la corde sera courte, plus elle sonnera haut. Si nous pinçons deux cordes, dont l'une est deux fois plus courte que l'autre, le fondamental de la plus courte aura la même fréquence que le premier harmonique de la plus longue. Une corde trois fois plus courte sonnera comme le troisième harmonique de la plus longue, etc.

Nous marchons là sur un chemin ouvert, dit-on, par les expériences de Pythagore, cherchant sur sa lyre à justifier arithmétiquement les règles de la musique grecque, inspirées par celles de civilisations plus anciennes et plus orientales. Toujours est-il que ces harmoniques sont à la vérité très précieux. Généralement les premiers d'entre eux sont les plus forts, mais en réalité l'intensité de chacun, surtout les plus aigus, ceux qui sont de rang élevé, est souvent très faible, et pour beaucoup elle peut être nulle. Ces différences contribuent à définir une sonorité. L'ensemble des harmoniques, qui constituent la composante spectrale du son, objectivent dans leur agencement varié, fonction de leur nombre et de leur intensité relative, le timbre d'un son, souvent qualifié en termes de richesse ou de pauvreté, de chaleur, de coloration.

Cependant la reconnaissance de la hauteur tonale d'une note par l'oreille ne s'effectue pas seulement sur l'identification de la hauteur de la fréquence fondamentale, mais tout autant par l'analyse de l'espacement fréquentiel séparant chacun de ses harmoniques. Sur cette échelle, dont les barreaux sont équidistants, il lui suffit de trois ou quatre barreaux successifs, quel que soit leur emplacement sur le bas ou le haut de l'échelle. On comprend ainsi que deux sonorités, dont le timbre — c'est-à-dire l'importance relative de chacun des harmoniques — est différent, puissent avoir la même hauteur tonale. Si, à partir d'un son donné, on supprime par filtrage la fondamentale, et en plus, d'une part les harmoniques graves, et d'autre part les harmoniques aigus, la sensation de hauteur tonale de ces deux nouveaux sons sera la même que celle du son initial, à la condition toutefois que les barreaux de ces deux nouvelles échelles fréquentielles soient bien identifiables, c'est-à-dire suffisamment intenses.

Si ce n'est pas le cas, la sensation de hauteur tonale va dépendre de la force respective des harmoniques identifiables. Après certains filtrages, elle peut être plus aiguë ou plus grave que le son initial. C'est ce qui se passe, à l'opéra, lorsque la mise en scène exige que certains musiciens quittent la fosse, pour jouer quelque temps sur la scène, ou dans les coulisses. Les fréquences aiguës se trouvent absorbées, au point que l'orchestre et les auditeurs, dans la salle, entendent des sonorités faussées vers les graves, alors que l'instrumentiste isolé joue parfaitement juste.

On peut, en laboratoire, fabriquer des sons périodiques, complexes et harmoniques, dont la composition spectrale est dépourvue de la fréquence fondamentale et d'au moins quelques harmoniques les plus graves. Néanmoins, le sujet normal est capable de ressentir et nommer cette

« fondamentale absente[1*] », ou de l'ajuster avec un équaliseur au son pur équivalent, pourvu que celle-ci soit supérieure à 60 Hz, et qu'au moins deux ou trois de ses harmoniques soient inférieurs à 5 kHz. Ces expériences psychoacoustiques sont intéressantes, car elles confirment l'importance de ces deux valeurs fréquentielles, 60 Hz et 5 kHz, qui se présentent comme une sorte de frontière entre plusieurs lois physiologiques, que nous avons déjà rencontrée et que nous retrouverons bientôt en évoquant la discrimination des fréquences par l'oreille interne. Ces valeurs limites dépendent des propriétés anatomiques et physiologiques de la cochlée et se retrouvent de manière innée chez tous les êtres humains. Ces sonorités artificielles dépourvues de fréquence fondamentale existent en musique ; on en rencontre par exemple dans le spectre du basson jouant un *mi*-3 ; elles intéressent aussi le clinicien, car l'identification de cette fondamentale absente est très précoce : le nourrisson de huit mois en est déjà capable[2]. Elle implique, nous le reverrons au chapitre III, l'intégrité du cerveau auditif droit.

Les harmoniques jouent donc un rôle très important dans la reconnaissance de la hauteur du son fondamental d'une note de musique, quel que soit l'instrument qui lui a donné naissance. D'une manière générale, cette note est ressentie comme étant plus grave que le son pur correspondant à la valeur de son fondamental. La suppression progressive des harmoniques de rang le plus élevé, c'est-à-dire les plus aigus, va donner

* Les notes bibliographiques sont regroupées en fin de volume.

l'impression que le fondamental de la note s'élève. Ce décalage peut atteindre un demi-ton, voire un ton. Ce phénomène est important à noter. Nous en reparlerons à propos des malheurs de l'oreille musicienne, car il permet d'expliquer les distorsions sonores de la sénescence, dont la gêne auditive, nommée presbyacousie, est caractérisée par une perte d'acuité auditive pour les fréquences aiguës. Ces distorsions sont particulièrement sensibles chez les sujets qui ont l'oreille absolue.

Mais la perception de ces harmoniques élevés est tout aussi indispensable aux centres auditifs du cerveau pour extraire les sonorités signifiantes du bruit de fond de notre entourage. C'est parce qu'ils ne peuvent plus participer aux conversations de ceux qui les entourent, dès qu'il s'agit de plus de trois ou quatre personnes, que les gens âgés peu à peu s'isolent. Cette perte de l'audition des fréquences élevées s'observe dans beaucoup d'autres affections que la presbyacousie, qui, elle, est physiologique et normale ; la plus commune est le traumatisme sonore des artilleurs ou des chasseurs, et surtout celui des adeptes des boîtes disco, qui en sont de manière insidieuse les grands pourvoyeurs. Or, cette surdité traumatique, qui concerne également les mélomanes et les musiciens, peut être évitée par des mesures de prévention, dont les professionnels de la musique commencent eux-mêmes à mesurer l'urgente nécessité. Nous y reviendrons.

Il faut souligner qu'un son complexe peut toujours être considéré comme la somme d'un certain nombre de sons purs, de fréquence et d'intensité différentes, dont l'ensemble définit ce qu'on appelle sa composante spectrale. À l'inverse, la réalisation simultanée de tous ces sons purs élémentaires permet d'obtenir la reconstitution plus ou moins fidèle du son complexe en question.

Les sons apériodiques

Moins harmonieux, ils donnent des sensations de bruits. Il faut, parmi tous les bruits qui nous entourent, distinguer les bruits longs (chuintements, ronronnements) et les bruits courts, appelés transitoires. Les transitoires sont faits de quelques oscillations vite amorties, de quelques microsecondes, c'est-à-dire quelques millièmes de milliseconde, tel un coup de marteau sur un clou. Lorsque, malgré leur durée brève, ils sont perceptibles, leur intensité en est d'autant plus élevée. Leurs formes très variables permettent de les identifier, si l'oreille en a le temps — et est assez fine — pour apprécier les rapides variations qui modulent cette vibration souvent unique. La durée minimum pour que la cochlée puisse individualiser un son bref est de 2 à 5 millisecondes. Cela signifie par exemple que deux sons très courts, de quelques dizaines de microsecondes, séparés par une seule milliseconde, ne seraient perçus que comme un seul *click*.

Les bruits longs pourraient, par leur irrégularité sur l'écran de l'oscilloscope, s'opposer à la belle régularité des sons musicaux. C'est en partie vrai. La vibration qui les génère présente un rythme irrégulier. Cependant, le désordre de cette irrégularité est variable. Si cette variation est totalement le fruit du hasard, les fréquences audibles s'y trouvent toutes avec les mêmes intensités ; on l'appelle bruit blanc ; le bruit qui, dans la nature, y ressemble le plus serait peut-être celui d'une grande cascade entendue d'assez loin. En réalité, beaucoup de bruits longs, ventilateurs, souffles, etc., sont subjectivement réguliers. Ils fournissent une sensation de périodicité et de hauteur tonale plus ou moins nette. Plusieurs mécanismes peuvent expliquer cette sonorité : le spectre fréquentiel de ces bruits, au lieu de contenir toutes fréquences audibles d'un bruit blanc, n'en contient qu'une partie, bande plus ou moins large de fréquences déterminées, au sein de laquelle la survenue et l'amplitude restent aléatoires, mais leur moyenne peut donner à l'oreille un aspect musical assez net. Dans d'autres cas le stimulus (qu'on appelle bruit gelé) est la répétition permanente, à un rythme de 5 à 200 Hz environ, du même fragment très bref d'un bruit blanc, par exemple le bruit d'un moteur dont la rotation aurait ce rythme. On a observé, enfin, que deux bruits en écoute dichotique, c'est-à-dire entendus chacun par une oreille différente, donnent une sensation musicale si ces deux bruits, qui l'un et l'autre paraîtraient blancs en écoute monaurale, ont en réalité, dans certaines zones de leur spectre, des relations de fréquence ou de phase particulières.

Signalons enfin que si on fait entendre pendant quelques minutes un bruit blanc dont on a filtré, c'est-à-dire supprimé, une bande fréquentielle d'au moins un tiers d'octave, l'arrêt du stimulus laisse ensuite quelques instants percevoir un son fantôme presque pur, dont la fondamentale est la moyenne du « trou fréquentiel » du stimulus.

Mais ce désordre peut n'être qu'apparent et correspondre à certaines lois mathématiques, dans lesquelles le hasard intervient de manière limitée, voire nulle. Nous l'évoquerons plus loin, à propos de la fractalité des signaux sonores. En outre un son pur ou complexe peut être ajouté à du bruit, ce qui lui donne une certaine coloration ; c'est le cas par exemple des consonnes voisées. À l'opposé, beaucoup de sons musicaux sont plus ou moins mêlés de bruits, parasites ou bénéfiques, qui viennent polluer ou enrichir la sonorité, selon la manière dont est vécu ce mélange, par celui qui le génère ou l'écoute.

Pour en finir avec la fréquence, rappelons que n'importe quel bruit apériodique, et n'importe quelle musique ou parole contenant du bruit, peuvent toujours, si on en pousse jusqu'à l'infini l'analyse temporelle la plus fine, être décomposés en autant d'éléments qu'il est nécessaire pour que chacun d'entre eux puisse, du moins à la limite de cette infinitésimale période de temps, être considéré comme un son complexe, lui-même décomposable en sons purs élémentaires. Cette approximation est à la base des procédés informatiques, qui permettent la reconnaissance de la parole ou la réalisation de messages artificiels, comme ceux qui dans les voitures nous avertissent qu'une porte est mal fermée. Ainsi, telles les lettres d'un alphabet qui permettent de dire des mots ou des phrases, ces sons purs élémentaires permettent-ils par leur intensité, leur durée, leurs variations dans le temps, de définir les sonorités les plus complexes.

La durée

Contrairement à d'autres arts, architecture, peinture, littérature, etc., l'art du verbe, le théâtre, la musique et les bruits sont des modes de communication avec autrui qui usent de la durée. Cette organisation temporelle n'est pas que poétique, comme l'aurait, dit-on, énoncé Stravinski. Elle est surtout indispensable à la perception mentale du signal, qui implique une « vision » de l'œuvre autant dans son ensemble que dans le détail de ses phrases, ou des vibrations physiques qui l'imprègnent. Entre le compositeur, l'interprète ou l'auditeur, l'espace-temps, dont l'oreille est une des horloges, est une communion, qui se déroule donc aussi bien dans le temps long d'une sonate ou d'une messe, d'une conférence ou d'un aveu amoureux, que dans le temps détaillé qui rythme l'intérieur d'une exécution musicale, ou enfin le temps infinitésimal séparant chacune des vibrations mécaniques du milieu ambiant à l'origine des sons, que ceux-ci soient musicaux ou verbaux.

Le temps long

Je n'insisterai pas sur le temps long d'un discours ou d'une symphonie. Il est essentiel pour leur définition. C'est en minutes qu'il pourrait se compter, des trois minutes d'une aria aux longs

moments d'une homélie, d'une cor
d'une messe, pendant lesquelles le
musique seront d'une qualité, d'une
identiques.

Depuis un siècle environ, les compositeurs indiquent volontiers la durée qu'ils impartissent à leurs œuvres. C'est un des critères de la qualité ultérieure de l'exécution, que surveillent volontiers les mélomanes quand ils achètent un CD, sur la pochette duquel est inscrite la durée de chaque enregistrement. Pourtant, on sait empiriquement que presque immanquablement, après vingt minutes — pourquoi cette valeur ? personne ne le sait — l'attention que l'on porte à un orateur faiblit et s'estompe ; elle doit être réveillée. Les enseignants en tiennent compte. Mais en musique, la même baisse de l'attention des auditeurs est difficile à observer. C'est d'ailleurs d'envoûtement ou de magie que parlent les passionnés de Wagner, quand on évoque la longueur des opéras du Maître ; mais l'entracte n'est-il pas la confirmation qu'une attention soutenue est impossible pendant six heures ? De même, dans un discours, la parole n'est pas seule : le silence a autant de poids. Plus l'autorité est grande, plus le verbe sera lent, et plus longs les silences.

Le temps détaillé

Le temps détaillé d'une œuvre, musique ou discours, a plutôt la seconde pour unité. Pour la parole, il rend compte de la vélocité de l'expression, c'est-à-dire de la quantité d'informations par seconde que contient le message entendu. Schématiquement, le débit phonémique, c'est-à-dire l'apport sémantique, augmente de l'aria au récitatif, et de celui-ci à la voix parlée. Pour comprendre quelqu'un qui parle de plus en plus vite, il faut faire de plus en plus attention. Et quand le train de ces informations sonores s'accélère, brusquement on ne comprend plus rien : le cerveau est dépassé. Notre encéphale a besoin d'au moins cinquante millisecondes pour analyser chacun des wagons qui composent ce convoi, pour le comparer à ce qu'il possède en mémoire, donc en comprendre l'ensemble. Ainsi la vitesse maximum de ce train imaginaire est de quinze à vingt wagons par seconde, ce qui correspond à peu près au plus grand nombre de notes que les mélomanes les mieux exercés peuvent identifier, et, dans ce domaine, leurs performances dépassent rarement une quinzaine de notes par seconde. Notons que cette tâche cérébrale consiste à reconnaître, à nommer, à comprendre. C'est un travail bien plus complexe et plus long que celui réalisé par l'oreille interne quand elle perçoit l'hiatus entre deux sons très brefs, tâche qu'elle sait effectuer en moins de deux à cinq millisecondes.

À l'inverse, quand l'audition est mauvaise, le cerveau peine beaucoup plus pour retrouver un sens à l'information tronquée qu'il reçoit. C'est pour cela qu'il faut diminuer le débit, parler lentement à un sourd pour lui laisser le temps de travailler, de s'aider, pour comprendre, de la lecture sur les lèvres de son interlocuteur, et finalement de deviner souvent les mots qu'il a mal entendus. C'est pour cela aussi que le mélomane vieillissant ne comprend plus les récitatifs ou les airs accélérés du *Barbier de Séville*, sauf s'il les sait par cœur.

Mais, dans d'autres circonstances, c'est l'acoustique de la salle ou le nombre des auditeurs qui altèrent le signal et rendent également indispensable le ralentissement d'un discours. Car l'élasticité de l'air n'est pas absolue ; elle présente un facteur d'amortissement qui gomme les traits de la vibration qui la parcourt. Même criés très fort, les mots sont mal perçus de loin, car leur sonorité est déformée, lissée, et peu à peu se change en bruit. Cela est encore plus vrai si les parois de la salle génèrent en écho des vibrations secondes, qui s'additionnent en désordre au signal initial. La science de l'acoustique des amphithéâtres ou des salles de concert décrit les solutions architecturales et les procédés d'amplification multiple les meilleurs pour éviter cet inconvénient. C'est une technologie lourde, dont les paramètres même à l'heure actuelle sont mal maîtrisés. Le Royal Albert Hall est célèbre, certes par sa taille et parce qu'il accueille les « Proms », mais sans doute autant par son écho, dont Thomas Beecham disait qu'il offrait à un compositeur contemporain la seule occasion d'entendre son œuvre jouée deux fois. Il est vrai que cet édifice fut construit il y a plus d'un siècle. On n'en admire pas moins les qualités sonores du théâtre antique d'Épidaure ou celles du baptistère de Pise, dont la coupole fut ajoutée au XVe siècle pour des raisons plus acoustiques qu'esthétiques[3].

Par ailleurs, un vaste auditoire se compose de nombreux individus, dont le temps de réaction à un message, même s'il est du même ordre de grandeur, n'est pas exactement le même, et s'applique en tout cas de manière asynchrone pour chaque phonème. Pour qu'une assistance perçoive le sens d'une homélie, chacune des unités qui la composent, c'est-à-dire chaque spectateur, doit avoir saisi le sens de chaque phrase avant que ne soit livrée la suivante. Les tribuns célèbres, qui s'adressent au public dans un stade, en tiennent le plus grand compte, car le temps nécessaire à la compréhension d'une foule est forcément plus long que celui dont aurait besoin un seul auditeur, pris en tête à tête.

C'est le temps que mettent les sons pour gagner nos oreilles — une seconde pour franchir trois cents mètres — qui rend obligatoirement la musique tributaire de l'espace. Longtemps les meilleures places, dans les églises ou les salles de concert, furent les plus proches de l'orchestre ou des chœurs, reléguant loin derrière celles des pauvres ou des roturiers. Les moyens modernes permettent aux compositeurs, qu'ils soient de scène ou de musique, d'imaginer des sources sonores multiples et d'inventer des théâtres en rond aux places plus démocratiques.

Le temps détaillé est important en musique, car c'est lui qui régit le rythme, le tempo, la mesure, la métrique. Il fait varier surtout l'intensité des sons, et à moindre degré leur fréquence ou leur durée. Ces variations, qui atteignent parfois le silence complet, sont partout présentes. Elles préviennent de la monotonie, de l'ennui et l'on sait qu'un des plaisirs de l'opéra est cet enchaînement de morceaux de durée et de forme variées qui s'opposent ou se complètent, en duo, récitatif ou quatuor.

Le *rythme* est l'organisation du temps en unités de durée comparables, même si elles sont, le plus souvent, différentes. Elles laissent à l'une d'entre elles, généralement la première chronologiquement, une prégnance particulière. Le cycle élémentaire est plus souvent binaire que ternaire — le rythme à quatre temps est deux fois binaire —, il fait donc plus habituellement sonner les notes au moment de la battue qu'entre les battements. Certaines de ces combinaisons reproduisent les formules et les termes de la dramaturgie antique. On les retrouve aussi en linguistique ; les logopèdes, notamment anglo-saxons, pour qui le rythme est important, établissent leurs tests de reconnaissance de la parole en opposant, parmi les mots dits syllabiques, les spondées faits de deux syllabes longues, les trochées faits d'une longue, puis d'une brève, etc. Ce cycle élémentaire, auquel le jeune enfant est très précocement sensible, s'organise en structures hiérarchiques de plus en plus complexes, que les mélomanes avertis peuvent seuls reconnaître. Le rythme est construit par la juxtaposition de notes de durée variable, blanche, double-croche, noire, etc. Il peut être la redite plus ou moins poursuivie du même mot ou d'une même phrase, d'une note ou d'une mélodie. Il peut coder des variations de fréquence ou d'intensité, ou être plus complexe encore, réalisant dans l'amplitude et la hauteur des symétries, des translations, des homothéties*. La formalisation de ces variations temporelles peut souvent faire émerger dans une œuvre so-

* Transformation d'un objet par agrandissement ou réduction selon un facteur identique pour tous ses éléments.

nore, notamment musicale, une fractalité insoupçonnée.

Mais, pour qu'elle soit sensible, cette répétition, qu'elle soit d'ordre musical ou qu'elle intéresse des mots ou des phrases, fait appel, dès la première écoute de l'œuvre, à la mémoire, notamment immédiate, qui est essentielle à la compréhension d'un message. En effet, ces unités sont en nombre variable, mais rarement plus de sept, comme si, au-delà, la formule rythmique n'était plus repérable par la mémoire. Or la capacité maximum de la mémoire immédiate est de sept unités, que celles-ci soient digitales, verbales ou visuelles.

Le *tempo* règle la durée des notes, celle d'une blanche, d'une noire, d'une croche, en attribuant à celle-ci la valeur d'un quart de seconde environ. Il n'est chiffré avec précision que depuis le début du XIXe siècle, avec l'arrivée du premier métronome construit par Maelzel. Cette durée peut varier au cours du déroulement d'une œuvre, faisant ainsi alterner mouvements rapides et mouvements lents. Cette agogique reste d'ailleurs rarement absolue, car, de tout temps, la liberté l'a souvent emporté sur la règle. C'est pour cela que les indications du tempo (*largo*, *adagio*, *presto*, etc.) sont si peu précises, au moins chez la plupart des compositeurs. En outre, lors d'une exécution, ce tempo dépend de l'état psychologique du musicien ou du chef d'orchestre, ou — comme Janine Reiss l'a évoqué — de ce que le chanteur veut exprimer lors d'un récitatif.

Pour illustrer la différence, en musique, entre rythme et tempo, il suffit d'imaginer l'impropriété de langage que l'on commettrait en disant

« le rythme s'accélère... », si on employait le mot rythme dans son strict sens musical : c'est de fait le tempo qui s'accélère, et le cardiologue musicien devrait l'évoquer, quand il observe une tachycardie, qui est une accélération de la fréquence des contractions cardiaques. Toutefois le mot rythme, dans sa signification la plus courante, reste bien la fréquence d'un phénomène répétitif. Mais, dans ces deux sens, il appartient au temps, et dans ces deux sens il va être analysé par l'hémisphère cérébral gauche.

Ce temps détaillé est aussi défini par l'indication de la mesure, qui est caractérisée par le fait qu'un groupement de temps identiques (2/4, 4/4, 9/12) est pensé et ressenti comme une unité, déterminant un caractère cyclique, c'est-à-dire la répétition d'une même formule. Il l'est enfin par la battue de la note la plus brève, qui, du chant grégorien aux œuvres les plus modernes, permet des groupements très libres d'unités temporelles différentes.

Quant à la *métrique* enfin, il s'agit, dans le sens anglo-saxon du terme, d'une appréciation plus large que le rythme, mais elle en procède, en assignant à l'ensemble de certaines œuvres un nom ayant une signification temporelle globale, tels valse, tango, slow ou marche.

Le temps infinitésimal

La mesure du temps infinitésimal est la faculté qui permet de reconnaître le nombre de vibrations par seconde d'un son, c'est-à-dire la hauteur d'une note, ou de distinguer les multiples sonorités qui composent le bouquet d'une voyelle, d'un accord ou d'un bruit. Au contraire des deux précédents, l'écoulement de ce temps infinitésimal n'est pas ressenti par la conscience. Néanmoins, comme pour toute appréciation, la mémoire est ici aussi mise à contribution. La mémoire auditive conditionne la reconnaissance, c'est-à-dire la différenciation des sons ou des notes. Elle permet de noter leurs particularités et souvent de leur donner un nom, tels ceux de la gamme.

La phase

Une des caractéristiques physiques des sons les moins connues est la phase. Les variations de pression, qui génèrent les vibrations à l'origine d'un son, réalisent une succession de pressions et de dépressions : je tire en haut, je ne tire plus, je pousse en bas, je ne pousse plus, et ainsi de suite. Et si d'aventure plusieurs centaines de fois par seconde j'effectue ces petits gestes, j'obtiens alors un son.

Supposons qu'à côté de moi quelqu'un fasse la même chose, mais en inversant le mouvement — il pousse quand je tire, et il tire quand je pousse — et cela exactement au même rythme que moi : il va réaliser le même son. Cependant, celui-ci, qui sonnera de la même manière que le mien, sera pourtant en opposition de phase avec lui. Si ces deux sources sonores sont placées de telle manière que le sens et l'énergie qu'elles dégagent s'annulent — le plus sûr serait qu'elles soient placées au même endroit — l'air restera immobile, et mon oreille n'entendra plus rien.

Cette situation est exceptionnelle. Cependant, s'il est rare que deux sons soient ainsi exactement en phase, ou au contraire en opposition de phase, tous les décalages de phase intermédiaires sont possibles. Mais les conséquences pratiques de ce phénomène sont peu sensibles, notamment en musique. Pourtant elles contribuent à nous faire localiser l'origine ou le déplacement d'une source sonore. Si deux sources sont séparées par une légère distance, leurs énergies, en m'atteignant, ne seront plus exactement semblables, à cause de l'amortissement dans l'air. De plus, elles arriveront à mon oreille avec un léger décalage de phase, lié au temps mis par l'onde de pression pour franchir cette distance. Ce décalage est l'un des moyens qui nous aident à localiser dans l'espace l'origine de ces deux sons, pourtant simultanés et identiques. On l'a pressenti, l'autre moyen sera l'effet de masque de mon crâne, qui entraînera une différence d'intensité des sons respectivement perçus par chacune de mes deux oreilles.

Ainsi l'oreille sent-elle aussi l'espace. La disposition des sources sonores les unes par rapport aux autres conditionne la nature du message qui parviendra à l'auditeur. Le contenu du mixage ainsi réalisé est influencé en particulier par la position occupée par l'auditeur au regard de la source sonore, mais aussi par la quantité d'énergie sonore réfléchie par les murs de la salle. Les parois poreuses absorbent les aigus, les parois lisses atténuent les graves. Nous avons évoqué plus haut les inconvénients de cet effet de filtre sur la composante spectrale des sons, dont la tonalité peut parfois être déformée. Les échos, en s'additionnant avec retard à la source sonore, peuvent aussi générer des distorsions. C'est une des raisons qui font, par exemple, que l'architecture d'une église est une composante importante de la musique sacrée, qui ne convient pas forcément à tous les types de musique qu'on y joue aujourd'hui.

On sait depuis peu que les relations de phase des vibrations sonores entre elles représentent un paramètre qui est en réalité très utile pour leur reconnaissance[4]. Dans un son complexe harmonique — qui constitue l'essentiel des voyelles et de la musique — la phase relative des harmoniques qui le composent assigne à chacun de ceux-ci dans le cerveau un site particulier d'identification qui lui est propre.

Par ailleurs la connaissance de la phase d'un son permet techniquement depuis peu d'annuler un bruit de fond, régulier et connu, par un contre-bruit en opposition de phase. On obtient déjà de bons résultats, à condition toutefois que la composante spectrale de ce bruit parasite qu'il faut supprimer, telle celle du ronron de certains moteurs, soit analysable en temps réel pour être immédiatement connue. Il faut pour cela que le générateur de sons, destiné à annuler ce bruit, puisse à la fois le reproduire fidèlement et se caler exactement en opposition de phase avec lui. Malheureusement, dans le quotidien, c'est rarement le cas. Le bruit de fond est habituellement un fouillis d'oscillations de fréquences aléatoires imprévisibles : on ne peut les reproduire sans prendre un certain retard nécessaire à les analyser, et il ne servirait à rien d'envoyer un autre son aléatoire, car deux hasards successifs ne sont jamais semblables ni symétriques.

La dimension fractale

Il existe dans la nature de nombreux objets dont la forme est la même, quel que soit le grossissement auquel on les soumet pour les examiner. Cet arrangement traduit une particularité physique spéciale, que l'on sait maintenant mesurer à l'aide d'une nouvelle dimension, fractale, définie par un nombre, caractéristique de cette forme, et variable d'un objet à l'autre. Un signal sonore, qui se déroule dans le temps, peut présenter une certaine fractalité, dans la mesure où son mode de variation — en rythme, en intensité ou en durée respective de chacun de ses composants, par exemple — sera identique, quelle que soit la durée étudiée de ce signal, qu'elle soit assez brève ou relativement longue. Cette variation peut intéresser aussi les intervalles de fréquence, le mode d'attaque de chaque élément sonore, la nature des instruments mis en jeu. Quand cette fractalité se retrouve, avec des valeurs semblables ou différentes, dans plusieurs de ces paramètres, on entre dans le domaine de la multifractalité, dont la définition mathématique et la mise en évidence pratique sont beaucoup plus complexes que si n'entre en jeu qu'un seul paramètre.

Il est important de savoir que l'on peut rétrospectivement retrouver, de manière plus ou moins approximative, ces variations fractales dans bien des œuvres musicales du passé[5]. Il en est de même pour certains bruits, et aussi pour la parole[6]. Cette fractalité, quand elle est mesurable, quantifie le désordre apparent, le degré d'irrégularité d'un signal ; à son propos on emploie volontiers le terme de rugosité. Le hasard, dont nous reparlerons, car il est toujours présent dans l'activité humaine la plus élaborée, souvent peut entacher, voire enrichir, d'une teinte stochastique l'algorithme qui définit l'éventuelle fractalité d'une sonorité.

On en est d'ailleurs venu à composer de la musique fractale, à l'aide d'algorithmes mathématiques, dont on fait varier *ad libitum* les paramètres — la mode étant actuellement de laisser une grande part au hasard —, de la même manière que les infographistes, peintres du numérique, exécutent des images fractales dont la splendeur nous surprend.

Le hasard

Comme à l'origine de toute œuvre humaine, le hasard, en apparence au moins, imprègne bien souvent la musique, peut-être à cause de notre méconnaissance des processus de sa conception et de sa réalisation. Quels sont les mécanismes de la créativité ? Comment s'assemblent les visions, les désirs du compositeur ? Comment expliquer le talent d'un musicien ? En dépit du grand nombre de paramètres qui définissent l'exécution d'une œuvre, le hasard, minimisé certes, reste présent, car il est impossible de maîtriser l'ensemble de ce qui fait la musique. C'est dans cette zone du possible que se glisse le talent des exécutants. Elle est étroite dans toutes les musiques classiques, c'est-à-dire éprises de rigueur.

Dans l'improvisation, elle s'élargit plus ou moins selon les limites que lui octroient le compositeur et le genre musical. Elle est beaucoup plus vaste dans le jazz, dans les musiques orientales, ou certaines musiques dites primitives, et davantage encore dans cet autre art sonore qu'est le théâtre.

Je ne vais pas disserter sur ces espaces de liberté, mais évoquer le hasard qu'on peut maîtriser par toutes sortes de techniques, pour favoriser la composition et l'exécution. L'application du hasard dans l'œuvre nécessite quelques notions mathématiques, aussi simples que celles du baccalauréat, dont la connaissance ne rebute plus aujourd'hui les compositeurs. L'emploi de l'instrument mathématique est un nouveau moyen d'expression, dont l'apprentissage sera peut-être aussi fructueux que ceux du passé qui ont réglé peu à peu l'écriture musicale jusqu'à nos jours.

Tous ces éléments nous aident à apprécier ce qui fait la richesse et la variété de la parole, de la musique ou des bruits. Autrefois, pour fixer et transmettre ses messages, l'homme a dû les coder, en inventant l'écriture, en définissant l'alphabet et la grammaire. Puis il a gravé des tablettes ou peint des papyrus. De même, pour noter d'autres sonorités, celles de la musique, il a convenu d'autres règles et fabriqué des instruments fidèles, capables de reproduire et de transmettre des sons spécifiques. De nos jours, on sait analyser, définir et maîtriser la fabrication de tous ces signaux. Des voix artificielles guident notre quotidien. Dans la musique numérique, tous les paramètres sonores, même le hasard, sont inscrits dans les registres de l'ordinateur qui va commander les synthétiseurs. Cette sténotypie informatique, si nous savions la lire aussi vite et aussi bien que les computeurs qui chantent ou disent ce qu'on leur a appris, pourrait remplacer l'écriture ou le solfège.

Essayons, maintenant, de préciser la complexité des messages, tels que la parole et le chant, afin de mieux comprendre ce qu'est la musique. Car les caractères physiques de ces signaux conditionnent les chemins qu'ils vont emprunter jusqu'à notre conscience.

LA PAROLE

La parole est sans doute — bien plus que le chant — le message sonore le plus compliqué, en raison de ses très grandes et très rapides variations dans les domaines des fréquences et des intensités.

Rappelons son origine, pour faire une comparaison avec celle, que l'on connaît mieux, des sons fournis par les instruments de musique. La parole est une variation du son fondamental produit par la sirène que forment les cordes vocales vibrant sous l'influence du souffle thoracique. La fréquence de ce fondamental dépend du tonus, de la longueur et de la masse de ces cordes, et de la puissance fournie par les muscles respiratoires. Elle évolue habituellement entre environ 100 et 150 Hz chez l'homme, et 140 à 250 Hz chez la femme et l'enfant.

Autour de sa valeur moyenne, la fréquence de ce fondamental peut connaître des variations limitées à une octave environ, qui vont réaliser celles de l'intonation. L'étouffement de certains groupements de ses harmoniques et le renforcement de quelques autres vont constituer les formants de la parole, car la forme des cavités supralaryngées, au-dessus des cordes vocales, se modifie de mille manières, au gré des muscles de la gorge, de la langue, du voile du palais et de la bouche, pour assourdir ou amplifier telle ou telle bande du spectre fréquentiel du son laryngé. Ainsi se créent de nombreux filtres acoustiques, dont le dernier, celui des lèvres, sait prendre aussi bien la forme d'un cor que celle d'un piccolo.

La parole, de la phrase au mot, puis du mot à la syllabe, se décompose jusqu'au phonème en éléments de moins en moins signifiants. Le phonème est la base sonore la plus brève permettant de distinguer différents mots. Sa détermination dépend donc de la langue considérée. Le *k* de *qui* ou de *cou*, quoique anatomiquement, c'est-à-dire musculairement façonné de manière différente en français, ne comprend pourtant dans cette langue qu'un seul phonème *k* puisqu'il n'existe pas en français, au contraire du hongrois par exemple, de mots qui se distinguent uniquement par la façon de prononcer cette consonne. Ces distinctions peuvent d'ailleurs être superfétatoires, car en français bien peu prononcent différemment « brun » et « brin ». C'est en tout cas pourquoi la liste des phonèmes, même si elle en est proche, est plus longue que celle des voyelles et consonnes réunies, surtout si elle se veut internationale. C'est pour cela qu'elle comporte des notations ésotériques, telles [e] qui est le *ai* de « lait » ou [ʃ] qui est le *ch* de « chat », bien codifiées par l'alphabet phonétique international.

L'analyse aussi bien que la synthèse de la parole conduisent à distinguer les phonèmes transitoires, de durée extrêmement brève, une dizaine de millisecondes, et les phonèmes stationnaires, qui durent entre 100 et 900 millisecondes dans le discours habituel.

Voyons d'abord ces phonèmes stationnaires. Ils comportent d'une part ce que j'appellerai les voyelles, en groupant sous ce terme les sons *an*, *on*, *in*, etc., au même rang que *a*, *e*, *i*, *o*, *u*, et d'autre part les consonnes longues, *f*, *s*, *v*, etc. Cette distinction est nécessaire, car les voyelles sont des sons complexes, somme de sons purs réguliers, tandis que les consonnes longues sont des sons irréguliers, c'est-à-dire des bruits, même si on distingue plusieurs degrés dans la part de hasard qui détermine la forme de leurs oscillations. Une voyelle est donc un son complexe périodique, riche en harmoniques, dont les intensités respectives sont très variables. En suivant leur expression sur un oscilloscope ou sur un sonagraphe, du plus grave d'entre eux — le deuxième harmonique — au plus aigu, on observe que l'intensité de certains d'entre eux se renforce, non pas de manière éparpillée, mais au contraire regroupée en plusieurs paquets, dont chacun dessine un pic, appelé *formant*. Les fréquences moyennes respectives des deux premiers de ces pics, constitués chacun par plusieurs harmoniques successifs notablement amplifiés, caractérisent une voyelle. Ainsi la voyelle *o*, par exemple, est-elle constituée par deux formants dont les valeurs moyennes varient d'un sujet à l'autre, mais restent respectivement voisines de 450 et 800 Hz. La voyelle *i* est constituée d'un formant de 350 Hz et d'un autre de 2 800 Hz. Le son *ain* possède des formants situés autour de 600 et de 2 000 Hz, etc. À ces deux formants permettant la reconnaissance vocalique s'ajoutent d'autres harmoniques plus élevés, mais d'intensité plus faible — les troisième et quatrième formants des voyelles notamment —, qui nous permettent de reconnaître les différents timbres propres à chaque individu, et deviner son humeur, ses intentions. C'est parmi ces harmoniques aigus que se trouve le formant des chanteurs, que nous allons voir plus loin.

À l'opposé, les consonnes sont composées de bruits dont la nature et la durée sont variables. Les consonnes longues, qu'elles soient fricatives (*f*, *v*), sifflantes (*s*, *z*), nasales (*m*, *n*), etc., durent presque aussi longtemps qu'une voyelle, notamment celle qu'elles précèdent, qui est celle sur laquelle elles s'appuient, tel le *a* de *fa*, par exemple. Le bruit qui les constitue est régulier, mais sa structure, plus ou moins proche d'un bruit blanc, varie avec la consonne. Chez certaines d'entre elles se surajoute à ce bruit le son fondamental laryngé, on l'appelle ici le voisement, ce qui permet de différencier *v* de *f*, ou bien *z* de *s*, ou enfin *j* de *ch*.

Certaines consonnes, *b*, *d*, *g*, *p*, *t*, *k*, se terminent par une explosion, qui est précédée soit par une période de voisement — c'est le cas de *b*, de *d* et de *g* —, soit par un bref silence — *p*, *t* et *k*. La forme de cette explosion, qui dépend de la place de la langue plus ou moins en avant dans la bouche, permet de distinguer l'une de l'autre ces trois paires de consonnes, qu'elles soient voisées ou non. Cette explosion est un signal sonore extrêmement bref, de l'ordre de 15 ms, constitué par la variation temporelle très rapide de l'intensité des quelques bandes de fréquences, à la fois larges et peu nombreuses, qui la constituent. Ce signal s'oppose donc à celui des voyelles, qui est formé par de très nombreuses et très fines bandes de fréquences, capables de représenter tous les harmoniques qui font le timbre de la parole, mais dont la variation temporelle est très lente, de l'ordre de la seconde, c'est-à-dire environ cent fois plus longue que l'explosion des consonnes.

La valeur sémantique relative des voyelles et des consonnes varie avec les langues. Janine Reiss nous a rappelé la faible valeur des voyelles en français, qui implique dans le chant d'accentuer les consonnes, notamment en roulant les *r*, pour améliorer l'intelligibilité d'une aria. Mais dans les langues asiatiques, comme l'a rappelé James Conlon, un même son vocalique peut avoir de nombreux sens différents, en fonction seulement de l'intonation donnée lors de sa prononciation.

En travaillant sur la transformation électrique du signal sonore dans les prothèses auditives, nous avons utilisé cette différence pour mettre au point, dans mon laboratoire, un traitement particulier destiné à l'implant cochléaire. Dans ces appareillages implantés, il faut optimiser la consommation d'énergie, qui vide rapidement les piles ou les batteries extérieures. Nos premiers systèmes s'efforçaient de transférer l'information fréquentielle la plus riche et la plus détaillée possible ; c'est pour cela d'ailleurs que la plupart des patients jusque-là totalement sourds retrouvaient assez vite un certain plaisir à écouter de la musique. Mais les variations temporelles rapides étaient mal transmises, car, pour économiser l'énergie, les informations n'étaient transférées à l'oreille que trois fois par milliseconde.

Il nous est apparu que, pour l'explosion des consonnes, il n'était pas nécessaire d'envoyer une information aussi fine, constituée de beaucoup de bandes de fréquence : en réduisant leur nombre, on gagnait du temps et de l'énergie sur l'analyse du signal qui les détermine. Il devenait donc possible d'envoyer les messages beaucoup plus rapidement et plus souvent, dix fois par milliseconde environ, juste pendant la durée de ces consonnes, sans augmenter la consommation électrique. Ce procédé a permis d'améliorer la discrimination des consonnes, et finalement celle de la parole[7].

Ainsi l'énergie ténue de nos ondes électromagnétiques s'exprimait-elle soit en une lente richesse fréquentielle pour les voyelles, soit par une rapide munificence temporelle pour les consonnes. Nous avons eu l'idée de ce perfectionnement il y a près de dix ans, en raisonnant en acousticiens économes, par simple déduction logique. Au début des années 90, personne ne savait que le cerveau en faisait pratiquement autant. Quelques années plus tard seulement, Zatorre, un neurophysiologiste de Montréal, a observé que c'est l'hémisphère cérébral gauche qui traite les signaux sonores constitués de bandes de fréquences larges et peu nombreuses se modifiant très rapidement, tandis qu'au contraire l'hémisphère cérébral droit prend en charge les signaux riches en harmoniques évoluant lentement dans le temps[8]. Sans le savoir, nous avions réinventé ce que fait le cerveau depuis bien longtemps. Quelle belle coïncidence !

Cependant, malgré les prouesses que la parole exige de nos sens, son intelligibilité ne fait pas appel à toutes les possibilités de notre perception sonore. Elle n'utilise guère que les fréquences dites « conversationnelles », comprises entre environ 100 et 4 000 Hz. Ce choix linguistique est une loi de la nature. Il est dû aux capacités acoustiques du conduit de l'oreille, du tympan et des osselets. En effet, comme une trompe ou un trombone ou la plupart des instruments de musique, l'ensemble des oreilles moyenne et externe, va entrer en résonance et amplifier certains sons, en trouvant l'énergie nécessaire à cela par l'étouffement d'autres fréquences, notamment les sons très aigus. En raison de la loi du moindre effort, si souvent observée en physiologie, l'homme a pris l'habitude de parler dans la zone où il entend le mieux : à cause du dessin particulier de ses conduits auditifs et de ses osselets, il parle dans une zone privilégiée entre 100 et 4 000 Hz. Ainsi la forme de notre oreille, parce qu'elle est responsable de notre grande sensibilité à ces fréquences particulières, conditionne-t-elle le son de notre voix.

C'est par un souci d'économie supplémentaire que le téléphone nous transmet une bande de fréquence encore plus étroite. Les ingénieurs des PTT d'autrefois, puis des Télécom d'aujourd'hui, l'ont encore rétrécie à la zone comprise entre 300 et 3 000 Hz, en tablant sur la grande redondance des informations contenues par les sonorités de la parole. Grâce à l'aide inconsciente que nous donne le sens général d'une conversation, la transmission du message se fait sans problème, bien que celui-ci soit tronqué. Mais pour les langues étrangères que l'on connaît mal, c'est déjà moins aisé. Et c'est encore plus difficile pour un mot, voire une syllabe, isolés de leur contexte. Cette carence d'information nous oblige alors, pour éviter certaines erreurs sémantiques ou d'orthographe, à épeler ces mots en précisant *b* comme Bernard et *p* comme Pierre, car la différence entre ces deux consonnes réside dans la perception du voisement, c'est-à-dire la vibration des cordes vocales, vrombissement grave et profond, dont la fréquence — son fondamental de la voix et du chant —, en gros inférieure ou égale à 200 Hz, est en deçà de ce que nous fournit le téléphone. Dans d'autres cas, on indique *f* comme Françoise, *s* comme Suzanne, car la distinction fine des sifflantes, qui fait la différence entre *f* et *s*, impliquerait la perception de fréquences atteignant 4 à 5 000 Hz, que ne nous apportent pas non plus les Télécom. Nous verrons que beaucoup de surdités, notamment celles dues à l'âge, voient leur atteinte prédominer sur la perception des fréquences aiguës, ce qui entraîne des confusions sur certaines consonnes plus que sur d'autres, sources des malentendus les plus désorientants.

C'est encore cette redondance de la parole qui est à la base d'autres procédés, tels les vieux vocodeurs ou les plus modernes prothèses auditives implantées. Au contraire du téléphone, ils transmettent toutes les fréquences de la parole, de 0 à 8 000 Hz. Mais ils les regroupent en quinze canaux, c'est-à-dire quinze bandes de fréquences différentes. C'est un peu comme si, pour jouer la symphonie du langage, il suffisait d'un orgue à quinze notes ! Il est vrai que ces quinze canaux couvrent une bande un peu plus large que celle du téléphone classique. C'est peut-être pour cela que ça marche. Le mérite en revient au cerveau.

La parole est aussi caractérisée par sa prosodie, c'est-à-dire la mélodie que forment les variations temporelles de son intensité, de la fréquence du fondamental laryngé et de la durée de chaque élément phonétique. L'ensemble de ces variations constitue l'intonation, qui à elle seule peut changer une interrogation en affirmation : *Il fait beau ?* ou bien *Il fait beau !* On pressent la multiplicité des éléments socioculturels, psychoaffectifs et sémantiques qui la composent. Et d'ailleurs, si le message sonore du rap, malgré son sens social ou politique, est souvent difficile à percevoir, c'est en partie à cause de sa simplicité mélodique, qui en estompe la signification.

La hauteur du fondamental laryngé varie entre 80 et 300 Hz. Elle est contrôlée par la tension des cordes vocales et la pression thoracique. Celle-ci varie en fonction du cycle respiratoire et s'arrête lors de chaque inspiration, provoquant une pause mise inconsciemment presque toujours à profit par le locuteur pour clore un élément de son discours. L'intensité de sa voix évolue donc en dents de scie, reflétant les mouvements de sa cage thoracique. Dans les stages de formation aux débats politiques de préaux, on conseille à l'orateur d'interrompre son interlocuteur et adversaire trop bavard au moment d'une de ces micropauses indispensables à la pénétration de l'air pendant l'inspiration, en lui reprenant la parole ou le microphone, pour, à son tour, ne plus le lâcher. Inversement, dans ces mêmes stages, on apprend à dominer son souffle, de manière que la reprise inspiratoire soit rapide et brève, inattendue surtout, pour ne pas laisser l'autre glisser en coin sa reconquête de l'auditoire !

En général, si l'intensité et la hauteur de chaque phrase déclinent régulièrement entre chaque inspiration, la ligne mélodique est aussi l'objet de microvariations dues à l'incessante séquence consonne/voyelle, qui constituent une succession de sons d'intensité faible, réalisés par la plupart des consonnes, et de sons d'intensité forte, qui caractérisent presque toutes les voyelles. Je n'insisterai pas sur ces éléments prosodiques. Ils ont fait l'objet d'études très poussées ces dernières décennies, dans le cadre de l'amélioration des prothèses auditives et de la synthèse ou de la reconnaissance vocale. Dans ce domaine, il faut retenir que le rythme de la parole est un paramètre aussi essentiel qu'il l'est pour la musique et le chant. Pour un sourd profond, qui perçoit encore les sons graves jusqu'à 500 Hz, être capable d'entendre le rythme des phrases de celui qui lui parle fait toute la différence d'avec la surdité totale, qui ne permet plus aucune sensation sonore. Ce rôle du rythme dans l'intelligibilité de la parole est tel que les sourds profonds, quand ils savent reconnaître les phonèmes aux formes que prennent les lèvres et la bouche qui les prononcent, parviennent en beaucoup de circonstances à dissimuler leur handicap, en dehors de tout appareillage auditif.

Tous ces paramètres acoustiques de la parole sont bien moins connus du public que ceux de la musique. Ils sont pourtant, pour la vie quotidienne, tout aussi utiles. Mais ils sont beaucoup plus difficiles à maîtriser physiquement, car ils sont en général beaucoup plus rapides. La reproduction numérique des chants d'un violon ou d'un hautbois est presque parfaite. Mais il suffit d'écouter les meilleures voix synthétiques pour se rendre compte de ce qui les sépare encore d'une voix naturelle.

LE CHANT

Comme on l'a fait pour la parole, nous allons voir maintenant les caractéristiques physiques des sons produits par le chant. L'ambitus de la voix chantée, de la basse à la soprano, occupe plus de trois octaves. Cette ampleur de variation fréquentielle du fondamental laryngé s'explique non pas seulement par la taille différente que possèdent les sirènes laryngées, mais tout autant sans doute par la mise en jeu de phénomènes physiologiques sortant de l'ordinaire, véritable gymnastique olympique, si ce n'est acrobaties laryngées, qui rendent compte des voix de poitrine, de tête ou de fausset, ou plus accessoirement du vibrato ou du trille.

Je ne voudrais pas céder à l'envie bien classique de considérer le système phonatoire humain comme un instrument de musique parmi d'autres. Il faut, en effet, s'en défendre, même si, des lèvres aux poumons, nous avons les moyens de créer beaucoup plus de sonorités différentes que l'orgue le plus imposant, fût-il de Barbarie ou d'ailleurs. Car le chanteur ne joue pas d'un instrument : il joue avec lui-même. Il vibre avec les muscles de sa gorge ou de son diaphragme, autant qu'il perçoit le frémissement soyeux de ses cordes vocales. Il s'entend doublement. Bien sûr, par le son de sa voix, qui comme pour ses auditeurs — mais bien avant eux — parvient à ses oreilles. Mais les sons qu'il émet font aussi vibrer ses muscles, ses os, sa boîte crânienne surtout, et stimulent ainsi en tout premier lieu son oreille interne, quelques fractions de seconde avant que l'air vibré de son chant, une fois sorti de sa bouche, ait pu ébranler son tympan et ses osselets.

Si l'on adopte une vision phylogénique de la musique, on constate que le chant a précédé l'artifice instrumental. On le retrouve dans toutes les civilisations anciennes, et les musiques primales, que l'on redécouvre aujourd'hui, lui laissent une place essentielle, quelle que soit la force de leurs appareils sonores. Longtemps, des origines gréco-latines jusqu'au Moyen Âge de notre civilisation occidentale, tétracordes, lyres ou violes ne furent que des accessoires de l'émission vocale ; ces outils paraissaient impurs, au point qu'ils furent bannis des monastères dans le chant grégorien, puis chassés des temples par la réforme calviniste. C'est l'explosion, dès la Renaissance, des moyens techniques de fabrication, qui, en créant des instruments dont la pureté était assurée, a permis qu'on produise des concerts sans chanteurs, et aujourd'hui des chants sans mélodie décuplés par les amplis électroniques.

La voix chantée, pour tous les musiciens, reste la musique idéale. Cette passion pourrait bien susciter les amours entre divas, instrumentistes ou chefs, que l'on relate dans le quotidien comme dans les biographies de compositeurs. Quelle est donc la particularité de la voix chantée ? Comme la parole, le chant transmet aussi des phrases, des mots, des phonèmes, donc des messages. En quoi diffère-t-il de la parole ? Quelles caractéristiques physiques distinguent le bel canto du rock ou du grégorien ?

La modulation phonétique du chant est temporelle et fréquentielle. Le chant, sauf certaines exceptions, est presque toujours plus lent que la parole. L'allongement du débit porte surtout sur les voyelles. Ce temps gagné permet au larynx de changer la fréquence de son fondamental et de moduler, en une succession plus ou moins rapide d'intervalles, la hauteur de la sonorité d'une voyelle longuement prononcée. Pour l'auditeur l'écoute n'est plus tellement le sens des mots et des phrases que celle de la mélodie ou des harmonies réalisées avec les instruments de l'orchestre. La mélodie du chant, quand elle évolue dans tout l'ambitus dont elle est capable, contribue encore à diminuer le sens des phonèmes prononcés. Quand elle est chantée du grave à l'aigu, la discrimination des formants fréquentiels d'une voyelle est encore possible tant que le fondamental laryngé du chanteur reste en moyenne inférieur à 800 Hz, mais dans les zones suraiguës, il devient très difficile de distinguer un *a* d'un *i*. Cette sonorité n'est plus que musicale ; elle ne possède plus de signification linguistique précise, quel que soit l'argument du livret dont elle fait partie.

Comme Ligeti nous le faisait remarquer avec insistance, le chant comporte aussi le bruit des consonnes, bruits remarquables parce que chargés de tout le sens de la langue qu'elles expriment, même si certains compositeurs n'y font appel qu'en les privant de toute valeur sémantique, à l'instar d'un froissement de papier ou de la chute d'une goutte d'eau.

Par ailleurs, à ces sons complexes périodiques et à ces bruits dont le mariage est caractéristique de la parole, peuvent s'ajouter les variations propres à chaque chanteur, telles les oscillations des bruits aléatoires, blancs ou presque, que contiennent par exemple certaines voix râpeuses, ou bien la variation à quelques hertz de la hauteur du fondamental laryngé qui constitue le vibrato.

Mais, dans notre civilisation occidentale, il est apparu progressivement depuis le Moyen Âge un caractère physique supplémentaire, le formant des chanteurs, que l'arrivée des microphones et des amplis pourrait bien, peut-être, éliminer de notre culture. Avec la montée de l'individualisme de la Renaissance, et le goût venant pour les idoles, qu'elles soient castrat ou diva, la voix des chanteurs s'est efforcée de devenir puissante et séduisante. Elle a perdu son caractère haché que lui avait légué la parole. En devenant parfaitement continue, elle s'est faite plus persuasive pour les auditeurs. Les professeurs de chant, du XVIe au XVIIe siècle, notamment en Italie, ont peu à peu trouvé et enseigné les gestes du visage et de la gorge permettant à leurs élèves à la fois d'assurer le legato propre au chant lyrique et d'obtenir une intensité vocale inconnue jusque-là. Ainsi est né le concept de voix cultivée, en partie synonyme de voie travaillée. Pour répondre à la demande d'un public nouveau, qui n'était plus d'église ni de palais, les maîtres à chanter ont enseigné comment modeler la langue dans les cavités pharyngo-labiales pour obtenir la plus intense des résonances. En s'épargnant d'être aussi véloce que la parole, le chant, plus lent, a récupéré par cette technique une énergie qui lui a permis d'être beaucoup plus intense, de porter plus loin et de jouer à égalité ou presque avec la plupart des orchestres. Car, à leur insu évidemment, ces professeurs ont fait apparaître dans le spectrogramme de leurs chanteurs ce formant spécial tout à fait particulier.

Comment définir le formant des chanteurs ? C'est, dans l'éventail des harmoniques laryngés, un renforcement d'intensité très net au voisinage de 3 000 Hz. Il se constitue par une fusion des troisième, quatrième et cinquième formants, que l'on peut observer dans la parole ou la voix chantée ordinaire. Il est dû anatomiquement à un élargissement du pharynx, combiné à un abaissement du larynx, modifications auxquelles parviennent les manœuvres et les « trucs » utilisés par les chanteurs[9]. Son pic, de timbre aigu, faible et imperceptible en tant que tel, est présent quelle que soit la voyelle prononcée, tout le long de la vocalise, ininterrompu, malgré les intervalles musicaux les plus larges ou les plus grands changements phonémiques. Son unité, sa permanence donnent le liant et la qualité de la voix chantée.

Je n'insisterai pas sur les « recettes » qui permettent à l'artiste de maîtriser autant la masse ou la tension de ses cordes vocales que la pression de l'air thoracique, ou la forme en trompette de son entonnoir laryngé, pour obtenir le formant le plus intense et le plus pur. Il suffit de savoir que tous ces procédés, enseignés depuis plusieurs siècles, ont pour effet aussi bien de mettre en valeur l'ensemble des harmoniques du son fondamental, dont la richesse conditionne le timbre et la qualité de la voix, que d'économiser les forces du chanteur et la fragile texture de son organe. En général, le moyen le plus efficace, s'il est en outre le plus simple et le plus économe, donne souvent une impression d'aisance, c'est-à-dire de beauté. Cette valeur esthétique explique sans doute l'engouement pour le chant lyrique. C'est grâce à la puissance de ce formant que les plus belles voix d'autrefois, et d'aujourd'hui, ont fait carrière, ou pu briser des verres de cristal et combler des salles immenses jusqu'au paradis.

Le formant des chanteurs, même s'il plaît encore aux foules des salles d'opéra, n'est peut-être qu'une mode qui n'aura duré que quelques siècles. En effet, il n'est plus utile à la plupart des chanteurs actuels, car les amplis ont remplacé cette puissance. Mais les machines électriques n'enrichissent pas leur timbre. La voix des artistes devient plate et sombre. Qu'importe, puisqu'elle plaît à leurs admirateurs !

Notons enfin que le chant, sous toutes ses formes, a une vertu œcuménique et rassembleuse, que possèdent beaucoup moins la parole partagée qu'est la prière ou même les harmonies créées à plusieurs par le jeu en orchestre. Quand une chorale chante, le plaisir pris en commun fait disparaître barrières ou répulsions. Certes, le pain mangé ensemble possède un peu les mêmes vertus, mais le chant est plus fort que l'eucharistie. L'explication physiologique paraît évidente. De la sangle abdominale, qui pousse le contre-*ut*, au cortex auditif, tous les organes s'entendent chanter par les muscles, les os, les oreilles ; de toutes parts, ce sont les trois quarts du corps qui jouent avec lui-même. Dans un chœur, chacun partage avec l'autre les mêmes frémissements, et cette sympathie dure parfois plus que le temps du concert.

LA MUSIQUE

La plupart des sonorités de la musique, à l'inverse de celles de la parole, évoluent moins vite dans le temps, mais utilisent au contraire toute notre sensibilité fréquentielle, jusqu'à 12 000 Hz et plus, tout près des ultrasons. Les multiples harmoniques du son complexe d'un violon ou d'une flûte contribuent pour chacun d'entre eux, même ceux d'un rang élevé, les plus aigus, et ceux dont l'intensité est la plus discrète, à la finesse de son timbre et à sa valeur hédonique.

Cette différence physique explique peut-être l'effet magique de la musique. Elle rend compte en tout cas des exigences de la reproduction musicale. La membrane d'un haut-parleur suit fidèlement les variations les plus rapides du champ électromagnétique auquel elle est soumise. Mais sa fidélité va dépendre de ses possibilités de résonance : il faut de larges baffles et une grande énergie amplificatrice pour les sons graves, et des structures différentes pour les sons médiums ou aigus ; plusieurs membranes seront presque toujours nécessaires, chacune étant dévolue à une bande de fréquence particulière. On comprend pourquoi la reproduction fidèle de la musique implique des enceintes volumineuses et complexes, alors que le petit haut-parleur médiocre d'une prothèse auditive suffit pour bien transmettre la voix.

On pourrait facilement céder à l'envie de considérer l'écriture musicale comme l'homologue de la transcription phonétique. Mais il faut remarquer que la parole, par sa grande variabilité d'un sujet à l'autre, celle des voyelles notamment, recouvre le spectre fréquentiel qui la contient de manière continue, même si elle est plus ou moins homogène. Une infinité de sons est donc possible, que seul un spectrogramme pourrait correctement nommer, ce qui contribue à expliquer les limites et le faible usage de l'alphabet phonétique. La musique, en revanche, surtout si on ne considère que la musique occidentale des cinq siècles passés, est constituée d'un nombre fini de notes. Celles-ci se déterminent à la fois par rapport à un étalon fréquentiel — fixé à 440 Hz pour le *la*-3 par plusieurs conventions internationales successives* — mais aussi par leur durée, par l'instrument qui les joue, etc. Pourtant l'analogie devient valable si on considère les musiques anciennes, dont l'étalon fréquentiel est incertain, ou les musiques contemporaines, notamment les créations modernes purement numériques, car pour elles aussi un spectrogramme fidèle est la plus sûre notation.

Parmi les éléments qui définissent l'écriture de la musique, arrêtons-nous un instant par facilité didactique sur les notes, et plus précisément sur leur fréquence, ce nombre qui exprime leur hauteur. À ce propos, je voudrais tout d'abord, pour les rassurer, faire remarquer à ceux que les logarithmes inquiètent qu'ils en usent tous les jours quand ils lisent une portée musicale. En effet, le niveau où se place une note sur ou entre les lignes est fonction de sa hauteur, c'est-à-dire de sa fréquence, non pas de manière directement proportionnelle, mais tout simplement semi-logarithmique, et cela sans douleur pour les méninges les plus rebelles au charme des nombres.

Deux notes, de hauteur différente, déterminent un intervalle. Celui-ci est un rapport de fréquences. Or ce rapport peut prendre certaines valeurs remarquables par leur arithmétique et leurs caractères harmonieux. Celles qui correspondent à l'octave et à la quinte semblent avoir été privilégiées de tout temps par quasiment toute l'humanité. Or, disons-le dès maintenant, cette préférence n'est pas seulement culturelle, comme on

* Je reparlerai plus loin des fluctuations de ce pauvre étalon, que l'on a accusé bien à tort de monter progressivement avec les années.

l'estime habituellement ; elle procède aussi de la mécanique innée de l'oreille interne, car on sait depuis peu que ces rapports se retrouvent dans la quantification de certains phénomènes qui permettent la discrimination des fréquences.

La fréquence fondamentale de deux notes différentes permet de définir l'écart de hauteur qui les sépare, en notant le rapport des fréquences des sons purs qui déterminent ces deux notes. Ce rapport est une fraction, dont — par définition — le numérateur est toujours la note la plus élevée. Elle sera donc toujours supérieure à 1. Elle prend par exemple les valeurs 2 ou 1,5 ou 1,33333 pour, respectivement, l'octave, la quinte ou la quarte.

Un peu d'arithmétique va être nécessaire, mais les choses seront plus faciles en jouant de nouveau avec les deux cordes empruntées à Pythagore, dont l'une était deux fois plus courte que l'autre (ill. 3). Nous avons rappelé la relation qui unit le fondamental F0 de la plus longue et le premier harmonique F1 de la plus longue, avec le fondamental F0 de la plus courte, c'est-à-dire : F0 de la plus courte = 2 × F0 de la plus longue = F1 de la plus longue.

En prenant comme référence la corde la plus longue, la valeur de la fraction qui définit l'intervalle est égale à *fréquence la plus élevée/fréquence la plus grave*, c'est-à-dire F0 de la plus courte/F1 de la plus longue, c'est-à-dire 2 × F1 de la plus longue/F1 de la plus longue = 2/1, c'est-à-dire 2. Cet intervalle s'appelle octave. Les deux notes sonnent à l'unisson. La sensation harmonieuse que celles-ci engendrent est tellement consonante qu'il peut être difficile de les distinguer, lorsque leur intensité relative et leur timbre les rendent proches.

De tout temps, l'homme a marqué pour l'octave une sensibilité particulière. Dans les chœurs primitifs sans polyphonie, les voix sont à l'unisson, mais les hommes chantent à l'octave inférieure à celle des femmes et des enfants. Cette affinité pour l'octave a été longtemps mise sur le compte de l'éducation et de l'environnement. Elle est telle que la confusion entre deux notes espacées d'une octave est fréquente, même chez les musiciens exercés.

La prédilection de l'oreille humaine pour la quinte, que nous allons définir dans un instant, se retrouve également dans la plupart des cultures. Elle est aussi évidente que son attirance pour l'octave. Les premiers harmoniques d'une sonorité quelconque sont presque toujours les plus intenses ; le premier et le second d'entre eux déterminent le fondamental de l'octave et de la quinte de cette sonorité. À soi seul, cela pourrait expliquer cette sensibilité particulière. Nous verrons, dans les mécanismes du codage fréquentiel dans le nerf auditif, d'autres raisons physiologiques qui expliquent cette particularité remarquable de l'oreille musicienne.

Pourtant cette belle arithmétique n'est physiologiquement vraie que sur une zone limitée de l'éventail des fréquences audibles. Tout d'abord il faut savoir, mais peu de gens le gardent à la mémoire, que la notion selon laquelle la sensation de hauteur tonale d'un son pur — phénomène subjectif — est une fonction simple du logarithme de la fréquence n'est vraie qu'à de petits détails près, sur lesquels je ne me m'étendrai pas, car ils ne sont toujours pas élucidés. La même imprécision existe, bien sûr, si on compare des intervalles entre eux. La relation entre la sensation de hauteur d'un son pur et le logarithme de sa fréquence n'est une droite qu'entre environ 500 et 5 000 Hz. Au-dessus de cette zone, le double d'une certaine fréquence ne sonnera pas à l'octave de celle-ci, mais de manière légèrement plus grave, ou au contraire plus aiguë dans la zone inférieure à 500 Hz.

Une telle « anomalie » attire l'attention du chercheur. Lorsque la représentation graphique de la corrélation entre deux phénomènes expérimentaux est celle d'une fonction mathématique bien identifiée, cela signifie souvent qu'il y a une relation également bien définie entre ces deux phénomènes. Lorsque, pour une certaine valeur de l'un d'entre eux, apparaît une cassure, c'est-à-dire un changement de la forme de cette courbe et de sa formulation mathématique, cela peut vouloir dire qu'un ou plusieurs éléments supplémentaires sont intervenus à cet endroit dans la relation des faits étudiés. On doit donc penser qu'au-delà de la zone médium privilégiée, quelque chose de différent se produit, dont la nature reste pour l'instant obscure, même si plusieurs hypothèses tentent de l'expliquer.

Voilà pourquoi les acousticiens ont inventé une nouvelle unité, le mel, qui traduit ce phénomène : 6 800 mels sonneront exactement comme l'octave de 3 400 mels. Cette unité n'est que psychophysique, donc difficile à définir, et parfois variable d'un sujet à l'autre. Elle est surtout nécessaire quand on étudie des sons purs, totalement absents dans la musique instrumentale.

Aussi le mel en pratique n'est-il guère employé. Il pourrait cependant refaire surface avec l'usage des synthétiseurs en musique, car le son pur est pour eux la sonorité la plus simple à réaliser.

Par ailleurs, il est courant de noter que certains musiciens exercés sont capables de distinguer sans coup férir l'intervalle microtonal de notes fréquentiellement très proches, mais peuvent confondre deux notes à l'octave. Une mélodie, si elle est faite de sons purs, est beaucoup plus difficilement reconnaissable si elle est transposée d'un intervalle quelconque que si celui-ci est une octave. D'autres phénomènes du même ordre conduisent à admettre aujourd'hui que la comparaison de la hauteur tonale d'un son périodique aurait deux manières d'être appréciée. L'une tient compte de la valeur de sa fréquence, on l'appelle « tonie » ; cette sensation permet, en entendant deux fréquences, de savoir si l'une est plus aiguë ou plus grave que l'autre ; elle est efficace sur toute la largeur du spectre audible. L'autre compare, entre deux notes, l'importance de leur rapport d'octave : c'est le « chroma », sensation qui n'est perceptible qu'entre 60 et 5 000 Hz. Cette conception va trouver sa justification physiologique dans la description du codage nerveux qu'effectue l'organe de Corti dans l'oreille interne.

C'est pour cela que tous les musiciens sont capables d'identifier l'intervalle que forment deux sons successifs dont la fréquence fondamentale est comprise entre 60 et 5 000 Hz. Mais, au-delà de ces limites, bien qu'il s'agisse des sons complexes harmoniques de leurs instruments, cette identification devient très difficile, même si la sensation de hauteur continue pourtant à changer avec la fréquence. C'est parce que le chroma, qui identifie les intervalles avec une force particulière pour l'octave, n'existe que dans cette zone limitée du champ fréquentiel. La tonie, au contraire, perçoit qualitativement seulement les changements de hauteur survenant dans la totalité de la zone audible. Cette double appréciation de la hauteur tonale des sons purs explique la discordance entre le mel et la sensation d'intervalle. Bien sûr le conditionnement culturel facilite la perception du chroma : pour estimer la similarité de deux sons, les musiciens donnent à deux sonorités formant octave un score de similarité beaucoup plus fort que les non-musiciens ; cependant des nourrissons de trois mois estiment déjà plus similaires deux sons à l'octave que deux sons formant un intervalle de septième ou neuvième. Nous verrons les mécanismes physiologiques de ces deux modes d'appréciation de la hauteur en décrivant le fonctionnement de l'oreille interne.

Revenons à la quinte, et à notre corde de référence. Réduisons celle-ci, non plus à la moitié mais au tiers de sa longueur. Puis, comparons le son qu'elle produit avec celui de notre deuxième corde, qui devient cette fois la plus longue. La taille des deux cordes, qui chantent dans cette nouvelle expérience, est alors, respectivement, de la moitié, et du tiers de celle de notre référence initiale. La fraction relatant les fréquences de ce nouvel intervalle est égale à 3/2, c'est-à-dire 1,5 : c'est la quinte. Cet intervalle est le plus simple, après celui de l'octave. Sa consonance est aussi très harmonieuse. La prédilection dont elle est l'objet n'est pas non plus, comme l'octave, uniquement culturelle, car, nous le reverrons plus loin, ce rapport de quinte se retrouve dans l'arithmétique du fonctionnement des cellules ciliées externe de l'oreille interne. Mais, avec la quinte, contrairement à l'octave, il n'y a aucun risque de confusion entre le premier harmonique de l'une et le fondamental de l'autre.

Le cycle des quatre premières quintes permet de définir les cinq tons du système pentatonique, le plus vieux système de fractionnement de l'octave retrouvé dans les anciennes civilisations. Sa description arithmétique a été faite par Pythagore, en mesurant la longueur des cordes qui fournissent ces intervalles privilégiés.

Cependant, en poursuivant le cycle des quintes, on s'aperçoit que la treizième note de la douzième quinte est presque équivalente, mais légèrement supérieure, à la huitième note de la septième octave. Ce tout petit intervalle qui les sépare, le comma pythagoricien, est égal à 5,885 savarts. Équivalant à près d'un cinquième de demi-ton, il est facilement perceptible par la plupart des oreilles. Sa répartition, de manière à peu près égale sur la valeur fréquentielle de chacune des notes présentes dans cet éventail de douze quintes, est à la base du tempérament égal, défini en 1691 par Werkmeister, et presque universellement utilisé depuis dans la musique occidentale.

Mais comment s'explique ce décalage dans nos sensations, cette discordance entre ce que nous ressentons et ce que nous devrions ressentir ? Pourquoi, en montant par sept octaves successives, ne parvenons-nous pas au même étage sensoriel que celui où nous conduit l'escalade de nos douze quintes ? La vérité est que, arithmétiquement, ces niveaux ne sont pas identiques. Quelle que soit la fréquence F, initiale — c'est la tonique des musicologues —, la fréquence finale obtenue par la voie des octaves sera $2^7 \times F$ soit $128 \times F$, et celle fournie par le chemin des quintes sera égale à $1{,}5^{12} \times F$, soit $129{,}75 \times F$. Cette discordance apparente doit être rapprochée de celle qu'on observe dans les graves et aiguës extrêmes, qui a conduit les psychoacousticiens à inventer et définir le mel, cette unité de sensation de hauteur évoquée quelques paragraphes plus haut.

Continuons encore deux ou trois fois cette manœuvre et ces mesures initiées par Pythagore. Prenons notre corde, égale au tiers de la corde de référence, et écoutons l'intervalle formé par sa vibration avec la vibration de la corde de référence, ramenée au quart de sa longueur. La fraction qui définit cet intervalle est égal à 4/3, c'est-à-dire 1,33333 : c'est la quarte. (Remarquons, en passant, que si 2 et 3/2 sont des nombres entiers, 4 au contraire n'est pas divisible par 3.)

En poursuivant pour retrouver, approximativement, l'octave supérieure de la référence, nous définirons les tierces majeure puis mineure, puis les sixtes majeure et mineure, dont les rapports d'intervalle sont respectivement égaux à 5/4, 6/5, 5/3, 8/3. Ces intervalles sont à la base de la gamme diatonique. Mais il faut noter que le rapport de la sixte majeure 5/3 n'est pas non plus un nombre entier. Or ces intervalles non entiers sont réputés être moins consonants à l'oreille que les intervalles entiers, telle l'octave, la quinte, la tierce majeure.

Le culte de l'arithmétique doit pourtant rester lucide quand il s'applique à la musique, quels que soient les mérites passés de Pythagore. Estimer, dans la gamme diatonique, que seuls sont harmonieux les intervalles dont les rapports de fréquences forment un nombre entier, et proscrire les autres dont les valeurs sont non entières, au prétexte que de ce fait ils seraient dysharmonieux, a tout d'une superstition qui relève de l'aspect divin que la numérologie avait dans le passé ; elle a mis près de mille ans à perdre son pouvoir dictatorial, mais n'a pas disparu complètement. De même, rechercher le nombre d'or dans la valeur de certains des intervalles musicaux relève aussi de ce fétichisme numérique, surtout lorsque pour retrouver sa valeur on n'hésite pas à franchir des approximations si larges qu'elles perdraient toute significativité si elles s'appliquaient à des données scientifiques. Ce nombre d'or est l'enfant le plus connu de la suite de Fibonacci. Il s'agit d'une suite de nombres, 0, 1, 2, 3, 5, 8, 13, 21, etc., dont chaque terme est égal à la somme des deux qui le précèdent, et dont le rapport entre deux termes consécutifs tend vers le nombre d'or qui est égal à 1,618634 — le nombre de décimales étant infini. Dans beaucoup d'arts plastiques, ce nombre, ou son inverse 0,618, est le gage de l'esthétique et le secret de la beauté, lorsque, de-ci de-là, il égale les proportions que prennent entre eux les éléments de la composition d'un temple grec ou de *La parade* de Seurat*. C'est vrai qu'en cherchant un peu — Ligeti le soulignait — on retrouve ce nombre un peu partout, porteur à la fois de la vivacité de son asymétrie et de l'équilibre de la médiane. On le rencontre, mais de manière approchée, dans la sixte, qu'elle soit majeure (1,66) ou mineure (1,6), ou bien, et de manière plus exacte, dans le rapport que forment entre eux les demi-tons chromatique et diatonique. Mais peut-on sans hésiter l'appliquer aux domaines sonores ? Ce n'est pas sûr.

Ces remarques mathématiques pourront peut-être un jour démasquer d'autres préférences générales, qui ne seraient pas spécifiques de notre musique occidentale, telle par exemple la quarte, dont on dit, sans pouvoir encore l'expliquer, qu'elle est l'intervalle vocal le plus « naturel » ! Cependant, ce sont en grande partie les facultés d'abstraction de notre civilisation qui ont engendré sa musique et qui en expliquent le développement généralisé. Pourtant, l'approche numérique et physiologique de l'octave et de la quinte nous le laisse déjà penser : dans la musique, tout n'est pas d'origine culturelle.

Rappelons, pour finir, deux notions bien connues. Tout d'abord, l'appréciation de la hauteur d'un son dépend de sa durée. Celle-ci doit être au minimum de l'ordre de 1/15 de seconde. Au-delà de douze notes par seconde, environ, la hauteur de chacune d'entre elles est moins bien perçue, et, dans les passages musicaux très rapides, jouer

* On estime par exemple qu'un rectangle de largeur L, découpé en deux par une droite parallèle à ses bords, ne l'est de manière harmonieuse que si cette droite découpe cette largeur en deux segments de longueur respectivement égale à $0,6 \times L$ et $0,4 \times L$.

faux est plus difficile à déceler et à apprécier. Il faut en effet que l'oreille interne reçoive un nombre suffisant de vibrations mécaniques constituant chaque note pour pouvoir analyser les différents sons purs qui la composent.

Mais l'estimation physiologique du temps dépend sans doute aussi de l'horloge interne de chacun. Le temps passe lentement quand on est jeune, et de plus en plus vite à mesure qu'on vieillit. Pour un enfant d'un an, un mois représente un douzième de sa vie, soit la même valeur relative que six ans pour un septuagénaire. On peut estimer que, ramenée à la durée de vie écoulée pour chacun, l'unité relative de temps d'un senior, de même qu'elle embrasse plus de jours et de saisons, contient beaucoup plus de vibrations sonores que celle d'un écolier. Aussi une œuvre musicale parfaitement mémorisée dans l'enfance peut-elle être perçue trop haut quand on devient vieux, ce qui peut entraîner le souhait de faire descendre le diapason de référence pour combler cette distorsion*. Le temps passe aussi plus vite quand on est en phase d'excitation psychique ; c'est pourquoi, pendant un concert — James Conlon nous l'a fait entrevoir —, le diapason peut monter sans qu'on s'en rende compte, si on est pris par le plaisir de l'écoute. Au contraire ce temps passera bien plus lentement s'il se teinte d'ennui.

Précisons enfin que lors de l'attaque ou de la fin d'une note de musique, une irrégularité caractéristique de l'instrument module l'installation ou

* Nous allons retrouver ce phénomène à propos des fluctuations fréquentielles du diapason.

la fin du signal périodique. Cette addition d'un bruit signifiant est aussi essentielle pour donner sa vie à la musique, que l'est pour la parole l'irrégularité des consonnes et son riche contenu sémantique.

LES BRUITS

Les bruits, rappelons-le, sont caractérisés par l'apériodisme de l'oscillation de l'onde sonore qui nous permet de les entendre. Nous en avons vu plus haut les caractères physiques. Ils méritent d'être ici à nouveau évoqués, au même titre que la parole et la musique, à la constitution desquelles ils participent souvent. Ils y incarnent le désordre et l'imprévisible, face à la régularité volontairement variable de l'élocution ou de l'art musical.

Dans la nature, tout n'est généralement que bruit, car les sons périodiques y sont extrêmement rares. La mer, le vent, la pluie sont apériodiques. S'il n'y avait le glissando du miaulement du chat, la basse ou l'aigrelet du mugissement de quelques ruminants, et surtout le chant des oiseaux, l'homme paraîtrait le seul capable de les produire. Une grande partie des chants de la plupart des volatiles est en effet constituée de sons périodiques, dont la richesse harmonique est souvent considérable. C'est cette périodicité qui nous les fait trouver harmonieux, plus beaux que le jappement d'un chien, le cri d'un corbeau ou le coassement des crapauds. Les intervalles, les rythmes qui les constituent commencent à peine à être étudiés. Certes, on connaît la quarte du coucou, que l'on retrouve dans la *Symphonie pastorale*. Mais quand il s'énerve à partir de juillet, cet oiseau rajoute une syllabe à son chant, qui devient *cou-kou-cou* en un *kou* supplémentaire haussé souvent d'un quart ou d'un demi-ton rageur. Et que sait-on des fluctuations laryngées de la mésange charbonnière, dont les trilles évoquent de nos jours pour beaucoup de citadins les vacances ou le repos ?

Il est logique que la maîtrise de l'enregistrement et de la reproduction des sons ait conduit les compositeurs de musique concrète à rassembler divers signaux mêlés de sonorités musicales classiques. Ces bruits étrangers, ou ces sons connus, quels qu'ils soient — onomatopées, sirènes ou moteurs —, n'ont de sens que parce qu'ils sont le fruit d'un long ou ancien conditionnement. Pourquoi ne pas comparer ces ensembles sonores aux « installations » qui nous intriguent dans les musées d'art moderne ? Pourquoi la musique concrète devrait-elle être considérée comme une des formes les plus élaborées de la composition musicale actuelle ? Ces collages font appel, dans notre mémoire, à des réflexes sémantiquement très signifiants, qui ne peuvent pas être transcendés comme le sont les sonorités musicales. C'est sûrement pour conserver sa puissance évocatrice que le coucou de Beethoven ne chante que deux ou trois fois.

La plupart des bruits ont la réputation d'être une pollution de notre environnement. Les techniques numériques permettent de les éliminer. Elles rendent possible une très grande fidélité d'enregistrement et de reproduction des sources sonores les plus diverses, qu'il s'agisse du chant, de la parole ou de la musique. Elles permettent de les épurer, d'améliorer les graves, d'augmenter les aigus, de diminuer le bruit de fond, d'effacer le bruit inspiratoire du souffle repris qu'on devine parfois, voire de gommer certains bruits parasites. Les prises de sons annulent une porte qui bouge, un auditeur qui tousse, etc. Mais on en arrive ainsi à des messages déshumanisés, parce que stérilisés. Car l'oreille perçoit aussi les odeurs sonores minuscules de la quotidienneté, auxquelles nous ne prêtons presque jamais une attention consciente. Elle peut donc souffrir de ce qui devient de véritables distorsions dans certains enregistrements haute-fidélité qui, à force d'avoir supprimé tous les bruits parasites inévitables d'une salle de concert, annihilent également la chaleur humaine d'un plaisir partagé. N'oublions pas que, si respectueuse et silencieuse qu'elle soit, la foule d'un auditorium génère à elle seule un bruissement de 15 dB.

Beaucoup de mélomanes regrettent l'effacement des bruits de fond, gommés dans certains enregistrements trop purs. D'ailleurs, la mode est aujourd'hui à prôner les enregistrements « live », dans lesquels se retrouvent les bruits qui font l'ambiance d'un concert réussi.

Pour d'autres, au contraire, le bruit de fond n'est qu'un tissu informe de parasites qui masquent le signal, salissent l'écoute et gênent la compréhension. Ce bruit de fond a donc un double visage, agréable ou nuisible. Son profil hédonique est une ambiance, une rumeur agréable. C'est le bruit régulier et rassurant des respirateurs monitorisés lorsque opère le chirurgien ; c'est le long bruissement de la ville qui monte vers un douzième étage et le flottement de toutes ces existences qui palpitent en bas dans les rues. Mais c'est aussi le brouhaha qui me gêne pour entendre, le froissement d'un papier qui a recouvert la moitié d'une phrase et l'a rendue incompréhensible ; ou bien c'est le bruit d'un dîner de famille, au sein duquel le mélange des voix empêche de comprendre. De ce Janus qu'est le bruit de fond, cette face nocive est ce qui gêne le plus celui qui s'occupe d'audition. On la retrouve partout. Elle noie l'information, et c'est à cause d'elle sans doute qu'un des rôles de l'oreille est d'accentuer, de caricaturer presque le message signifiant pour le faire émerger de ce fond sonore qui l'accompagne toujours.

Ajouté à cette rumeur presque naturelle, il existe un autre bruit, artificiel. On le retrouve immanquablement dans tout circuit électronique, à la base du moindre haut-parleur ou lecteur de CD. Le signal émis sera toujours plus ou moins parasité, car le plus inévitable de ses composants, la résistance électrique, fait du bruit, et ce bruit est proportionnel à la température absolue de cette résistance. Il faudrait s'approcher du froid astral pour abaisser le bruit de ce courant électrique. Pour l'éteindre, il faudrait atteindre la mort intersidérale.

De même, les démonstrations mathématiques les plus brillantes se salissent de bruit quand on demande aux ordinateurs de vérifier leur bien-fondé. La manipulation la plus précise des grands nombres se fait toujours de manière approximative, même par les microprocesseurs les plus puissants. À la longue, ces micro-erreurs successives, en s'additionnant, finissent par ternir des réponses qu'on eût souhaitées immaculées.

Cependant, rendons grâce au bruit de fond de l'énergie qu'il transporte, car il est toujours signe de vie, comme le sont le bruissement de la grand-route lointaine qui par vent d'ouest arrive parfois dans la campagne, ou le chant des oiseaux quand on travaille un matin de printemps. Lorsqu'on éteint sa prothèse acoustique, son téléphone, ou même son réfrigérateur, ils ne nous importunent plus de leur bruit léger, mais nous sommes privés de leur aide. À notre mort, le chuintement parfois si gênant de nos oreilles et le bruit de notre cœur cesseront aussi de nous importuner.

CHAPITRE II

DES ORGANES POUR ENTENDRE

L'écoute musicale fait appel à l'oreille et aux centres nerveux du cerveau, notamment la mémoire. L'importance de celle-ci, support de l'expérience et de l'apprentissage, est évidente. Mais bien des mélomanes et des philosophes de la musique en viennent actuellement à considérer que presque tout dans la musique est d'origine acquise, c'est-à-dire à leurs yeux culturelle.

Pourtant, l'inné en nous, à notre insu, a guidé nos préférences depuis des millénaires. Les scientifiques en découvrent peu à peu la preuve, depuis qu'ils ont élargi à la musique leurs recherches sur la physiologie de l'audition.

L'oreille explore les mouvements relatifs de l'espace. Elle comporte deux parties qui anatomiquement constituent l'oreille interne. L'une est responsable de l'équilibre, c'est le vestibule ; il examine notre position, nos déplacements au sein de ce monde extérieur. L'autre, la cochlée, celle qui nous intéresse ici, nous parle des mouvements, des vibrations de cet espace qui nous entoure auxquelles nous sommes sensibles : c'est cela l'audition. Cette communauté anatomique et fonctionnelle se poursuit en pathologie, car la surdité et les vertiges sont des symptômes communs aux maladies de ces deux parties de l'oreille interne.

Les messages sonores, dont nous connaissons bien maintenant ce qui les définit, vont nous parvenir, nous pénétrer, et si bien nous remuer que nous allons pouvoir les entendre. Une succession d'organes va progressivement les modifier.

Un premier groupe d'organes va d'abord ébarber et amplifier le message sonore, pour que l'organe de Corti de notre oreille interne n'ait plus qu'à en traduire les éléments les plus signifiants. Dans la chaîne des neurones qui va ensuite s'en emparer, certains vont poursuivre ce travail d'épuration, d'accentuation.

D'autres organes, pour reconnaître le message, vont comparer l'information qu'il contient avec celle enfermée en réserve dans les immenses armoires de notre mémoire.

D'autres, enfin, vont réagir immédiatement aux premières informations reçues, en modifiant plus ou moins l'action des organes voisins, notamment ceux de l'oreille qui ont concouru à modeler le signal sonore reçu de l'extérieur.

Cette réaction en retour — on l'appelle feed-back — est généralement très rapide. Elle permet d'adapter l'organe au travail particulier qui lui est dévolu. Ce feed-back auditif souvent protège l'oreille, ou en améliore l'efficacité. Il agit un peu comme on le fait lorsque à l'écoute d'une sono quelconque, on en ajuste le volume pour percevoir confortablement le son.

Voyons maintenant comment fonctionne cette installation complexe qui nous permet d'entendre.

Imaginons une usine qui comprendrait deux bâtiments. L'un est ouvert sur l'extérieur, c'est l'oreille. Il réceptionne les messages, puis les nettoie et les trie à l'aide de procédés essentiellement mécaniques.

L'autre corps de bâtiment est en nous. À l'intérieur de la boîte crânienne qui le protège, du nerf auditif jusqu'à notre conscience, il est fait de neurones, c'est-à-dire de fibres nerveuses, bien plus nombreuses et plus enchevêtrées que le plus immense standard téléphonique, ou le plus complexe microprocesseur. Mais, comme pour ces derniers, ce sont aussi des signaux électriques qui les parcourent et les font fonctionner. En outre, d'innombrables petites batteries, faites de substances chimiques complexes, se chargent électriquement grâce à l'oxygène véhiculé par le sang, et se déchargent pour générer l'influx nerveux de chacune de ces fibres. Ainsi s'élaborent d'innombrables centres qui à la fois reçoivent des messages et donnent des ordres.

Notre conscience, pour nous donner la sensation d'entendre, va utiliser l'ensemble de ces informations en les mixant souvent avec celles qui proviennent de la vue, du toucher et de bien d'autres organes.

LE BÂTIMENT EXTÉRIEUR

Le bâtiment extérieur est l'oreille. Trois parties la composent : l'oreille externe, l'oreille moyenne et l'oreille interne.

L'oreille externe est la seule visible. C'est elle que nous désignons quand nous parlons de l'oreille. Comme beaucoup d'animaux nous avons deux oreilles, l'une à droite, l'autre à gauche. Ces évents, plus ou moins larges, ne représentent que l'infime partie de cet organe qui nous fait entendre. L'oreille externe est faite du pavillon, qui a un peu la forme d'un entonnoir aux surfaces compliquées, et du conduit auditif externe qui lui fait suite.

L'oreille moyenne, située au fond de ce conduit, est remplie d'air ; elle comporte le tympan et la chaîne des osselets.

L'oreille interne est beaucoup plus profonde dans l'épaisseur du rocher, os de la base du crâne sur lequel repose une bonne partie du cerveau. Elle transforme les informations mécaniques captées de l'extérieur en signaux nerveux. Elle comprend deux parties, la cochlée, dévolue à l'audition, et le vestibule, responsable de l'équilibre. Nous l'avons vu, il est logique que ces deux fonctions soient réunies, car elles concourent toutes deux au sens plus général qu'est l'orientation dans l'espace.

LE BÂTIMENT INTÉRIEUR

Le bâtiment intérieur contient le nerf auditif et l'encéphale. Ces éléments fragiles sont à l'abri dans la boîte crânienne. Ils en sont séparés par les méninges, faites d'un fin tissu, la pie-mère, qui entoure les éléments nerveux, et d'une membrane plus épaisse, la dure-mère, qui tapisse les parois osseuses. Le mince espace ainsi formé contient une troisième étoffe protectrice, l'arachnoïde, et le liquide méningé, appelé céphalorachidien, car méninges et liquides se prolongent jusqu'au bas de la moelle épinière. Ainsi se constitue un espace hydrique, traversé de nerfs, de vaisseaux et d'épaississements localisés de la dure-mère, qui protège le cerveau, notamment des heurts contre les parois dures du crâne.

Le nerf auditif

Dans une description résumée de l'innervation, on appelle souvent « fibre nerveuse » un nerf, en faisant référence à son axone ; celui-ci est le plus long, mais non le plus important de ses composants. Le nerf — ou neurone — comporte un corps cellulaire, dont l'intégrité est indispensable à sa survie ; il en rayonne l'axone et les dendrites. L'axone est un long prolongement du neurone, qui le relie à un organe généralement situé très loin, qu'il s'agisse par exemple de la peau, d'un muscle ou d'un viscère. L'axone est très généralement à sens unique, c'est-à-dire qu'il est, soit centripète s'il s'agit d'un neurone sensitif, soit centrifuge s'il s'agit d'un neurone moteur. On parle alors volontiers de fibres afférentes, telles celles qui apportent à l'encéphale les informations sonores, ou de fibres efférentes, telles celles qui permettent au cerveau d'assurer, presque toujours sans que nous en ayons conscience, un véritable contrôle de la plupart de nos organes. Il existe en particulier un contingent de fibres efférentes à destinée cochléaire, particulièrement intéressantes, dont nous aurons souvent l'occasion de parler, car elles sont très impliquées dans le fonctionnement de l'oreille musicienne.

Qu'il s'agisse de fibres afférentes ou efférentes, le message nerveux qui parcourt un nerf est un signal électrique, fait d'une onde de dépolarisation parcourant la fibre nerveuse à une vitesse variable, de l'ordre de 40 mètres à la seconde. Souvent l'axone est garni d'une gaine de myéline, substance qui accélère la vitesse de transmission du signal nerveux.

Les dendrites sont des branches arborescentes généralement beaucoup plus courtes. Elles réalisent les connexions interneuronales, comme si chaque branche se donnant la main permettait le passage du signal électrique, à l'instar d'une prise de courant ou d'un commutateur. En réalité cette jonction ne se fait pas de manière directe, car les dendrites baignent dans un espace extracellulaire commun et n'entrent pas en contact direct les unes avec les autres ; leur connexion nécessite un intermédiaire chimique, appelé neurotransmetteur. Quand une dendrite est porteuse d'un message électrique, celui-ci entraîne l'ouverture transitoire des canaux ioniques, écluses qui séparent les milieux intra- et extracellulaires, ce qui provoque la sécrétion du neurotransmetteur, dont le contact sur la dendrite du neurone voisin va déclencher la formation d'un nouvel influx nerveux, gagnant le corps cellulaire de cet autre neurone. Grâce à ce mécanisme complexe, ces connexions, nommées synapses, ne sont pas figées, comme le câblage d'un circuit électronique ; elles peuvent varier d'un moment à l'autre et constituer d'immenses réseaux, sous l'influence de l'apprentissage ou de la mémoire, par exemple.

L'action du neurotransmetteur peut être localisée à un seul neurone ; elle peut au contraire diffuser largement, plus ou moins loin et plus ou moins vite, à de très nombreuses cellules nerveuses. Sa nature chimique dépend de la fonction réalisée, notamment par le réseau neuronal mis en jeu. À titre d'exemple, citons les neurotransmetteurs noradrénergiques, qui interviennent dans la vigilance, l'attention, la mémoire ; les neurotransmetteurs dopaminergiques, qui gèrent les modifications imprévues de l'environnement, les systèmes de récompenses, les conduites d'approches ; ou bien encore les dérivés sérotoninergiques, qui contrôlent la perception de la douleur, la régulation du sommeil, la modulation de l'humeur, la gestion des relations entre individus.

Les neurones dévolus à telle ou telle fonction sont souvent regroupés en centres spécialisés. Leur topographie précise est bien connue. En outre certains, généralement parce qu'ils sont très volumineux, deviennent visibles macroscopiquement ; on les appelle alors volontiers noyaux, lorsqu'ils se trouvent au sein du système nerveux central, ou ganglions quand ils sont localisés à la périphérie.

Le nerf auditif, appelé aussi acoustique, comprend deux faisceaux, le nerf vestibulaire et le nerf cochléaire. Ils sont bien individualisés quand ils émergent des deux compartiments correspondants de l'oreille interne, mais ils sont intimement réunis lorsqu'ils pénètrent le tronc cérébral. Les corps cellulaires de ces deux nerfs sont situés dans l'oreille interne, constituant deux amas distincts, le ganglion de Corti dans la cochlée et le ganglion de Scarpa dans le vestibule.

Anatomie résumée de l'encéphale

On appelle encéphale toute la partie du système nerveux central situé dans la boîte crânienne. On y distingue deux groupes, inférieur et supérieur, séparés par un épaississement méningé, la tente du cervelet. L'étage inférieur comprend le tronc cérébral et le cervelet, et l'étage supérieur le cerveau proprement dit (ill. 4).

Au-dessus de la moelle épinière, qu'il prolonge, l'encéphale comprend plusieurs parties étagées, dont les aspects tissulaires sont différents, allant du plus simple (archéocortex) au plus élaboré (paléocortex, puis néocortex). Cette succession correspond à la fois à son développement progressif dans l'échelle phylogénique, du reptile à l'homme, et à l'élaboration chez ce dernier de fonctions de plus en plus complexes, culminant avec la conscience réflective. Cet empilement n'est à peu près vertical que chez l'homme et l'animal érigé. Il place en bas l'archéocortex, c'est-à-dire les centres fonctionnellement les plus anciens, et tout en haut le néocortex de nos circonvolutions cérébrales.

Cette organisation verticale du système nerveux central n'est hiérarchique qu'en apparence. Les centres inférieurs ont une importance vitale — nous le préciserons dans un instant — et sont informés de tout, ou presque. Cependant le pouvoir reste partagé. Certes la volonté consciente est incapable d'empêcher les réactions de survie du cerveau inférieur, mais elle peut — heureusement — dominer nos instincts en les canalisant vers un idéal.

Pour suivre cette visite guidée des locaux où s'élaborent les sensations sonores, notamment musicales, il faut évoquer les noms, la forme extérieure, la situation relative et les connexions de ces différentes parties du cerveau et de quelques-uns des centres qu'elles abritent. Leur organisation tissulaire, leur ordre d'apparition dans l'échelle phylogénique et l'organisation anatomique de leurs connexions rendent logique la distinction dans l'encéphale de trois cerveaux superposés et imbriqués : le tronc cérébral, le système limbique et le néocortex.

Le tronc cérébral

Le tronc cérébral, c'est le cerveau le plus primitif. On l'appelle parfois l'archéocortex. Il est l'intermédiaire entre le cerveau proprement dit et la moelle épinière, qu'il prolonge insensiblement en formant un renflement progressif. À mi-hauteur il est ceinturé en avant par un épais bandeau, la protubérance, puis se perd dans la profondeur du cerveau, comme le pied d'un champignon sous sa coiffe épaisse. Anatomiquement on lui distingue de haut en bas trois parties : le bulbe rachidien (communément appelé le bulbe), la protubérance et les deux pédoncules cérébraux. Ceux-ci, souvent rassemblés sous le terme de mésencéphale, s'écartent en pénétrant chacun des hémisphères du cerveau ; sur leur surface postérieure apparaissent plusieurs reliefs, qui objectivent des centres essentiels à la vision et à l'audition. Retenons simplement le plus intéressant pour nous, le colliculus inférieur ; nous en reparlerons souvent.

La distinction de ces trois étages est utile pour localiser les différents centres et noyaux qui s'y trouvent. Mais il faut souligner l'unité fonctionnelle de leur ensemble que forme le tronc cérébral, car c'est à son niveau que se trouvent toutes les fonctions vitales.

D'une manière générale, chaque nerf transportant une information venue de l'extérieur destinée aux centres — le nerf auditif en particulier — doit au préalable faire relais dans ces centres inférieurs du tronc cérébral. Comme au passage obligé d'une douane, l'information doit s'arrêter dans cette sorte de centre d'immigration. Elle y est examinée, cataloguée, triée, puis dispatchée selon ses propriétés. Tantôt elle demeure cantonnée à l'inconscient de ces zones inférieures, où elle peut être très utile, indispensable même à la survie. Tantôt elle peut remonter plus ou moins haut, pour parvenir dans certains cas jusqu'à la conscience.

Soulignons que le tronc cérébral est la seule structure nerveuse centrale réellement indispensable à la vie. Si des lésions, même étendues aux hémisphères cérébraux, l'épargnent, on peut assurer au malade une survie prolongée dans un état végétatif, plus ou moins aidé artificiellement. C'est d'ailleurs grâce à cette assistance prolongée que certaines fonctions cérébrales peuvent à la longue récupérer partiellement. Mais, au contraire, des lésions sévères du tronc cérébral entraînent immédiatement un coma profond, qui est l'inexorable prélude à une mort rapide.

Le cervelet

Le cervelet a la forme et l'aspect d'un petit cerveau. Cette ressemblance est également cytologique, car on y retrouve, en trois zones différentes, les trois aspects cellulaires de l'archéo-, du paléo- et du néocortex. Il est situé en arrière du tronc cérébral, sur lequel il repose, auquel il est relié par trois gros faisceaux nerveux, correspondant chacun aux trois étages du tronc cérébral. Bien qu'il concoure à diverses fonctions complexes, tels l'équilibre ou la coordination des mouvements par exemple, le cervelet n'est pas un organe indispensable à la survie. En cas de tumeur il peut être supprimé plus ou moins partiellement, parfois sans grand dommage fonctionnel.

Tronc cérébral et cervelet, situés en arrière et en bas de la boîte crânienne, sont séparés de l'étage supérieur par un épaississement membraneux des méninges formant cloison, la tente du cervelet, sur laquelle repose la moitié postérieure des hémisphères cérébraux. C'est dans le tronc cérébral qu'arrivent ou émergent, selon qu'ils sont sensitifs ou moteurs, l'ensemble des douze paires des nerfs crâniens, à l'exception du premier d'entre eux, le nerf olfactif, qui gagne directement le cerveau. Tous ces nerfs possèdent un relais dans le tronc cérébral, même le nerf optique et les nerfs moteurs de l'œil pourtant très haut situés, puisqu'une partie de leur trajet s'établit au-dessus de la tente du cervelet.

Le cerveau

Au-dessus du tronc cérébral et du cervelet repose le cerveau. Ses deux hémisphères droit et gauche sont largement connectés entre eux grâce à trois faisceaux nerveux traversant la ligne médiane en formant des commissures, dont la plus épaisse, la plus visible s'appelle le corps calleux (ill. 5).

Mais, dans le cerveau, il faut distinguer deux zones phylogéniquement et fonctionnellement différentes :

— le système limbique, ou paléocortex, est le cerveau du comportement ; relativement ancien phylogéniquement, il est profondément situé à la face interne du cerveau, enroulé autour des commissures et de la partie haute du tronc cérébral, ce qui explique qu'on l'appelle souvent le cercle limbique ;

— le cortex cérébral, ou néocortex, le plus récent dans l'évolution animale, est au contraire très superficiel ; il forme à la surface du cerveau de nombreux replis dessinant ce qu'on appelle les circonvolutions cérébrales.

LE SYSTÈME LIMBIQUE

Le paléocortex du système limbique occupe la face interne des hémisphères cérébraux en s'enroulant autour des commissures. Il représente le cerveau terminal de certains animaux dépourvus de néocortex. Il comprend toutes les fonctions indispensables à la vie et à la survie, en même temps qu'il est un gigantesque carrefour entre les voies efférentes issues du néocortex et les voies afférentes qui s'y dirigent, non sans bien sûr y constituer d'importants relais dans de nombreuses formations très bien définies anatomiquement, telles par exemple les couches optiques. On y trouve l'hippocampe, centre de l'orientation, l'amygdale, centre des relations avec autrui et des attitudes de soumission et d'agression, la région diencéphalo-hypophysaire régulant une grande partie des sécrétions hormonales, le système olfactif, etc. Ce paléocortex contrôle aussi les processus liés aux rythmes biologiques notamment circadiens. Il est également le cerveau du comportement. Sa structure cellulaire est relativement simple et ne comporte que deux à trois couches neuronales.

LES CIRCONVOLUTIONS CÉRÉBRALES

Le cortex cérébral — néencéphale ou néocortex, ou cerveau supérieur — constitue la quasi-totalité de la surface des hémisphères cérébraux. Sa structure cellulaire comprend six couches neuronales. Ce manteau cortical, aux profonds replis enfoncés entre chaque circonvolution, contient de 5 à 10 milliards de neurones, et c'est par milliards de milliards que devraient se compter les connexions réalisées entre tous ces éléments nerveux. Ceux-ci sont regroupés selon un certain ordre, en couches parallèles à la surface, et en colonnes de 1 000 à 100 000 cellules formant des unités fonctionnelles perpendiculaires à la surface.

Deux sillons profonds, ou scissures, au dessin assez variable, traversent chaque hémisphère. Ils permettent un repérage anatomique approximatif, suffisant pour définir cinq lobes cérébraux, eux-mêmes parcourus par deux ou trois scissures moins nettes, qui les subdivisent en trois ou quatre circonvolutions. La scissure de Rolando, presque verticale, penchée en avant, sépare le lobe frontal — que l'on pourrait schématiquement appeler moteur — du lobe pariétal en arrière, siège de la sensibilité, mais aussi d'une partie de la motricité inconsciente. La scissure de Sylvius, presque horizontale, elle aussi penchée en avant, sépare le lobe pariétal en haut du lobe temporal en bas ; on pourrait qualifier ce dernier de sensoriel, puisqu'il abrite en haut, le long de la scissure de Sylvius, les aires auditives, en avant à son pôle antérieur les aires gustatives, et en arrière les aires visuelles dans son pôle postérieur formant le lobe occipital. En écartant enfin les lèvres pariétale et temporale de la scissure de Sylvius, on voit apparaître un autre lobe caché, le lobe de l'insula (ill. 6).

À la surface du cortex, il existe des centres bien individualisés, responsables de fonctions précises, les mouvements de la main, du visage, la parole, la vision, l'audition, etc. On oppose à juste titre le cortex rétrorolandique, plutôt dévolu à la perception, aux zones prérolandiques entrant en jeu dans l'action, la réflexion.

Mais cette vision localisatrice ancienne qui remonte à Charcot, même si elle a été récemment remise à l'honneur grâce aux techniques nouvelles d'imagerie cérébrale fonctionnelle, ne doit pas négliger la théorie associationniste des tenants de la psychologie cognitive. Dédaignant l'anatomie, décomposant à la manière d'un ordinateur les tâches complexes en une série de tâches élémentaires, elle avait mis l'accent sur l'existence vraisemblable d'un traitement séquentiel de l'information par l'encéphale, et sur la mise en jeu lors de l'accomplissement de chacune d'entre elles, même les plus simples, de zones très étendues du cerveau.

De cette querelle d'école, dépassée aujourd'hui, il faut retenir que les fonctions cognitives animent de vastes réseaux synaptiques engageant de manière redondante les zones antérieures et postérieures de chaque hémicerveau, que celles-ci soient corticales ou sous-corticales. De plus, la structure de ces réseaux synaptiques ne cesse d'être remaniée au cours de la vie par l'apprentissage, l'expérience, voire la maladie ou les accidents. Cette modulation diffuse accompagne et complète très souvent l'action spécifique des différents centres nerveux, dont nous avons évoqué l'existence.

La dominance cérébrale

On sait aujourd'hui que la dominance cérébrale existe. Elle n'est pas, comme on l'a cru longtemps, l'apanage de l'homme, car elle existe chez les rongeurs, le chat, le chien, les primates, mais aussi les oiseaux chanteurs. Elle confère à la majorité des sujets, qu'on nomme droitiers, une suprématie très évidente de l'hémisphère cérébral gauche dans beaucoup de fonctions, tandis que les fonctions de l'hémisphère droit, moins évidentes, moins facilement explorables, demeurent moins bien connues.

Nous verrons au chapitre VI comment la musique trouve son chemin dans cette dualité droite/gauche que connaissent nos deux hémisphères, et les conséquences que la dominance cérébrale peut avoir sur l'oreille musicienne.

La mémoire

Dans la description de ce qui nous permet d'entendre la musique, il faut insister sur le rôle de la mémoire, qui s'active dès qu'il s'agit de comparer et de reconnaître un message sonore, quel qu'il soit. L'informatique nous a familiarisés avec les notions de « case mémoire », de « mémoire saturée », ou avec la notion d'oubli, qui se dit « rafraîchir une mémoire », ou « la remettre à zéro ». Que le mode de stockage de cette information soit binaire ou chimique ne change guère ce que nous pressentons de sa complexité. Quand on cherche à l'appréhender quelque peu, on se figure volontiers de vastes armoires, au fond desquelles dormiraient, bien classés comme des livres en bibliothèque, nos souvenirs personnels, nos apprentissages, nos expériences, nos plaisirs chronologiquement ordonnés.

Mais la mémoire est bien plus que tout cela. D'abord, la mémoire n'est pas un organe facilement localisable, comme pourraient l'être ces armoires de notre imaginaire. Les zones de stockage sont innombrables, diffuses, souvent rassemblées sur de vastes étendues. Notre organisme se souvient de tellement de choses à notre insu qu'il est obligé de les entasser un peu partout, en fonction de leur origine, de leur nature, de leur utilité. Elles servent à sa défense ou à sa survie. Mais parfois il emmagasine en désordre n'importe quoi, par manie, sans but décelable. Et puis, comme tout est combinaisons chimiques, la limite devient vite floue entre la mémoire cérébrale et celle de nos tissus, de nos cellules, qui nous permet d'être vacciné contre bien des maladies, mais aussi celle qui nous fait souffrir d'allergies ou de maladies auto-immunes. Quel rapport entre notre mémoire de tous les jours et la force de nos gènes, ou celle de notre instinct, dont on ne sait s'il s'agit de mémoires ancestrales ou d'un sens du devoir instillé là par quelque dieu attentif ou distrait ? Et quelle différence entre ces enseignements hérités de nos parents et la mémoire collective pieusement transmise à nos enfants ?

Voyons ce que l'on sait des mécanismes de la mémoire, et de la répartition anatomique des différents types de mémoire dans les divers étages de l'encéphale*.

La mémoire modifie le comportement de l'individu en fonction de l'information reçue. Elle se constitue en trois étapes : création d'une trace mnésique de cette information, temporaire, fragile et modifiable ; consolidation, rendant cette empreinte robuste et fiable ; rappel ultérieur, pour utilisation de ce souvenir. L'étape du stockage est essentielle. On commence à en connaître les mécanismes biologiques. Ils objectivent le rôle empiriquement bien connu du sommeil dans l'établissement de la mémoire de travail — notamment celle du « par cœur » — dans les suites proches de l'acquisition, et surtout le rôle de l'émotion : la consolidation est d'autant plus solide à long terme que cette émotion est positive et concerne l'environnement personnel du sujet. Jusqu'à ces dernières années, on estimait que, passé la fin de l'adolescence, les neurones cérébraux ne se multipliaient plus, et que plus ou moins tôt, autour de la cinquantaine, et plus ou moins vite selon les individus, leur nombre diminuait inexorablement. L'étude biomoléculaire de la consolidation des apprentissages a récemment montré que ce travail de mémorisation s'accompagnait, au moins dans certaines zones du cerveau (lobe olfactif et hippocampe), d'une neurogenèse capable d'établir des connexions synaptiques originales. D'où l'intérêt, pour prévenir ou pallier le vieillissement cérébral, de ces exercices

* Pour plus de détails, je renvoie le lecteur à l'excellent dossier de vulgarisation « À la croisée des mémoires », in *Cerveau et Psycho*, n° 28, juillet-août 2008.

stimulant la mémoire, pourvu que, là encore, l'émotion accompagnant ces efforts soit positive, à savoir ludique, intéressante et agréable.

La mémoire de tout acte s'inscrit de manière transitoire, soit par le maintien en activité des réseaux de neurones, soit de façon beaucoup plus durable par une modification physique des connexions synaptiques et des réseaux qui se sont ainsi dessinés. Ces deux modes, entre lesquels la transition est insensible, individualisent deux types de mémoire, à court et à long terme.

La mémoire à court terme

La mémoire à court terme, ou immédiate, est une sorte de prolongement de la perception. Comme une caméra déroulant ses images successives, elle permet d'apprécier le rythme, les mouvements de la mélodie, la consonance, les changements de timbres. Mais elle s'efface, quel que soit son support, visuel ou auditif, après deux à trois cents millisecondes. Cette rémanence, qui assure à la perception une certaine continuité, est très longue au regard des temps d'analyse bien plus brefs du cerveau (50 ms) ou de l'oreille interne (2 à 5 ms). Pourtant, même disparue, l'information reste disponible pendant un temps bref, environ une minute, période pendant laquelle le message peut être restitué dans son intégralité. La capacité de cette mémoire est limitée et, quelle que soit l'unité employée, elle est quantifiée par le nombre sept, qu'il s'agisse d'une information réduite à une expression digitale, verbale ou visuelle. C'est le même nombre sept que nous avons retrouvé, à propos du rythme, comme limite supérieure au nombre d'unités temporelles élémentaires, dont la succession constitue le rythme d'une œuvre. Cette capacité varie peu d'un individu à l'autre, et si la quantité d'informations augmente, un réagencement de l'ensemble des éléments mémorisés efface les premiers arrivés et les transfère dans la mémoire à long terme.

La mémoire de travail résulte d'un effort d'attention. Elle exploite la mémoire immédiate, dont elle peut doubler la capacité, en maintenant à sa disposition les informations rappelées de la mémoire à long terme.

La mémoire à long terme

La mémoire à long terme concerne tous les souvenirs que l'on peut rappeler après quelques minutes ou quelques années. On y distingue une mémoire récente, riche en détails, faite de souvenirs fragiles, appelés à s'effacer, et une mémoire ancienne, dont les souvenirs sont moins nombreux, mais plus solidement installés. La mise en mémoire à long terme classe l'information en fonction de codes multiples, appris autrefois, et dans cette mesure contribue plus ou moins à les modifier. Les codes peuvent être sémantiques, affectifs, phonologiques, etc. Plus l'arrivée de l'information a été intensément vécue, ou plus le travail immédiat sur cette information a été approfondi, plus le souvenir a des chances de rester accessible. Sa conservation s'accompagne d'une simplification et d'une consolidation, qui expliquent que les souvenirs les plus anciens puissent être conservés, quelle que soit la cause du déclin de la mémoire. Le rappel de l'information intervient à chaque instant. Il fournit matière à la pensée aussi bien qu'aux rêves, lorsqu'il fonctionne involontairement, ou lors de l'évocation de souvenirs anciens, nécessaires à la reconnaissance d'une information.

Il faut faire plusieurs distinctions qui correspondent à des circuits et à des localisations nerveuses particulières. Dans la mémoire épisodique le souvenir s'accompagne d'une notion chronologique (les étapes du circuit touristique effectué l'an passé). Mais celle-ci n'existe pas dans la mémoire sémantique, qui contient le savoir-faire (mon habileté professionnelle, démarrer ma voiture), l'éducation, les comportements sociaux, etc. Quels que soient ces deux types de mémoire, sémantique ou épisodique, on y oppose la mémoire explicite, dont les retours à la conscience s'accompagnent d'un sentiment de familiarité (la bataille de Marignan, le visage de mon père), et la mémoire implicite, qui est celle des apprentissages inconscients (descendre un escalier, faire du vélo) qui n'émergent pas à la conscience.

Enfin, la mémoire ne travaille pas que dans le passé. La mémoire prospective, ou mémoire des futurs (prévoir mes vacances, mes vieux jours, ce que seront les transports en commun dans cinquante ans), permet aux sujets de faire des projets à long et moyen terme. Aux yeux de certains, elle est aussi importante que la mémoire du passé, d'où l'adage « Un homme sans passé est aussi un homme sans avenir ».

La métamémoire est l'impression de savoir, qui précède la recherche du souvenir, mais qui permet de pallier les limites de la mémoire par des moyens tels que la prise de notes ou des artifices mnémotechniques (les couleurs et les noms de musiciens qu'utilise György Ligeti lorsqu'il compose et qui n'ont de signification que pour lui).

Il faut enfin évoquer l'oubli, qui est physiologique et indispensable pour éviter l'interférence de l'ensemble des souvenirs accumulés. Cet oubli par additions successives, qui permet d'apprendre toujours plus en schématisant, tend aussi à confondre. Il rend compte de la fragilité des témoignages à mesure que l'événement s'éloigne.

Stockage

Mais où se trouvent stockées toutes ces informations ? Quelle que soit l'ubiquité des réseaux neuronaux constitués de manière durable par la mémoire, celle-ci siège avant tout dans trois zones cérébrales privilégiées. L'une est médiane à la base du cerveau, proche des centres de la plupart des fonctions, végétatives, hormonales et du comportement. L'autre est latérale : c'est l'hippocampe, enroulement de l'archéocortex à la base et au centre de chaque hémisphère ; elle gère les afférences sensorielles des aires cérébrales associatives et l'ensemble des comportements instinctifs ; elle correspond à la mémoire explicite, qui est capable de comparer et confronter les informations, et d'en tirer parti lors d'une situation nouvelle ; son rôle n'est pas tellement de stocker des informations, mais de les gérer au niveau du conscient. Le troisième centre est extrahippocampique. Constitué de multiples modules anatomiques répartis entre autres dans le cortex pariétal et le cervelet, il correspond à l'exercice inconscient de la mémoire (tel l'automatisme de l'orthographe) et constitue des associations simples, solides ; c'est à son niveau que siège la mémoire implicite.

L'ensemble de ces trois vastes zones où siège l'essentiel de la mémoire est géré par le lobe frontal. Ce cortex frontal n'est pas indispensable à la rétention de l'information, mais sa contribution est essentielle au travail exercé sur la mémoire. Il intervient dans l'ordonnancement des souvenirs et dans leur utilisation à des fins prospectives, ou dans l'appréciation, le jugement, etc.

En outre, le fonctionnement de la mémoire implique l'intégrité des deux hémicerveaux, qui ont chacun un rôle différent. La mémoire de travail repose sur deux systèmes : l'un comporte une boucle audio-phonatoire et dépend de l'hémisphère gauche ; l'autre repose sur une manipulation visuelle et spatiale et fait appel aux capacités de l'hémisphère droit. Cette distinction objective la complexité de la mémoire de l'homme, car elle n'existe pas chez le singe, dont l'activation cérébrale est bilatérale, que le mode de son action soit sonore ou visuel.

Le fonctionnement de la mémoire implicite fait appel essentiellement à l'hémisphère droit, du moment qu'elle implique un fonctionnement exclusivement automatique. Si, au contraire, le sujet fait un effort volontaire, c'est l'hémisphère gauche qui se met en route. Le sens de l'orthographe réside plutôt dans les régions postérieures gauches, tandis que la perception des mots se trouve localisée dans les régions postérieures droites. L'amorçage auditif qui déclenche la mémoire implicite fait intervenir à la fois le cerveau gauche, qui donne une représentation abstraite, et le cerveau droit sensible aux caractéristiques acoustiques du signal sonore responsable.

Le fonctionnement de la mémoire explicite, selon les mécanismes de son fonctionnement, fait lui aussi appel de manière distincte à l'hémisphère droit ou à l'hémisphère gauche.

On constate donc que la mémoire implique une notion, non pas de dominance cérébrale, mais de différenciation hémisphérique, dont l'importance se confirme, en même temps qu'on en découvre la complexité depuis plus d'un siècle. L'hémisphère droit enregistre les coïncidences fortuites, les relations spatiales, le climat affectif. L'hémisphère gauche favorise les associations verbales, les classements logiques, la sémantique catégorielle. L'évocation peut se réaliser sous la forme d'un récit, qui fait appel à l'hémisphère gauche, ou d'une reviviscence sensorielle qui met en jeu surtout l'hémisphère droit. Mais ces deux hémisphères interviennent en permanence de manière conjuguée, grâce aux commissures interhémisphériques.

Après ce survol des organes de l'audition, voyons quelques éléments physiologiques utiles pour comprendre le fonctionnement de l'oreille musicienne.

L'OREILLE EXTERNE

Elle comprend le pavillon et le conduit auditif externe, dont le fond est fermé par le tympan.

Le pavillon est fait de cartilage recouvert d'une peau fine et sensible. Des petits muscles, très atrophiés chez l'homme, l'attachent aux os voisins du crâne. Il fait penser à une sorte d'entonnoir qui canalise comme une conque les sons vers le conduit auditif. Nos deux oreilles, comme les deux micros d'une prise de sons stéréo, contribuent à nous donner la notion du relief sonore, ce qui nous aide à deviner de quel côté provient un son. Chez beaucoup d'animaux, lorsque les sons paraissent trop faibles, l'usine centrale fait aussitôt appel au feed-back. Elle contracte immédiatement les muscles du pavillon, qui le redressent et augmentent son effet d'entonnoir en le transformant en véritable cornet acoustique. Mais chez l'homme ces rôles localisateur et amplificateur sont mineurs. Chez nous, le pavillon ne sert pas à grand-chose. Van Gogh pourrait en témoigner : son geste célèbre ne l'a pas rendu sourd. Lorsqu'un sujet entend mal, et veut tendre l'oreille, il cherche à agrandir ce coquillage aplati, dont les muscles atrophiés ne peuvent plus accentuer la courbure, en y adjoignant le creux de sa main et de ses doigts repliés. En effet, dans l'imagerie populaire, la taille et la souplesse du pavillon sont d'importants facteurs pour une meilleure écoute. Quant à l'expression « être dur de la feuille », elle est plus évocatrice du mal que l'on a à entendre qu'un réel raccourci physiopathologique. Par ailleurs il faut souligner que « tendre l'oreille », dresser l'oreille comme le font les animaux, le chien à l'arrêt, ou le lièvre craintif, est le fruit de l'action du nerf facial, qui, en innervant les muscles du visage, est aussi responsable de toutes les expressions de la mimique. Le moindre bruit entraîne souvent l'action de ce nerf de la face, et sa contraction est un des éléments qui permettent l'augmentation de la vigilance.

C'est au fond de cette oreille que commence le mystère : le conduit auditif externe est un orifice au-delà duquel on n'ose plus s'aventurer, tellement il est sensible et vite douloureux. Car la nature a bien fait les choses. Pour protéger le tympan, mince et fragile membrane qui en constitue le fond, elle a doté la peau de ce conduit de mille terminaisons sensibles, qui empêchent, à moins d'un geste violent, l'introduction d'un instrument dangereux, coton-tige, brindille, si ce n'est insecte ou haricot. Ce conduit a la forme d'un cylindre un peu tortueux ; il peut bouger et se modifier légèrement lorsque l'on ouvre la mâchoire, car l'articulation de la mandibule est placée juste devant. Il est tapissé de glandes cérumineuses, dont les sécrétions, semblables à de la cire molle, filtrent les poussières et désinfectent les téguments. Parfois ces sécrétions se rassemblent et forment un bouchon de cire, provoquant immédiatement une surdité importante, la plus facile à traiter.

L'OREILLE MOYENNE

On peut imaginer l'oreille moyenne comme une poche, de forme complexe, s'ouvrant dans l'arrière du nez par un tuyau long et étroit : la trompe d'Eustache. L'oreille moyenne est recouverte d'une muqueuse pratiquement analogue à celle qui tapisse nos fosses nasales et nos sinus. Cette oreille moyenne comprend trois parties qui sont, d'avant en arrière : la trompe d'Eustache, la caisse du tympan, la mastoïde. La trompe d'Eustache est un long tube qui mène vers l'arrière du nez, où il est presque fermé par un muscle du pharynx formant un anneau qui s'ouvre automatiquement pour égaliser la pression de l'oreille moyenne et la pression atmosphérique ; on peut aussi ouvrir ce petit sphincter en avalant, en bâillant ou en se mouchant. Ces gestes permettent à l'air de notre gorge d'entrer dans l'oreille moyenne. Lorsque, en avion, les variations de pression bloquent l'oreille, ces manœuvres permettent, par la réouverture de ce tuyau, d'entendre à nouveau correctement (ill. 7).

La caisse du tympan prolonge en arrière la trompe d'Eustache. Elle a la forme d'une boîte presque cubique. Une de ses faces fait suite au fond du conduit auditif externe dont elle n'est séparée que par la mince membrane du tympan. La face opposée est constituée par l'oreille interne, et la face postérieure s'ouvre en arrière dans la mastoïde, saillie osseuse que l'on peut facilement palper derrière son oreille.

La mastoïde n'est qu'un diverticule, un cul-de-sac de la caisse, une sorte de soufflure celluleuse, spongieuse et remplie d'air comme une pierre ponce, creusée dans l'épaisseur de l'os, en arrière de l'oreille, entre le nerf facial et les méninges.

La caisse du tympan, remplie d'air, contient la chaîne des osselets. C'est un ensemble de deux muscles et trois petits os qui permet la transmission des vibrations du tympan jusqu'aux liquides de l'oreille interne. Mais, par un jeu de bras de levier, elle amplifie aussi un peu ces mouvements. Les noms fantaisistes de ces osselets n'ont guère de rapport avec leur fonction véritable.

Le marteau a bien une vague forme de maillet, mais il est étroitement fixé à l'enclume. Son manche est presque entièrement inclus dans l'épaisseur du tympan, dont il va ainsi enregistrer les moindres vibrations, qu'il transmet à l'enclume, osselet intermédiaire qui répercute ces mouvements à l'étrier.

L'étrier est le seul osselet à avoir vraiment la forme de l'objet dont il tire son nom. Il s'emboîte comme un piston dans la fenêtre ovale, qui est l'une des deux fenêtres ouvertes dans la paroi de l'oreille interne. Derrière cette fenêtre, fermée par l'étrier, se trouvent en effet les liquides de l'aquarium dont nous parlions plus haut, qui sont mis en mouvement par les vibrations de l'étrier.

Un exemple classique de feed-back auditif est le fonctionnement des deux petits muscles qui s'attachent sur le marteau et sur l'étrier. Si l'intensité d'un son dépasse 70 à 80 dB, l'organe de Corti, notre traducteur, risque d'être assourdi, abîmé. L'usine centrale réagit aussitôt, sans prendre le temps de nous en informer, pour donner l'ordre à ces deux muscles de se contracter. Ce centre de commandes urgentes est situé dans la partie haute du bulbe rachidien. À cet étage, on trouve à la fois le noyau moteur du nerf facial, les premiers noyaux acoustiques et l'arrivée du nerf auditif. Très peu de connexions intermédiaires sont mises en jeu dans le déclenchement de ce réflexe très rapide. La contraction brutale des muscles du marteau et de l'étrier bloque la chaîne ossiculaire et diminue la transmission des vibrations trop amples*. Mais, si brève que soit cette réaction protectrice, pour être efficace il lui faut quelques millisecondes, pendant lesquelles l'énergie brutalement installée d'un pétard impromptu, d'une percussion ou d'un coup de fusil aura malheureusement eu le temps de pénétrer l'oreille interne et d'y entraîner, malgré tout, bien des dégâts.

Lorsqu'un son fait vibrer le tympan, l'amplitude de la vibration de cette membrane est très faible, de l'ordre d'un dix millionième de millimètre pour un son d'intensité moyenne. Mais l'énergie absorbée par toute la surface du tympan — environ un centimètre carré — est presque entièrement transmise à la platine de l'étrier, beaucoup plus petite. L'amplitude de la vibration transmise par cet osselet aux liquides de l'oreille interne va donc être considérablement amplifiée.

Si d'aventure le tympan et les osselets sont détruits, l'oreille interne ne sera plus stimulée que

* L'efficacité de ce mécanisme, malgré sa logique, est actuellement controversée.

par les sons arrivant directement à l'une ou l'autre de ses fenêtres, sans aucune amplification. L'énergie reçue sera au total environ mille fois inférieure à celle que lui auraient apportée tympan et osselets, ce qui se traduira par une perte auditive d'environ 30 dB, à peu près bien répartie sur toutes les fréquences. Si on refusait le geste chirurgical permettant de reconstruire ce qui a été détruit, on conçoit qu'il suffirait, à l'aide d'une prothèse, d'amplifier les sons extérieurs pour redonner de manière simple une audition normale.

Rappelons ici l'importance du résonateur que réalisent le conduit auditif externe et la chaîne ossiculaire. C'est la structure mécanique de cet ensemble qui favorise, nous l'avons vu, le passage d'une bande de fréquence privilégiée, au sein de laquelle l'énergie nécessaire pour fournir une sensation sonore est particulièrement faible. La loi du moindre effort a conduit l'homme à parler dans cette zone. Par économie de moyens nous émettons des sons signifiants créés à l'aide de ces fréquences peu voraces en énergie.

Voilà un autre exemple de feed-back, portant sur le couple audition-phonation ; son temps de réaction beaucoup plus long a requis plusieurs milliers d'années pour s'installer !

L'OREILLE INTERNE

Cet organe mérite d'être décrit avec soin (voir ill. 8 à 10). Je vais schématiser sa forme complexe, puis décrire les fibres nerveuses et l'organe sensoriel de Corti qui s'y trouvent, et suivre les vibrations sonores pour voir comment elles activent cet organe et donnent naissance aux influx nerveux auditifs.

Disons d'emblée qu'il ne s'agit pas uniquement d'un phénomène passif, comme le pincement d'une corde de violon. Preuve que la cochlée est vivante, plus que ne l'est un instrument de musique ordinaire, il s'agit d'une modification active, plus importante que la simple amplification reçue par la corde d'une guitare électrique : l'action motrice, presque musculaire, de certaines parties de l'organe de Corti augmente aussi transitoirement et de manière très localisée la sensibilité mécanique de l'oreille aux fréquences qui lui parviennent ; c'est ce qui va permettre aux formations cérébrales d'en faire une discrimination très fine.

Puis enfin nous verrons comment se codent, dans le nerf auditif, les variations d'intensité et les multiples fréquences d'un signal sonore.

Anatomie de la cochlée

L'oreille interne — appelée aussi labyrinthe, tellement sa structure semblait compliquée aux anatomistes du passé, qui ne disposaient pas du microscope pour en suivre les détours — comprend deux parties : la cochlée, organe de l'audition, et le vestibule, organe de l'équilibre, tous deux emplis des mêmes liquides. C'est pourquoi, chez l'homme, des sons brusques et très intenses peuvent provoquer un bref déséquilibre, et beaucoup de surdités, à un moment de leur évolution, peuvent s'accompagner de vertiges.

Le tube cochléaire

La cochlée, bien à l'abri dans le rocher, peut être comparée à un long tuyau plié en son milieu, dont les deux moitiés, nommées rampe vestibulaire et rampe tympanique, accolées en canon de fusil, séparées l'une de l'autre par une cloison — la lame basilaire —, communiquent entre elles par cette plicature. Les deux extrémités du tuyau, chacune en forme de fenêtre, sont donc proches l'une de l'autre. Elles sont contiguës à l'oreille moyenne. L'une d'entre elles, la fenêtre ronde, correspond à la rampe tympanique ; elle n'est séparée de la caisse du tympan que par une mince membrane. L'autre, la fenêtre ovale, correspond à la rampe vestibulaire ; elle est obturée par l'étrier, qui peut s'y déplacer légèrement grâce à un ligament un peu élastique, ce qui permet à cet osselet de transmettre ses vibrations au liquide que contiennent les deux rampes. Ce liquide est nommé périlabyrinthique, ou périlymphatique, parce qu'il entoure et protège le canal cochléaire ; or celui-ci, autre tube très fragile, est rempli d'un liquide différent, nommé endolymphatique pour le différencier du précédent. Quoi qu'il en soit, ces deux fenêtres, qui forment la base de la cochlée, sont situées en regard des fréquences aiguës du clavier cochléaire, dont les fréquences graves sont localisées à la pointe, là où la rampe vestibulaire forme cette plicature pour devenir rampe tympanique. Les oscillations liquidiennes, générées par les vibrations de l'étrier entraîné par les sons, vont parcourir la rampe vestibulaire, puis la rampe tympanique sur toute leur longueur, en un aller et retour d'une fenêtre à l'autre, qui se réfléchit sur l'élasticité de la membrane de la fenêtre ronde.

Cet ensemble tubulaire n'est pas cylindrique ni rectiligne. Il est large à sa base, mais étroit à l'endroit de sa plicature, nommé apex. De plus, il est enroulé sur lui-même en deux tours et demi. Il a donc une forme de coquille d'escargot, ou d'hélicoïde, très particulière, qui explique pourquoi la cochlée (du latin *cochler*, escargot) est souvent nommée limaçon. Cette forme, dans la nuit des temps, a peut-être servi à l'élaboration des premiers mollusques, puis des vertébrés supérieurs. Pour arriver à loger dans le rocher, dont le volume est limité, un tuyau, assez long (au moins quelques centimètres) pour que nous puissions, nous les mammifères, rongeurs ou primates, entendre aussi bien les oiseaux que la mer ou le vent, il est indispensable de le tordre et de l'enrouler sur lui-même, afin qu'il soit le moins encombrant possible. Et de fait, quand on regarde la cochlée des vertébrés en remontant l'échelle phylogénique, on s'aperçoit qu'elle est pratiquement inexistante chez les poissons ; elle apparaît comme un petit tube droit chez les lézards, qui se tord un peu chez les oiseaux. Mais elle ne s'allonge réellement en s'enroulant que chez les mammifères ; chez eux le nombre de tours de spire dépend schématiquement de la largeur du champ fréquentiel de l'animal. Ainsi le cobaye, dont l'ambitus va jusqu'à 25 kHz, présente-t-il trois tours de spire. La cochlée de l'homme n'a que deux tours et demi (ill. 8).

Dans l'axe osseux de l'hélice limacéenne, répartis au sein d'innombrables et fins canalicules, se trouvent éparpillés les éléments du nerf cochléaire. En s'enroulant sur elles-mêmes, les deux parties de ce tuyau, plié à sa pointe, laissent entre elles un long interstice vaguement triangulaire qui est étroit vers l'axe de l'hélice autour duquel il s'enroule, et plus large vers l'extérieur du limaçon. Il s'y trouve un autre long cylindre, formant tuyau lui aussi, mais plus mince, appelé canal cochléaire, rempli d'un liquide particulier, le liquide endolymphatique, chimiquement très différent du liquide périlymphatique des rampes. Il contient l'organe de Corti, cet interprète sensoriel dont nous avons déjà évoqué l'importance. Le canal cochléaire a lui aussi une section triangulaire, et se rétrécit de la base à la pointe du limaçon ; sa paroi externe, qui correspond à la périphérie de la cochlée osseuse, comporte un riche réseau artério-veineux nommé strie vasculaire ; sa paroi supérieure, très fine, unicellulaire, le sépare de la rampe vestibulaire ; sa paroi inférieure, épaisse, dite basilaire, celle qui nous intéresse le plus, le sépare de la rampe tympanique.

La lame basilaire, dont la longueur chez l'homme est d'une trentaine de millimètres, a une structure double. Elle est osseuse en dedans, le long de l'axe du limaçon, en une zone plate, creusée de ces mille canalicules dans lesquels transitent les filets nerveux, et elle est membraneuse en dehors, vers la partie périphérique de l'hélice limacéenne. C'est sur cette zone membraneuse souple que repose l'organe de Corti (ill. 9).

Cette structure se modifie tout au long du tube cochléaire. Près de la base, sa partie osseuse est nettement plus large que sa partie membraneuse ; l'ensemble est donc relativement rigide ; notons que c'est là que sont perçues les fréquences aiguës. Près de la pointe, c'est l'inverse ; la portion osseuse est presque inexistante, et c'est là que siège la reconnaissance des fréquences graves. Ce sont la forme et la structure du tube cochléaire, qui disposent sur sa longueur les résonances liquidiennes en une répartition fréquentielle tonotopique, analogue à celle des touches d'un piano, que va suivre la disposition des cellules sensorielles et des fibres nerveuses, formant ainsi comme une sorte de harpe hélicoïdale. À chaque fréquence sonore correspond une oscillation de la membrane basilaire. Elle démarre à la fenêtre ovale ; son amplitude croît jusqu'à l'endroit du clavier cochléaire propre à cette fréquence, puis s'amortit ensuite très vite en se poursuivant vers la pointe de la cochlée. À ses débuts, siège des fréquences aiguës, la membrane basilaire, et l'organe de Corti qu'elle soutient, sont perpétuellement mobilisés, quelle que soit la fréquence : cela pourrait être une explication (mais elle n'est pas démontrée) de l'altération précoce de la perception de ces fréquences aiguës au début de la sénescence auditive.

L'organe de Corti

Sur toute la longueur de la partie périphérique membraneuse de la paroi basilaire repose un long ruban ayant la même forme torsadée. C'est l'organe de Corti. Son bord interne entre en contact avec les fibres du nerf auditif, étalées comme les cordes d'une harpe hélicoïdale, tout le long du limaçon. Son bord externe jouxte la strie vasculaire. L'organe de Corti est un entrelacs d'éléments sensoriels, les cellules ciliées, et de fibres nerveuses auditives.

LES CELLULES CILIÉES

Les cellules ciliées sont cylindriques, en forme de bouteilles rangées debout. Leur pôle inférieur repose sur la membrane basilaire, au contact avec les fibres du nerf cochléaire. Leur pôle supérieur présente une ou deux dizaines de cils vibratiles, dont la longueur, la raideur et le mode d'implantation sur la cellule varient régulièrement de la base à l'apex de la cochlée. Ces cils baignent indirectement dans le liquide endolymphatique, par l'intermédiaire d'une masse gélatineuse, la membrane tectoriale. Lors des vibrations liquidiennes induites par les sons, ils se plient sur leur attache cellulaire ; cette torsion provoque des réactions multiples dans le voisinage, notamment l'ouverture de quelques canaux ioniques, ces étonnantes vannes électrochimiques qui entrouvrent une fraction de seconde les espaces biologiques, entraînant finalement la formation d'un influx nerveux à la base de certaines cellules ciliées.

Toutes ces cellules ciliées de l'organe de Corti, beaucoup plus nombreuses à la base et à la partie moyenne du tube cochléaire — zone des fréquences aiguës —, sont alignées en deux traînées distinctes interne et externe, dont les fonctions sont très différentes. Les cellules ciliées internes ne forment qu'une seule rangée en ligne de trois mille cinq cents cellules environ chez l'homme. Elles constituent le cœur de l'organe sensoriel de l'audition, l'appareillage qui transforme une vibration liquidienne, bien trop faible pour agir mécaniquement sur le nerf acoustique, en un signal électrique qui, seul, est capable de déclencher la cascade des réactions biochimiques responsables de l'influx nerveux. Les cellules ciliées externes constituent une sorte de « turbo » à cet organe sensoriel. Elles sont à peu près trois fois plus nombreuses et leur implantation dessine trois rangées ; elles contiennent des substances analogues à la myosine des muscles, qui leur permettent de se contracter, de changer ainsi leur forme et surtout l'aspect et la rigidité de leurs cils vibratiles. Parmi ces molécules, la prestine[1] est la plus importante : son métabolisme est perturbé transitoirement par l'aspirine, ou définitivement dans certaines surdités congénitales. Ces cellules ciliées externes constituent un amplificateur qui analyse de manière extrêmement rapide les variations de fréquence les plus fines : c'est cette propriété qui est responsable de la discrimination d'un message sonore signifiant (parole ou musique) au sein d'un bruit de fond important. Toutes ces structures de l'organe de Corti sont solidaires les unes des autres, mais de manière de plus en plus lâche à mesure que l'on va de la fenêtre ovale vers la pointe de la cochlée, et cela se traduit par un effet amplificateur bien plus important pour les fréquences aiguës que pour les fréquences graves.

LE NERF AUDITIF

L'activité d'une fibre nerveuse se quantifie par le nombre d'ondes de dépolarisation électriques qui la parcourent en une seconde. Chaque onde, appelée spike, a toujours le même aspect, en amplitude, en forme et en durée. Même au repos, chaque fibre présente une activité spontanée, faite de spikes isolés, dont le rythme est aléatoire, si ce n'est fractal[2]. Lorsque la fibre nerveuse est stimulée, elle répond en augmentant le nombre de spikes et en ordonnant leur rythme en pattern, sorte de train d'ondes plus ou moins spécifique, qui dépend de l'intensité et de la fréquence du son, dans le cas d'une fibre auditive.

Les fibres du nerf auditif comprennent deux groupes, l'un afférent, l'autre efférent. Les neurones du groupe afférent apportent aux centres cérébraux les informations reçues de la cochlée. Ils sont situés dans l'hélice osseuse limacéenne, où ils constituent le ganglion de Corti. Ils représentent 95 % des fibres du nerf cochléaire. La plupart de leurs axones sont myélinisés, ce qui est le témoin d'un transfert rapide de l'information.

Chacune de ces fibres n'est reliée qu'à une seule cellule ciliée interne, mais chacune de ces cellules peut mettre en jeu un contingent de dix à vingt fibres nerveuses différentes. Chacun de ces contingents, c'est-à-dire chaque cellule ciliée interne, est défini par la fréquence caractéristique, qui fournit la réponse nerveuse la plus importante pour l'intensité la plus faible. L'oreille est donc capable d'envoyer au cerveau trois mille cinq cents informations fréquentielles différentes. Dans chaque groupe de fibres nerveuses afférentes, responsables de la même fréquence caractéristique, on distingue, d'une part des fibres volumineuses, ayant un taux d'activité spontané élevé et un seuil liminaire très bas, et d'autre part des fibres deux fois plus ténues, ayant un taux d'activité spontanée peu important et un seuil liminaire élevé. En outre ces deux contingents se connectent en deux endroits différents sur la base de la cellule ciliée interne (ill. 10). Cette différence explique une partie du codage de l'intensité et des fréquences.

Quelques-unes de ces fibres afférentes sont connectées aux cellules ciliées externes. Elles ne transportent pas d'informations sonores, mais informent le cerveau sur l'état physiologique de l'organe de Corti. Leur terminaison dans le tronc cérébral est mal connue.

Les fibres auditives efférentes apportent à l'oreille des ordres ou des informations provenant des centres cérébraux. Leurs corps cellulaires sont situés dans plusieurs endroits du tronc cérébral. Ces fibres ne représentent que les 5 % restant des fibres du nerf cochléaire. Certains axones sont myélinisés, d'autres pas. Ils présentent de très nombreuses connexions avec les vaisseaux de la cochlée et l'organe de Corti. Mais, surtout, les cellules ciliées externes se trouvent largement connectées entre elles par un groupe de neurones efférents particuliers, dont chacun innerve une zone du ruban des cellules externes, dont la longueur est d'environ quatre-vingts millièmes de millimètre. Cette innervation efférente diminue vers la pointe, notamment les derniers millimètres du tube cochléaire, zone des fréquences graves, où elle est presque absente.

Ces fibres, dont nous reparlerons à propos de la dominance cérébrale, permettent au cerveau d'agir sur l'organe sensoriel périphérique, et de modifier son action.

Fonctionnement

Voici, résumé, l'essentiel de cette espèce de piano que forme la cochlée. C'est en réalité un analyseur sonore, sorte de batterie de filtres passe-bande comme disent à son propos les ingénieurs, dont tous les détails anatomiques concourent à affiner sa discrimination des fréquences et des intensités. Celle-ci s'effectue grâce à deux sortes de mécanismes, passifs et actifs.

Mécanismes passifs

Ils sont observables sur l'oreille interne d'un cadavre, comme le fit autrefois Bekezy, ce qui lui valut le prix Nobel de médecine. Prenons l'exemple de la vibration liquidienne née d'un son pur. On l'appelle souvent onde de Bekezy. Elle commence au niveau de la fenêtre ovale et parcourt la lame basilaire qu'elle fait osciller de part et d'autre des deux rampes[3]. Son amplitude croît à mesure qu'elle se déplace des fenêtres vers la pointe, c'est-à-dire des aigus vers les graves, jusqu'à ce niveau du clavier fréquentiel correspondant à la fréquence du son pur qui lui a donné naissance. Puis, au-delà, elle s'atténue et s'efface très brusquement. Il s'agit là d'un phénomène purement physique de résonance, dû à la forme et aux propriétés mécaniques des rampes et de la lame basilaire (ill. 11).

Ainsi la zone des aigus est-elle bien plus souvent mobilisée physiquement que la zone des sons graves, car toutes les sonorités, quelle qu'en soit la fréquence, la font plus ou moins vibrer. On voit là une explication à cette fragilité des sensations aiguës, bien plus souvent altérées que les sensations graves dans la plupart des surdités d'oreille interne, notamment la surdité de sénescence. Tout se passe comme si la mobilisation obligée des zones aiguës de la cochlée, quelle que soit la sonorité entendue, usait prématurément cette zone du clavier cochléaire.

Toujours est-il que le maximum d'ondulation d'une sonorité aiguë se fera vers la base, celui d'un son grave vers l'apex, et celui d'un son composé en plusieurs endroits, qui seront fonction des sons purs qui le constituent. Cette résonance est purement mécanique, comme celle qui s'empare d'un trombone ou d'un cor.

La souplesse de la membrane basilaire est en tout cas un élément important de l'équation physique de ce résonateur. Si, avec les années par exemple, elle se modifie, sa fréquence de résonance va changer. Ce mécanisme contribue à rendre compte des distorsions fréquentielles de la surdité de sénescence, dont le musicien souffre plus que les autres.

Mécanismes actifs

Ces phénomènes passifs, si importants soient-ils comme vecteurs d'informations, seraient à eux seuls tout à fait insuffisants pour déclencher le fonctionnement du nerf auditif, car l'énergie qui anime ces vibrations des liquides est très petite. Celles-ci sont en effet infinitésimales : leur amplitude pour un son faible de 6 000 Hz est environ cinquante fois plus petite que le diamètre d'une molécule d'hydrogène ! Or, pour que le nerf soit stimulé, c'est-à-dire pour qu'il envoie des messages de la périphérie vers le cerveau, il faut qu'il reçoive une incitation particulière : relativement intense, elle est de nature électrophysiologique, et implique la mise en jeu de l'organe de Corti.

C'est pour cela que, lorsque l'oreille interne est complètement détruite, alors que pourtant les fibres du nerf auditif sont encore vivantes — c'est le cas le plus habituel des surdités profondes ou totales —, inutile de crier très fort ou de prendre le Sonotone le plus puissant : l'énergie acoustique sera toujours trop faible pour stimuler directement le nerf dans sa boîte osseuse. Il faudrait lui taper physiquement dessus pour déclencher la formation de ces spikes vecteurs de sensations sonores. Il suffit au contraire de l'exciter électriquement, par un courant relativement très faible, pour donner une sensation auditive. C'est le principe de l'implant cochléaire, cet appareillage électronique que j'ai imaginé avec Patrick MacLeod, directeur de recherches à l'École pratique des hautes études, et mis au point avec mon équipe dans les années 70 à 80. Ce système est implanté sous la peau de l'oreille, et il court-circuite l'organe de Corti défaillant, en envoyant directement aux fibres nerveuses l'information sonore, préalablement transformée en signaux électriques interprétables par le nerf.

Dans une oreille normale, cette stimulation électrique est fournie par les cellules ciliées internes de l'organe de Corti. C'est là où apparaissent les premiers phénomènes actifs de l'oreille interne. Ils reproduisent ici les fonctions d'un simple amplificateur. Les plus infimes vibrations des liquides cochléaires peuvent être transformées en signaux électriques puissants, parce qu'elles sont perçues par les cils des cellules ciliées internes. L'oscillation, si légère soit-elle, de quelques-uns de ces derniers déclenche une modulation de l'énergie électrique de la batterie ionique qui les entoure. Ce seuil de sensibilité est très faible ; il correspond à un déplacement de la membrane dont l'amplitude, inférieure au millionième de millimètre, est de l'ordre de celle des mouvements browniens*.

Aux endroits de la membrane basilaire où apparaît une vibration, chaque oscillation des cils d'une cellule ciliée interne, au rythme de la fréquence sonore, déclenche au même rythme un spike dans une ou plusieurs des fibres commandées par cette cellule. Comme chaque cellule ciliée interne, à cause de sa situation sur le clavier cochléaire et de la forme de ses cils sensoriels, est électivement sensible à une fréquence carac-

* Mouvement incessant des particules dans le milieu qu'elles constituent, dû à l'agitation moléculaire.

téristique, chaque contingent de fibres nerveuses entre en activité, d'une manière très localisée, qu'on peut comparer à celle d'un piano électronique, capable d'amplifier en la reproduisant fidèlement telle ou telle harmonie plus ou moins sophistiquée.

Et si on représente sur l'axe des abscisses d'un graphique (ill. 12) la répartition topographique des fibres nerveuses — j'allais dire des notes... ! — mise en jeu en fonction de l'intensité du son pur étudié, on obtient une courbe triangulaire très pointue : au niveau de cette pointe des intensités moyennes et même fortes vont conserver de manière précise la spécificité fréquentielle. Mais pour des intensités très fortes, le triangle s'élargit : la sensation sonore n'est plus celle d'un son pur, mais celle d'un son complexe, qui n'est pas forcément harmonieux. La stimulation va « baver », comme disent entre eux les physiologistes, sur les fréquences voisines : une intensité trop forte diminue la distinction des fréquences.

Cette discrimination fréquentielle, déjà réalisée sur le clavier cochléaire par l'amplification due aux cellules ciliées internes, est considérablement affinée par un autre phénomène actif, prodigué par la contraction dont les cellules ciliées externes sont capables, grâce à la myosine qu'elles contiennent. Cette contraction est déclenchée par les mouvements liquidiens, transmis à la cellule par le jeu de levier des cils. Elle entraîne finalement une déformation de l'organe de Corti et des tissus qui le constituent. Ce changement de forme modifie, dans une zone très localisée, l'interface liquides/organe sensoriel, ce qui accentue considérablement la sélectivité fréquentielle de l'onde.

Tous ces phénomènes demandent beaucoup d'énergie. Celle-ci provient de la différence de concentration en sodium et en potassium, qui existe entre les colonnes liquidiennes péri- et endolymphatiques juxtaposées. Il s'agit d'une véritable batterie électrique, dont la puissance va être mise à profit pour générer des signaux dans le nerf auditif. Cette différence est maintenue élevée en permanence grâce à la présence dans la strie vasculaire de nombreuses petites artères, qui apportent les substances chimiques, les enzymes et l'oxygène nécessaires. On conçoit combien il est important pour bien entendre que l'oreille interne soit bien irriguée.

Le codage des sons dans le nerf auditif

Entrons un peu plus avant dans le codage nerveux de l'information sonore.

Codage de l'intensité

Tout d'abord l'intensité. Considérons, pour simplifier, un son pur. Quand on fait croître son intensité, l'amplitude de la vague liquidienne augmente, du seuil liminaire jusqu'au seuil douloureux — c'est-à-dire une centaine de décibels ; on observe alors successivement deux phénomènes, l'un temporel, l'autre spatial.

Dans un premier temps on va voir s'accélérer le rythme de l'activité spontanée de la dizaine de fibres connectées à une cellule ciliée interne. Mais ce rythme ne peut dépasser mille spikes par seconde, parce que la fibre nerveuse a besoin de se reposer pendant un bref délai, de l'ordre de la milliseconde, appelé période réfractaire, pendant lequel le neurone devient insensible à la plus forte stimulation. À l'intérieur du champ d'audition confortable de l'homme, qui est de 100 dB environ, cette variation temporelle de 0 à 1 000 du nombre de spikes par seconde permet de coder 30 dB d'intensité (je rappelle à ceux dont la mémoire a horreur du calcul que 1 000 = 10^3). Comment sont donc codés les 70 dB restant ?

C'est alors qu'un deuxième phénomène, spatial celui-ci, intervient. L'organe de Corti met à profit l'existence de ces deux groupes de fibres, connectés à chaque cellule ciliée interne, qui diffèrent par leur diamètre et leur taux d'activité spontanée. Un son initialement faible, puis de plus en plus fort, va d'abord stimuler les grosses fibres à seuil bas, puis les fibres fines à seuil élevé. Le cerveau traduira ce double codage pour être informé, dans cette zone de 0 à 100 dB, sur les variations d'intensité du signal sonore.

Mais si l'intensité approche ou dépasse 100 dB, la stimulation nerveuse va déborder sur les fibres voisines du clavier cochléaire et perdre sa spécificité fréquentielle. Ce phénomène (schématisé sur l'illustration 12) est bien connu des acousticiens, et de la plupart des mélomanes, mais complètement ignoré par presque tous les ingénieurs du son, qui s'acharnent à écouter leurs mixages avec des intensités bien trop fortes pour en saisir toutes les subtilités. Je reparlerai de ce problème à propos du traumatisme sonore.

Codage des fréquences

Voyons maintenant comment sont codées les fréquences. Un double mécanisme temporel et spatial intervient là aussi lorsqu'une cellule ciliée interne est stimulée par un son pur d'intensité modérée.

CODAGE TEMPOREL ET CHROMA

On observe d'abord dans le temps une synchronisation des spikes d'activité spontanée à la fréquence du son responsable. Quand l'intensité s'élève modérément, le rythme des spikes passe à un multiple entier de cette fréquence, sans bien sûr dépasser 1 000 Hz, en raison de la période réfractaire du nerf.

Mais dans le groupe limité des fibres de gros diamètre activées par des sons d'intensité faible ou moyenne, mis en jeu théoriquement par une seule cellule ciliée interne, chaque fibre ne travaille pas forcément de manière synchrone avec sa voisine ; le rythme de chacune peut être décalé, de telle sorte que, jusqu'à 4 à 5 kHz environ, l'ensemble des patterns reproduise la périodicité du son, ce qui permet au cerveau d'en identifier la fréquence.

Le chroma relève de ce codage temporel. Il apprécie l'intervalle de deux sons, en comparant le pattern qu'ils produisent à celui qui aurait été fourni si l'un des deux sons avait été à l'octave de l'autre. Dans l'intervalle d'octave, les trains d'ondes respectifs des deux sonorités et de leurs harmoniques sont en effet synchronisés. Au contraire, l'importance de leur désynchronisation permet d'identifier de manière précise les intervalles différents de l'octave, car deux sons purs formant un intervalle quelconque espaceront régulièrement leurs spikes, mais sans jamais les rassembler en salves simultanées. Cela explique, partiellement du moins, pourquoi la suppression de la perception des harmoniques les plus élevés d'un son complexe élève la sensation subjective de la hauteur de son fondamental[4]. Cela explique surtout la confusion fréquente de deux sons à l'octave, lorsqu'on cherche à préciser la hauteur de chacun. Elle rend compte de la prédilection ancestrale pour l'accord d'octave manifestée, jusque chez le nourrisson, par tous les âges de l'humanité, et contribue à montrer que la musique est peut-être un besoin physiologique particulier qu'il est nécessaire à l'homme de satisfaire.

Mais, au-delà de 4 à 5 kHz, ce codage temporel n'est physiologiquement plus possible. C'est pourquoi la sensation de hauteur — le mel — n'est plus une fonction simple de la fréquence, et cela rend compte par exemple des particularités de l'accordage des pianos dans les fréquences aiguës.

CODAGE SPATIAL ET TONIE

La sensation de tonie, qui varie régulièrement avec la fréquence, relève de l'autre mode d'identification des fréquences, le codage spatial. Chaque cellule ciliée interne, avec le paquet de fibres qu'elle commande, est caractéristique d'une fréquence particulière, qui est fonction de la position de la cellule sur le clavier cochléaire. Vers la base se trouvent les aigus, et vers l'apex les graves. Cette répartition, que l'on appelle tonotopique, confère à chaque contingent de fibres une signification fréquentielle propre, qui va se retrouver dans l'organisation tonotopique comparable, retrouvée dans beaucoup des noyaux et des aires corticales du système auditif encéphalique.

Chez le sujet normal, le codage des fréquences graves se fera surtout de manière temporelle, tandis que seule la tonotopie rendra compte des fréquences les plus élevées. Pour les fréquences moyennes, entre 60 et 5 000 Hz, les deux modes de codage sont utilisés et intriqués. Les centres semblent faire appel à l'un ou l'autre de ces mécanismes, spatial et temporel, selon que la sensation relève du chroma, mesure de l'intervalle de deux sons, ou de la tonie, mesure de la hauteur fréquentielle particulière d'une onde sonore isolée.

Ces deux bornes, 60 et 5 000 Hz, ont été déterminées par des expériences animales enregistrant une à une les réponses des fibres auditives à des stimulations sonores variées. Or les acousticiens ont observé que c'est dans les mêmes limites que la discrimination fréquentielle des sujets normaux est la meilleure. De même ils ont constaté que la fréquence fondamentale absente d'un son est facilement reconnue, pourvu qu'elle soit supérieure à 60 Hz et qu'au moins deux ou trois de ses harmoniques soient inférieurs à 5 kHz. Des arguments histochimiques confirment qu'il ne s'agit pas d'une simple coïncidence. De même le savart, qui est le plus petit intervalle fréquentiel discriminable par l'oreille humaine, semble correspondre sur le clavier cochléaire de l'homme à une longueur de 80 microns, soit les quatre-vingts millièmes de millimètre du ruban des cellules ciliées externes connectées l'une à l'autre par les ramifications d'une seule fibre nerveuse efférente.

On pourrait tenter de trouver une explication claire à ces valeurs numériques — 60 et 5 000 Hz, 80 microns, etc. — plusieurs fois retrouvées pour encadrer des phénomènes apparemment différents, en essayant d'interpréter les différences anatomiques ou cellulaires qu'on observe entre les deux pôles de la cochlée. Actuellement, cela n'aurait comme intérêt pratique que de souligner nos incertitudes, dont le nombre semble croître à mesure que progresse en réalité notre connaissance.

On pourrait évoquer d'autres phénomènes, tel celui de l'attraction, bien qu'il n'existe guère que dans la musique tonale, et que — György Ligeti le dit bien — son origine soit culturelle. Dans chacun des modes, les notes dont le fondamental reste immuable ne sont réellement que la note tonique et la note dominante propres à chaque gamme. Tous les musiciens jouant d'un instrument à fréquences progressivement variables, tels notamment les violons ou les cuivres à coulisse, ont tendance, quand ils émettent une note proche de ces deux notes stables, à l'altérer en la jouant à une fréquence encore plus voisine. Cette altération se fait en plus ou en moins, selon que cette note sensible est plus grave ou plus aiguë que la note stable. L'importance de cette altération dépend de la proximité fréquentielle de cette tonique ou de cette dominante : elle peut atteindre 10 à 15 savarts, si bien que, lorsque cette proximité n'est que d'un demi-ton, cette altération peut représenter presque la moitié de cet espace.

Ce phénomène de l'attraction, qui bien sûr n'existe pas avec les instruments à sons fixes, relève de phénomènes perceptifs d'ordre culturel, schématiquement en relation avec la manière de conclure une phrase musicale dans le cadre bien particulier de la musique tonale. Il pourrait être aussi interprété comme une tendance à jouer à l'unisson avec l'une ou l'autre de ces deux notes stables, dont l'inscription dans la mémoire à court terme de l'instrumentiste est régulièrement rappelée, pour contribuer à générer en lui l'ambiance générale de la tonalité de l'œuvre. Mais cette tendance pourrait être également un autre exemple de cette loi du moindre effort — assez fréquente en physiologie, on l'a vu —, car il paraît plus simple pour l'oreille de transmettre successivement deux sons de fréquence identique ou très proche, plutôt que deux sons présentant un intervalle d'un demi-ton, dont la transmission fidèle est plus complexe. Toujours est-il que ce phénomène est largement mis à profit par l'interprète pour apporter sa touche personnelle à l'exécution d'une œuvre. Julian Rachlin nous a bien montré comment cet espace de liberté permet en une fraction de seconde d'exprimer une multitude d'émotions grâce à une infime variation de la manière dont le doigt se pose sur la corde.

On pourrait décrire aussi bien d'autres manifestations, telles les modifications de phase et leur influence sur la discrimination fréquentielle, ou les phénomènes de masquage ou d'excitation que produisent plusieurs sons purs ou divers types de bandes de bruits, dont le plus connu est sans doute le troisième son des violonistes, observé par Tartini, dont nous allons reparler.

Néanmoins, même incomplet, cet aperçu physiologique laisse entrevoir la fragilité de l'oreille interne et pressentir le drame fonctionnel que peut représenter son atteinte, si passagère soit-elle. Cette atteinte comporte trois types de lésions. Une diminution du nombre des cellules ciliées externes, qui va entraîner une chute de la discrimination des fréquences : le sujet entendra, mais comprendra très mal la parole, notamment lorsqu'il y a du bruit. Deuxièmement, une diminution du nombre des cellules ciliées internes, souvent associée à celle des fibres nerveuses auditives ; elle va entraîner une diminution de la sensation d'intensité : le sujet n'entendra pas assez fort ; il sera alors tentant d'amplifier le message extérieur, à l'aide d'une prothèse, ou en demandant qu'on lui parle plus fort ; cela peut être efficace si les cellules ciliées externes ne sont pas trop atteintes. En réalité les deux groupes cellulaires de l'organe de Corti sont abîmés. Dans ce cas, si on augmente l'intensité, la stimulation va déborder sur les fibres nerveuses voisines. Le sujet entendra seulement une sorte de bruit amplifié, dont l'intensité devient en outre vite désagréable. Il se plaindra : « Ne parlez pas si fort ! », juste après avoir demandé d'élever la voix, et il n'en comprendra pas mieux les subtilités fréquentielles nécessaires à l'intelligibilité de la parole. Troisième éventualité, la diminution du nombre des fibres nerveuses, qui survient dans certaines affections, ou plus ou moins lentement avec l'âge ; elle entraîne des conséquences complexes qui s'apparentent à celles des deux cas précédents.

Dans certaines maladies, qui provoquent une surdité profonde, l'organe de Corti est pratiquement détruit. Les prothèses amplificatrices sont inefficaces, et il faut faire appel à l'implant cochléaire. Sa technique utilise la tonotopie des fibres nerveuses restant sur le clavier cochléaire. Elle consiste à enfiler par la fenêtre ronde, dans la rampe tympanique, un faisceau d'une quinzaine d'électrodes de longueur différente, dont chaque extrémité va se situer à un endroit spécifique tout le long de ce clavier fréquentiel que dessine encore l'éventail des fibres restantes du nerf cochléaire. Il suffit d'envoyer les signaux électriques de manière que la composante aiguë des sons soit dans les électrodes proches de la base, et celle des graves dans celles de l'apex. La quasi-simultanéité des stimulations permet au cerveau de ressentir assez fidèlement le signal sonore. Car, lorsque deux ou plusieurs impulsions sonores très brèves se répètent à moins de deux millisecondes d'intervalle, même l'oreille la plus sensible et la plus fine ne pourra les percevoir que comme un « top » unique et sans caractère. Or la stimulation successive — on l'appelle séquentielle — de toutes les électrodes s'effectue en un délai dix fois plus court, ce qui permet à l'ensemble de paraître simultané au cerveau. À ce codage tonotopique fourni par la partie « hard » intracochléaire de l'implant, le « soft » qu'il contient dans sa programmation permet de rajouter un codage temporel plus ou moins sophistiqué.

Nous avons vu l'importance des phénomènes actifs dont est responsable l'organe de Corti et comment la contraction des cellules ciliées externes permettait d'affiner la discrimination des fréquences, qui est fortement diminuée dès que cette contractilité s'altère, quelle qu'en soit la cause. Ainsi pourrait-on dire de quelqu'un qui a l'ouïe fine qu'il a l'oreille musclée ! Cela n'est pas une boutade. Il est en effet facile d'enregistrer les phénomènes moteurs dont l'organe de Corti est capable. On teste ainsi la valeur fonctionnelle de l'oreille interne. En se contractant sous l'action des sons qu'elles reçoivent, ces cellules ciliées externes font du bruit, comme le bruit d'un moteur à explosion. Ce bruit, qu'on appelle otoémission, est enregistrable, quelques millisecondes après le son qui lui a donné naissance. Et, fait encore plus extraordinaire, ces otoémissions ainsi provoquées sont plus intenses que le son qui les a générées. On peut donc faire chanter ces cellules ciliées externes de l'oreille, en leur envoyant des signaux si faibles qu'ils sont inaudibles pour le propriétaire de cette oreille. L'appareillage provoque, détecte et quantifie automatiquement ces émissions sonores nées dans l'oreille interne.

Ces otoémissions méritent qu'on s'attarde un peu sur les modalités de leur détection, car cet examen permet d'approcher un des fondements de l'oreille musicienne, la prédilection de l'oreille humaine pour la quinte.

Il existe deux sortes d'otoémissions. Les unes sont spontanées ; elles traduisent l'activité spontanée des cellules ciliées externes, qui, même au repos, se contractent de manière rare et aléatoire. Les autres sont provoquées, dans la mesure où elles n'apparaissent que lorsqu'un signal sonore envoyé à l'oreille entraîne la mise en jeu de l'organe de Corti, c'est-à-dire la contraction immédiate des cellules externes.

L'examen consiste à placer un embout dans le conduit auditif de l'oreille étudiée. Cet embout contient un haut-parleur et un micro particulièrement sensibles, couplés de telle manière que le signal envoyé par le premier ne soit pas capté par le second. Les otoémissions spontanées intéressent moins les cliniciens et les chercheurs que les otoémissions provoquées obtenues en stimulant acoustiquement l'oreille interne. L'amplitude et le spectre fréquentiel de ce véritable bruit que l'on recueille dépendent de la nature du stimulus, qui peut être un click, ou bien un son filtré ne comportant que telle ou telle fréquence. Ces paramètres permettent de quantifier l'activité des cellules ciliées externes, c'est-à-dire l'aptitude de l'oreille à effectuer une discrimination fine des fréquences. Les otoémissions provoquées sont particulièrement abondantes chez le nourrisson et l'enfant. Leur taux commence à décroître à partir de la quarantaine, et il est rare d'en détecter encore après soixante ans. Cette disparition diminue la discrimination des fréquences, ce qui explique une partie des troubles de l'intelligibilité de la parole observée dans la surdité de sénescence, la presbyacousie, dont la date d'installation et la sévérité demeurent néanmoins très variables d'un sujet à l'autre.

Malgré sa simplicité pratique, cette exploration de la fonction auditive est d'un emploi limité en clinique. Je l'ai utilisée il y a quelques années pour étudier l'audition des musiciens et résumerai les résultats de ce travail à propos de l'oreille absolue. Aujourd'hui, on s'en sert dans le dépistage de la surdité du nouveau-né ou de l'enfant ; on l'utilise également pour déceler le plus tôt possible la toxicité cochléaire de médicaments anticancéreux, de certains antibiotiques, ou pour apprécier le pronostic de certaines affections aiguës de l'oreille interne.

Très utile aux chercheurs aujourd'hui, cet examen s'est enrichi ces dernières années de la détection et de l'étude des produits de distorsion sonore retournés par l'organe de Corti. Il s'agit d'un son supplémentaire qu'engendre et retourne l'oreille interne, quand on lui envoie simultanément deux sons purs de même intensité et de fréquences différentes, que nous appellerons F1 la plus grave et F2 la plus aiguë. Giuseppe Tartini, compositeur et théoricien de la musique qui vécut à Padoue au XVIIIe siècle, avait le premier, paraît-il, observé et décrit le « troisième son concomitant » des violonistes, sonorité nouvelle qui apparaît quand on écoute deux sons purs de fréquences assez proches. Ce phénomène a été ensuite étudié par les physiciens, qui l'ont généralisé en démontrant que, si l'on injecte deux signaux sinusoïdaux dans un système non linéaire, sa distorsion génère un troisième signal également sinusoïdal, dont les paramètres dépendent de ceux des deux premiers signaux et du système lui-même.

Quand il s'agit d'otoémissions, le troisième son recueilli dans la cochlée est un signal complexe, composé de plusieurs fréquences, qu'on appelle produits de distorsion ; leurs intensités sont variables, mais leurs fréquences sont toutes des combinaisons mettant en jeu les multiples entiers de F1 et F2.

Là se trouve sans doute l'explication de cette prédilection qu'a l'homme pour la quinte.

La fréquence du produit de distorsion le plus ample a pour valeur 2 F1-F2. La genèse de ces différents produits de distorsion n'est pas la même. Certains ont une origine passive, par exemple la résonance des structures anatomiques de la cochlée, notamment la membrane basilaire. D'autres ont une origine encore obscure. Mais celle du pic le plus ample, de fréquence égale à 2 F1-F2, est aujourd'hui bien connue : elle est liée à l'action des cellules ciliées externes situées à l'endroit du clavier cochléaire, où se code la fréquence égale à la moyenne géométrique* de F1 et F2.

Les chercheurs ont trouvé dans cette particularité un moyen précieux pour étudier de façon très localisée le fonctionnement de l'organe de Corti. Ils ont en particulier observé que le produit de distorsion 2 F1-F2, le plus ample de tous les composants de ce troisième son, voyait son amplitude augmenter et trouvait sa plus grande valeur lorsque le rapport F2/F1 se rapprochait du nombre 1,22.

Or, en ce qui concerne la quinte, on constate que la moyenne géométrique des fréquences qui définissent cet intervalle est une fonction de la tonique égale à 1,22**.

On comprendra que je me sois attardé sur ces produits de distorsion. Sans décrire les détails

* La moyenne géométrique de deux nombres A et B est égale à la racine carrée du produit A × B.

** À titre d'exemple, prenons la quinte que forme l'intervalle *do*-3 (262 Hz) *sol*-3 (392 Hz) ; puis multiplions 262 par 392 : nous obtenons 102 704, dont la racine carrée est égale à 320,47. Le rapport de cette moyenne géométrique avec la fréquence de *do*-3 est égal à 1,22.

des phénomènes mis en jeu, je tiens à souligner l'importance de cette coïncidence, qu'on s'explique mal encore, mais où se trouve peut-être l'explication de l'engouement pour la quinte, de tout temps et dans toutes les civilisations.

Comme celle de l'octave, cette préférence est sans doute physiologique. Elle s'explique par la résonance et la mise en accord des structures de l'oreille interne. Les raisons philosophiques ou religieuses qu'on lui a trouvées à travers les siècles ont pallié pendant des millénaires notre impuissance à explorer l'infinitésimal de son origine, de même que la génération spontanée des microbes a dû attendre le microscope et la rigueur pasteurienne pour laisser place à l'asepsie.

Dans le nerf auditif, le codage temporel des influx nerveux épouse le rythme des fréquences, et c'est pour l'octave que cette synchronisation est la meilleure. Ainsi, on le voit, c'est dans notre oreille que réside l'origine de notre prédilection pour la quinte et l'octave.

Dès la naissance, on peut observer la valeur particulière de ce rapport fréquentiel optimum des produits de distorsion[5] et nous avons vu que le nourrisson est capable, dès les premiers mois, d'appréhender la notion d'octave. Tout se passe comme si cette double affinité musicale était innée. Mais on ne le sait que depuis quelques années à peine.

Si le rythme des recherches continue à s'accélérer, nous allons bientôt apprendre des choses encore plus étonnantes sur la musique !

L'ENCÉPHALE

Tout le monde pense que la musique pénètre jusqu'à la conscience comme l'eau jaillit de sa source, au lieu d'imaginer les multiples circonlocutions qu'elle réalise pour aller de l'oreille interne au cerveau.

C'est en pénétrant le tronc cérébral à la partie haute du bulbe que les messages véhiculés par le nerf auditif apprennent qu'ils ne sont pas les seuls. Ils rencontrent la foule des signaux sensitifs venus d'en bas, c'est-à-dire des membres, du cœur et des épaules, du dos et des viscères. Ils subissent leur influence et sont mis en concurrence avec le goût des aliments, l'effleurement des lèvres, puis, en remontant vers les hémisphères cérébraux, la vision, l'odeur, l'ambiance, l'humeur, l'attention.

Cette longue initiation leur apprend à tenir compte de l'environnement extérieur et du monde intérieur de l'individu. Certains sons seulement, et pas tous, parviennent alors à la conscience, qui les écoute de manière réfléchie.

Le sens de l'influx nerveux qui traverse le nerf auditif conduit à distinguer, comme pour tout autre nerf, les fibres afférentes qui pénètrent le tronc cérébral et les fibres efférentes qui en émergent.

Les fibres efférentes sont peu nombreuses, mais physiologiquement importantes. Elles prennent naissance dans les centres de l'olive bulboprotubérantielle proche du noyau cochléaire et se terminent dans les cellules ciliées externes de l'oreille controlatérale. Elles contrôlent la finesse de la discrimination des fréquences. Elles régulent aussi la vascularisation de l'oreille interne. Elles ont une fonction inhibitrice sur les cellules ciliées externes, diminuant notamment la formation d'otoémissions provoquées, ce qui est un bon moyen pour étudier expérimentalement leur physiologie. Une stimulation sonore unilatérale les fait fonctionner du côté opposé, ce qui réduit de ce côté la réponse du nerf auditif et favorise ainsi l'orientation acoustique. Ces fibres efférentes accentuent le contraste d'un signal sonore au milieu du bruit et facilitent ainsi sa discrimination. Leurs neurones dans le tronc cérébral sont connectés avec les centres voisins ou plus haut situés, ce qui témoigne de leur importance physiologique, découverte depuis une décennie seulement. Il est possible qu'elles jouent aussi un rôle dans l'établissement de l'oreille directrice. Elles participent également aux processus de dominance cérébrale[6]. Chcz les droitiers, le faisceau destiné à l'oreille droite est plus efficient que celui destiné à l'oreille gauche, tandis que cette efficience est presque symétrique pour les deux oreilles des gauchers. Nous en reparlerons à propos de l'oreille du musicien.

La destinée des fibres afférentes, qui vont de l'oreille au cerveau, intéresse pratiquement toujours les deux côtés du système nerveux central. Cette disposition concourt, notamment au niveau de la protubérance et du mésencéphale, à la localisation de l'origine des sons. La plupart de ces fibres afférentes se terminent d'abord dans un premier relais, les noyaux cochléaires. Ceux-ci conservent une organisation tonotopique analogue à celle de la cochlée et du nerf auditif. Il s'établit là des afférences auditives dans la plupart des noyaux des nerfs crâniens et dans les centres correspondant à la plupart des fonctions végétatives. Les influx auditifs participent aussi au fonctionnement des centres de l'équilibre et de la coordination des mouvements volontaires et automatiques. Ainsi s'expliquent les réactions inconscientes que l'on peut avoir à l'écoute de certaines sonorités.

D'autres fibres remontent directement jusqu'aux pédoncules cérébraux pour y faire relais dans le colliculus inférieur. Ce noyau du tronc cérébral est un centre auditif important, dans lequel arrivent presque directement des informations venues des deux oreilles. On y distingue trois zones anatomiquement et fonctionnellement différentes. Dans l'une, les sensations auditives conscientes font relais, avant de gagner l'aire auditive du cortex. L'autre traite les informations spécifiques ayant une signification fondamentale pour l'espèce, car elle entre en connexion avec le système limbique et correspond au fait que, dans beaucoup d'espèces, il existe un code sonore en relation avec le comportement, tels les cris d'alarme ou les chants amoureux. La troisième zone, enfin, traite les réactions d'éveil et contribue aux repérages d'une source sonore dans l'espace de l'individu.

Au niveau du cortex cérébral, comme la plupart des aires corticales sensorielles, sensitives ou motrices, l'aire auditive comprend plusieurs portions, primaire et secondaire, où s'élaborent les sensations conscientes et associatives qui peuvent se mettre en action sans signal sonore. Ces aires possèdent une organisation tonotopique, où se retrouvent les zones corticales dévolues au traitement des différentes fréquences sonores ; la projection des fréquences graves est latérale, celle des fréquences aiguës est médiane. L'ensemble que constituent ces aires auditives est situé sur la partie supérieure de la première circonvolution temporale, communément nommée T1. Ce cortex auditif est plus développé à gauche chez les droitiers, mais cette asymétrie, fonction de la dominance cérébrale, est moins nette chez les gauchers. La partie antérieure de T1, ou gyrus de Heschl, constitue le cortex auditif primaire. Juste en arrière se trouvent les aires secondaires, qui constituent le planum temporal. Ce planum est une aire secondaire très importante. À gauche, il jouxte l'aire de Wernicke, impliquée dans la réception et l'intégration du langage (ill. 13). En outre, il est, à gauche, non seulement plus développé chez les droitiers, mais il l'est aussi davantage chez les musiciens professionnels que chez les sujets non musiciens. La partie voisine du corps calleux, qui est un important faisceau d'association entre les deux hémisphères, est hypertrophiée de la même manière. Ces deux particularités anatomiques du cerveau du musicien sont d'autant plus nettes que le début de la pratique musicale a été plus précoce dans l'enfance[7].

Au contraire de l'aire visuelle, diamétralement opposée à l'œil, l'aire auditive est toute proche de l'oreille ; mais cette proximité est pour l'instant d'apparence fortuite et sans corrélation plausible. Les aires auditives, au contraire des aires visuelles, ont une origine bilatérale et sont reliées entre elles d'un hémisphère à l'autre, notamment par le corps calleux. Chaque aire auditive reçoit ses informations des deux oreilles, mais un tiers seulement est issu de l'oreille située du côté de la source sonore, le reste provenant majoritairement de l'oreille controlatérale.

Avant de devenir conscientes, les sensations auditives interviennent donc directement dans beaucoup de phénomènes vitaux. Ainsi s'explique sans doute l'effet magique et lancinant de certains signaux sonores — qu'on qualifie de primitifs, voire de primordiaux — ou la transe dans laquelle nous plongent parfois certaines musiques. De la même manière un bruit violent entraîne une contraction immédiate des muscles de l'étrier ou du marteau, qui protège l'oreille interne ; ce réflexe, dont nous n'avons pas conscience, est particulièrement efficace parce qu'il est presque instantané, sans qu'il ait été nécessaire que la sensation auditive remonte jusqu'au cerveau conscient pour que nous contractions volontairement ces muscles.

Il en est de même chez les animaux qui pratiquent l'écholocation évoquée plus haut. C'est dans le tronc cérébral que s'effectuent les connexions rapides permettant aux ailes des chauves-souris de tenir compte immédiatement à la fois du sifflement en ultrasons émis par le rongeur et des signaux auditifs que, tel un radar, l'animal reçoit en réponse, sans qu'il ait besoin d'en avoir conscience.

Autre exemple du feed-back audition-phonation, la régulation de l'émission de la voix parlée ou chantée. Beaucoup de sensations, notamment musculaires, pharyngo-laryngées, etc., concourent à la justesse de l'émission sonore des chanteurs. Les professeurs de chant, avec raison, essayent d'en faire prendre conscience à leurs élèves. Mais il n'y a pas de maestro ni de diva qui soient sourds. Par contre, on l'a vu, les adultes devenus sourds profonds présentent tous une voix forte et monotone, dont le timbre et l'intensité perturbés vont retrouver des valeurs normales après la mise en place de l'implant cochléaire ; cette prothèse auditive implantée va leur permettre d'entendre à nouveau. D'ailleurs, pour faciliter la rééducation qui suit l'opération, apprendre à maîtriser sa voix et réapprendre à chanter sont des exercices couramment effectués.

Rappelons-le enfin, ce feed-back auditif se retrouve aussi dans la régulation du fonctionnement de l'organe de Corti ; l'efficacité de ses cellules ciliées est directement commandée par les fibres nerveuses efférentes du nerf auditif issues d'un groupe nucléaire spécialisé, situé dans la partie haute du bulbe rachidien.

En remontant progressivement de relais en relais vers ces endroits de la substance grise cérébrale où se trouvent les sensations conscientes, l'information s'épure, s'affine. Elle devient notamment plus contrastée, diminuant ainsi le bruit de fond, et aboutit progressivement à une image de plus en plus signifiante. Mais ce travail du cerveau est long. Il lui est difficile d'interpréter le sens de signaux trop rapprochés. Il a besoin, nous l'avons vu, d'environ 50 millisecondes pour comprendre, tout comme l'oreille interne a besoin de 3 à 5 millisecondes entre deux stimulations sonores pour les différencier.

On pourrait dire que le cerveau travaille aussi comme un internaute boursicoteur, car à partir des informations les plus récentes dont il dispose, il prend des risques sur l'avenir immédiat. Ce cerveau est un joueur. Pour comprendre ce qu'il entend, plusieurs fois par seconde il prend des paris. Souvent il empoche la mise. Parfois il se trompe, et il en tient compte. Lorsque le signal sonore, décodé en phonème par les premiers noyaux auditifs, arrive à l'étage sémantique, le cerveau anticipe. Il se cale en avance pour traiter son signal. Il devine ce que l'interlocuteur est en train de dire et n'a pas tout à fait fini de dire, non pas le mot avant la fin du mot, phénomène dont nous avons conscience quand il se produit, mais le phonème avant la fin du phonème. Lorsque l'émission de ce phonème est terminée, une fonction de vérification cérébrale ultime vient informer le cerveau qu'il avait bien deviné le phonème en question, alors qu'il est déjà en train de s'occuper du phonème suivant. Il faut remarquer que la plupart des langages sont adaptés à supprimer certaines des confusions qui pourraient ainsi se produire. Par exemple le français ne comporte pratiquement pas de mots qui puissent être confondus si on inverse la consonne *ch* avec la consonne *f*.

Le mécanisme intime de ces phénomènes est encore mal connu. Mais nos connaissances ont beaucoup progressé ces dernières années, notamment celles qui concernent les traitements particuliers de la parole et de la musique. Nous le verrons au chapitre III.

LES AMUSIES

On rencontre parfois des sujets normaux qui n'ont aucun sens de la mélodie. Totalement incapables de chanter juste, mais normalement sensibles au rythme, ils sont amusiques. Ils peuvent suivre le tempo d'une œuvre, l'accompagner du geste ou de la voix, reproduire son rythme. Ils peuvent même la chanter à leur manière, mais leur ambitus, qui ne dépasse pas une tierce, les fait immédiatement chanter faux. Ils sont évidemment incapables d'ajuster leur voix pour chanter à l'unisson dans un chœur. On comprend que la musique ne leur apporte pratiquement aucun plaisir.

Ces sujets sont rares. Ils ne consultent pas, parce que cette particularité ne les gêne nullement, puisqu'ils n'ont jamais connu la moindre perception mélodique. Cette amusie essentielle est difficilement décelable. On ne connaît pas sa fréquence. Il n'existe aucune recherche physiologique à son propos. Elle est très différente des troubles plus ou moins dissociés de la perception ou de l'expression musicale, qui apparaissent parfois au cours de l'évolution des affections vasculaires, tumorales ou dégénératives du cerveau, et que les neurologues étudient en les regroupant sous le terme d'amusies[8].

DE LA MÉDUSE AUX MAMMIFÈRES, ET DE L'EMBRYON AU JEUNE ENFANT

Nous avons vu la communauté fréquentielle du toucher et de l'audition entre 0 et 300 Hz, et les structures nerveuses et liquidiennes que l'ouïe et l'équilibre se partagent dans l'agencement de l'oreille interne. Cette parenté entre la peau et l'oreille remonte très loin dans nos origines, que celles-ci soient personnelles ou phylogénétiques.

Dans la masse cellulaire en forme de framboise qu'engendre l'union de l'ovule et du spermatozoïde, apparaissent, dès les premiers jours de notre conception, trois grandes différenciations tissulaires. L'une d'entre elles, l'ectoderme, va donner à la fois le revêtement cutané et le système nerveux : la future oreille interne n'en est qu'une excroissance. La carence en vitamine B peut entraîner une maladie du système nerveux, le béribéri, qui est prévenue et guérie par l'administration de vitamine B1. On comprend pourquoi cette vitamine est également prescrite contre les maladies dégénératives de l'oreille interne, aussi bien que dans les affections de la peau et des phanères (poils et ongles), qui ont la même origine ectodermique.

On retrouve dans toute l'échelle animale la même connivence entre le tact, l'équilibre et l'audition pour informer le sujet sur les mouvements de son environnement. L'équilibre nous dit notre position dans l'espace ; l'audition nous décrit ses variations mécaniques, et le toucher, dont les organes sont répartis sur toute la surface du revêtement cutané, contribue à cette double information. Ces trois fonctions et leurs organes se regroupent de manière variée. Chez les mammifères, les appareils de l'ouïe et de l'équilibre sont tout proches du cerveau, mais de l'arrière-nez également. Cette proximité est le gage d'une information rapide des centres ; elle permet aussi à l'air de pénétrer dans la caisse du tympan pour assurer l'audition des vibrations aériennes nécessaire à leur mode de vie. Il y a d'ailleurs, chez les vertébrés aériens, dont l'homme fait partie, une relation entre leur sensibilité et leur sélectivité fréquentielle et la longueur du clavier cochléaire attribuée à une octave[9]. Par exemple cette longueur est de 0,045 mm chez le lézard, qui ne perçoit que les fréquences graves, 0,6 mm chez le pigeon, 1,2 mm chez la souris, 2,5 mm chez le cobaye, qui identifie jusqu'à 15 kHz, et sans doute 2 mm seulement chez l'homme.

Chez les poissons inférieurs, seul l'organe de l'équilibre est dans le crâne, et l'audition liquidienne est obtenue grâce à la ligne latérale. C'est un long cordon fait de multiples petits tubes emplis de liquides et de terminaisons sensorielles ; il s'étend sous les écailles de la tête à la queue. Grâce à cette formation auditivo-tactile, le poisson décèle d'infimes variations de pression, qui lui permettent de vivre en bancs avec ses congénères, de détecter une proie, les courants marins ou un agresseur.

Les insectes sont les grands concurrents de l'homme dans la sophistication fonctionnelle. La sauterelle entend avec sa jambe. Ses organes auditifs sont situés sur les tibias, au niveau des genoux ; ce sont des amincissements localisés de la cuticule, qui vibrent comme un tympan, dont les connexions sensorielles distinguent des fréquences supérieures à 90 kHz. Les oreilles du papillon de nuit, de morphologie analogue, situées sous ses ailes, sont voisines du système musculo-articulaire qui les fait vibrer ; dès qu'il entend les ultrasons de la chauve-souris, le nyctalope tombe comme une pierre pour échapper au mammifère volant ; ce réflexe, dû à l'arrêt immédiat de son vol, est sans doute facilité par la proximité de ce capteur sonore, qui commande aussitôt les muscles des ailes.

L'équilibre des insectes est obtenu de diverses manières. Chez les diptères, il est assuré par le tournoiement gyroscopique des ailes postérieures. Chez d'autres, il est fourni par des coussins sensoriels situés dans les articulations des trois segments du corps ou des pattes ; ces palpeurs fonctionnent comme ceux des robots qui manipulent à distance les mécanismes les plus fins. Chez les mollusques les plus primitifs, telle la méduse, on retrouve le statolithe, organe qui existe aussi chez les mammifères ; c'est une petite formation calcaire, qui réalise un fil à plomb sensible aux variations de toutes les accélérations.

Venons-en à l'enfant et à son oreille, qui est peut-être musicienne de naissance. La croissance des organes de la fonction auditive est relativement mal connue chez l'homme. On ne dispose que de rares observations anatomiques de l'embryon ou du fœtus humain. Nos connaissances s'appuient surtout sur l'extrapolation de ce que l'on a pu observer chez l'animal, sur l'observation des réactions comportementales du fœtus et sur les renseignements fournis chez le prématuré et le nourrisson par les potentiels auditifs évoqués et la détection des otoémissions.

Chez l'homme, l'oreille moyenne et surtout l'oreille externe, même si elles sont constituées très tôt dans la vie intra-utérine, vont poursuivre leur croissance plus ou moins tard jusqu'à l'adolescence. Aussi, jusqu'à cet âge, la fréquence de résonance de l'oreille, relativement élevée à la naissance en raison de la forme du conduit auditif externe, va progressivement décroître jusqu'à la valeur normale qu'elle a chez l'adulte, ce qui expliquerait en partie la préférence du nourrisson pour les fréquences aiguës, dont on a vu l'importance dans l'appréciation des harmoniques élevés, qui constituent l'essentiel des sonorités musicales.

La cochlée, au contraire, et avec elle l'étrier ont acquis leur taille définitive au troisième ou quatrième mois de la vie intra-utérine. On observe, pendant la gestation de l'animal, une corrélation entre la maturation des cellules sensorielles et nerveuses et l'apparition dans les axones du nerf auditif de spikes spontanés ou provoqués par des stimulations sonores. Chez l'homme, cela est observable grâce à l'enregistrement des otoémissions du prématuré. Ces otoémissions, essentielles pour la discrimination des fréquences et des intervalles de musique, sont très abondantes à la naissance.

Pourtant, si à la naissance l'oreille interne est déjà fonctionnelle, le système nerveux auditif va rester longtemps immature. Cette immaturité est une des grandes différences qui opposent l'animal, dont le nouveau-né est capable de marcher dès les premières heures, à l'homme, dont l'enfant a besoin d'au moins un an pour y parvenir. Car s'il est immature pour fonctionner, le cerveau du nouveau-né est mature pour apprendre[10]. Le contingent afférent du nerf auditif de l'homme ne termine sa myélinisation qu'à la fin de la première année, et l'action régulatrice sur l'oreille interne de son contingent efférent ne commence à être observable qu'à partir de l'âge de quatre à sept ans. Quant aux formations nerveuses encéphaliques, leur taille et le nombre de leurs neurones et de leurs connexions vont poursuivre leur croissance jusqu'à l'adolescence.

Par ailleurs, dès la naissance, l'activité des cellules externes, qui se retrouve à tous les étages du clavier fréquentiel de la cochlée, est plus importante chez les filles que chez les garçons, chez lesquels cette pauvreté relative siège plus particulièrement dans les fréquences aiguës. On observe également que les otoémissions sont plus abondantes dans l'oreille droite que dans l'oreille gauche, du moins chez les sujets dont la dominance cérébrale gauche va s'affirmer quelques années plus tard. Ces différences liées au sexe et à la dominance cérébrale, dont va bénéficier l'écoute de la musique, apparaissent donc très tôt dans la croissance.

Ainsi, dans les perfectionnements progressifs de son organogenèse, l'oreille humaine semble-t-elle, de l'embryon au jeune enfant, suivre les stades successifs de l'échelle phylogénétique. Son développement passe, en effet, par celui de la cochlée des poissons, qui n'identifient que les vibrations graves, puis de celle des oiseaux dont le limaçon est à peine incurvé, pour enfin emprunter la plupart des propriétés de celle des mammifères, capables de la perception et de la discrimination de plus en plus fine de sonorités de plus en plus aiguës.

On comprend pourquoi l'oreille humaine ne commence à entendre, c'est-à-dire à transmettre les informations au cerveau, qu'au moment où l'embryon est devenu fœtus. Parler à son enfant, ou lui faire entendre Mozart, dès le deuxième ou troisième mois de la grossesse, est peut-être utile pour l'établissement de la relation parents/enfant, mais sans doute sans effet sur son apprentissage auditif. Au-delà du sixième mois, au contraire, apparaissent des réponses fœtales objectives, d'abord à des stimulations graves et intenses, puis médiums, et finalement, aux environs de la naissance, à la voix maternelle elle-même.

Si on veut apprécier l'intensité de cette stimulation acoustique de l'oreille fœtale, il faut bien opposer les sons venus de l'extérieur, que sont les bruits ou la voix paternelle, aux sonorités internes, nées dans le corps de la mère. Pour gagner l'oreille fœtale, les premiers doivent franchir de grosses barrières musculaires et liquidiennes, et la perte d'intensité qu'ils subissent est d'autant plus considérable que la fréquence des sons est plus élevée. Mais les autres sons, bruits intestinaux, cardiaques ou vibrations laryngées maternelles, sont bien plus proches de la cochlée du fœtus, qui entend mieux la voix de sa mère, car elle lui parvient à la fois de l'intérieur et de l'extérieur. Les autres voix, notamment celle de son père, seront beaucoup plus faibles. L'apprentissage sonore commence donc deux à trois mois avant le terme ; d'ailleurs on observe une habituation à la voix de la mère quelques jours après la naissance. Cette préférence pour la voix maternelle disparaît si, lors des tests, elle est filtrée de manière à la priver de ses fréquences graves. Elle persiste au contraire si la voix maternelle est amputée de ses fréquences aiguës, car elle est alors beaucoup plus proche de ce que l'enfant entendait au stade in utero[11].

Pourtant, la plupart des nouveau-nés présentent très tôt une réactivité plus grande aux voix aiguës qu'aux voix graves, et plusieurs constatations démontrent que cette préférence, qui est sans doute innée, n'est pas liée à l'expérience acquise par le fœtus avant la naissance. Chez des nouveau-nés de mères francophones, on a observé cette préférence pour les voix aiguës, en effectuant les tests adéquats avec des voix japonaises[12]. Cette préférence existe aussi chez les nouveau-nés présentant une audition normale, mais dont les parents, qui étaient tous les deux sourds profonds congénitaux, n'usaient pendant la gestation que de la langue des signes[13].

Très vite les compétences auditives du nourrisson deviennent impressionnantes. L'aptitude à identifier des courants sonores nés de sources différentes, qui est très utile pour l'orientation spatiale, est observable très tôt, au quatrième jour après la naissance[14]. Dès le huitième mois, l'enfant est capable de reconnaître la notion d'octave, et il peut également, à peu près au même âge, percevoir la fréquence fondamentale absente qui caractérise certains sons périodiques particuliers[15]. Tout laisse penser que le très jeune enfant est capable de profiter très tôt d'un environnement musical sophistiqué, même si pendant les premières années de sa vie il ne sera capable de reproduire que les rythmes et les mélodies les plus simples. La musique n'est-elle pas essentielle à l'homme ?

LA PLASTICITÉ CÉRÉBRALE

L'évolution et le perfectionnement des structures sensorielles et nerveuses de l'organisme, qu'on peut admirer dans le déroulement de l'organogenèse, peuvent se poursuivre sous une forme très particulière chez l'individu, grâce à la plasticité cérébrale. L'apprentissage de la musique va en bénéficier. La plasticité cérébrale consiste en une transformation des fonctions et des connexions intracérébrales, permettant au sujet de pallier une situation inhabituelle, en la compensant de manière plus ou moins satisfaisante pour le reste de l'organisme. C'est un phénomène d'adaptation. Il permet à l'organisme de compenser un déficit et d'y survivre. Mais il nécessite à la fois un entraînement spécial et prolongé et une grande motivation. Il implique un véritable désir de survie, une sorte de force vitale. On comprend que cette plasticité soit plus grande chez l'adulte jeune que chez le vieillard, et plus forte chez le très jeune enfant que chez l'adolescent. Bien sûr, la plasticité du tissu vivant existe chez tout être, qu'il s'agisse de plantes, d'organismes unicellulaires, de particules virales ou d'invertébrés. Mais la plasticité cérébrale, processus neurogène, s'observe essentiellement chez les mammifères. Elle est liée à la capacité du tissu nerveux de changer ses propriétés réactives en fonction de la nature des stimulations qu'il reçoit et repose sur des mécanismes proches de ceux qui gèrent le développement du système nerveux. Elle est au plus haut dans les premiers stades de la vie et, fréquemment, limitée à une très brève période de la croissance. Aussi, bien souvent, ne peut-elle apparaître que dans les limites d'une période critique du développement, au-delà de laquelle elle perd toute efficacité.

Voyons son rôle dans le domaine auditif. Chez l'animal, la destruction d'une zone fréquentielle très limitée de la cochlée va priver d'afférences la zone tonotopique correspondante du cortex auditif contro-latéral ; mais progressivement, on va voir les cellules corticales répondre à la stimulation des zones cochléaires voisines restées valides[16]. Cette tonotopie du cerveau auditif peut aussi se modifier expérimentalement à la suite d'un entraînement intensif. Là encore des faits comparables sont aujourd'hui observables chez l'homme : l'émission de sons purs n'entraîne, entre sujets musiciens et non musiciens, pas de différence dans les réponses cérébrales ; par contre, des sonorités musicales activent une zone du cerveau auditif bien plus vaste chez les sujets musiciens que chez ceux n'ayant aucune pratique musicale ; en outre, là aussi, cette hypertrophie est d'autant plus nette que les débuts musicaux ont été plus précoces.

La plasticité cérébrale se corrèle avec le développement anatomique et fonctionnel lui-même. Ainsi la croissance du cortex cérébral auditif dépend-elle directement de l'activité de la cochlée. Ce sont les stimuli nerveux, nés dans l'organe périphérique, qui entraînent la maturation et la spécialisation des différents centres auditifs répartis dans le cerveau. Mais, si le fonctionnement normal de l'oreille est perturbé ou supprimé, le développement des zones corticales correspondantes n'est plus mis en jeu. C'est ce qui arrive dans les surdités totales congénitales. Si l'implant cochléaire ne vient pas rapidement faire entendre les enfants qui en sont atteints, leur cerveau auditif ne se développera pas et, passé six à dix ans, il sera généralement trop tard pour les en faire bénéficier, car il n'y aura pas de territoire cortical capable d'intégrer les sensations sonores fournies. Au début de mes travaux sur l'implant cochléaire, j'ai pu démontrer chez l'animal que la stimulation électrique du nerf prévenait cette atrophie corticale, et prôner ainsi dès les années 80 l'urgence de l'implantation précoce chez le jeune enfant sourd profond[17].

Lorsque les aires auditives corticales ne sont soumises à aucune stimulation sonore, non seulement elles ne se développent pas, mais elles seront colonisées par les aires voisines. En général, les fonctions sensorielles valides s'étendent et, au niveau du cortex, compensent la perte d'une autre modalité fonctionnelle. Chez le jeune animal dont on a détruit les deux oreilles internes, les aires visuelles prennent peu à peu la place du cerveau auditif. Cela explique, nous l'avons vu, la compétence visuelle et spatiale que développent les sourds profonds congénitaux, comme une compensation de leur handicap auditif. Le remplacement artificiel de l'oreille interne de l'enfant sourd profond congénital par une prothèse auditive électrique implantée est capable de prévenir cette atrophie, grâce à l'audition ainsi apportée.

La plasticité cérébrale rend compte aussi de tous les phénomènes d'apprentissage et d'éducation, notamment musicale. Dans ce domaine, elle contribue sans doute à la création de réseaux neuronaux, qui réalisent des structures capables de traiter des groupes de fréquences sonores correspondant à une note, ou un groupe de notes constituant un accord. Les mécanismes de la plasticité cérébrale expliquent également l'origine culturelle de ce qui apparaît comme « obligatoire » dans la plupart des systèmes musicaux.

Ainsi s'explique le rôle fondamental d'un environnement musical précoce dans le développement des aptitudes et de la culture musicales, parce qu'il permet une programmation aisée de ces formations auditives. Nous en reverrons l'importance à propos de l'établissement de l'oreille absolue. Mais il faut se garder de toute déduction hâtive sur le plan pédagogique, car, dans le développement d'une oreille musicale, l'environnement familial et l'équilibre psychique de chaque élève sont aussi très importants.

Cette faculté d'adaptation, proche du conditionnement pavlovien et de l'apprentissage, augmente du mammifère inférieur au primate, et semble culminer chez l'homme et chez certains individus plus que chez d'autres. L'immaturité à la naissance est son autre face ; elle contraint le nouveau-né à l'apprentissage. Son audition et son élocution immatures l'obligent à apprendre à entendre, à comprendre, à parler ou à chanter. Chez l'homme cette immaturité est un gage de liberté individuelle, car elle représente une part de non-programmation dans la programmation génétique du cerveau humain, qui lui permet de développer des réseaux neuronaux particuliers et originaux.

CHAPITRE III

LES CHEMINS DE LA MUSIQUE

J'appelle chemins de la musique le long voyage de tout ce qui fait la musique jusqu'à la conscience. Ces chemins sont aussi beaux que ceux de la parole, mais ils sont plus mystérieux, et la connaissance que nous en avons aujourd'hui, nous la devons aux chercheurs qui ont exploré ce domaine dans les dernières décennies.

Je me limiterai ici aux processus cérébraux qui trient, dès qu'elles apparaissent, les sonorités musicales, puis les mesurent et les reconnaissent, qu'elles soient vocales ou instrumentales. J'évoquerai plus loin, à propos de la dominance cérébrale, l'action du cerveau sur l'oreille, phénomène que l'on découvre actuellement et qui explique peut-être certaines qualités que confère la pratique de la musique.

Depuis la description initiale en 1861 par Broca d'un centre du langage localisé dans l'hémisphère gauche, de rares descriptions d'amusies — quel qu'en soit le type — laissaient les cliniciens certains que la compréhension de la musique était d'une nature différente de celle de l'écoute verbale. Il y a presque un siècle, on opposait déjà le cerveau gauche, centre de l'action, de la réflexion, de la logique, facilement exploitable, au cerveau droit, intuitif, beaucoup plus mystérieux, au point qu'on le disait silencieux, muet. Il y a peu de temps encore, certains vulgarisateurs pensaient que le cerveau droit était une réserve neuronale, génératrice future des prouesses intellectuelles qu'allait réaliser l'humanité à venir.

Les premières approches physiologiques des centres cérébraux propres à l'intégration de la musique sont dues au développement de l'acoustique électronique et de l'électroencéphalographie. On sait, depuis la fin de la Seconde Guerre mondiale, que les aires auditives cérébrales reçoivent une information sonore bilatérale provenant des deux oreilles, néanmoins quantitativement asymétrique, car les deux tiers de cette information proviennent de l'oreille opposée.

La notion d'oreille directrice, la droite chez les droitiers, date de la même époque. Sa mise en évidence a reposé essentiellement sur la réalisation de tests dichotiques, dont le principe est de faire entendre simultanément dans les deux oreilles des messages différents. On emploie soit des paires de consonnes voyellées du type *ba-ta* (on les appelle des stimuli verbaux), soit des séquences de sons graves-sons aigus, ou des paires de clicks, dont on fait varier les divers paramètres (on les qualifie de stimuli non verbaux). Le sujet doit décrire ce qu'il entend globalement, puis uniquement ce qu'il perçoit dans l'oreille droite et dans l'oreille gauche.

De cette manière, en 1961, Kimura a pu montrer, chez les sujets normaux et droitiers, l'existence d'une spécialisation de l'oreille droite —

c'est-à-dire de l'aire auditive de l'hémicerveau gauche — pour la reconnaissance des stimuli verbaux, et au contraire de l'oreille gauche — c'est-à-dire l'aire auditive de l'hémicerveau droit — pour celle des stimuli non verbaux[1]. Des observations neurologiques ont permis ensuite de confirmer que cette notion d'oreille prédominante pour les stimuli verbaux était reliée à celle de dominance cérébrale. C'est ainsi qu'est née la notion d'oreille dominante, ou oreille directrice, en admettant que les connexions auditives croisées transmettaient les informations sonores plus facilement au cerveau, et/ou avaient une action inhibitrice sur les connexions cérébrales directes.

En outre, au cours de ces recherches, on a observé une différence de spécialisation entre chaque hémisphère, en fonction de la nature des signaux, conduisant à distinguer les sons verbaux, qualifiés de signifiants — qui en fait étaient de la parole —, et les sons non signifiants, qui en réalité étaient des sons musicaux. Cependant, à cette époque, la musique ne faisait pas partie du champ des recherches cognitives. Ce terme lui-même existait à peine. Il eût été incongru pour un chercheur de s'intéresser à une sensation universelle, mais subjective, déclenchée par des signaux dont la définition précise était écartelée et remise en question par les œuvres d'un certain nombre de compositeurs contemporains.

Au contraire, depuis une vingtaine d'années, se rendant compte de la part importante que la musique prenait dans la vie quotidienne grâce aux médias modernes, il est apparu utile aux chercheurs de comprendre les mécanismes de sa perception consciente. La musique, cessant d'être futile à leurs yeux, est devenue aujourd'hui l'objet de très nombreux travaux, embrassant peu à peu presque toutes ses facettes. Au cours des années 80, on a démontré que l'audition de la musique était, chez les droitiers non musiciens, préférentiellement assurée par l'oreille gauche — c'est-à-dire par l'hémicerveau droit. Au contraire, quand il s'agissait de musiciens, c'était l'oreille droite qui était mise en jeu, c'est-à-dire l'hémicerveau gauche[2].

L'exploration des chemins de la musique commençait à porter ses fruits ; globalement, d'abord, puis leur description s'est affinée en fonction des paramètres physiques qui la constituent. Les pionniers, dans la jungle de notre ignorance, ont d'abord tracé une voie simple : la musique est traitée par le cerveau auditif droit et la parole par le cerveau gauche. Dans cette vision abrupte, il paraissait logique que les musiciens analysent la musique comme une sorte de langage, avec ses codes et sa syntaxe, et pour cela utilisent leur cerveau gauche.

Cette cartographie, satisfaisante à son époque, s'est révélée partiellement fausse. En fait, on dénombre plusieurs routes qui conduisent séparément chacun des éléments constitutifs de la musique jusqu'à notre conscience. La distinction subjective de ces éléments, hauteur tonale, intervalle, rythme, timbre, mélodie, était connue depuis des siècles, mais c'est au milieu du XXe siècle que les scientifiques — notamment Leipp à la Sorbonne — ont pu les définir physiquement de manière précise et reproductible. La mise en application des moyens modernes d'exploration permet depuis très peu de temps d'étudier un à un tous les paramètres de la musique, de découvrir les centres cérébraux d'analyse et de reconnaissance qui leur sont propres, ou qui, pour certains, sont communs à ceux de la parole.

En résumé, ces vingt dernières années ont connu deux périodes. La première, celle du PETscan triomphant. Sur les images multicolores de ce scanner, chercheurs ou cliniciens se sont émerveillés de voir l'encéphale qui travaille s'illuminer aux feux de l'oxygène consommé dans les différents centres auditifs. La lenteur d'acquisition, le flou et le diffus des images ne rebutaient personne, tant il était magique de voir enfin le cerveau entendre. La deuxième période, celle de l'IRM* fonctionnelle, puis de la magnéto-encéphalographie, a rendu sinon caduques, du moins incomplètes ou inexactes ces descriptions.

Les chemins de la musique, grâce à ces méthodes, ont rendu célèbres un certain nombre d'auteurs, parmi lesquels Lechevallier et Collet en France, Peretz au Canada, et celui dont l'expérience est aujourd'hui la plus riche et la plus reconnue, Zatorre, de l'université McGill à Montréal.

L'exposé chronologique des progrès de leurs travaux serait passionnant, car il montrerait le long défrichage qu'ils ont accompli. Mais il serait étouffé par les contradictions d'un labeur collectif en zigzag, qui oblige souvent à renoncer à la vérité d'hier, qui n'est plus celle d'aujourd'hui. C'est pour cela que les chercheurs, même

* Imagerie par résonance magnétique.

lorsqu'ils s'expriment par des statistiques, parlent rarement de certitudes, car leurs connaissances, en peu de temps, peuvent apparaître inexactes.

Au lieu de décrire les diverses recherches qui ont été menées jusqu'à nos jours, je vais schématiser nos connaissances actuelles, puis les illustrer par quelques-unes des expériences récentes qui ont permis d'établir les données essentielles de l'audition de la musique.

Auparavant, deux remarques. Signalons d'abord, même si c'est classique, que l'expérimentation animale n'a été pratiquement d'aucune aide pour identifier les trajets propres à la parole et à la musique, puisque les animaux ne parlent pas. Quand ils chantent, c'est de manière stéréotypée, répétitive, non créative. D'ailleurs, les centres de commande de ces trilles et roucoulades ne siègent pas dans le cortex des oiseaux, mais dans leur cerveau ancien, base de tous les instincts. De plus, ces volatiles n'ont jamais construit d'instruments pour imiter leurs propres chants : c'est l'homme qui a inventé les appeaux.

Il faut souligner que la plupart des expériences dont je vais synthétiser les résultats ont été réalisées chez des sujets sains, droitiers vrais, tant les chercheurs redoutent l'imprécision des localisations anatomiques chez la plupart des gauchers. Rappelons que les gauchers sont plus ou moins ambimanes, et leur latéralisation est rarement totalement l'inverse de celle des droitiers.

Pour comprendre comment la musique séduit la substance grise de notre cortex cérébral, en y éveillant des sensations plus ou moins conscientes, il convient de rappeler brièvement comment la parole se place dans notre cerveau pour être intelligible.

Dans l'hémisphère gauche, deux centres régissent l'émission et l'écoute de la parole. En avant, sur le lobe frontal, jouxtant l'homonculus allongé sur la circonvolution frontale ascendante ou prérolandique (voir ill. 6), se trouve l'aire de Broca, qui assure l'élocution. Une lésion de l'aire de Broca entraîne une aphasie motrice : le sujet ne peut plus articuler une parole intelligible, mais il entend son jargon et comprend son infortune.

En arrière, proche du planum temporal et des aires auditives, se trouve l'aire de Wernicke, qui régit la compréhension de la parole entendue. Son atteinte entraîne une aphasie sensorielle : le sujet parle de manière intelligible a priori, souvent profusément, mais son discours juxtapose des formules toutes faites et des mots sans suite ni aucun sens, sans que l'aphasique se rende compte de l'insanité de son discours.

Précisons l'effet de l'écoute de la parole. Une activation des deux aires auditives se produit, prédominant nettement à gauche, et de ce côté cette activation est plus importante dans l'aire secondaire que dans l'aire primaire. On observe aussi que cette aire secondaire est la seule qui s'active lorsque le sujet parle, sans qu'il puisse percevoir le son de ses paroles ; on y parvient si, pendant l'expérience, il est « assourdi » par un casque emplissant ses oreilles d'un bruit blanc à 70 dB. Cette aire auditive secondaire gauche est donc impliquée dans une boucle coordonnant l'émission, aussi bien que la perception de la parole.

Avant de placer dans leur niche cérébrale, comme étoiles et bougies sur un arbre de Noël, les éléments physiques de la musique, je vais d'abord les énumérer en tentant de les classer, pour souligner les distinctions que les chercheurs ont été, à l'heure actuelle, amenés à établir.

CLASSIFICATION COGNITIVE DES CONSTITUANTS PHYSIQUES DE LA MUSIQUE

Commençons par le temps qui passe, puis nous verrons la hauteur fréquentielle des sons qui s'y déroulent.

Le temps qui passe

Le temps qui s'écoule amène à distinguer la durée élémentaire de chaque sonorité, puis, dans l'ensemble que forment ces unités, le rythme, le tempo, la métrique. La durée, secondes ou fractions de seconde, est la même notion que celle de la valeur d'une blanche ou d'une double-croche. Cet aspect temporel, bien connu de la musique, ainsi que le rythme, le tempo, la métrique ont été décrits au chapitre premier.

La hauteur fréquentielle des sonorités

La hauteur fréquentielle de la musique comprend plusieurs aspects.

La *hauteur tonale* d'une sonorité est la perception de la valeur fréquentielle de son fondamental ; c'est très précisément le sens qu'il faut donner au mot « pitch » des auteurs anglo-saxons, car c'est presque le nombre qui exprime cette fréquence, comme si cette fondamentale était le seul élément du son qu'il faille prendre en compte.

On pourrait l'appeler hauteur absolue. Cette qualité est appréciée dans l'oreille interne par la tonie, grâce à la disposition tonotopique de chacune des fibres nerveuses et de sa cellule ciliée interne sur le clavier cochléaire

L'*intervalle*, au contraire, compare deux notes ; à lui seul, il est déjà une mélodie, ne tenant pas compte — sauf si le sujet possède l'oreille absolue — de la valeur en hertz du fondamental de chacune ; il apprécie la valeur de la fraction F2/F1 qui exprime cette comparaison. Souvent, l'intervalle peut être nommé, quarte ou sixte, majeure ou mineure. Mais parfois, selon la culture musicale du mélomane, occidentale ou non, et selon la musique qu'il écoute, l'intervalle n'aura pour lui aucune dénomination connue. Si ces deux notes sont simultanées, l'intervalle est dit harmonique, et, à part le temps nécessaire au travail d'identification du cerveau, il n'a pas besoin du temps qui se déroule pour effectuer sa comparaison. Par contre, le temps qui passe lui est nécessaire si cet intervalle devient mélodique, parce que les deux notes sont jouées successivement.

On pourrait, là, parler de la hauteur relative des deux notes l'une par rapport à l'autre. C'est cette qualité qui est codée par le chroma de l'oreille interne.

Bien sûr, l'analyse d'un intervalle prend aussi en compte les valeurs de la multitude des fractions entremêlées, qui composent les harmoniques plus ou moins intenses de chacune de ces deux notes.

Le *contour mélodique* apprécie dans le temps la modulation fréquentielle de plusieurs intervalles ; on l'appelle aussi enveloppe du signal ; c'est l'équivalent de la prosodie de la parole.

Le *timbre* apprécie presque instantanément — en moins d'un quinzième de seconde chez les musiciens les plus exercés, c'est-à-dire, nous l'avons vu, à peine 60 ms — la valeur fréquentielle et l'intensité de chacun des harmoniques d'une note. Cette carte fréquentielle, géographie de la force et de la durée infinitésimale, est extraordinairement riche. Ces 60 ms ne seront pas de trop à notre cerveau auditif pour en apprécier, puis en identifier la variété.

À côté des caractères physiques que sont le temps et la hauteur fréquentielle, l'écoute de la musique fait appel à des paramètres qui sont aujourd'hui encore mal identifiés, et non quantifiables. Je pense par exemple au lexique musical propre à chaque auditeur, qui n'est pas seulement la détermination écrite ou mémorisée de l'œuvre entendue, même chez les musiciens professionnels. Je citerai aussi, bien sûr, la mémoire. Il ne faut pas omettre, même s'ils sont actuellement mal mesurables, tous les aspects affectifs de la perception auditive, plus ou moins profondément mémorisés par chacun d'entre nous.

LOCALISATIONS CÉRÉBRALES DES CENTRES TRAITANT LES DIFFÉRENTS CONSTITUANTS PHYSIQUES DE LA MUSIQUE

Comment les éléments qui participent à la constitution de la musique vont-ils trouver leur place dans le cerveau ?

Sur le schéma transversal de l'illustration 14, qui coupe verticalement les deux hémicerveaux gauche et droit, en passant par la zone la plus antérieure de la première circonvolution temporale (nommée T1 ou gyrus de Heschl) correspondant à l'aire auditive primaire, on voit aussi un pont, qui réunit les deux cerveaux : c'est le corps calleux. Il s'agit d'un volumineux faisceau d'association interhémisphérique. Sa partie antérieure est significativement plus large chez les musiciens, mais seulement chez ceux qui ont débuté l'apprentissage de la musique avant l'âge de sept ans[3]. Cet élargissement est dû à une augmentation importante du nombre des fibres myélinisées, qui connectent entre eux les deux hémicerveaux, sans qu'on puisse encore dire s'il s'agit de fibres ayant une fonction auditive ou de fibres assurant la perfection des séquences motrices bimanuelles.

Sur l'illustration 13 on trouve l'aire auditive primaire et les aires auditives secondaires. Un peu plus en haut et en arrière, tout proche de l'aire de Wernicke, responsable de l'intelligibilité du message verbal entendu, on trouve le planum temporal. Il s'agit d'une zone bien définie de la partie postéro-supérieure du gyrus temporal. Il est plus large à gauche sur la majorité des cerveaux. Cette hypertrophie est liée à la fois à la dominance cérébrale, qui est le plus souvent gauche, et à l'expression de cette dominance dans l'analyse auditive de la parole. Il semble que cette asymétrie soit innée, car sur le fœtus humain on la note dès le septième mois, et elle commence à apparaître chez les primates supérieurs avec les premiers éléments d'une ébauche de langage. Cette hypertrophie du planum gauche dépend aussi de la pratique de la musique. Elle est en effet plus importante chez les musiciens, mais seulement chez ceux qui ont l'oreille absolue[4]. Les zones voisines du planum gauche, qui sont des zones associatives, présentent une architecture cellulaire beaucoup plus complexe que celle de leurs homologues du côté droit. Enfin, en arrière, on retrouve les zones visuelles et celles de la mémoire, qui sont moins bien identifiées topographiquement.

Essayons maintenant de localiser sur ces schémas les sites où sont analysés, selon les chercheurs, les composants de la musique dont nous venons de dresser l'éventail.

Le déroulement du temps

Reprenons d'abord les éléments qui font appel au déroulement du temps. Ils vont généralement se placer dans l'hémisphère gauche, véritablement spécialisé dans le traitement des événements séquentiels et temporels.

La *segmentation temporelle*, le *tempo* et le *rythme* sont appréciés par l'aire auditive gauche. Mais le rythme entraîne en plus une activation de l'insula et de l'aire de Broca. L'activation de l'insula souligne le rôle de la mémoire dans l'appréciation d'événements qui se déroulent dans le temps. Quant à l'aire de Broca, elle peut s'activer, non seulement lors de l'émission sonore de la parole chantée, mais aussi dans la plupart des phénomènes faisant appel à la parole silencieuse.

Il en est de même pour la *métrique*, mais d'une manière différente de celle du rythme, car l'activation qui lui correspond prédomine dans l'aire primaire, c'est-à-dire la partie antérieure de T1 gauche.

À propos du temps, notons que marquer instinctivement la mesure avec le pied procède d'une analyse plus ou moins consciente du rythme, et conduit à évoquer la relation entre la danse et la musique : ces rapports sont coordonnés par un centre situé dans le cervelet, qui reçoit de l'extérieur toutes les informations nécessaires, qu'elles soient visuelles ou somesthésiques (nées dans les muscles, les articulations ou les viscères). C'est le même centre qui synchronise la gestuelle des discours des grands orateurs. La danse, elle aussi, est un puissant moyen de communication.

Les éléments de nature fréquentielle

La reconnaissance de la *hauteur tonale absolue* relève de l'aire auditive gauche. Certains pensent que cette localisation relève de l'appréciation des micro-intervalles de temps, qui définissent la vibration de la note analysée ; d'autres estiment qu'il s'agit de la prise en compte arithmétique du nombre qui reflète cette hauteur tonale. On observe souvent, lorsque cette reconnaissance de la hauteur tonale s'effectue sans signification sémantique, une mise en action de la zone visuelle du lobe occipital gauche, donc une participation du système visuel, qui est interprétée comme une représentation mentale de la hauteur tonale évoquant une échelle, si ce n'est un clavier[5].

Lorsque la valeur tonale de la note analysée possède une signification sémantique, elle entraîne en plus une activation de l'opercule frontal gauche, zone toute proche de l'aire de Broca. C'est le cas par exemple pour des mots monosyllabiques, tels ceux de la langue thaï, dont la signification change avec la valeur du fondamental. Cette activation des centres de la parole, surajoutée à la mise en jeu de l'aire auditive gauche, n'apparaît que si le sujet testé comprend et sait parler la langue thaï[6].

Dans l'aire auditive primaire, on l'a vu, il existe une représentation tonotopique des fréquences, analogues à celle de la cochlée et de certains noyaux du tronc cérébral. On sait, aujourd'hui, que l'identification de la hauteur tonale fait évidemment appel à cette organisation tonotopique, mais aussi à l'organisation temporelle du message[7]. C'est parce que le cerveau auditif gauche est capable d'analyser le pattern temporel des trains d'ondes formés par l'ensemble des harmoniques d'un son complexe à fondamentale absente que cette sonorité très particulière est traitée et reconnue par cet hémisphère. On retrouve, là encore, l'aptitude du cerveau gauche à apprécier les phénomènes temporels.

Mais cette tâche particulière de l'aire auditive gauche implique une coopération des deux hémisphères. En effet, quelqu'un qui aura subi une section du corps calleux ou la destruction localisée de l'aire auditive droite présentera une appréciation perturbée de la hauteur tonale, comme si le cerveau gauche avait besoin, immédiatement ou de manière mémorisée, de cette notion d'intervalle que seul le cerveau droit peut élaborer. On a observé d'ailleurs que l'intégrité du cortex auditif droit était nécessaire à la perception de cette fréquence fondamentale absente[8], dont l'essentiel est néanmoins traité par le cerveau gauche.

La détermination de la valeur d'un *intervalle*, qu'il soit mélodique ou harmonique, dépend essentiellement du cerveau auditif droit. On notera que ces résultats concordent avec ceux publiés près de quarante ans plus tôt, qui conféraient à l'hémicerveau droit un rôle privilégié dans l'analyse de paires de clicks variés, ou de paires de sons graves et aigus, signaux qui, dans les deux cas, constituent des signaux mélodiques. Cette activation cérébrale se retrouve même chez le sujet non musicien, lorsqu'il écoute des modulations mélodiques quelconques. Elles s'accompagnent d'une mise en jeu de la région frontale inférieure droite. Là aussi on observe souvent une activation du lobe occipital[9].

L'appréciation du *timbre*, enfin, relève uniquement du cerveau droit, mais, outre les aires auditives, elle comporte aussi la mise en jeu de la circonvolution frontale inférieure.

L'écoute et l'analyse du *contour mélodique* entraînent une activation un peu différente de l'aire auditive droite. Elle est discrète dans l'aire primaire, située en avant, mais importante dans l'aire associative située plus en arrière, et se retrouve aussi dans la partie postéro-supérieure du planum temporal droit. On observe notamment cette activation, ajoutée à celle du contrôle moteur de la voix[10], lorsqu'un sujet chante, l'écoute de sa propre voix étant indispensable au contrôle permanent de ses modulations[11]. La sémiologie des infarctus cérébraux ou des résections corticales localisées pour épilepsies sévères a permis de constater qu'un déficit dans l'appréciation du contour mélodique s'accompagne toujours de l'impossibilité de reconnaître la valeur d'un intervalle mélodique. Mais la réciproque n'est pas toujours vraie. Ces troubles de la perception du contour mélodique sont parfois liés à une perte de la mémoire à court terme, plus ou moins localisée à cette fonction[12]. Enfin on a observé que le maintien d'une note chantée à sa hauteur initiale met en jeu l'aire auditive droite, processus lié sans doute à un mécanisme de feed-back permanent.

Pour achever cette mise en place, précisons que tout ce qui fait appel à un lexique musical est réalisé par le cerveau gauche. Il en est de même pour la recherche de l'éventuelle familiarité sémantique d'une mélodie, avec bien sûr, dans les deux cas, une activation concomitante de l'aire auditive droite. N'oublions pas le rôle que joue la mémoire, et signalons enfin que, aussi bien dans l'audition verbale que musicale, l'avancée de l'âge conserve la mémoire implicite, celle qui est mise en jeu dans l'appréciation de l'ambiance générale d'une mélodie, mais altère la mémoire explicite, celle qui permet l'identification d'une mélodie usuelle[13].

Pour conclure, résumons cette mise en place du traitement de la musique. L'hémicerveau gauche d'un droitier analyse la segmentation temporelle, le rythme, le tempo, la métrique, le lexique musical, et tout ce qui contient une valeur sémantique, notamment le chant et le nom des notes. Son hémicerveau droit traite la perception des intervalles mélodiques ou harmoniques, du timbre, du contour mélodique. Précisons aussi qu'on a observé que l'écoute des sons purs active les aires auditives de tous les sujets de manière identique, qu'ils soient ou non musiciens, alors qu'au contraire l'écoute de notes de piano entraîne l'activation d'une surface corticale beaucoup plus large chez les musiciens que chez les sujets témoins n'ayant aucune pratique instrumentale[14].

Peut-on déceler la logique générale qui préside à cette répartition des tâches entre les différentes zones cérébrales ?

Pour l'appréhender, Zatorre a cherché à savoir si les composantes fréquentielles et temporales du signal sonore n'étaient pas les critères qui décidaient du trajet et de l'analyse particuliers de la musique et de la parole. Dans ce but, il a synthétisé des paires de sons. Les deux sons qui composaient chacune de ces paires étaient analogues en ce sens que, pour chacun des deux sons appariés, la variation d'amplitude pendant la durée du son était identique, tandis que variaient certaines caractéristiques fréquentielles et temporelles. Le premier son était composé d'un très grand nombre de bandes fréquentielles, dont l'agencement relatif variait lentement en fonction du déroulement de l'émission sonore. Le deuxième son était composé d'un petit nombre de bandes fréquentielles, mais leur répartition fréquentielle se modifiait sans cesse pendant toute la durée du son. On aura sans doute noté que le premier son possédait les caractères physiques que nous avons observés dans les sonorités musicales, tandis que ceux du deuxième son s'apparentaient à ceux des consonnes, éléments les plus signifiants de la parole.

Zatorre a pu constater que l'aire auditive droite entre en action lorsqu'on écoute le premier son, très riche en fréquences, mais dont les variations sont relativement lentes. C'est au contraire l'aire auditive gauche qui travaille si la modulation temporelle est rapide, avec une résolution fréquentielle faible.

Cette dichotomie ressemble à celle que nous avons appliquée dans mon laboratoire il y a quelques années, en laissant à notre prothèse implantée le choix entre richesse fréquentielle et munificence temporelle. Nous avons pu ainsi améliorer le contraste entre les consonnes (très peu de fréquences évoluant très rapidement) et les voyelles (harmonies très riches, stables, ou ne fluctuant que lentement) dans le traitement numérique de nos prothèses auditives implantées. À l'époque, Zatorre lui-même ignorait ce qu'il allait découvrir quelques années plus tard. C'est sans avoir la moindre idée de ce processus cérébral, au fond presque par hasard, que notre procédé, maintenant très répandu, a été imaginé, tout simplement par déduction logique.

De plus, poursuivant ses investigations, Zatorre a retrouvé dans l'anatomie cérébrale une confirmation de ces différences physiologiques. L'imagerie fine lui a récemment permis d'observer que l'hypertrophie de l'aire auditive gauche du sujet droitier, au regard du volume de l'aire droite, portait non pas sur la *substance grise*, c'est-à-dire le nombre des neurones, mais sur la *substance blanche*. Celle-ci, dont la couleur est remarquable dès le moindre examen anatomique, objective la présence de la myéline, substance grasse qui entoure l'axone et facilite la vitesse de conduction de l'influx nerveux. L'analyse histologique de ces zones a montré que l'abondance de cette substance blanche s'explique, non pas par une augmentation du nombre des fibres, mais simplement par une myélinisation plus importante que celle des fibres du côté droit.

Ainsi l'aire auditive gauche semble-t-elle construite anatomiquement pour pouvoir transporter très rapidement des informations relativement grossières, alors qu'au contraire l'aire auditive droite est bâtie pour traiter et envoyer des messages fréquentiels plus fins et plus détaillés, variant relativement lentement dans le temps.

Il faut ici remarquer que l'hypertrophie de l'aire auditive gauche est sans doute d'ordre génétique. Elle semble programmée chez l'être humain, comme l'est la dominance cérébrale, peut-être elle aussi avec ses exceptions. En effet, on la retrouve sur l'imagerie encéphalique de sujets sourds totaux congénitaux. Cela paraît paradoxal. Cependant, au cours de mes travaux sur la réhabilitation des surdités de l'enfant, j'ai pu observer que cette hypertrophie n'implique pas obligatoirement une aptitude auditive. Car la fonction crée l'organe : une bonne audition est indispensable au développement fonctionnel du cerveau auditif.

J'ai constaté, hélas, cette impérative nécessité dans les cas où nous n'avons pu apporter que tardivement, aux centres cérébraux de ces malentendants, l'information sonore fournie par notre prothèse auditive intracochléaire. En effet, ces patients, implantés après leur phase de croissance cérébrale, c'est-à-dire à l'adolescence ou plus tard, ont été incapables de tirer profit des sonorités nouvellement apportées. Même après un long apprentissage, ils ne sont parvenus à reconnaître que quelques bruits ou à distinguer quelques rythmes. Ils n'ont jamais réellement pu entendre, c'est-à-dire comprendre la parole sans s'aider de la lecture sur les lèvres, alors qu'au contraire, les sujets qui avaient déjà entendu et n'étaient devenus sourds qu'à l'âge adulte — par exemple des suites d'une méningite ou d'une fracture du rocher — y parvenaient tous.

Les aires auditives d'un animal qu'on a volontairement assourdi dès la naissance sont très vite

« colonisées » par d'autres fonctions cérébrales, notamment visuelles. Vraisemblablement cette « compensation » se produit aussi chez les enfants sourds profonds, qui n'ont pas eu la chance de bénéficier de la prothèse implantée. La plasticité cérébrale est très importante chez le sujet jeune. À l'appui de cette hypothèse, j'ai souvent souligné l'aptitude particulière des sourds profonds congénitaux aux tâches comportant une discrimination spatiale et visuelle. Elle se remarque notamment dans la très grande précision topographique des éléments du langage gestuel.

À ce propos, il est intéressant de noter que le centre qui régit l'expression par la langue des signes est situé au même endroit que celui de l'expression sonore par la parole, c'est-à-dire l'hémisphère gauche.

La description, même schématique, de ces localisations d'une activité cérébrale lors de l'analyse de certains paramètres de la musique doit rester prudente. Tout d'abord, écouter de la musique est bien autre chose qu'analyser des sons, même musicaux, pour répondre à une consigne. La logique scientifique a décomposé la parole et la musique en paramètres physiques dont la nature dépend de ses moyens matériels d'analyse. Ils ont varié avec les siècles, car Pythagore et Zatorre n'avaient pas à leur disposition les mêmes appareils de mesure. Ces paramètres sont sans doute artificiels, comme l'est un son pur au regard de celui d'une flûte ou d'un trombone. De toute façon, un ensemble perceptif n'est jamais égal à la somme de ses composants. On subit sûrement, lors de l'écoute musicale, une activation simultanée de toutes ces zones, mais elle doit varier quantitativement si, par exemple, l'attention se porte, consciemment ou non, sur les rythmes ou sur les timbres. Il existe aussi, encore plus difficilement analysables, des processus associant les différentes zones perceptives, comportementales, etc., et malgré les progrès qu'elles viennent de connaître, nos possibilités d'investigation actuelles sont extrêmement frustes et réductrices.

On prend actuellement, comme sujets témoins, des volontaires musiciens, supposant ainsi que les mécanismes mis en jeu seront identiques, puisque leur formation et leur expérience sont celles de la musique occidentale. Or on commence à s'apercevoir que le mode d'apprentissage de ce type de musique a sans doute une grande importance dans la constitution des circuits cérébraux. L'expérience suivante est évocatrice. On a appris de deux manières, à des enfants musiciens de treize ans, à observer et à mémoriser les caractères d'une mélodie ; la première était analytique, faite d'explications verbales et visuelles ; la seconde comportait une approche sensorielle, s'appuyant sur l'expression corporelle, le chant, la reproduction gestuelle des rythmes et des intervalles[15]. On a constaté que, même chez les sujets qui possèdent une expérience musicale, les circuits neuronaux peuvent être modifiés par le changement des techniques d'enseignement. En effet, après un mois et demi d'apprentissage, les zones cérébrales sont activées différemment. Tout l'hémicerveau gauche se met en route lors d'un enseignement déclaratif par des mots, qui imprime son code de manière verbale. Au contraire, c'est davantage l'hémicerveau droit qui s'active chez les adolescents qui ont reçu une formation musicale, aidé par une mise en jeu des lobes frontal droit et pariétaux des deux côtés ; cette circuiterie particulière reflète une stratégie cognitive plus globale. Mais la mémorisation est là sans doute plus solide, car un an plus tard ce groupe d'élèves obtenaient de meilleurs résultats que ceux qui avaient été éduqués de manière symbolique et verbale.

LE CERVEAU AUDITIF DE PYTHAGORE

Quel était donc l'agencement musical du cerveau auditif de Pythagore ? Fort développé, sans doute, car il avait, du jeu instrumental et de la lyre, assez d'expérience pour corréler la géométrie de ses cordes avec les harmonies plus ou moins consonantes qu'entraînait leur pincement. Dans la Grèce antique, la musique était omniprésente. Elle accompagnait les discours, la poésie, la danse, au point que ses prêtres, les musiciens, avaient dans la cité un rang plus élevé que ses peintres, ses sculpteurs ou ses architectes.

Pourtant, je m'interroge sur la taille de la première circonvolution temporale de l'hémisphère droit de Pythagore, et tout particulièrement sur la richesse neuronale et le nombre des connexions synaptiques de son aire auditive droite. Car, malgré les honneurs dont bénéficiaient les instrumentistes, la musique d'alors était très pauvre, beaucoup moins développée que les arts plastiques, qui se trouvaient à leur apogée. Quelles que soient la multiplicité des intervalles et la richesse des modes que les théoriciens de la musique, notamment Pythagore, avaient inventés et parés de mille vertus, les sonorités dans la pratique demeuraient très frustes. L'ambitus ne dépassait pas une ou deux octaves, car il ne s'agissait pour la musique que d'accompagner les orateurs, les acteurs ou les danseurs, qui, lorsqu'ils chantaient, s'exprimaient à l'unisson, sans la moindre polyphonie. Peu d'intervalles, peu d'harmoniques, peu de mélodie. De quoi donc se nourrissait le cerveau auditif droit de notre philosophe ?

Je m'interroge moins sur son cerveau gauche, qui avait, dans l'ensemble, toutes les raisons d'être hyperdéveloppé, notamment ses aires auditives. Je ne me permettrai pas, ici, d'évaluer les facultés hors du commun de son hémisphère gauche, qui ont permis à notre mathématicien d'être ce qu'il fut. Sur le plan musical, le rythme, qui déjà à cette époque devait être traité par l'hémisphère gauche, était tellement important dans la musique que les zones temporales ou préfrontales gauches de Pythagore, lieux où sont traitées les subtilités temporelles du rythme ou du tempo, ont certainement été abondamment stimulées.

À nouveau je rappelle ici le rôle de l'audition dans le développement anatomique du cerveau auditif, que nous retrouverons d'ailleurs prochainement dans les pages concernant les particularités de l'oreille absolue. Il est permis de penser que ces réseaux neuronaux, ou ces centres d'analyse correspondant à chacun des caractères physiques de la musique, ne se constituent pas, ou sont bien moins développés, chez le sujet qui n'a jamais entendu la moindre musique. Cette hypothèse est, en pratique, impossible à vérifier, tant il serait difficile, de nos jours, où la musique fait partie de notre environnement, de trouver des volontaires sains répondant à cette exigence. Mais elle est logique et vraisemblable. Bien sûr, la polyphonie des oiseaux existait avant l'*Homo sapiens*. Cependant, la musique — qui fut sans doute, avant les arts plastiques, l'aînée de nos modes d'expression artistique —, quels que soient les contrepoints actuels de la musique dogon, ou les accords de quarte qu'on peut entendre chez les Pygmées, s'est progressivement complexifiée, depuis les premiers chants humains et les vibrations des flûtes aurignaciennes, jusqu'aux sonorités d'aujourd'hui.

Cette évolution a été très lente, depuis la plus haute antiquité jusqu'aux monodies du Moyen Âge. Elle ne s'est accélérée, mais alors très brusquement, que depuis six à sept siècles. À l'époque classique de la Grèce, la musique pentatonique à l'ambitus étroit, même si elle était déjà écrite et si elle était théorisée par les plus grands philosophes, au point d'être étatisée par Platon, n'en était pas moins encore très fruste dans la pratique quotidienne. Point n'était donc besoin, aux circonvolutions cérébrales droites de l'époque, d'être capables de goûter un contour mélodique sophistiqué, de distinguer d'innombrables et minuscules intervalles, ou de reconnaître chacun de ces timbres multiples qui font partie de la musique d'aujourd'hui.

Le cerveau auditif droit de Pythagore était-il atrophique ? Cette première circonvolution temporale droite n'a-t-elle commencé son développement, dans la succession des générations, qu'avec la musique du XIVe siècle ? La Renaissance, le siècle des Lumières, l'éducation pour tous n'ont-ils pas déployé notre gyrus de Heschl d'aujourd'hui bien au-delà de ce qu'il était autrefois ?

Et si cette complexification progressive des formations cérébrales auditives est avérée, pourquoi n'en serait-il pas de même pour d'autres zones du cerveau, dévolues à d'autres fonctions, non pas tellement la logique, fût-elle informatique, mais peut-être l'intuition, et sûrement la communication, la relation avec autrui, et surtout la mémoire, dont la richesse dépend en partie de la longévité, qui a quadruplé en trois siècles ? Cet hyperdéveloppement de plus en plus spécialisé de toutes les activités humaines n'est-il pas en train d'augmenter vertigineusement le nombre de nos connexions cérébrales, si ce n'est de nos neurones ?

En un mot, le cerveau humain de nos jours n'est-il pas — en moyenne et statistiquement du moins — bien plus développé que celui du siècle de Périclès ?

CHAPITRE IV

LES AVENTURES DU DIAPASON

Les aventures du diapason, dont les fluctuations sont bien connues de tous les musiciens, tiennent du récit historique et du roman minimaliste. Il faut pourtant en évoquer les détours, car ils intéressent l'oreille musicienne. En effet, ils ne sont pas que des avatars culturels propres à l'évolution de la musique tonale. Parce qu'elles mettent en jeu la mémoire musicale, ces variations fréquentielles du diapason retentissent, à l'échelon individuel, sur la physiologie de l'audition de toutes les musiques, quelles qu'en soient les caractéristiques.

Les mieux étudiées, historiquement, sont celles qu'a connues notre musique occidentale en devenant internationale, puis planétaire. Cette référence fréquentielle communément assignée au *la*-3, à partir de laquelle se définit la hauteur de toutes les autres notes, a présenté en Europe dans le passé des fluctuations géographiques, qui se sont résolues dès le début du XIXe siècle par un consensus proche de 440 Hz. Pourtant il a fallu plusieurs commissions de normalisation pour valider cette entente, parce que quelques-uns lui faisaient souvent le vain reproche de monter régulièrement avec les années ; d'ailleurs, de nos jours encore, certains musiciens le lui font toujours. Nous en verrons les raisons, car elles sont directement liées à la physiologie de l'audition musicale. Nous montrerons aussi les conséquences, pour l'oreille musicienne, de ces variations du diapason de la musique baroque encore à la mode de nos jours.

Ce rudoiement fréquentiel a déclenché, vers les années 60, une polémique souvent acerbe entre les partisans d'un diapason plongeant plus ou moins bas, au gré de chefs d'orchestre devenus historiens autant que musicologues, et les quelques tenants d'un diapason immuable, aussi bien défini que le mètre étalon. Le premier camp rassemblait à la fois des spécialistes sincèrement convaincus du bien-fondé de leurs hypothèses historiques, la plupart des médias enthousiasmés par cette innovation et la foule des auditeurs, y compris des mélomanes, dont l'oreille relative, sans souffrir des transpositions de fréquences, était charmée de retrouver des harmonies classiques, transposées dans les timbres, nouveaux pour eux, que rendaient ces instruments anciens ressortis des musées.

Dans le deuxième camp, moins nombreux et moins aptes à se faire entendre, ceux qui possédaient l'oreille absolue se plaignaient des dissonances, incongrues pour eux, que ce changement de diapason leur faisait éprouver, à cause de l'hypersensibilité de leur système auditif*. D'autres, adeptes d'un certain classicisme et des lois de la

* Je conseille la lecture de l'ouvrage très documenté de Gérard Zwang, *Le diapason* (Montpellier, Sauramps, 1998).

musique tonale, souffraient de voir enfreint l'ordre établi. Ces puristes acceptaient mieux les musiques atonales, sérielles, voire électroacoustiques, car ils y trouvaient un ensemble de règles du jeu dont ils appréciaient la rigueur, programmée jusque dans la place octroyée au hasard ou à la liberté laissée à l'exécutant. Par contre, ils tenaient pour spécieuse la logique historique à dimension variable commandant l'abaissement systématique du diapason à des valeurs changeant avec chaque chef, sans relation géographique avec les fluctuations passées de cette fréquence de référence.

Il y eut, entre les deux camps, des discussions passionnelles, drôles et outrées. Ces diatribes alimentaient sporadiquement les gazettes ou les émissions de France Musique. Des historiens, des acousticiens et des physiologistes sont venus à la rescousse, et le calme avec eux. Aujourd'hui, on ne parle plus du diapason. L'effervescence des trente dernières années a sans doute été comme l'accès fébrile qui précède la guérison d'une maladie bénigne. Ces approches scientifiques apaisèrent les esprits, en objectivant des phénomènes physiques mal connus du monde musical, qui incitèrent d'abord à la prudence dans l'interprétation du passé, mais aussi à la tolérance et au bon sens. De nos jours, à part quelques ensembles au diapason surbaissé, l'immense majorité de toutes les musiques qui emplissent notre environnement s'expriment avec une référence oscillant autour de 440 Hz.

DE L'INFLUENCE DE LA POLYPHONIE ET DE LA DILIGENCE

Quelle que soit la culture musicale, jouer en soliste ne nécessite pas, a priori, d'avoir recours à une référence fréquentielle immuable. Mais dès que des musiciens veulent jouer ensemble, à l'unisson ou en polyphonie, ils sont obligés de s'accorder, de choisir un langage commun. Que leur musique soit primale, écrite avec le solfège de la musique tonale, ou gravée en binaire dans un programme informatique, il leur faut au moins un point de rencontre pour définir précisément leurs variations ultérieures. C'est ce *meeting point* fréquentiel qu'on appelle diapason, en un raccourci qui nomme l'instrument pour dire l'usage particulier qu'on en fait. Cet étalon, dans la civilisation occidentale, est le *la*-3. C'est une note exécutable par presque tous les instruments, qui se trouve, quelle que soit la fréquence qu'on lui assigne, en plein dans la zone fréquentielle où l'oreille humaine est le plus sensible.

Pour une communauté musicale partageant quotidiennement les mêmes sensations sonores, ce *meeting point* fréquentiel peut varier d'un concert à l'autre quand il s'agit du chant ou d'instruments à sons variables, tels les violons, parce qu'il est facile de s'accorder sur une référence commune définie à chaque rencontre. Par contre, dès qu'entrent en jeu des instruments à sons fixes, flûtes, trompes ou tuyaux d'orgues, dont la hauteur, à quelques savarts près, ne peut être modifiée sans qu'apparaissent des distorsions, la valeur de la fréquence de référence doit être immuable et, tout comme les facteurs d'instruments, l'ensemble de la communauté des musiciens doit s'y tenir.

La taille de cette communauté musicale dépend de la facilité qu'elle a pour communiquer avec les autres. De l'Antiquité à nos jours, elle a progressivement grandi avec la simplification des moyens de communication. Dans l'Europe du Moyen Âge, elle se limitait à celle du rayonnement culturel des grandes cités : au XVIe siècle, par exemple, il était bien plus dangereux pour les hommes et les biens de voyager d'Amsterdam à Florence que du temps de Louis XV, puis de Napoléon. Avec le téléphone, les disques, la radio et la télévision, cette communauté musicale est aujourd'hui devenue planétaire, en donnant son universalité à l'oreille musicale.

Il est périlleux d'essayer de retrouver dans le passé les sensations sonores de cette référence fréquentielle qui a fluctué en fonction de la géographie. On ne peut rien conclure de la sonorité d'un tuyau d'orgue d'autrefois quand on ne possède comme information que les valeurs, mesurées aujourd'hui, de son diamètre et de sa longueur. Car la température, la pression du vent, voire l'égueulement ou l'orientation d'éventuelles ouïes qui ont pu être adjointes ou disparaître, peuvent faire varier d'au moins une tierce le son produit. Abandonnés pendant des siècles, ces instruments anciens ont vieilli, et leurs capacités ont sans doute changé. Ou bien ils ont été réparés, modifiés ou réadaptés, et leurs sonorités actuelles ne sont pas forcément celles d'autrefois.

Le son des instruments à vent reconstruits de nos jours d'après des textes ou des dessins anciens n'est pas forcément celui qu'on entendait autrefois, car l'imprécision de ces documents ne permet pas aux luthiers d'aujourd'hui de reproduire à coup sûr la tonalité que ces vents pouvaient avoir. Il en est de même pour les cordes, parce qu'à partir de la fragilité actuelle du chevalet qui les supporte, il est hasardeux de déduire à coup sûr la tension à laquelle elles étaient soumises au XVIe ou au XVIIe siècle.

En outre, il n'est pas certain que le diapason, quand il fut inventé au début du XVIIIe siècle, ait d'emblée servi à étalonner le *la*-3. Les diapasons dont se seraient servis des musiciens célèbres ne sont pas de vrais témoins, car on n'a pas la certitude qu'ils aient réellement appartenu à ces artistes, comme on n'a pas non plus la certitude qu'on n'ait pas limé la pointe de leurs branches ou évasé le creux de leur fourche. Il est difficile de trouver ces traces un ou deux demi-siècles plus tard, mais, pour légères qu'elles aient pu être, elles changeraient en plus ou en moins la fréquence émise. Ce risque existe, car pour être transportables, ces instruments devaient être très légers, et le moindre changement dans leur masse peut avoir des conséquences importantes sur le nombre de leurs vibrations par seconde. En pratique, on ne peut pas être sûr, à quelques dizaines de hertz près, de la manière dont les instruments anciens, même les mieux conservés, pouvaient chanter à leur époque.

Ce sont donc les instruments à sons fixes, la polyphonie et l'amélioration des moyens de transport qui ont conduit la communauté musicale à choisir une référence fréquentielle immuable.

Le développement des instruments à sons fixes, notamment les orgues, a obligé les facteurs d'instruments à utiliser un étalon fréquentiel. Chaque organier dut se construire une source sonore constante, à laquelle il pouvait faire référence pour construire ses orgues. Ces artisans utilisaient pour cela un tuyau à bouche, sorte de sifflet dont la fréquence dépendait de son diamètre et de sa longueur. Ses dimensions, parce qu'elles étaient mesurées en pieds, étaient les mêmes partout où le pied avait la même valeur, et dans cette zone géographique la référence fréquentielle était immuable.

Mais le pied d'autrefois n'avait pas la précision de son actuel descendant anglo-saxon. Il variait avec la géographie, et, comme le pied de Charlemagne (325 mm) était plus grand que le pied saxon (283 mm) ou hollandais (284 mm), et plus petit que le pied italien de Brescia (355 mm), il n'y avait pas d'unité de mesure normalisée. Tout le monde le déplorait, et c'est pour cela que l'un des gestes de la Révolution fut de définir et de créer le mètre étalon.

Cette imprécision des temps anciens explique la dissonance qu'on peut observer de nos jours entre deux instruments anciens et identiques, mais construits par deux facteurs différents. Elle explique aussi pourquoi les gens du Nord avaient des orgues qui chantaient plus haut que ceux des églises piémontaises. Cette différence dépassait largement la quinte, comme le constata Praetorius, compositeur allemand qui relata en 1618 pour la première fois ces divergences, en les déplorant, dans son volumineux ouvrage didactique, le *Syntagma musicum*.

À partir du XVIe siècle, l'amélioration et le développement des moyens de communication rendirent encore plus nécessaire l'existence d'un langage fréquentiel commun à tous les musiciens européens. La définition d'un tempérament équilibré s'était imposée, grâce à ses avantages immédiatement perceptibles. Mais le choix d'une référence fréquentielle commune — donc unique — fut plus longue à s'établir, notamment parce que le diapason ne fut inventé qu'au début du XVIIIe siècle.

Pourtant, peu à peu, un accord approximatif ne tarda pas à s'instaurer. D'abord parce que les partitions, qui furent les premières à circuler sans gros risque d'une ville à l'autre, posèrent tout de suite problème : comment chanter à Amsterdam une pièce italienne écrite une tierce ou une quinte plus bas ? Ensuite, lorsque les voyages en diligence devinrent plus sûrs, les musiciens et les compositeurs purent se déplacer moins dangereusement qu'au Moyen Âge. C'est seulement après la seconde moitié du XVIIIe siècle qu'il a été possible d'emmener un enfant comme Mozart jusqu'à Paris. Là, il fallut bien trouver le moyen d'accorder sur l'instrument d'un hautboïste virtuose le ton des formations qu'il visitait ! Ainsi, peu à peu, s'est instauré, pour cette référence fréquentielle commune, un accord de moins en moins approximatif.

Pour le *la*-3 d'alors, on ne dispose pas aujourd'hui de valeurs fiables, c'est-à-dire mesurées avec les instruments de l'époque, car ces fréquencemètres étaient non seulement imprécis, mais encombrants et d'une utilisation longue et compliquée. Pourtant, en rassemblant les chiffres retrouvés dans la littérature, et en observant aussi bien l'ambitus des chanteurs que celui des œuvres de l'époque, on peut penser qu'au terme du siècle des Lumières, à un quart de ton près, c'est-à-dire une dizaine de hertz, le *la*-3 ne devait pas être très éloigné de 440 Hz, surtout si on tient compte des basses les plus graves ou des exigences suraiguës de certains compositeurs, dont Mozart, qui faisait naviguer ses chères sopranos du *la* bémol-2 au *sol*-5.

On remarque que depuis Praetorius, et jusqu'à la première moitié du XIXe siècle, personne ne s'est plaint, dans les écrits de l'époque, des variations de cette référence sonore universelle qu'était en train de devenir le diapason.

DE L'ACOUSTIQUE ET DE LA SOCIOLOGIE

Pourquoi donc, en 1834, a-t-on réuni à Stuttgart une commission chargée de définir la fréquence de la vibration du diapason représentant le *la*-3 ? Ce fut à la demande de certains interprètes, chanteurs ou instrumentistes, et même quelques compositeurs, dont Berlioz notamment, car ces artistes estimaient que le diapason était insidieusement monté bien au-delà de la valeur qui leur paraissait normale, et cette élévation entraînait selon eux de grandes difficultés d'exécution.

Comment en était-on arrivé là ? L'acoustique et la sociologie permettent de le comprendre.

Rappelons que la sonorité d'un instrument varie avec la température de l'air ambiant. Ce phénomène, mal connu autrefois parce que non quantifiable à l'époque, et particulièrement sensible pour les vents, varie avec la longueur de l'instrument. Des changements thermiques progressifs surviennent au voisinage de la bouche de l'artiste. Les cuivres s'échauffent plus lentement qu'un flûtiau de vingt centimètres. Comme le métal transmet mieux que le bois la chaleur du souffle et des lèvres du musicien, le son du hautbois a conservé toute sa gravité quand celui des cors et des trompettes s'est déjà mis à monter de quelques hertz vers les aigus. Ainsi, vers la fin d'un concert, l'ambiance est plus chaude, au sens physique du terme, tandis que la tonalité générale du jeu orchestral s'est presque toujours élevée de plusieurs savarts.

En outre, dès le début du XIXe siècle, l'engouement des classes moyennes pour la musique exacerba dans toute l'Europe le culte des virtuoses, tandis que les formations orchestrales s'étoffaient en comportant un grand nombre de musiciens. Un des problèmes des solistes, qu'ils soient instrumentistes ou chanteurs, a toujours été d'émerger de la foule des exécutants. Pour y parvenir, un moyen facile est de jouer quelques hertz plus haut que l'ensemble, ce qui donne un brillant au jeu mélodique, sans qu'apparaisse la moindre vraie dissonance pour une si faible variation. Presque tous, sans le chercher systématiquement, contribuent à « faire monter le diapason ».

L'augmentation de la longévité moyenne de la population, déjà sensible, était plus importante dans le monde musical que chez les travailleurs manuels, qui avaient la vie dure et mouraient plus tôt que les classes plus aisées. On pense qu'au sein des orchestres la proportion relative des musiciens seniors avait augmenté. La musique, pour eux, sonnait de plus en plus haut, pour deux raisons : d'abord, on l'a vu, leur unité de temps relative à leur durée de vie écoulée s'était allongée ; ensuite, l'âge avait altéré la zone des fréquences aiguës de leur clavier cochléaire, ce qui, nous l'expliquerons plus loin, entraîne une élévation générale des sensations sonores. Étant donné que l'emploi d'un diapason plus grave qu'autrefois, en supprimant ces distorsions, leur rendait les sensations sonores qu'ils avaient quand ils étaient plus jeunes, ces vieux musiciens estimaient que leurs jeunes confrères avaient sûrement fait monter le diapason. Des sopranos en fin de carrière, ayant pour d'autres raisons des difficultés à atteindre le contre-*fa*, avaient la même opinion. À cause de leur ancienneté, ces caciques étaient aux postes de décision. Usant de leur autorité, ils suscitèrent la réunion de commissions — presque une par génération depuis la première en 1834 — chargées de faire baisser la valeur du diapason.

La première d'entre elles, le congrès de Stuttgart, fixa pourtant le diapason du *la*-3 à 440 Hz. Berlioz fit partie de la suivante, qui se réunit en 1859. Sans connaissance des raisons acoustiques de son impression subjective, ce compositeur, qui avait alors déjà cinquante-six ans, estimait que cette référence devait monter d'un quart de ton tous les cinquante ans. Les relevés de Praetorius, qu'il connaissait sûrement, ne pouvaient l'aider à éviter cette erreur, parce que les différences entre les instruments italiens ou hollandais, même si elles atteignaient la quinte, n'étaient que des intervalles, c'est-à-dire des valeurs relatives. Aucune valeur absolue n'était attribuée à deux notes du même nom, que seuls séparaient les Alpes et le Rhin : les physiciens de l'époque n'avaient aucun moyen de compter précisément ces vibrations.

Pourtant, on aurait pu — il est facile de refaire l'histoire — noter que dans le *Syntagma musicum* l'ambitus des notes cadrait avec celui des voix, et que les difficultés rencontrées parfois dans les graves ou les aigus s'expliquaient logiquement par cette transposition fréquentielle due à la géographie. Finalement le diapason de l'époque, immuable depuis des millénaires, était une sorte de moyenne du son fondamental laryngé des chanteurs, des basses aux sopranos : quelle belle référence ! Mais, en 1618, malgré les travaux anatomiques de Léonard de Vinci, la physiologie du chant n'était pas assez bien connue pour donner à la voix humaine ce rôle d'étalon.

Ce diapason vocal n'a sans doute pas changé depuis Adam et Ève. Depuis un siècle ou deux, la taille moyenne de la population occidentale a crû notablement. Mais nulle étude n'est venue montrer que cette croissance, due aux meilleures conditions de vie, intéresse aussi les cartilages laryngés. Cet allongement des cordes vocales avec les siècles se serait d'ailleurs traduit par un abaissement du son fondamental laryngé.

Si réellement, à l'époque de Berlioz, on estimait que l'ascension continue du diapason se poursuivait depuis des siècles, on aurait pu tout de même se demander sur quel ton grave devaient alors vibrer les cordes d'Aristoxène ou de l'Égypte ancienne.

Cette deuxième commission prôna 435 Hz comme nouvelle norme pour le *la*-3, disposition néfaste et inapplicable. Pour s'y conformer, on aurait été amené à jeter beaucoup d'instruments à trous, car pour corriger cette différence, il eût fallu raboter ou rallonger certains instruments dont les trous, se trouvant décalés, auraient produit des notes sonnant faux. Les fabricants recalculèrent des instruments aux nouvelles normes, mais les musiciens, qui avaient gardé leurs anciens instruments par souci d'économie, se plaignirent à leur tour de la hauteur du diapason.

Puis en 1880 parut l'*History of Musical Pitch*, que l'acousticien anglais Alexander John Ellis rédigea à partir de recherches bibliographiques et de déductions physiques apparemment rigoureuses pour l'époque*. Depuis un siècle, les musicologues s'y réfèrent pieusement. Mais aujourd'hui l'acousticien moderne s'étonne de ces valeurs fournies à la décimale près, qui pour beaucoup ne sont que des précisions apparentes non significatives ; il s'inquiète aussi d'observer l'imprudence de certaines déductions d'allure scientifique, faites à partir de raisonnements ignorant la

* Ce travail a été réimprimé en 1968 par les Éditions Frits Knuf, Amsterdam.

plupart des paramètres physiques qui conditionnent la hauteur d'un son.

Les choses en restèrent là. Le diapason pendant un siècle resta toujours proche de 440 Hz. Deux autres commissions vinrent encore, au milieu du XXe siècle, confirmer cette valeur pour une exécution effectuée à une température ambiante de 20°. La dernière d'entre elles, tenue à Londres en 1953, venait d'être entérinée en France par l'AFNOR[1], quand subitement le retour aux musiques anciennes, en réhabilitant les instruments relégués depuis des siècles dans les musées, s'accompagna d'une modification systématique de la valeur du diapason. Ces interprétations étaient disparates, mais avaient toutes en commun une référence fréquentielle différente du 440 Hz, la plupart du temps inférieure à cette valeur.

Vers les années 60, les scientifiques commencèrent à s'intéresser à la musique. Les acousticiens démontrèrent que la mesure du *la*-3 ne devait pas se faire à partir d'une note isolée, mais sur une œuvre entière, ce qui permettait d'objectiver et de détailler les variations naturelles du diapason au cours d'un concert[2]. Au lieu de mesurer le *la*-3 pour déterminer, à partir d'un enregistrement, le diapason dans lequel une œuvre avait été jouée, il fallait tenir compte des valeurs de la tonique et de la dominante, seules notes véritablement stables en musique classique. C'était possible avec les moyens techniques modernes. Ces recherches eurent aussi l'intérêt de montrer que des variations du diapason pouvaient servir l'esthétique d'une œuvre.

De leur côté les physiologistes ont commencé à travailler sur les particularités de l'oreille absolue et sont parvenus à déceler les mécanismes de son acquisition, mettant en évidence la nécessité d'un diapason fixe pour permettre la mémorisation fréquentielle absolue de chaque sonorité prise séparément. Ils ont aussi démontré qu'un diapason fluctuant ne gêne pas la mémorisation de l'intervalle relatif séparant deux notes, fût-il infime, mais rend impossible l'apprentissage de la détermination fréquentielle précise d'une note isolée.

Certains musiciens qui possèdent l'oreille absolue nous ont bien expliqué le plaisir que leur donnait cette capacité, et le désagrément que leur procurait l'écoute d'œuvres jouées avec un diapason abaissé. Ils disent également que les transpositions atteignant un ton ou plus leur sont moins pénibles que celles voisines d'un demi-ton : un diapason baroqueux à 415 ou 420 Hz leur est beaucoup plus désagréable que le diapason à 392. Ces dissonances expliquent les réticences que beaucoup de musiciens, ou certains mélomanes avertis, ont eu longtemps à l'égard de la musique dite baroque et de son diapason abaissé. Car, professionnellement, certains étaient contraints d'exécuter ces sonorités à la mode.

Actuellement, le bon sens semble prévaloir. De nos jours, la référence standard pour la fabrication et l'accord des instruments à clavier est 440 Hz pour le *la*-3*. On prétend en coulisse qu'un célèbre chef baroqueux a remarqué que le

* Décision prise par l'International Society of Piano Builders and Technicians lors de l'un de ses congrès, tenu à Toronto en juillet 1987. La firme Streicher (http://www.mozartpiano.com/pitch.html) fabriquait déjà à Vienne, en 1839, des pianos accordés à 440 Hz.

montant de ses cachets dépendait de la valeur de sa référence fréquentielle... Parallèlement, le diapason de toutes les musiques populaires est toujours demeuré à 440 Hz.

CHAPITRE V

L'OREILLE ABSOLUE

Chez certains musiciens, la discrimination temporelle et fréquentielle est souvent extraordinairement élevée, jusqu'aux limites de ce qui est physiologiquement possible, car ils peuvent reconnaître des notes très rapprochées, donc très brèves. Non seulement ils savent combien de notes ils ont entendues dans cet espace de temps restreint, mais ils peuvent également reconnaître et nommer la hauteur et le timbre des tonalités qui ont été émises. Certains musiciens sont ainsi capables d'identifier jusqu'à quatorze ou quinze notes déferlées en une seconde. De même qu'ils peuvent disséquer les harmonies les plus riches et les plus brèves, et en dire tous les composants, identifiant les instruments qui les ont générées de façon intuitive et immédiate, parce qu'ils usent de cette faculté comme une sorte de réflexe permanent et subconscient. De plus ils sont capables de distinguer des intervalles de fréquences infimes, qui varient avec la hauteur de la note, correspondant à peu près à 1 Hz pour le *la-3*.

L'oreille absolue, c'est l'aptitude que possèdent certains musiciens à reconnaître et déterminer le nom d'une ou plusieurs notes successives ou simultanées sans référence préalable, associée à cette capacité de discrimination fine des fréquences. C'est l'expression physiologique la plus étonnante des prouesses physiologiques dont l'oreille musicienne est capable. Cette faculté assez extraordinaire a suscité passions et controverses ; l'oreille absolue est différente de ce qu'on appelle l'oreille relative, commune à tous les musiciens professionnels, qui consiste à reconnaître ces notes, à condition que leur soit fournie au préalable une référence sonore.

Ce qui caractérise l'oreille absolue, c'est une mémoire auditive exceptionnelle. Cela implique, pendant toute la durée de l'apprentissage musical, l'emploi d'une référence précise et constante, pour pouvoir coder les caractères physiques de toutes les sonorités musicales et mémoriser l'image fréquentielle de chacune d'entre elles de façon particulière, ce qui rend possible, quand elles surviennent ensuite isolément, d'en reconnaître la nature, et de lui donner son nom. Ce codage implique, pour se constituer, une pratique assidue dès l'enfance. Mais il n'a trouvé toute sa précision que dans la musique occidentale : c'est notre solfège. Pour ces raisons, il semble que l'oreille absolue n'existe pas dans les autres civilisations musicales.

L'intérêt de l'oreille absolue a fait ces dernières années l'objet de futiles polémiques. Est-il utile de la posséder ? Confère-t-elle aux musiciens une « supériorité » dans l'exercice de leur art, au regard de ceux qui n'ont « que » l'oreille relative ? Peut-on la développer chez les étudiants en musique et faut-il tenter d'y parvenir ?

Ces questions se sont posées pour deux raisons, sociologique et scientifique. D'abord est apparue la mode d'exhumer et de faire entendre des œuvres musicales oubliées, ou créées avant le tempérament équilibré, généralisé avec Jean-Sébastien Bach. Ensuite, le culte de la musique « baroque » — ce terme a lui seul mériterait discussion* — a assuré sa diffusion en se démarquant de la musique habituelle par l'emploi d'un diapason très inférieur au *la-3* à 440 Hz. Ces deux changements dans le codage physique des sons — tempérament et diapason de référence — ont entraîné des distorsions auditives chez les musiciens qui possèdent l'oreille absolue. Mais, à cause de la précision de leur mémoire auditive et de la finesse de leur oreille, ils étaient les seuls à les ressentir. Comme ils étaient peu nombreux, leurs protestations n'ont guère eu d'écho : au contraire, la vivacité de certaines réactions — celle de Gérard Zwang notamment — a peut-être empêché qu'on les prenne au sérieux.

Le nouvel intérêt des chercheurs pour l'étude de la musique les a conduits à s'intéresser à l'oreille absolue, et leurs travaux sont venus objectiver ses particularités anatomiques, expliquer ses mécanismes physiologiques, préciser sa filiation génétique, que laissait supposer l'histoire de la musique. L'ensemble de ces recherches confirme que l'apparition de l'oreille absolue exige à la fois un don inné, qui doit aussi être mis en valeur par une connaissance précoce et une prati-

* On pourra se reporter à la pertinente présentation de Frédéric Dassas de la réédition de l'ouvrage d'Eugenio d'Ors, *Du Baroque*, Paris, Gallimard, Folio essais n° 365, 2000.

que assidue du solfège, qui permet, si ce code conserve une référence fixe pour le *la*-3 — quelle que soit sa valeur —, d'apprendre à reconnaître, puis nommer les sonorités musicales.

À part les physiologistes de l'audition, dans l'environnement musical d'aujourd'hui l'oreille absolue n'intéresse plus grand monde. Elle serait de plus en plus rare. Les libertés de la musique contemporaine et le désordre du baroque sont peut-être responsables de sa disparition. Mais j'ai été fasciné, comme beaucoup de chercheurs, par cette petite merveille physiologique. Comment peuvent s'expliquer ces performances qui sortent du commun ? Pourquoi existe-t-il des musiciens aux oreilles plus sensibles, et parmi eux des virtuoses ? Avoir l'oreille relative exige aussi un long entraînement, mais on peut y parvenir et devenir un excellent musicien, si on lui consacre assez de temps. C'est une qualité qui peut s'acquérir, même si on se met à la musique tardivement. Par contre, si l'éducation musicale et la pratique instrumentale ne commencent qu'à l'âge adulte, il est presque impossible d'acquérir l'oreille absolue par le travail et l'exercice. C'est un don du ciel, un cadeau génétique de la nature, souvent transmis de génération en génération, mais qui ne s'épanouit que s'il est cultivé très jeune, dans un milieu musical.

Essayons de détailler la double origine de l'oreille absolue.

J'ai conduit une étude, à la fin des années 80, qui a porté sur plus de huit cents musiciens de l'Orchestre national de France, de celui de l'Opéra de Paris et des élèves du Conservatoire national de musique de Paris[1]. Cette étude comportait une prise en compte de l'environnement des débuts musicaux de ces artistes et des examens de l'audition, en particulier la mesure du taux des otoémissions, ce qui m'a amené à démontrer que cette particularité de l'oreille musicienne procédait de deux phénomènes différents.

LES FACTEURS GÉNÉTIQUES

Indubitablement, des facteurs innés, c'est-à-dire une oreille « musclée » et une bonne mémoire, concourent au développement de l'oreille absolue. On les retrouve dès qu'on se penche sur la filiation des grands musiciens. Prenons par exemple la famille des Bach : une prédisposition musicale semble bien exister, qui se transmet de parents à enfants, d'autant plus naturellement que les deux parents sont eux-mêmes musiciens. Mais comment distinguer l'importance de ce facteur génétique, quand, dans la plupart des cas, les musiciens ont été initiés dès leur enfance à la pratique d'un instrument et du solfège par leurs parents, musiciens eux-mêmes ? Ainsi, Mozart, qui avait sûrement l'oreille absolue, l'aurait-il développée et serait-il devenu ce qu'il a été si son père Léopold n'avait pas été musicien lui-même ?

Le caractère héréditaire de ce facteur inné chez les familles de musiciens ayant l'oreille absolue a été démontré il y a vingt ans par un auteur américain[2]. Ce chercheur a observé que la transmission de cette particularité s'effectuait selon une des lois de la génétique tout à fait classique, la dominance autosomiale récessive à faible pénétration.

J'ai objectivé et quantifié le processus qui permet une analyse et une discrimination fine des fréquences chez le musicien. Chez un sujet normal, musicien ou pas, ce pouvoir est directement lié, rappelons-le, aux propriétés contractiles des cellules ciliées externes de l'organe de Corti, qui accentuent la sensibilité des fibres nerveuses aux mouvements des liquides labyrinthiques et augmentent considérablement la subtilité de la discrimination fréquentielle. La mesure des otoémissions provoquées par la mise en jeu sonore de ces cellules ciliées externes permet de quantifier leur contraction, c'est-à-dire le pouvoir discriminateur de l'oreille. C'est en décrivant ce phénomène, au chapitre II, que j'avais parlé d'oreille « musclée », en raison de la structure chimique quasi musculaire de ces cellules. Au début des années 90, au moment où cette technique d'exploration de l'oreille interne devenait réalisable, j'ai étudié cette fonction chez les musiciens professionnels que j'avais déjà approchés quelques mois auparavant et me suis aperçu que ceux possédant l'oreille absolue avaient des cellules ciliées externes beaucoup plus « musclées » que celles des musiciens possédant l'oreille relative. La quantité des otoémissions provoquées obtenue était différente pour chaque groupe, et de manière statistiquement significative.

J'ai retrouvé également ces valeurs élevées sur divers sujets non musiciens dans une population identique en âge, mais je n'ai pas eu l'occasion de vérifier si cette constatation suivait les mêmes lois génétiques que celles mises en évidence par notre auteur américain. Je pense, toutefois, que si ces sujets n'avaient pas l'oreille absolue, même si certains étaient d'excellents guitaristes ou joueurs de jazz, c'est qu'ils n'avaient aucune notion de solfège. On retrouve là ce que nous expliquait Julian Rachlin.

Grâce à ce taux important d'otoémissions provoquées, véritable don de la nature, c'est en jouant très tôt d'un instrument de musique et en apprenant le solfège qu'un jeune enfant pourra acquérir l'oreille absolue.

Nous l'avons dit, l'oreille absolue implique aussi une excellente mémoire. On peut la développer en la faisant travailler, mais certains sujets, plus doués que d'autres, se souviennent de tout et apprennent tout très vite. On n'a pas encore de moyen objectif pour quantifier cette faculté : je la rangerais plus volontiers dans les facteurs innés que dans les compétences acquises par le travail.

LES FACTEURS ENVIRONNEMENTAUX : APPRENTISSAGE, SOLFÈGE ET DIAPASON

J'ai démontré, également de manière statistiquement significative, que l'existence de l'oreille absolue est directement en rapport avec la précocité des débuts instrumentaux et la qualité de l'environnement musical familial. Un long apprentissage musical est aussi indispensable.

On a tenté vainement de prouver que l'oreille absolue ne dépendait pas de la pratique musicale. On a échafaudé de nombreux tests, proposés pour déceler cette propriété chez des sujets non musiciens. Les épreuves consistaient à leur demander d'apprendre le nom de notes, constituées de sons purs proposés séparément, puis de les reconnaître et de les nommer correctement au cours d'une série de tests aveugles. Quels qu'aient pu être les efforts de ces sujets, qui étaient pourtant des adolescents de moins de vingt ans aptes à un apprentissage rapide, ce fut un échec complet. Cette impuissance s'explique parce que la mémorisation des sons proposés et leur détermination nécessitent un délai d'autant plus long que le sujet est moins jeune. Les temps d'apprentissage de ces expériences étaient de quelques jours à peine, c'est-à-dire manifestement bien trop courts pour que les sujets testés puissent apprendre le codage requis.

En outre, fait très significatif, les résultats de ces tests ont été très mauvais chez certains sujets musiciens ayant l'oreille absolue, car les sons présentés n'étaient pas des notes de musique instrumentale, mais des sons purs, sans harmoniques, à la reconnaissance desquels ces musiciens n'étaient pas accoutumés, ce qui souligne l'importance des harmoniques dans la personnalisation des sonorités musicales, et combien, si on parle d'oreille absolue, il est important de préciser le code de référence et le type de culture musicale.

La mémoire auditive est aussi essentielle pour apprendre à reconnaître les notes que la mémoire manuelle peut l'être pour jouer d'un instrument. Il ne suffit pas d'entendre des signaux. Il faut encore que les centres cérébraux aident à leur compréhension en faisant appel aux souvenirs sonores, progressivement accumulés depuis l'enfance. Le nouveau-né, s'il est vrai qu'il réagit aux sons et présente certaines affinités fréquentielles que j'ai évoquées plus haut, en fait ne comprend rien, ou presque, aux messages qu'il reçoit. Même si sa vie intra-utérine lui a fourni une expérience musicale intense, il n'a guère de références dans sa mémoire encore presque vide auxquelles rattacher ce qui, pour lui au début, n'est que bruits ou murmures.

Dès que l'on parle d'oreille absolue, il faudrait préciser le code de référence du solfège qui lui a donné naissance. On le dit rarement, car implicitement on suppose que le *la*-3 vibre à 440 Hz, c'est-à-dire la norme officielle et habituelle. C'est un détail important, en ces temps baroqueux au diapason volage, car l'oreille absolue mémorise une à une les valeurs absolues des harmoniques et du fondamental de chacune des notes émises par les différents instruments de la musique occidentale, même quand celle-ci se fait microtonale. Chaque note a sa place propre dans la mémoire des sujets qui ont l'oreille absolue. Mais chacune de ces valeurs est fonction de la valeur du *la*-3, et toutes vont changer, si le *la*-3 vibre à 420 Hz au lieu de 440 ; elles deviendront alors toutes méconnaissables, véritablement anonymes, sans identité pour celui dont l'oreille absolue est née d'un *la*-3 à 440 Hz. Bien sûr, les intervalles, résultats d'une fraction définie par deux valeurs fréquentielles, ne changeront pas avec le diapason. Que celui-ci vibre à 430 ou 420 Hz, si la tonique est ce *la*-3, la seconde note de la quinte, par exemple, dont la fraction qui la définit (3/2) égale 1,5, vibrera à 645 Hz ou 630 Hz. Ces rapports 645/430 ou 630/420 seront tous deux égaux à 1,5. Mais, pour l'oreille absolue, chacun des nombres qui définissent ces nouvelles fréquences constituant ces intervalles, en eux-mêmes, pris un à un, ne correspondent à rien dans sa mémoire ; c'est cette absence soudaine de concordance qui est plus ou moins pénible.

L'oreille absolue est à la fois une mémoire de la valeur de chaque fréquence et une aptitude à discriminer les différences de fréquences les plus fines. C'est la conjonction de ces deux facultés qui est exceptionnelle, et leur mariage qui est fascinant. Il arrive, à certains chercheurs américains employant habituellement l'expression « *absolute pitch* », d'utiliser le terme « oreille absolue » à propos de sujets, musiciens, bien sûr, qui ont une mémorisation importante, mais qui n'ont pas cette faculté de discrimination. Aussi ces fausses oreilles absolues ont-elles des scores de reconnaissance des intervalles mélodiques ou harmoniques très inférieurs à beaucoup de musiciens qui n'ont que l'oreille relative. D'ailleurs, dans la cohorte des musiciens que j'ai observés, certaines oreilles relatives avaient des taux d'otoémissions particulièrement élevés : leurs cellules externes très musclées leur permettaient de très fines discriminations, mais leur mémoire n'avait pas pu emmagasiner les valeurs absolues de chaque note, généralement parce que ces sujets avaient débuté leur apprentissage musical relativement tard dans l'adolescence. Pour reconnaître une note, ils se servaient chaque fois d'une référence dont ils savaient le nom, ce qui leur permettait de nommer celle qu'on leur proposait.

Depuis cinq ans environ, de nombreux travaux sur l'oreille absolue ont enrichi nos connaissances. Je l'ai évoqué dans les pages précédentes, le planum temporal gauche, déjà plus volumineux que le droit, est encore plus développé chez les musiciens qui ont l'oreille absolue. La proximité de ce planum avec l'aire de Wernicke, impliquée dans la compréhension du langage, rend compte des observations physiologiques qui localisent dans l'hémisphère gauche cette reconnaissance de chaque note grâce à l'appréciation quantitative absolue de ses composantes fréquentielles, dont nous avons vu la particulière finesse. Le PETscan, puis la magnétoencéphalographie, effectués chez des musiciens ayant l'oreille absolue, ont détaillé ce phénomène, en montrant qu'il consiste non seulement à différencier la hauteur tonale isolée de chacune des fréquences composant les harmoniques et le timbre, mais aussi à reconnaître des changements temporels brusques, tels ceux que l'on rencontre dans les consonnes explosives. Les facultés cérébrales propres à l'oreille absolue utilisent sûrement une partie des fonctions de l'intelligibilité de certaines consonnes dites explosives, telles *p*, *t*, *g*, etc., qui comportent des changements très rapides de leur structure fréquentielle et sont analysées dans la zone la plus postérieure du planum temporal. D'ailleurs, les musiciens me disaient qu'ils « voyaient » les notes, certains précisaient même « comme un être vivant ».

L'oreille absolue fait entrer en action la partie postérieure du lobe frontal gauche, qui traite l'apprentissage et les associations conditionnées, tandis que l'oreille relative fait appel au cortex frontal inférieur droit, où siège la mémoire de travail. Par ailleurs, pour reconnaître le timbre et la hauteur d'une note, le travail cérébral qu'effectue l'oreille absolue est plus rapide et plus simple car il active un plus petit nombre de neurones que ne le fait une oreille relative[3].

Certains chercheurs se sont posé la question de savoir si ces différences anatomiques cérébrales sont la cause ou simplement la conséquence de l'oreille absolue. En fait, on sait aujourd'hui que l'hypertrophie précoce du planum gauche est une conséquence de la dominance cérébrale, qui localise le plus souvent les centres du langage de ce côté. Et nos connaissances des mécanismes de la plasticité cérébrale rendent tout à fait plausible qu'une pratique assidue et précoce de la musique puisse accentuer cette hypertrophie, comme elle le fait pour le corps calleux[4].

On a observé que les sons purs donnent, dans l'aire auditive gauche, des réponses cérébrales d'autant plus amples que la langue maternelle des sujets testés comporte davantage de voyelles de structure fréquentielle complexe[5]. Cela incite à se demander si le don des langues n'a pas une origine comparable à celle de l'oreille absolue. Il se retrouve chez tous les peuples, mais il est plus développé chez les Russes et les Hongrois, dont la langue maternelle implique la distinction de variations fréquentielles particulièrement subtiles. L'apprentissage de la reconnaissance fréquentielle commence peut-être dès la fin du stade intra-utérin, et cela pourrait expliquer à la fois le goût de ces populations pour le chant et la musique, mais également l'aptitude de beaucoup d'entre eux à apprendre aisément des langues étrangères sonographiquement plus simples.

Quelle est la fréquence de l'oreille absolue ? On ne peut apprécier cette prévalence qu'au sein d'un groupe de musiciens. En considérant a priori comme ayant l'oreille relative tous les musiciens qui n'ont pas répondu à mon questionnaire, 20 % des musiciens professionnels semblent dotés de l'oreille absolue. D'autres études quantitatives proposent des pourcentages du même ordre, ou un peu plus importants chez les Asiatiques, sans préciser leur langue maternelle[6]. Dans la langue thaï, on l'a vu, les mots monosyllabiques sont des sonorités périodiques qui ont une valeur sémantique différente en fonction de la fréquence de leur fondamental ; on constate des phénomènes analogues dans la langue chinoise[7]. Cette particularité aiderait à acquérir l'oreille absolue, pourvu que la pratique musicale du sujet comporte un solfège ayant la précision écrite, quasi scientifique, de la musique occidentale, ce qui est loin d'être le cas pour les musiques asiatiques.

Il me semble en outre que cette moins grande fréquence de l'oreille absolue observée également aux États-Unis puisse s'expliquer aussi par l'habitude qu'ont les musiciens anglo-saxons de nommer par les lettres A, B, C, etc., les notes *la*, *si*, *do*, etc. Beaucoup de nos musiciens nous ont rapporté les difficultés qu'éprouvent leurs confrères anglo-saxons à « voir » les notes, lorsqu'ils les jouent ou lorsqu'ils les imaginent, à cause de cette détermination par des lettres. Ils envient la facilité qu'ont les musiciens latins ou slaves à personnaliser ces notes, par un véritable nom. Cette hypothèse, qui expliquerait la rareté apparente de l'oreille absolue chez les peuples anglo-saxons, est étayée par un travail qui montre le rôle de la formulation imagée dans l'analyse et la perception musicales[8].

James Conlon a souligné la place que tient le solfège dans les pays latins, notamment la dictée musicale dans l'enseignement en France. L'apprentissage assidu de la reconnaissance nominative des notes, propre à notre pays, explique aussi sans doute pourquoi l'oreille absolue y est moins rare.

Les musiciens qui ont l'oreille absolue reconnaissent avec évidence son utilité. Ceux qui l'ont contestée, dans notre questionnaire, avaient l'oreille relative. Comme Zwang l'a souligné, les oreilles absolues semblent souffrir des dissonances, parce qu'elles y sont plus sensibles[9]. Nous avons remarqué que beaucoup d'oreilles absolues se plaignaient des variations, notamment baroques, du diapason.

Il n'est pas inutile de détailler l'origine de ces doléances. Pour les comprendre, il faut se rappeler que la première circonvolution temporale gauche de ces sujets a inscrit dans leur mémoire auditive les valeurs en hertz de chacune des vibrations qui constituent les notes de tous les instruments, de tous les modes de notre musique occidentale basée sur le tempérament égal. On sait qu'il ne s'agit pas seulement du fondamental de ces notes, mais aussi de leurs harmoniques, ce qui permet à ces musiciens d'apprécier particulièrement toute la subtilité de l'instrument responsable. La précision de ce codage est, nous l'avons vu au chapitre premier, de l'ordre de 4 à 5 savarts, c'est-à-dire un peu moins que l'un des trois commas, qu'il soit pythagoricien, zarlinien ou de Holder. Toute note isolée, ou incluse dans un intervalle, dont le codage absolu excédera cette tolérance, sera ressentie comme dissonante et fausse.

Entre 440 et 430 Hz, la distorsion reste modérée : le quart de ton est presque tolérable. Au-delà, dès lors que le décodage atteint au moins le ton, les distorsions s'atténuent également, et les changements ressentis sont comparables à ceux d'une transposition qui change la gamme et le mode mais conserve à chaque note la valeur absolue qui la définit. Il faut d'ailleurs remarquer que cet intervalle minimum, le ton, est celui qui autrefois, dans les églises du XVIIe siècle, séparait la tonalité de « chambre » de la tonalité du « chœur » — l'orchestre et les chanteurs — et faisait chanter les fidèles un ton plus bas que ne jouaient les instrumentistes. Et dans toutes les transcriptions que les compositeurs ont pu effectuer de leurs propres œuvres, il n'y en a guère qui soient inférieures à cet intervalle.

Il faut savoir que le vieillissement de l'oreille entraîne une distorsion progressive vers les aigus de la sensation perçue par rapport au signal sonore réel, qui s'explique par la disparition de la perception des fréquences supérieures à 6 kHz, ce qui supprime l'audition des harmoniques les plus élevés et entraîne, nous l'avons vu, une impression d'élévation de la hauteur du son fondamental de chaque note. Ce phénomène est général, mais demeure habituellement inaperçu. Les musiciens qui ont l'oreille absolue, passé la soixantaine, s'en plaignent au contraire[10]. Cette distorsion interdit à un violoniste de continuer à jouer juste, malgré toute son expérience, mais n'empêcherait théoriquement pas un pianiste de poursuivre sa carrière. On sait malheureusement que la musique devient pour eux si désagréable que bien peu continuent à en jouir et à la pratiquer[11]. Mais aucun des musiciens ayant l'oreille relative ne s'est plaint de ces distorsions : comme ils identifient mal une note isolée sur la seule valeur absolue de son fondamental et de ses harmoniques, ces distorsions peuvent se résumer en une transposition qui ne change guère la valeur des intervalles.

CHAPITRE VI

OREILLE MUSICIENNE, SEXE ET DOMINANCE CÉRÉBRALE

Il est établi depuis longtemps que les qualités auditives des filles sont meilleures que celles des garçons. En outre, on sait que l'oreille droite entend mieux que l'oreille gauche, ce qui conduit à revenir sur la dominance cérébrale.

LE SEXE ET L'AUDITION

Au début des examens auditifs électroencéphalographiques, vers les années 70, les chercheurs ont remarqué, entre les tracés, une différence en fonction du sexe. Elle ne se voit que dans les cinq premières millisecondes du processus auditif, au cours desquelles les relais entre le nerf auditif et le tronc cérébral se traduisent par cinq ondes successives, qui surviennent dans les cinq millisecondes suivant le signal sonore. Entre le nouveau-né et l'adulte, il existe un raccourcissement progressif de la latence séparant chaque onde, dû à la myélinisation progressive des fibres nerveuses. On sait que la gaine de myéline qui entoure l'axone, absente à la naissance, a pour effet d'accélérer la transmission de l'influx nerveux. Or, chez la fille, cette latence se raccourcit davantage que chez le garçon, et les pics sont plus brefs et plus amples[1]. Par contre, au-delà de ces dix premières millisecondes, l'intégration cérébrale, notamment corticale, est identique pour les deux sexes.

Il y a trente ans, on a expliqué cette différence en l'imputant à celle qui existe entre la taille du crâne et du rocher de l'homme et de la femme. La longueur du tube cochléaire de la femme n'atteint que 87 % de celle de l'homme. Cette transmission plus rapide paraissait due logiquement à la brièveté plus grande du trajet suivi par l'influx nerveux. Mais la morphologie particulière des pics était mal explicable.

La technique de l'enregistrement des otoémissions a permis d'observer que, dès la naissance, les otoémissions spontanées de la fille sont plus abondantes que celles du garçon[2]. Il en est de même pour les otoémissions provoquées obtenues en réponse à une stimulation sonore et pour l'amplitude des produits de distorsion observés lorsqu'on envoie simultanément deux sons purs[3]. En étudiant indirectement le déplacement de l'onde sonore sur la membrane basilaire, les chercheurs ont aussi pu constater qu'il était plus rapide chez la fille[4].

Un facteur génétiquement lié au sexe est devenu vraisemblable, pour rendre compte de ces asymétries, d'autant qu'en observant le taux d'otoémissions spontanées chez les jumeaux, on avait constaté que les vrais jumeaux — qu'ils soient garçons ou filles — présentaient tous des taux faibles ou élevés selon leur sexe. En revanche, chez les faux jumeaux de sexe opposé, la supériorité fonctionnelle de la fille était bien plus faible, sinon nulle[5]. Tout se passait comme si le statut endocrinien de son jeune frère avait, in utero, influencé dans ce domaine celui de la sœur.

Par ailleurs, on s'est aperçu que la valeur moyenne des taux d'otoémissions provoquées dans un groupe de femmes homosexuelles ou bisexuelles était identique à celle des valeurs d'un groupe comparable de femmes et d'hommes hétérosexuels, comme si le statut hormonal observé dans ces deux groupes avait exercé son influence sur cet aspect du fonctionnement de l'oreille interne[6].

En même temps que ces observations concernant le sexe, on a constaté également que l'oreille droite est en général plus riche que la gauche en otoémissions spontanées. Cette différence physiologique entre l'oreille droite et l'oreille gauche s'accompagne, à l'opposé de celle liée au sexe, d'une supériorité fonctionnelle correspondant à la notion d'oreille directrice. Il existe beaucoup d'autres différences physiologiques droite/gauche en rapport avec la dominance cérébrale, telle par exemple l'augmentation du temps de latence dans l'oreille gauche, entre le stimulus et la réponse électroencéphalographique enregistrée dans les cent premières millisecondes, c'est-à-dire au niveau des structures déjà élevées de l'encéphale. Notons que cette dissymétrie est toujours moins nette quand on étudie un groupe constitué de gauchers. La dominance cérébrale, dans l'origine de ces asymétries, joue un rôle d'autant plus important qu'on sait depuis vingt ans que son développement chez l'embryon provoque de grandes manœuvres immunitaires et hormonales, qui impliquent la testostérone.

LA DOMINANCE CÉRÉBRALE

L'organisation de notre système nerveux comporte un croisement des voies motrices et sensitives, confiant l'innervation de chaque moitié du corps à l'hémisphère cérébral opposé. Par exemple, une atteinte du cerveau droit entraînera une hémiplégie gauche, c'est-à-dire une paralysie de l'hémicorps gauche.

Dans les deux tiers des cas environ, les fonctions régissant la parole, l'écriture et la réalisation de gestes minutieux, se trouvant localisées exclusivement dans le cerveau gauche, la majorité de la population écrit de la main droite. Si le cerveau gauche d'un sujet droitier est lésé, celui-ci présentera une hémiplégie droite, avec une aphasie et ne saura plus écrire. Chez les droitiers, c'est dans le cerveau droit que se trouve situé l'essentiel des fonctions affectives et cognitives, notamment intuitives. Mais la dominance cérébrale gauche existe aussi pour l'audition et la vision, rendant compte des notions d'oreille directrice ou d'œil directeur.

Pour les gauchers et les ambidextres, c'est-à-dire près d'un tiers des cas, cette dominance cérébrale est au contraire localisée à droite. Elle peut l'être presque totalement : c'est le cas des gauchers vrais. Plus souvent elle l'est incomplètement, partagée entre les deux hémisphères : c'est le cas des sujets ambidextres, capables d'utiliser aussi bien la main droite que la main gauche.

On retrouve la dominance cérébrale gauche chez la plupart des vertébrés, les primates, les rongeurs et les oiseaux chanteurs. Chez l'homme, elle apparaît anatomiquement dès le septième mois de la vie intra-utérine, sous la forme d'un hyperdéveloppement du lobe temporal gauche, mais s'exprime plus tard, en même temps que l'arrivée du langage. Son organisation dépend de facteurs neurohormonaux, mettant en jeu la testostérone et le développement des fonctions immunitaires[7]. De là proviendraient en partie la prédominance masculine de la gaucherie et surtout la propension de ces sujets aux affections allergiques et auto-immunes.

Mise en évidence

La dominance cérébrale intéresse toutes les modalités de l'expression volontaire, verbale ou écrite, de la perception sensorielle et cognitive, et de l'intuition. C'est surtout dans le domaine moteur que cette latéralisation s'exprime de la manière la plus visible, lors de l'accomplissement de gestes nécessitant attention et minutie, effectués par la main, mais également par le pied.

Définir un gaucher par l'utilisation préférentielle de la main employée pour écrire aboutirait à une différenciation trop grossière. C'est pourquoi, en 1971, on a proposé un codage[8], appelé questionnaire d'Édimbourg, suffisamment détaillé pour servir de référence à la plupart des publications qu'il rend ainsi comparables*.

Répartition

Les droitiers vrais représentent 65 % d'une population, et les gauchers vrais 12 %. Environ 23 % des autres, appelés ambimanes ou ambidextres, pourrait se répartir en ambidextres absolus, également habiles des deux mains, ou en sujets ayant une faible latéralisation préférentielle. Étonnamment, cette proportion de gauchers, en moyenne 12 %, oscillant entre 8 et 15 %, est constante dans la plupart des groupes ethniques où elle a été mesurée. Il semble que ce pourcentage ait été aussi le même dans les temps préhistoriques, autant qu'on puisse le déduire de l'examen des outils ou des peintures d'autrefois.

Les gauchers ont longtemps souffert d'un ostracisme qui conduisait les parents à masquer cette particularité et à contrarier leurs enfants en les forçant à écrire de la main droite. Depuis quelques décennies les choses ont heureusement

* Pour dix gestes quotidiens à réaliser (écrire, dessiner, lancer un objet, utiliser des ciseaux, tenir sa brosse à dents, se servir d'une cuiller, serrer son mouchoir sur son nez pour se moucher, ouvrir une fenêtre, craquer une allumette, dévisser un bouchon), cinq réponses chaque fois sont possibles : toujours à gauche = – 10 ; habituellement à gauche = – 5 ; sans préférence = 0 ; habituellement à droite = + 5 ; toujours à droite = + 10. En additionnant les scores obtenus on apprécie quantitativement la dominance manuelle entre les valeurs – 100 (gauchers parfaits) et + 100 (droitiers parfaits). Un score négatif correspond aux gauchers vrais, un score compris entre 0 et 70 aux sujets intermédiaires, et un score supérieur à 70 aux droitiers vrais.

changé, mais les pressions normalisatrices sont loin d'être abolies, ne serait-ce que par le sens habituel des tire-bouchons ou des escaliers en colimaçon*. C'est pourquoi il est hasardeux aujourd'hui de donner une répartition chiffrée des ambidextres, alors que celle des gauchers vrais est beaucoup mieux connue.

Mécanismes anatomo-physiologiques de sa transmission

Le sexe masculin favorise l'apparition de la gaucherie. Cette influence rend compte du rôle de la testostérone dans l'installation de la latéralité pendant la vie fœtale. Les hommes gauchers sont presque deux fois plus nombreux que les femmes gauchères, mais cette prédominance masculine implique des antécédents familiaux. La génétique de la transmission de la gaucherie est encore confuse, et son étude difficile en raison des nombreux biais sociologiques qui risquent de la fausser. Comment un adulte peut-il savoir si ses parents étaient gauchers contrariés et s'ils ont occulté leur latéralisation initiale ? Certes, la probabilité d'avoir un enfant gaucher est de 1/10 pour deux parents droitiers, 2/10 pour deux parents mixtes et 3/10 pour deux parents gauchers, ce qui évoque la possibilité d'une transmission génétique de la gaucherie. Mais l'observation des jumeaux vrais contrarie cette hypothèse, car 20 % d'entre eux ont une latéralité

* De nos jours il existe des boutiques spécialisées dans la vente d'objets pour gauchers, outils ou instruments, notamment de musique.

en miroir, l'un étant droitier, l'autre gaucher. Or, si, parmi la population générale, on sélectionne deux personnes au hasard, on a environ 18 % de chance d'obtenir deux individus en miroir, ce qui semble montrer que l'action du hasard est aussi importante qu'une transmission génétique.

On peut se demander si ce hasard ne serait pas dû à la survenue fortuite au cours de la vie fœtale d'un phénomène troublant l'action normale de la testostérone lors du développement des voies et centres nerveux, qui s'effectue au niveau de la région hypothalamique, grande zone étendue à la base du cerveau, où se croisent les fibres nerveuses connectées au cortex et où se trouve un centre de commande neuro-humoral et endocrinien fondamental[9]. Cette perturbation modifierait le développement des fonctions neuro-immunitaires des gauchers, ce qui expliquerait pourquoi ils sont fréquemment soumis à des maladies auto-immunes. Il est vrai que les gauchers sont exposés à une plus grande fréquence des pathologies allergiques et immunitaires (diabète, thyroïdite, lupus, myasthénie, recto-colite hémorragique, maladie de Crohn, etc.)[10].

Le facteur responsable de la gaucherie peut être sans retentissement biologique, s'il survient dans l'enfance, telle l'amputation accidentelle précoce de la main droite.

La dominance cérébrale droite des gauchers

La parole chargée de sens, opposée aux cris non signifiants, peut être comparée au geste habile de la main droite opposé aux mouvements moins précis des autres membres, notamment de la main gauche[11]. Si on considère la parole comme la spécialisation d'un geste précis, il apparaît logique qu'en soient topographiquement rassemblés les organes de commande dans le même hémisphère cérébral que la main directrice, qui est très habituellement l'hémicerveau gauche.

Mais, chez les gauchers, les latéralisations cérébrales ne sont pas exactement symétriques de ce qu'elles sont chez les droitiers. Les centres du langage sont rarement complètement localisés dans l'hémisphère droit. De même la latéralisation de leurs processus affectifs et cognitifs vers l'hémisphère gauche est moins marquée, notamment chez l'homme gaucher, qu'elle ne l'est chez la femme gauchère[12]. Des études faites sur des patients aphasiques ont montré que pour deux tiers des gauchers une partie de leurs centres du langage est située dans l'hémisphère gauche[13]. Pour confirmer ces faits, on a démontré que, dans ces cas, les voies de connexion entre les deux hémisphères étaient plus développées, en partie grâce au corps calleux[14]. Enfin, on sait depuis peu que cette latéralisation des centres est moins complète chez les gauchers[15]. Certains en déduisent que les gauchers utilisent mieux l'ensemble de leurs structures cérébrales.

Tout cela représente une contrainte pour les chercheurs, car, dans l'état actuel de nos connaissances, ils ne peuvent effectuer certaines de leurs observations que sur des droitiers vrais, tant il est difficile de connaître avec exactitude les localisations cérébrales d'un gaucher.

Depuis un demi-siècle, on sait qu'un grand nombre de gauchers sont dotés de talent pour les mathématiques, la musique, les arts et l'appréciation spatiale, pour lesquels les fonctions cognitives, intuitives et émotionnelles sont spécialement sollicitées[16]. Les sports nécessitant un sens de l'espace développé (fleuret, tennis) sont très souvent pratiqués par des gauchers, dès qu'il s'agit de compétitions de niveau international[17]. On a montré que dans un groupe d'étudiants extrêmement précoces, sélectionnés en fonction de critères mathématiques et de raisonnement verbal, il y avait beaucoup plus de gauchers et de garçons (par ailleurs myopes) que dans le reste de la population[18]. Enfin, on connaît depuis longtemps la prévalence des gauchers parmi les étudiants en architecture[19].

Toutes ces observations, statistiquement démontrées — qui intéressent aussi l'oreille musicale —, ont conduit certains à affirmer que le fait d'être droitier est un handicap pour le développement de l'intelligence[20]. D'autres font des gauchers les mutants des siècles à venir, dans la mesure où, bien plus que les droitiers, les gauchers seraient à même d'utiliser une grande partie des zones encore muettes — ou apparemment muettes — de notre cerveau[21].

Les gauchers, autrefois

La relative fragilité des gauchers explique en partie la malédiction inconsciente dont ils furent victimes dans les siècles passés. Les gauchers, plus souvent malades, mouraient peut-être plus jeunes que les droitiers[22]. Cette croyance, tel un véritable racisme, a conduit de tout temps les éducateurs à cacher l'expression la plus visible d'une dominance inhabituelle et à contrarier les enfants gauchers en les obligeant à écrire de la main droite.

Tout cela explique l'a priori péjoratif du terme « gaucher ». On notera qu'une véritable discrimination intellectuelle s'est installée, conférant à la gauche une notion de péjoration, telle la gaucherie équivalente de maladresse, alors qu'au contraire le terme « droitier » représente la rectitude, l'efficacité, l'absence d'anomalies. Ce manichéisme linguistique semble propre à beaucoup des langues occidentales. Il se retrouve également en anglais (*left* signifie aussi perdu, *right* signifie aussi parfait), en italien (*sinistro* signifie gauche ou sinistre), en allemand (*link* signifie gauche, mais *linkisch* veut dire aussi maladroit). Seul l'espagnol comporte un mot neutre, *izquierdo* (à gauche), réservant aux mots *siniestro* ou *zurdo* (gaucher) une nette connotation péjorative.

Les Anglo-Saxons, peut-être parce qu'ils sont plus souvent de nature allergique, se sont les premiers penchés sur ce problème et ont créé les termes neutres *lefthanded* et *righthanded*. Notons enfin qu'en français le terme droiterie, symétrique de gaucherie, est un néologisme utile mais lourd et peu employé, et que, si le terme d'ambimane est celui qui conviendrait pour désigner la faculté d'utiliser aussi bien la main droite que la main gauche, le terme d'ambidextre, quoique incorrect, bien qu'il reflète à lui seul la « dictature des droitiers », est le plus souvent employé. En tout cas, depuis environ un siècle, aux États-Unis d'abord, puis dans toute la civilisation occidentale, l'avènement des libertés individuelles, du respect de l'autre et de ses différences a rendu aux gauchers leur liberté. Si bien que de nos jours il n'y a plus guère en France d'enfants gauchers contrariés.

La dominance cérébrale et l'oreille musicienne

La dominance cérébrale marque son empreinte sur l'organisation des voies nerveuses qui, à partir du tronc cérébral, vont modifier hors de l'encéphale le fonctionnement de l'oreille interne.

Ces voies croisent presque toute la ligne médiane, de diverses manières et à partir de plusieurs centres. Leur action sur la cochlée favorise la discrimination des sons complexes et de la parole dans le bruit ambiant. Elle a aussi un effet protecteur, qui porte sur la vascularisation et la trophicité de l'organe de Corti. Le moyen le plus simple de la mettre en évidence est d'observer son action inhibitrice sur la génération des otoémissions, qu'elles soient spontanées ou provoquées. Pour cela, on sollicite l'un de ces faisceaux nerveux, le faisceau olivo-cochléaire médian, en faisant entendre un son continu dans une oreille, tandis qu'on objective l'effet inhibiteur de cette stimulation en constatant dans l'oreille opposée une diminution du taux d'otoémissions provoquées.

D'une manière générale, on a observé que cette action est plus importante sur l'oreille directrice — c'est-à-dire l'oreille droite chez les droitiers — que sur leur oreille gauche[23]. L'inverse est vrai pour les gauchers, mais chez eux, cette asymétrie est moins nette. L'expérimentation animale a prouvé que divers niveaux hiérarchiques de l'encéphale, en particulier le cortex, peuvent stimuler ces fibres efférentes cochléaires. Elle a montré aussi que le rôle des fibres efférentes cochléaires consiste à améliorer l'image sonore sur laquelle le sujet porte son attention, notamment au milieu du bruit, pour préparer son analyse au niveau du cortex.

Chez les musiciens professionnels, l'action inhibitrice d'un bruit controlatéral sur le taux d'otoémissions est plus nette que chez le sujet non musicien[24]. Cette constatation pourrait objectiver l'aptitude qu'ont les musiciens, plus que d'autres, à focaliser leur attention sur le chant de tel ou tel instrument privilégié au sein de l'univers sonore de l'orchestre. Cette action, très latéralisée chez le droitier en faveur de l'hémisphère gauche, est plus symétrique chez les gauchers, et il est logique d'observer chez eux des différences fonctionnelles. On a constaté, par exemple, que les gauchers non musiciens discriminent mieux les timbres que les droitiers non musiciens. Mais ils reconnaissent moins bien la hauteur d'un son dont la fréquence fondamentale est absente[25]. On pourrait encore citer bien d'autres exemples.

Ce patchwork de constatations scientifiques dessine, pour les musiciens ambidextres ou gauchers, les particularités que peuvent présenter leur santé, leur talent, leur exercice instrumental.

La fragilité des artistes gauchers

Nous avons évoqué les affections qui sont plus fréquentes chez les sujets présentant une dominance cérébrale gauche ou incomplète. De nombreuses publications depuis dix ans s'attachent à en apporter la preuve, en insistant sur la relation fréquente avec un talent donné[26]. Je ne veux pas être alarmiste, car ces troubles, pour la plupart, se traitent aujourd'hui aisément. Mais, quand ils surviennent, ils impliquent quelques précautions, qui peuvent donner à l'entourage de ces sujets une impression de vulnérabilité. La fragilité physique des artistes est une notion classique[27]. On la met communément sur le compte de l'hypersensibilité, mais c'est aussi une des forces de leur génie créateur. Toutes choses égales, on ne peut s'empêcher de la rapprocher de l'hypersensibilité qui pourrait résumer la maladie allergique. Dans la biographie des compositeurs, on retrouve de nombreuses traces d'une hypersensibilité qui pourrait être celle de cette maladie, et il y aurait une histoire des musiciens gauchers à écrire.

Le talent de la dominance cérébrale droite

L'implication de la dominance cérébrale dans le talent musical mérite notre attention. Là aussi, de nombreuses études ont souligné la plus grande fréquence, statistiquement parlant, d'une certaine excellence chez les artistes ambidextres ou gauchers, notamment quand il s'agit de femmes. Bien sûr, cette tendance, même si elle est réelle, demeure discutable, comme le sont les critères qui ont été choisis pour apprécier le talent. Les chercheurs, qui ont besoin d'éléments quantifiables pour établir leurs statistiques, se sont efforcés de définir quelques données qui permettent de mesurer ce talent. En dehors des performances techniques de l'exécution instrumentale, ils ont mesuré l'aptitude à la création, en distinguant improvisation instrumentale spontanée, la composition musicale réalisée sur-le-champ, ou bien au terme d'un délai de réflexion. D'autres équipes ont tenu compte aussi de l'ancienneté de la pratique musicale quotidienne, rapportée à l'âge du musicien, tandis que d'autres chercheurs s'efforçaient de quantifier la réussite professionnelle. Tous ces critères, pris un à un, feront sourire ou bondir plus d'un mélomane. Mais ils ont le mérite d'avoir été étudiés, et si on en considère l'ensemble, ils constituent un élément assez cohérent sans doute signifiant. Au regard du grand nombre de musiciens droitiers, cette fréquence accrue des musiciens, à la fois gauchers et talentueux, n'est que statistique. En pratique, elle se voit peu, car les vrais gauchers, rappelons-le, ne représentent que 12 % environ de la population. Pourtant, dans le plus simple orchestre symphonique, ils sont souvent près d'une demi-douzaine.

Les pianistes gauchers

Je me suis intéressé au jeu instrumental des musiciens gauchers, non pas pour vérifier l'incidence de cette fragilité, ou celle de ces compétences, mais pour apprécier si la main gauche, quand elle est la main la plus habile, pose un problème dans le jeu des instruments. Ceux-ci sont tous conçus et construits pour les droitiers. Sur la plupart d'entre eux, les doigts ne se posent pas de la même manière selon la main qui les meut. Un gaucher vrai peut-il jouer de tous les instruments ?

Parmi 352 musiciens professionnels, j'ai recherché ceux qui utilisaient exclusivement la main droite pour écrire. De cette enquête, je ne rapporterai que ce qui a trait à l'oreille musicale[28]. Dans cette sélection, en excluant les ambidextres, le pourcentage de gauchers vrais était du même ordre que ceux d'une population témoin. Mais ce pourcentage global était trompeur. En l'observant dans le détail, j'ai constaté qu'il était nettement plus élevé chez les joueurs de cordes frottées (violonistes, violoncellistes, etc.) et les compositeurs, dépassant 14 %, tandis qu'il s'effondrait chez les claviéristes, atteignant à peine 2 %. Cette rareté des pianistes gauchers vrais m'a été confirmée par beaucoup de pianistes droitiers. Ils avaient eu parfois, parmi leurs élèves, des enfants gauchers vrais. Mais ceux-ci, malgré leurs efforts, avaient tous plus ou moins vite abandonné cet instrument ou n'avaient pas fait carrière avec lui.

Je crois que cette rareté s'explique parce que l'expression musicale, surtout quand elle est mélodique, est, pour un musicien confirmé, l'équivalent de la parole et de l'écriture. Or il est frappant de noter que la mélodie de presque la totalité des œuvres pour piano ou clavecin, et à un moindre degré pour les orgues, est écrite pour la main droite. Certes, il y a quelques exceptions : *Le gai laboureur* de Schumann, le *Concerto pour la main gauche* de Ravel, encore que Ravel l'ait écrit à l'intention d'un pianiste amputé de sa main droite. Mais on relèvera aussi que la pièce de Brahms, qui s'inspire d'une œuvre de Bach, en transposant la mélodie vers la main gauche, possède chez les pianistes professionnels la réputation d'être, pour cette raison, très difficile à exécuter.

La mélodie est la part importante des œuvres polyphoniques qu'autorisent les instruments à clavier. On peut, dès lors, penser que son exécution par la main jouant d'un instrument peut être comparée au geste de l'écriture. Pour un gaucher, jouer une mélodie de la main droite est peut-être aussi contrariant qu'écrire de cette même main droite. Il est permis de penser que le handicap ainsi subi, vécu comme un frein à l'éclosion de sa sensibilité et de son expression musicale, l'éloigne peu à peu du clavier.

C'est pour cela que, depuis des siècles, les facteurs d'instruments à clavier placent les notes dont les fréquences fondamentales correspondent à celles de la parole sur la moitié droite de leurs instruments. L'illustration 15 montre la corrélation entre cette répartition des fréquences sur le clavier et la valeur du niveau d'énergie minimum que doit présenter chaque fréquence pour être perceptible par l'oreille. Nous l'avons vu au chapitre III, cette sensibilité particulière est due à la structure mécanique de l'oreille, notamment la forme du conduit auditif externe, qui entraîne une résonance privilégiant ces fréquences. L'homme, par économie de moyens, parle dans la bande de fréquences privilégiées ; celle-ci a été placée à droite du clavier, parce que les droitiers et les ambimanes représentent près de 90 % de la population.

Il existe beaucoup de gauchers vrais capables de jouer du piano. Mais très peu sont des musiciens professionnels ayant fait d'un instrument à clavier leur instrument principal. Personnellement, je n'en connais pas. À l'inverse, parmi les musiciens professionnels jouant d'un instrument à cordes ou à vent, la plupart, quand ils ont commencé très jeunes, ont joué du piano et savent encore en jouer. Le piano est en effet, en raison de sa robustesse, très habituellement le premier instrument qu'on peut, sans risque, proposer à un enfant de trois ou quatre ans. Au contraire, un violon, en raison de son prix et de sa fragilité, n'est pas souvent mis entre des mains de moins de sept ans. Quant aux instruments à vent, ils impliquent une bouche et une langue musclées qu'on ne possède guère avant dix ans. Chez tous ces musiciens gauchers, on peut se demander si leur dominance cérébrale droite n'est pas un des éléments qui les a conduits à abandonner la pratique du piano, pour choisir celle d'un violon, voire d'un instrument à vent.

Bien sûr, il existe des trompettes qu'on modifie pour être jouées par des gauchers, car cette adaptation n'est pas très compliquée à réaliser, ni très onéreuse. Par contre, s'il y a eu deux ou trois pianos expérimentaux, dont les fréquences aiguës se trouvaient sur la gauche du clavier, pour des raisons économiques évidentes, aucun piano pour gauchers n'a été communément mis dans le commerce.

CHAPITRE VII

LES SOUFFRANCES DE L'OREILLE MUSICIENNE

L'oreille musicienne connaît des souffrances particulières. Une pratique imprudente de la musique peut, en effet, provoquer de graves troubles pour l'oreille du musicien ou du mélomane. Le traumatisme sonore est maintenant bien connu des musiciens. Mais depuis quelques années, on voit apparaître une pathologie jusqu'ici méconnue : l'hyperacousie douloureuse. De plus, l'oreille musicienne peut bien sûr pâtir de toutes les autres altérations de la fonction auditive. Celle liée à l'âge, la presbyacousie, retiendra surtout mon attention.

Auparavant, il faut rappeler qu'en dehors de la surdité, toutes les atteintes de l'audition peuvent être accompagnées d'un symptôme, les acouphènes, dont je voudrais détailler la séméiologie.

LES DIFFÉRENTS ACOUPHÈNES ET LEURS CAUSES

L'acouphène est une sensation sonore, qualifiée souvent de bourdonnement ou de sifflement, qui peut être due à un grand nombre de causes, mais inquiète particulièrement le musicien, tant qu'il n'en a pas compris l'origine. On distingue deux aspects : objectif et subjectif. Seul nous intéresse le second. Pourtant il faut un instant évoquer l'acouphène objectif, qu'un médecin attentif peut entendre en écoutant à l'aide de son stéthoscope la mastoïde ou le pavillon de son patient.

L'acouphène objectif, exceptionnel, est habituellement dû au tourbillon sanguin dans un kyste artériel ou veineux, récemment apparu quelque part dans le rocher. L'imagerie vasculaire moderne en fait facilement la preuve, et le geste chirurgical en vient très généralement à bout.

Revenons à l'acouphène subjectif : il est fait de bruits très variés, que seul entend le patient. En réalité, ce bruit n'existe pas en tant que vibration sonore. C'est un processus qui stimule en permanence le système auditif et déclenche sans doute des potentiels d'action dans les fibres nerveuses auditives, responsables finalement des sensations sonores conscientes. Sa nature précise est incertaine. Elle s'apparente sans doute et souvent à un phénomène cicatriciel variant peut-être avec la cause qui lui a donné naissance, mais dont on n'a encore jamais pu, heureusement, faire la preuve histologique.

À la vérité on sait très peu de chose sur les mécanismes intimes qui génèrent un acouphène. Les travaux sur l'animal réalisés jusqu'à présent n'ont pas fait beaucoup avancer nos connaissances, parce que l'expérimentation dans ce domaine est particulièrement difficile. Il ne s'agit pas, comme on sait le faire, de mesurer la surdité d'un animal ou ses troubles de l'équilibre, de la même manière que l'on mesure sa pression artérielle ou la biochimie de ses fonctions hépatiques. Il s'agit de savoir si une lésion déterminée entraîne un acouphène, et si la drogue proposée va le faire disparaître. Mais comment objectiver ce trouble ? On a réussi, au prix d'un apprentissage comportemental long et complexe, à apprendre à des rats à identifier des sensations auditives fantômes, que certains chercheurs voudraient assimiler à des bourdonnements. Mais le cobaye, pas plus que le singe ou le rat, ne sait ni ne peut se plaindre d'un acouphène. Peut-être, d'ailleurs, n'en ont-ils jamais éprouvé l'existence. On peut se demander, à ce propos, s'il est nécessaire d'avoir conscience d'une maladie ou d'un handicap pour que celui-ci existe.

La localisation supposée du processus responsable contribue à classifier les acouphènes. On distingue ainsi les acouphènes périphériques, dont l'origine siège de manière plus ou moins évidente dans l'oreille interne ou sur le nerf auditif, et les acouphènes centraux, plus rares, dont la cause semble se situer dans l'encéphale. Les bruits ressentis ne sont d'ailleurs pas les mêmes dans ces deux catégories.

Les acouphènes périphériques

Le processus responsable de l'acouphène peut siéger dans l'oreille moyenne. Généralement il est simplement dû à une otite transitoire ou à une obstruction de la trompe d'Eustache, comme on le ressent parfois en avion à l'atterrissage. Cet acouphène bénin est reconnaissable parce qu'il est souvent de tonalité grave, et surtout parce qu'il disparaît dès qu'on traite l'affection responsable, ce qui rassure le patient. Mais un simple bouchon de cerumen dans le conduit auditif externe peut donner un acouphène unilatéral transitoire, dont le seul risque est de retarder le diagnostic d'une autre étiologie dont le traitement mériterait au contraire une réelle urgence. Dans d'autres cas, l'otospongiose notamment, ou bien l'otite cicatricielle, le traitement de l'affection responsable ne fait pas toujours disparaître l'acouphène.

Le plus souvent, la lésion responsable de l'acouphène se trouve dans l'oreille interne. C'est notamment le cas du traumatisme sonore. Tout ce qui altère plus ou moins le fonctionnement de l'oreille interne peut donner des acouphènes. Citons l'hyperpression des liquides labyrinthiques de la maladie de Menière, certaines affections bactériennes ou virales, des intoxications, notamment médicamenteuses, ou bien des affections générales telles que l'hypertension, le diabète, les troubles lipidiques, et surtout la presbyacousie physiologique ou surdité de l'âge. Certaines de ces maladies créent des troubles divers, comme un spasme des vaisseaux de l'oreille interne, un œdème plus ou moins bien limité aux éléments de l'organe de Corti ou aux terminaisons nerveuses. Ces lésions génèrent un acouphène, mais aussi une atteinte de l'audition, qui peut passer inaperçue. Elles peuvent être transitoires, et disparaître quand l'affection responsable a guéri, parce que celle-ci a été rapidement traitée. Ces perturbations peuvent se reproduire si la maladie se poursuit et finalement guérir sans complication ni séquelle, sinon une cicatrice acouphénique bénigne, mais définitive.

Très souvent la maladie qui a donné naissance à ces phénomènes est tellement bénigne qu'elle passe inaperçue et se résume à la survenue inopinée d'un acouphène cicatrice : on l'appelle alors acouphène essentiel. Pourtant il s'accompagne souvent d'une légère atteinte de l'audition.

Quel que soit son mécanisme, l'acouphène de l'oreille interne est constitué de sons simples, presque purs. Mais les descriptions qu'en fait le patient sont variables : un sifflement, un son aigu, parfois des sonorités multiples, continu, ou avec des apaisements, ou au contraire des recrudescences au repos, la nuit, ou avec la fatigue et l'énervement. Le sifflement peut être intermittent, ressembler à un grillon, à une cigale, être lancinant, exaspérant ; le patient s'en plaint comme d'une souffrance psychique intolérable qui lui paraît extrême, quand il décrit ce qu'il entend.

De tels symptômes inquiètent, et c'est normal. Beaucoup redoutent une tumeur rare, le neurinome de l'acoustique. Il est facile de vérifier qu'il n'y a pas de tels symptômes et de rassurer le patient.

Pourtant ces sensations sonores erronées vont continuer à déstabiliser le patient et perdurer plus ou moins longtemps. Son système nerveux central transforme cette alarme permanente en angoisse obsédante, faite d'une impression de danger imminent qui menace sa vie quotidienne. Les calmants n'arrangent guère la situation car ils entraînent une baisse de l'activité socioprofessionnelle.

Finalement l'habitude de ce dérangement oblige le cerveau à se familiariser avec cette alarme factice générée par l'oreille interne. Nous, médecins ORL, qui comprenons l'origine et la bénignité des acouphènes, cherchons à rassurer nos patients plutôt qu'à les guérir, car nous savons qu'il n'existe pas de traitement miracle et que les stimulations électriques ou les prothèses agissent temporairement : plutôt que de prêter attention à cette sensation fantôme, il faut essayer de ne plus y penser pour qu'elle cesse d'être handicapante. Il faut rappeler qu'il y a quelques décennies, très peu de patients se plaignaient d'acouphènes, sans doute parce que beaucoup de maladies auriculaires bien plus graves faisaient courir un risque vital par abcès du cerveau, paralysie faciale ou méningite. Les progrès de la médecine, en supprimant ces risques, ont rendu les patients plus exigeants et conduit les médecins à s'intéresser à ce symptôme. L'histoire médicale de l'hyperacousie douloureuse, qui n'existait pas il y a cinquante ans, est sans doute la même.

Les acouphènes centraux

En revanche, dès la fin du XIXe siècle, les acouphènes centraux ont intéressé les neurologues et les psychiatres. Ces phénomènes reproduisent souvent des sonorités musicales qui peuvent être très élaborées : chants, mélodies fredonnées par quelqu'un de connu ou par des voix étrangères, ou encore fragments de musique instrumentale. L'atteinte des centres auditifs supérieurs fournit des sensations d'autant plus complexes que ces centres sont situés plus haut dans l'encéphale. Les acouphènes qui ont cette symptomatologie et leurs causes neurologiques sont rares. Pourtant, on peut soi-même en percevoir un équivalent lorsque les perturbations biologiques centrales de l'hypoglycémie du jeûne, ou celles liées à une arrivée trop rapide en altitude, nous font entendre des cloches ou percevoir d'autres hallucinoses sensorielles.

Enfin, dans la famille des acouphènes d'origine centrale, citons les hallucinations auditives. Les neurologues distinguent les hallucinoses et les hallucinations vraies. Les hallucinoses s'accompagnent du maintien d'un jugement critique sur l'origine artificielle des sonorités perçues, telles certaines hallucinoses migraineuses ou celles fournies par des drogues dites hallucinogènes.

LE TRAUMATISME SONORE

Depuis une dizaine d'années, les méfaits du traumatisme sonore chez les musiciens et les mélomanes sont de mieux en mieux connus. Nous avons aujourd'hui la preuve épidémiologique de leur nocivité, notamment sur les jeunes générations amateurs de musiques hyper-amplifiées, qui entraînera dès la cinquantaine une surdité de perception très handicapante. Leur prévention implique une bonne connaissance de la nature des sonorités dangereuses et du mécanisme des lésions entraînées.

Les sonorités responsables du traumatisme sonore[1]

Comment mesurer cette nuisance ?

L'intensité et la durée d'un son permettent de quantifier son agressivité pour l'oreille. La mesure de l'intensité doit tenir compte du fait que l'oreille est particulièrement sensible aux fréquences moyennes comprises entre 500 et 4 000 Hz, fréquences dites conversationnelles, et qu'au contraire les fréquences aiguës et graves nécessitent beaucoup plus d'énergie pour être perçues. L'unité de mesure, appelée dBA, tient compte de ces différences en pondérant l'intensité de chacune des fréquences composant le bruit, dont on veut évaluer la nocivité.

La durée de l'agression sonore s'apprécie en mesurant la valeur moyenne de l'intensité sonore déversée pendant une durée déterminée. Il existe un effet de durée cumulatif qui conduit à tenir compte du nombre d'heures par jour, du nombre de jours par an, et du nombre d'années durant lesquels le sujet a été soumis au traumatisme sonore. On estime, par exemple, que 85 dB pendant huit heures sont équivalents à 88 dB pendant quatre heures. Cette notion de durée d'exposition explique pourquoi un bruit risque d'être dommageable s'il dépasse seulement 80 dB. Inversement, un bruit, bien qu'il soit très bref, peut être immédiatement fort destructeur si son intensité est très élevée.

Susceptibilités individuelles

Le risque de voir apparaître un traumatisme sonore varie d'un sujet à l'autre. À durée égale, ces variations individuelles peuvent atteindre 50 dB. Les facteurs de susceptibilité personnelle sont nombreux. Un conduit auditif externe tortueux, présentant notamment des exostoses, protège contre l'agression sonore. Il en est de même pour toutes les surdités de transmission, qui sont dues à des lésions du tympan ou des osselets, car l'onde sonore est atténuée de 30 à 40 dB. C'est en particulier le cas de l'otospongiose, maladie qui bloque l'étrier dans la fenêtre ovale. Mais cet effet protecteur n'existe que tant que la cause de la surdité n'a pas été opérée. Dans l'otospongiose, dès que le blocage a été libéré, le traumatisme sonore doit être d'autant plus redouté que les mécanismes protecteurs que réalisent les muscles ossiculaires ont perdu leur efficacité, en raison même de la procédure opératoire.

Une surdité d'oreille interne préalable, quelle qu'en soit la cause, notamment iatrogène (médicaments antibiotiques ou anticancéreux), rend particulièrement sensible le sujet. Souvent cette atteinte de l'oreille interne est due justement à un traumatisme sonore préalable.

Anatomie des lésions réalisées

Les lésions anatomiques et fonctionnelles réalisées par le traumatisme ont été depuis longtemps bien étudiées chez l'animal. Leur connaissance permet de comprendre les troubles ressentis par les patients. Elles sont neurosensorielles. Elles intéressent les dendrites périphériques du nerf auditif, et l'organe de Corti. Ces lésions siègent avant tout dans l'oreille interne, même si, à la longue, des dégénérescences nerveuses rétrogrades centrales peuvent parfois s'observer.

Quel que soit l'éventail fréquentiel du bruit responsable, ces lésions se localisent initialement sur la zone du clavier cochléaire correspondant aux fréquences 4 000 à 6 000 Hz. Avec la répétition de l'agression, elles débordent progressivement vers les aiguës extrêmes, c'est-à-dire la base de la cochlée au voisinage de l'étrier. Mais elles n'atteignent jamais le deuxième tour de spire du limaçon et la zone des fréquences graves. Cette prédilection pour la zone des 4 kHz pourrait s'expliquer, nous l'avons vu, par le fait que cette zone du clavier cochléaire est celle qui reçoit de plein fouet et en premier l'intensité mécanique de l'onde de choc liquidienne. Mais cette explication mécanique, apparemment de bon sens, n'est pourtant pas démontrée.

Ces lésions peuvent être éphémères ou définitives. Les lésions éphemères comportent un gonflement des terminaisons nerveuses, une rigidité passagère des cils vibratiles, et des modifications structurelles transitoires de la morphologie intracellulaire de l'organe de Corti, notamment des cellules ciliées internes et externes. Elles peuvent disparaître sans séquelles, à condition que le traumatisme ne se reproduise plus.

Les lésions définitives sont liées non seulement à l'agression mécanique dont l'organe de Corti est victime, mais également aux troubles microvasculaires entraînés par l'onde de choc liquidienne. Les cils vibratiles sont arrachés et les cellules ciliées qui les supportent dégénèrent ; les terminaisons des fibres nerveuses efférentes et afférentes s'atrophient, et disparaissent peu à peu dans la sclérose cicatricielle.

Ces lésions, éphémères ou définitives, rendent bien compte de l'origine de l'acouphène et de l'hypoacousie. Mais il faut insister sur le fait que, même si ces lésions anatomiques restent localisées à l'oreille interne, elles sont beaucoup plus graves que celles de la presbyacousie : pour l'ensemble de la profession musicale, les conséquences socioprofessionnelles du trauma sonore sont bien plus sévères que celles apportées normalement par l'âge.

Les signes révélateurs du traumatisme sonore

Le traumatisme aigu (pétard de 14 Juillet, soirée dans une boîte disco, etc.) peut être bénin ou sévère. Le traumatisme aigu bénin comporte des bourdonnements et une impression d'oreille pleine. Mais ces signes sont éphémères et disparaissent en quelques heures ; ils seront sans lendemain s'ils ne sont pas suivis de nouvelles agressions ultérieures. Dans sa forme sévère, le traumatisme aigu entraîne la même symptomatologie. Mais celle-ci ne régresse pas spontanément, sauf si un traitement d'urgence a pu être appliqué dans les soixante premières heures environ. Cependant, malgré ce traitement, ces signes perdurent souvent, laissant un acouphène cicatrice, et une surdité ; celle-ci, dont nous avons vu le substratum anatomique, est remarquable parce qu'elle porte uniquement sur la fréquence 4 kHz, et n'est pas ressentie par le patient.

Le traumatisme sonore chronique s'observe après une période plus ou moins longue d'agressions sonores régulièrement répétées, apparemment sans conséquence. Puis progressivement apparaissent un acouphène, qui peut inquiéter le patient, et surtout une hypoacousie. Celle-ci est redoutable parce qu'elle reste longtemps totalement méconnue, et ne peut être découverte que grâce à un examen instrumental systématique de l'audition, effectué par exemple lors de l'exploration d'un acouphène. L'atteinte des cellules ciliées internes entraîne une baisse du seuil d'audibilité prédominant dans la zone de 4 kHz, accompagnée de recrutement. Parfois, au début, cette baisse est retrouvée uniquement dans les zones dépassant 10 kHz. À un stade plus avancé, la gêne auditive apparaît : l'atteinte des cellules ciliées externes, responsable d'une perte de la discrimination fine des fréquences, perturbe l'intelligibilité de la parole dans le bruit, amène des confusions entre les mots, et surtout les consonnes (*chapeau* devient *sabot*), et aboutit en pratique aux pataquès les plus gênants dans la vie quotidienne. Cette surdité s'aggrave progressivement jusqu'à devenir un jour très gênante.

Possibilités thérapeutiques

Elles comportent le traitement d'urgence des accidents aigus, assez souvent efficace, et surtout la prévention. Le traumatisme sonore aigu est une urgence thérapeutique. Il doit être entrepris dans les premières heures. Il consiste en perfusions de vasodilatateurs et de corticoïdes, et en oxygénothérapie pendant plusieurs jours. Le traumatisme chronique installé ne relève plus du traitement curatif : il est trop tard pour guérir cette surdité. L'éviction du bruit pourrait empêcher qu'elle s'aggrave, mais ne la fera pas rétrocéder. Seule la prothèse palliative peut lui être opposée, si la surdité est très handicapante. Mais, si le recrutement est maintenant bien pallié par les prothèses numériques modernes, la diminution de la discrimination des fréquences, et notamment de la parole dans le bruit, reste très difficile à compenser par l'appareillage.

Le traitement du traumatisme sonore est donc avant tout préventif. Il comporte la protection et l'éducation. Les bouchons d'oreille, en cire ou en mousse expansible, suppriment une quinzaine de décibels, s'ils sont bien étanches ; c'est généralement suffisant dans la plupart des situations domestiques (ponceuses, scies circulaires, fraiseuses, etc.). Cependant, à la longue, ils peuvent donner des irritations mécaniques de la peau du conduit. Le casque antibruit supprime au moins 25 dB ; il en existe plusieurs modèles, dont l'encombrement augmente avec l'efficacité. Mais lors de travaux dangereux, la nature des signaux d'alarme doit être adaptée à l'atténuation sonore obtenue, par exemple en devenant visuels, ou en exigeant une réponse de la part du sujet alerté.

Il faut enseigner les risques du traumatisme sonore. Il faut régulièrement les rappeler, et constamment inciter non seulement les professionnels, mais également les utilisateurs domestiques de matériel de bricolage bruyant à se protéger systématiquement contre les méfaits du bruit, auxquels ils se croient souvent habitués. En matière d'addiction musicale, les enfants doivent être, dès l'âge scolaire, informés du risque qu'ils encourraient s'ils suivaient les habitudes de leurs aînés. Cette éducation doit également être donnée aux adolescents et aux adultes jeunes, en sachant qu'elle est chez eux beaucoup plus difficilement efficace, et s'apparente un peu à une désintoxication.

Il faut aussi, et de manière urgente, réglementer les intensités sonores dans les discothèques, comme on l'a fait pour les baladeurs. Sinon, dans une décennie, on verra apparaître toute une génération de sourds, dont l'atteinte cochléaire par traumatisme sonore, qui n'est subjectivement perceptible qu'après plusieurs années, deviendra particulièrement grave lorsque les effets physiologiques de la presbyacousie seront venus s'y ajouter.

Les mélomanes et les musiciens

Le médecin s'explique mal pourquoi la plupart des musiciens continuent à faire subir à leurs oreilles des agressions sonores dangereuses pour eux alors qu'ils ont été prévenus des risques encourus. Au contraire de certains pianistes qui prennent de grandes précautions pour leurs doigts, la plupart des professionnels de la musique ne savent pas se préserver du traumatisme sonore chronique, qui tôt ou tard va abîmer leur organe de Corti. Si à la longue, et avec l'habitude, l'acouphène devient moins gênant, la surdité de perception devient vite handicapante chez le musicien : qu'il ait ou non l'oreille absolue, il va souffrir d'une distorsion désordonnée de la hauteur tonale des notes qui lui donnera la sensation de jouer faux. C'est très désagréable pour un pianiste, mais c'est catastrophique pour la carrière d'un tromboniste ou d'un violoniste. Et aucune prothèse auditive n'est encore capable de corriger ces distorsions.

Pourtant, depuis une quarantaine d'années, ces méfaits sont connus. La littérature médicale otologique abonde en études qui rapportent les atteintes auditives chroniques que présentent, dès la trentaine, la plupart des musiciens. Ces publications précisent les niveaux sonores auxquels ces derniers sont soumis. Quand on place un microphone chargé de mesurer ces intensités autour du cou, juste sous l'oreille, qui en comptabilise les enregistrements, on trouve des résultats qui concordent tous.

Dans la musique classique, les pianistes et les violonistes, sauf s'ils sont placés sous les cuivres, sont les moins exposés à ces dangers, même si l'oreille proche du chevalet supporte 8 dB de plus que celle qui en est éloignée. Les flûtes, hautbois, clarinettes et bassons constituent, dans cet ordre, un groupe d'instruments dont la nocivité va croissant ; on peut apprécier son importance en notant que la différence de perte moyenne entre les deux oreilles d'un flûtiste est de 20 dB, et en sachant que le piccolo déverse des sons dont l'intensité peut atteindre souvent 112 dB. Contrairement à ce que l'on pourrait croire, ce ne sont pas les percussionnistes qui sont les musiciens les plus exposés, mais les joueurs de cuivres, notamment de cor d'harmonie, et il est démontré que la musique militaire est plus traumatisante pour l'oreille que la musique classique[2].

Il faut ajouter que l'acoustique de la salle est un paramètre important. De la fosse d'orchestre à la scène, l'intensité moyenne peut croître de 5 à 10 dB, ce qui peut être parfois énorme : c'est pour cela que certains opéras sont redoutables. Les risques augmentent aussi lorsque les instrumentistes s'exercent dans des pièces petites ou dans des salles aux échos multiples. Les musiciens de la Garde républicaine en souffrent, par exemple, quand ils sont obligés de répéter dans leur caserne, seul ou à deux ou trois, dans des loges minuscules. Ils se plaignent du malaise à jouer dans certains lieux réverbérant les sons, craignant particulièrement le porche des Invalides, redoutable par son plafond hémicirculaire fait de caissons rangés en coupole cylindrique, qui leur retourne impitoyablement l'intensité de leurs airs martiaux[3].

Les cuivres d'un orchestre classique risquent beaucoup moins parce que la salle est grande, mais d'autres musiciens sur scène peuvent être leurs victimes : ce sont les clarinettes, les flûtes, les hautbois, voire parfois les cordes elles-mêmes, car ils sont habituellement placés devant les trompettes, les cors ou les trombones. Leurs oreilles se trouvent juste au niveau du pavillon de ces instruments.

Quant aux ingénieurs du son, leur atteinte auditive, volontiers asymétrique, est presque toujours établie dès qu'ils ont quarante ans. Ils souffrent alors souvent d'une diplacousie plus ou moins importante, phénomène qui fait percevoir la même sonorité à deux hauteurs fréquentielles différentes selon l'oreille qui l'entend. On imagine les discordances artificielles qu'ils peuvent, à leur insu et en toute bonne foi, imprimer à leurs enregistrements, quand ils cherchent à les « équilibrer ».

Les compositeurs et les mélomanes, tout autant que les musiciens, risquent de pâtir de musiques trop bruyantes. Dans la salle Pleyel, l'auditeur ne risque rien, mais les fans de Luter dans les caveaux de la rive gauche, ou de nos jours les habitués du Queen, tous, musiciens ou disc-jockeys, clients ou serveurs, sont en danger. Il faut savoir que sur la scène des night-clubs l'intensité dépasse 135 dB et atteint 140 dB près des haut-parleurs ! C'est sur leurs habitués que les otologistes observent le plus souvent les formes aiguës du traumatisme acoustique[4]. On pourra difficilement empêcher cette intoxication sonore car les noctambules, venus là pour communier dans une musique ravageuse, trouvent un réel plaisir à se sentir envahis par des sonorités si intenses qu'elles font vibrer la peau, le thorax et... les tables. Est-ce une sorte de drogue ? En tout cas, ils souffrent d'une véritable addiction au bruit.

Pour les interprètes de musique classique jouant en orchestre, on dispose d'un suivi de plusieurs décennies qui démontre que dans leur cas la presbyacousie est en moyenne plus précoce et plus importante que dans les mêmes tranches d'âge du reste de la population[5]. Ce sont là des données statistiques, et les exceptions sont fréquentes. Mais elles sont intéressantes, parce que leur mise en évidence a soigneusement éliminé toute autre cause de surdité qui aurait pu ajouter ses effets à ceux de l'agression sonore professionnelle, dont ces musiciens ont pâti toute leur vie. Les médecins, notamment ceux qui ont en charge l'administration de la santé publique, se demandent aujourd'hui dans quel état sera, en 2030, l'oreille interne des adultes insouciants qui sans le savoir ont martyrisé tous les soirs leurs pauvres cellules ciliées !

Voilà pourquoi il faut insister sur l'importance de la prévention, qui repose entièrement sur l'éducation, l'enseignement des risques et des moyens de s'en protéger, notamment dans les écoles et les conservatoires de musique. Par une réglementation officielle, on a pu limiter l'intensité du son des baladeurs et obliger les fabricants à informer les utilisateurs des risques encourus. Les cris d'alarme des médecins, bien repris par les médias, semblent heureusement avoir porté leurs fruits ; il est assez courant aujourd'hui d'observer sur les plateaux ou dans les fosses d'orchestre de vastes panneaux transparents presque invisibles, formant une sorte de dossier surélevé à la chaise des musiciens assis devant les cuivres, ce qui permet, par l'incurvation de ces abat-sons modernes, de protéger leurs oreilles.

Bien sûr, on ne peut pas envisager une législation du travail pour les musiciens analogue à celle des chaudronniers, obligés de porter leur casque antibruit, de même qu'aucun ingénieur du son n'accepterait de porter des protecteurs d'oreilles ni d'écouter ses enregistrements à moins de 80 dB ! Mais il arrive aujourd'hui que des musiciens professionnels, conscients des risques qu'ils encourent, en viennent à se rebeller contre les exigences sonores de certains chefs ou compositeurs. Cependant, il est encore exceptionnel que la surdité par trauma sonore d'un musicien soit prise en charge au titre des maladies professionnelles.

L'HYPERACOUSIE DOULOUREUSE

Presque inconnue il y a dix ans, en tout cas négligée par la plupart des médecins, qu'ils soient neurologues ou otologistes, l'hyperacousie douloureuse peut être considérée comme une maladie émergente. Cette hypersensibilité auditive mérite qu'on s'y attarde, car les mélomanes et les musiciens n'en sont pas exempts.

Les facteurs déclenchants de cette affection et les mécanismes de cette souffrance auditive, habituellement bilatérale, sont inconnus. À leur propos, les hypothèses s'affrontent. Le traumatisme sonore est la cause la plus souvent rapportée par les patients, mais l'intensité de l'agression responsable est parfois très discrète. Les otologistes sont alors obligés d'admettre que ce bruit modéré n'est qu'un prétexte pour dater la brusque dégradation fonctionnelle d'une oreille peut-être fragilisée antérieurement ; ce trauma sonore est d'autant plus vraisemblable que les épreuves audiométriques retrouvent presque toujours, chez ces sujets le plus souvent jeunes, soit la perte classique encochant la courbe de l'audiogramme autour de la fréquence 4 kHz, soit une perte auditive sur les fréquences supérieures à 10 kHz ; dans d'autres cas enfin, on peut retrouver une pathologie de l'oreille plus ou moins ancienne, voire très exceptionnellement une anomalie anatomique (déhiscence du canal semi-circulaire supérieur). Les neurologues retrouvent parfois ce symptôme dans certaines affections cérébrales[6] rarissimes ; mais très vite la confirmation diagnostique relègue au second plan la nuisance de l'hyperacousie. Les psychiatres l'observent également dans leur domaine[7], mais quand il s'agit d'un syndrome dépressif, celui-ci n'est bien souvent que la conséquence du handicap auditif que présente le patient.

Cette hypersensibilité douloureuse des deux oreilles à tous les bruits les plus faibles de l'environnement ordinaire, s'exacerbant violemment dès que l'intensité sonore s'élève un tant soit peu, est très difficilement supportée. Elle est mal compensée par le port permanent de protecteurs d'oreilles, bien que ceux-ci isolent le patient de son milieu de travail ou de son entourage familial. Cette hyperacousie entraîne alors des perturbations relationnelles avec l'entourage, un ralentissement de toute activité socioprofessionnelle, une grande souffrance psychique, et très souvent une réaction dépressive sévère.

De multiples essais thérapeutiques ont été proposés, ou sont en cours. Dans leur principe et dans leur efficacité, ils sont assez comparables aux traitements utilisés pour les acouphènes. Actuellement, celui qui semble, à la longue, avoir un certain effet est la rééducation, basée sur la suppression progressive des bouchons protecteurs, jusqu'à ne plus les porter que dans certaines circonstances très particulières. Un soutien psychologique est souvent nécessaire pour y parvenir.

Cette maladie se rencontre chez les musiciens professionnels. On imagine facilement les particularités de ce drame, et les difficultés du reclassement professionnel qu'il est souvent nécessaire de réaliser.

LES AUTRES ATTEINTES DE L'OREILLE

Il s'agit essentiellement des autres causes de surdité. Elles sont, chez les musiciens, moins fréquentes que dans le reste de la population, sans doute parce que le moindre signal d'alarme donné par leur oreille les amène rapidement à consulter, ce qui permet d'éviter des complications. Le traitement de la surdité progresse régulièrement depuis vingt ans. Les avancées de la chirurgie réparatrice des destructions tympaniques ou ossiculaires, et le perfectionnement des prothèses, qu'elles soient ou non implantées, sont tels que — mis à part certaines atteintes de l'oreille interne, dont le traumatisme sonore — la plupart des surdités, même les plus sévères, sont aujourd'hui correctement compensées.

La presbyacousie

Il faut détailler cette gêne à entendre, qui guette le musicien comme tous ceux qui ont la chance de vivre au-delà de la soixantaine : il s'agit de la presbyacousie.

Les troubles auditifs liés à l'âge sont multiples. Les lésions sont diffuses ; discrètes au début, elles s'accroissent plus ou moins vite avec le temps et selon les individus. La presbyacousie atteint en priorité l'oreille, organe sensoriel particulièrement fragile, mais le vieillissement va aussi toucher plus ou moins rapidement le système nerveux et le cerveau. Le nombre de neurones du nerf auditif et des formations cérébrales diminue, ainsi que celui des connexions nerveuses, dont la mise en œuvre est plus lente, parce que la sécrétion des neurotransmetteurs, quels qu'ils soient, se modifie. Les cellules ciliées, surtout externes, se raréfient ; leurs propriétés ciliaires s'altèrent et leurs facultés contractiles s'amenuisent. On admet aussi que, près des fenêtres cochléaires, au niveau des fréquences les plus aiguës, la membrane basilaire perd de sa souplesse.

L'hypersélectivité des cellules ciliées externes diminue, d'où une gêne à percevoir la subtile oscillation fréquentielle causée par l'addition du bruit ambiant à la parole. Il devient difficile de distinguer des mots dans le brouhaha d'un restaurant. Ce symptôme, appelé « signe de la cocktail-party », est particulièrement gênant pour comprendre plusieurs interlocuteurs à la fois, surtout s'ils sont étrangers. On peut s'aider d'une lecture labiale, mais ce n'est pas toujours facile.

L'atteinte des cellules ciliées internes donne des troubles très différents. Cette partie de l'organe sensoriel a surtout pour mission de transformer les infimes mouvements de la membrane basilaire en signaux bioélectriques, qui déclenchent dans chaque fibre nerveuse les influx correspondants. Ces cellules, et les axones qui y sont connectés, s'altèrent prioritairement dans la zone des aiguës ; on a vu la raison mécanique vraisemblable de cette usure. Du coup, on ne perçoit plus les harmoniques les plus élevés de toutes les sonorités musicales, ce qui, joint au raidissement de la membrane basilaire, élève globalement toutes les sensations de hauteur de ces sonorités. Nous avons vu que les musiciens seniors expliquent parfois ce désagrément en accusant à tort leurs confrères plus jeunes d'avoir fait monter le diapason.

Les musiciens qui ont l'oreille absolue souffrent particulièrement de ces distorsions désordonnées, qui ne sont d'ailleurs sûrement pas une simple transposition. Il faut rappeler que si elles sont désagréables au début, dans leur ensemble elles ne dépassent pourtant guère le quart de ton ou le demi-ton. Plus tard, leur accroissement monte jusqu'à près d'un ton, ce qui en apaise l'inconfort. Ces distorsions ne gênent pas un musicien qui a l'oreille relative, car la richesse harmonique des sonorités qu'il manipule lui permet de continuer à jouer pendant longtemps, en compensant assez facilement cette perte globale de sélectivité.

Autre inconvénient, une atteinte neurosensorielle des cellules ciliées internes perturbe le codage de l'intensité, ce qui entraîne le recrutement, évoqué plus haut, dont on peut résumer les effets de la façon suivante : non seulement le seuil liminaire s'est élevé, et on vous demande de bien vouloir parler plus fort, mais surtout le seuil d'inconfort s'est effondré ; dès qu'il est un peu intense, n'importe quel son devenant douloureux, on s'exclame : « Ne criez pas si fort ! » Les prothèses modernes compensent très bien ce désagrément.

Le traitement de la presbyacousie

Comment traiter ces ennuis ?

Il faut commencer très tôt la prévention. Le musicien doit protéger ses oreilles contre tout ce qui peut en altérer la fonction, notamment le traumatisme sonore. Par exemple, un diabétique doit être particulièrement attentif au risque des complications vasculaires, qui peuvent être graves pour le reste de l'organisme, mais peuvent aussi entraîner un vieillissement prématuré de l'oreille interne. Il en est de même pour une hypertension artérielle négligée, qui, aujourd'hui, si elle est bien soignée, est une maladie qui a perdu beaucoup de sa gravité. Le tabagisme, dont on sait l'effet sclérosant sur les structures vivantes, est une intoxication chronique qu'il convient de modérer.

Une fois installée, la presbyacousie peut être freinée par certaines vitaminothérapies de soutien et une bonne hygiène de vie. Mais, dès que la gêne à entendre devient trop prégnante, il faut essayer la prothèse auditive, sans trop attendre afin que le cerveau encore jeune puisse s'y habituer facilement. Contrairement à ce que prétendent certaines publicités et malgré les progrès extraordinaires que ces appareillages viennent de connaître, et connaîtront encore dans les années à venir, leurs performances dépendront toujours de leur volume. La course à la miniaturisation se fait souvent aux dépens de l'efficacité. Les très petites prothèses ne peuvent servir qu'à ceux dont la surdité est relativement modérée, et surtout fonctionnellement simple, c'est-à-dire facile à corriger.

Il faut connaître et comprendre les possibilités et les limites de ces prothèses auditives. Amplifier un son, en ne le modifiant pas du tout, est très facile. Depuis trente ans, la plupart des prothèses auditives savent le faire, et il y a longtemps que ce type d'appareillage est miniaturisé : il ne comporte qu'un seul filtre et un seul amplificateur. Mais l'amplification globale de l'ensemble des sons, qui ne modifie pas du tout leur structure, ne s'adresse qu'aux surdités de transmission, c'est-à-dire à celles qui sont dues à une lésion du tympan ou des osselets et que la chirurgie classique n'a pas pu pallier, ce qui est d'ailleurs de plus en plus rare.

Dès qu'il s'agit d'une surdité de l'oreille interne, les différentes distorsions que nous venons d'évoquer sont beaucoup plus compliquées à traiter, car la forme générale du son doit être plus ou moins modifiée en fonction des altérations de la sensibilité auditive, qui varient beaucoup d'une fréquence à l'autre. Depuis quatre ou cinq ans, la numérisation de ces prothèses leur a permis d'être de plus en plus sélectives. D'abord à deux canaux, puis à trois et quatre canaux, la plupart d'entre elles sont maintenant capables d'analyser séparément sept bandes de fréquences dans le spectre de la parole. Leur technologie, à la mise au point de laquelle mon laboratoire a directement participé, s'apparente au principe de l'implant cochléaire, qui comporte quinze électrodes.

Aujourd'hui, les prothèses modernes maîtrisent bien le recrutement. En effet, il est possible d'amplifier suffisamment le son pour qu'il devienne audible sans qu'il soit douloureux, en effectuant une compression du signal fréquence par fréquence. Mais cette numérisation du signal sonore permet à l'heure actuelle d'obtenir davantage. On peut améliorer la distinction de la parole au milieu du bruit par des procédés qui consistent à tenir compte du contraste entre l'aspect plus ou moins aléatoire du bruit de fond et l'aspect périodique des sonorités de la parole, notamment des voyelles. En accentuant ce contraste, et en filtrant autant que possible les parties du signal sonore qui sont certainement du bruit, on améliore l'intelligibilité de ces prothèses. On diminue le bruit ambiant par l'emploi de micros directionnels de plus en plus sophistiqués, qui parviennent à sélectionner les sonorités émises par l'interlocuteur face à soi, en excluant celles qui peuvent venir de la périphérie.

Ces différents résultats sont obtenus en manipulant, c'est-à-dire en déformant les sons en amont de leur arrivée à l'oreille interne. Mais ce traitement du signal ne peut en rien améliorer la discrimination des fréquences dont l'organe de Corti a toujours la charge à partir du signal que va lui délivrer la prothèse.

Or, dans un proche avenir, on verra sans doute apparaître de manière généralisée des prothèses mixtes capables d'y parvenir, parce qu'elles seront en partie implantées dans l'oreille interne. Cette technique commence à être utilisée dans certains cas de surdité sévère, qui relèveraient théoriquement de l'implant cochléaire classique. L'expérience montre que ce sont toujours les fréquences aiguës qui sont les premières atteintes. Le principe de cette prothèse consiste à marier l'implant cochléaire et la prothèse auditive amplificatrice classique ; il s'agit d'envoyer l'information contenue dans chacune de ces quelques bandes de fréquences aiguës sous la forme d'un signal électrique différent pour chaque bande. Ces signaux vont être respectivement délivrés sur chacun des sites fréquentiels du clavier cochléaire qui leur sont normalement dévolus, c'est-à-dire à la base des rampes, au voisinage des fenêtres. On utilise un porte-électrode spécial (comportant seulement cinq ou sept canaux) suffisamment court et mince pour ne pas dépasser la zone des 2 kHz, et suffisamment atraumatique pour que les mouvements de la membrane basilaire et l'intégrité des zones médium et grave de l'organe de Corti, dont la fonction est encore satisfaisante, puissent être conservés. La stimulation acoustique de ces prothèses se fait par deux voies. L'une est mécanique : le haut-parleur, placé dans le conduit auditif externe, transmet aux liquides de l'oreille interne seulement la partie médium et grave de l'amplification sophistiquée de la prothèse. L'autre est électrique : elle délivre l'information aiguë de la prothèse en stimulant électriquement les contingents fréquentiels correspondants du clavier cochléaire et du nerf auditif, en fonction de la valeur fréquentielle du signal sonore.

Je suis convaincu que, très prochainement, ces prothèses mixtes pourront convenir à presque tous les presbyacousiques et représenteront un grand progrès pour les mélomanes.

Et la greffe de nerf, le transplant d'organe de Corti ?

La greffe de neurones vestibulaires, qui dans l'oreille interne ont la responsabilité de l'équilibre, est maintenant possible dans des conditions très particulières chez quelques vertébrés inférieurs. Comme on obtient la régénérescence de la moelle épinière chez le rongeur, il n'est pas déraisonnable d'espérer réhabiliter un jour, grâce à des neurones embryonnaires, une cochlée dénervée par les ans.

En revanche, on ne peut guère imaginer aujourd'hui transplanter un organe de Corti, car les micromanipulations anatomiques nécessaires pour reconnecter un nouvel organe filiforme si fragile sont beaucoup trop complexes. Mais ce scepticisme sera peut-être contredit par les possibilités de la nanochirurgie qu'apprendront un jour nos enfants.

LA SOUFFRANCE AUDITIVE DES MUSICIENS CÉLÈBRES

De nombreux travaux et beaucoup de livres traitent ce sujet mais très peu ont été réalisés par un spécialiste otologiste. Ce sont des recherches plus historiques que médicales, car elles sont rétrospectives. Aucun des moyens modernes d'investigation n'existait, et le diagnostic proposé par ces historiens reste désespérément flou. Quel est l'intérêt de ces hypothèses ?

Ce que l'on sait de la misère auditive des musiciens contemporains relève du secret médical. Je ne peux donc pas rapporter ici ma propre expérience. Pour ceux du passé, la surdité de Beethoven ne m'importe guère, ni son origine, ni sa gravité, puisque ses œuvres les plus élaborées sont celles de la fin de sa vie, au moment où il était le plus sourd.

L'origine syphilitique de la surdité de Fauré a peut-être interféré sur sa créativité, puisqu'on dit qu'à la fin de sa vie il n'entendait plus les fréquences aiguës et que les graves sonnaient pour lui très faux. Il ne pouvait plus écouter aucune autre musique que la sienne, composée essentiellement dans le médium, zone où, pour son oreille, les sonorités étaient restées justes. On pense que ce serait la raison pour laquelle ses dernières œuvres sont écrites dans le médium — ce qui, paraît-il, désespère ses interprètes — comme s'il n'avait plus eu de plaisir à imaginer ni à composer des sons qu'il ne pouvait plus percevoir ou qui lui étaient devenus désagréables à entendre.

Une surdité sévère est-elle un obstacle à l'expression et à la créativité musicales ? Oui, certainement pour un instrumentiste, sauf s'il s'agit d'un claviériste, car il doit se servir du feed-back auditif pour assurer la justesse de la note émise. Quant à la composition musicale, c'est un acte tellement intellectuel et abstrait qu'on peut douter qu'une gêne à entendre, même importante, puisse lui être un obstacle sévère.

Pour m'en assurer, j'avais entrepris, il y a quelques années, un travail se proposant de quantifier, à partir de leur intensité et de leur durée, les fréquences présentes dans les œuvres de divers musiciens. Je voulais savoir s'il existait une différence statistiquement significative entre les chiffres des œuvres de jeunesse et ceux relatifs aux œuvres d'un âge mûr, alors que la perception de ces fréquences aiguës était forcément plus ou moins modifiée. Mais, techniquement, l'automatisation de cette quantification comporte beaucoup de risques d'erreurs, car le contenu d'un enregistrement n'est qu'un reflet très infidèle de ce qu'a voulu exprimer l'artiste. Le chef d'orchestre et les musiciens y sont pour peu, au regard des ingénieurs du son qui « compensent » et jouent de la balance graves-aiguës selon des critères discutables et impossibles à déjouer.

Seule la partition peut transcrire sans intermédiaire l'intention du compositeur. Les récents logiciels de reconnaissance de caractères donnent l'espoir qu'en les modifiant pour les appliquer à la musique, on parvienne à réaliser cette étude.

CONCLUSION

Au cours de cette étude sur l'oreille musicienne, je me suis efforcé de mettre en valeur les particularités de la musique, qui la différencient de toute autre sonorité. Il ne s'agit pas de différences culturelles, mais de propriétés physiologiques très spécifiques au système auditif de l'homme.

Ces particularités se sont peu à peu individualisées, grâce au travail des chercheurs ces trente dernières années, aussi bien à la périphérie, au sein de l'organe sensoriel et de la mécanique cochléaire, qu'au niveau de l'organisation centrale de la dominance cérébrale et de la spécialisation des centres auditifs. Les fonctions de communication — qu'il s'agisse de l'odorat, du toucher, de la vision, etc., et jusqu'à l'internet — sont multiformes, et particulièrement évoluées chez l'homme, qui est un animal sociable, capable d'apprendre et de s'adapter. En considérant l'audition, la spécialisation de certains centres cérébraux pour la parole est certes remarquable, mais il faut surtout s'étonner de notre penchant naturel pour écouter de la musique, pour en jouer et jouir de l'aspect affectif qui l'accompagne.

Ne s'agit-il pas d'une nécessité biologique apparue lors du processus d'hominisation, dont nous commencerions à prendre conscience ?

Le récent développement des médias a rendu évident le rôle essentiel qu'avait la musique pour tous les êtres humains. On peut dès lors se demander si cette propension ne correspondrait pas à un important besoin biologique qui nous serait propre. Pour répondre à cette question, il serait important d'être sûr qu'il existe, dans le cerveau humain, qu'il soit ou non mélomane, un réseau nerveux spécialement et exclusivement dédié à la musique. Démontrer l'existence de ce réseau prouverait que la musique ne fait pas seulement partie d'un champ culturel sans importance vitale et n'est pas non plus le sous-produit d'une fonction cérébrale plus importante, tel le langage.

Autrefois, on ne prenait guère au sérieux l'étude scientifique de l'écoute musicale. Aujourd'hui, elle devient essentielle. C'est par son application à l'homme qu'on commence à trouver les réponses à toutes ces questions. Car, contrairement à d'autres fonctions de communication, l'expérimentation animale apprend peu de chose pour la musique. Il n'est pas prouvé que les cris d'animaux puissent être valablement considérés comme des précurseurs de la parole, et il est encore moins certain qu'on puisse rapprocher les chants d'oiseaux et la musique, car les centres nerveux qui participent au chant des oiseaux ne sont pas de même nature que ceux qui interviennent chez l'homme.

Pour mettre en évidence ces réseaux nerveux, l'examen des cas cliniques reste encore instructif.

Mais ils sont rares. Au contraire, les sciences cognitives et la neuropsychologie du sujet sain, combinées aux diverses possibilités de l'imagerie fonctionnelle moderne, commencent à être mises en jeu de manière systématique et pluridisciplinaire. Ces études, parce qu'elles sont multicentriques, peuvent mesurer l'universalité de leurs résultats et accélérer leur efficacité. Les moyens modernes et les nouvelles habitudes scientifiques le permettent. Encore faut-il, bien sûr, que l'on emploie, dans ces expériences, les tâches appropriées aux modules fonctionnels étudiés : si, par exemple, on estime que la musique répond à un besoin émotionnel, il faudra étudier les réponses qu'elle engendre dans le domaine émotionnel.

Si beaucoup d'aspects de la musique ont une spécificité culturelle, les règles générales qui régissent son analyse, sa mise en mémoire et sa reproduction semblent déjà universelles. Actuellement — nous en avons vu quelques exemples chez le nourrisson — de fortes présomptions permettent de penser qu'il existe, dès la naissance, des circuits préprogrammés pour la musique, qui en feraient un besoin physiologique à part entière.

De nombreux scientifiques estiment aujourd'hui que l'écoute et l'expression musicale représentent une propriété physiologique qui n'appartient qu'à l'homme, au même titre que la parole, et qui lui est tout autant indispensable, même si son organisation cérébrale s'en différencie nettement. Les neurosciences vont bientôt répondre à cette hypothèse.

Ainsi s'expliquerait la part prépondérante que la musique prend dans le quotidien de notre civilisation. Il ne s'agirait pas d'un phénomène culturel, facilité par le développement technologique, mais de l'expression d'un besoin physiologique immémorial, dont l'humanité — fait très nouveau — commence aujourd'hui seulement à prendre conscience.

ANNEXE

L'EXPLORATION DE L'AUDITION

C'est en étudiant les troubles ressentis par des patients musiciens devenus sourds qu'il a été possible de progresser dans la connaissance des mécanismes de l'oreille musicienne. En tenant compte de l'aspect anatomique autopsique de leurs voies auditives, et en réalisant des tests musicaux chez des sujets volontaires sains ayant ou non une pratique musicale, les examens qui permettent de diagnostiquer une surdité ont beaucoup apporté à cette connaissance. Ces méthodes comportent des tests couramment employés en médecine ORL et des examens de laboratoire beaucoup plus sophistiqués.

LES EXAMENS MÉDICAUX

Tests cliniques

Bien que très rustiques, ces tests auditifs, utilisés quotidiennement par le médecin généraliste, permettent d'apprécier facilement la qualité de l'audition et de pressentir où se trouve l'éventuelle gêne auditive qui frappe un individu.

L'étude de la voix

La voix haute est une source sonore dont l'intensité est d'environ 60 à 70 dB au voisinage de la bouche du locuteur. La voix chuchotée en revanche se trouve aux alentours de 30 à 40 dB. Il faut parler de ces deux manières auprès de l'oreille du patient pour se rendre compte, approximativement mais rapidement, de l'importance de la perte auditive.

Le diapason

Le diapason utilisé en médecine est un instrument essentiel, différent de celui des musiciens, qui vibre à 440 Hz. Il en existe plusieurs types, vibrant à 256, 2 048 ou 4 096 Hz, dont la masse, c'est-à-dire l'énergie de leur vibration, doit être suffisamment grande pour être perçue par tous les types de surdité, même importante. Ces diapasons permettent à un médecin exercé de préciser en quelques instants l'endroit où siège la cause de la surdité, et même d'en apprécier quantitativement la sévérité.

Tests instrumentaux

L'audiogramme

Cet examen permet de déceler une éventuelle surdité et de la mesurer. On distingue l'audiogramme tonal et l'audiogramme vocal.

L'AUDIOGRAMME TONAL

Il étudie la perception des sons purs. Sur un graphique — chaque oreille a le sien — les fréquences, des graves aux aiguës, sont figurées de gauche à droite. Les intensités nécessaires pour entendre chacune d'entre elles s'expriment verticalement en dB, mais en croissant de haut en bas : l'audition normale sera représentée par un tracé horizontal situé en haut du diagramme. Cet examen consiste à faire entendre successivement des sons purs de fréquences différentes, dans l'une puis dans l'autre oreille, et à inscrire sur le graphique la perte auditive par rapport à l'audition d'un sujet normal.

On explore ainsi deux manières d'entendre. La conduction aérienne est l'audition mesurée avec des haut-parleurs étanches plaqués sur les oreilles. Elle objective notre audition pratique de tous les jours. La conduction osseuse fait appel à la sensation fournie par un vibreur placé sur l'os de la mastoïde derrière l'oreille. Cette vibration osseuse ébranle la totalité de la boîte crânienne, cochlée comprise, et se transmet aux liquides et aux cellules sensorielles, donnant ainsi une sensation sonore. En court-circuitant l'action de l'oreille externe et de l'oreille moyenne, la mesure de cette conduction osseuse donne une image précise du fonctionnement de l'oreille interne. Mais pour obtenir la même sensation qu'en conduction aérienne, la stimulation en conduction osseuse doit apporter environ mille fois plus d'énergie, c'est-à-dire qu'il y a toujours au moins 30 dB de différence entre les intensités des deux types de stimulation. De la sorte, par définition, chez le sujet normal, les deux courbes sont accolées, et occupent le haut du graphique, c'est-à-dire le 0 dB de perte sur l'audiogramme (ill. 16).

Cependant la précision de ces courbes ne dépasse généralement pas 5 dB, en raison des erreurs inéluctables, liées non pas tellement à l'appareillage qu'aux variations de l'attention du sujet lors de cet examen, qui reste un test subjectif.

La réalisation de l'audiogramme permet de déceler et d'indiquer très clairement le siège du trouble responsable de la surdité. Les surdités de transmission sont dues à un obstacle à la transmission du son extérieur jusqu'aux liquides labyrinthiques, tel par exemple un bouchon de cire, une perforation tympanique, une otite, un blocage mécanique des mouvements des osselets. Dans ces cas, l'oreille interne est normale, et la courbe de conduction osseuse l'est aussi, immuable en haut du graphique de l'audiogramme. Mais la courbe de la conduction aérienne descend plus ou moins bas, selon la gravité de l'obstacle (ill. 17).

Les surdités de perception sont dues à une lésion de l'oreille interne ou des voies nerveuses auditives. Dans ces cas, les courbes aérienne et osseuse, tout en restant collées, s'effondrent plus ou moins profondément, le plus souvent au niveau des fréquences aiguës (ill. 18).

Lorsqu'une atteinte de transmission s'ajoute à une affection de l'oreille interne, on a une surdité mixte, caractérisée par la chute de la conduction osseuse, avec une courbe de conduction aérienne, plus basse et nettement séparée (ill. 19).

L'audiogramme tonal permet aussi d'objectiver deux signes, la diplacousie et le recrutement, qui sont caractéristiques d'une atteinte de l'oreille interne, en exprimant son dysfonctionnement.

La diplacousie est une distorsion de la sensation de hauteur d'un son. Du côté sourd, le son paraît plus aigu que du côté sain. Ce test implique que la surdité soit unilatérale, ou du moins qu'elle soit différente d'un côté à l'autre, et que le patient ait l'oreille suffisamment musicale pour décrire une telle discordance.

Le recrutement est une distorsion de la sensation d'intensité. Il apprécie le pincement de la plage d'intensité sonore, qui sépare le seuil liminaire du patient — c'est-à-dire l'intensité la plus faible pour laquelle un son est perçu — du seuil pour lequel le son, soudain trop fort, devient douloureux. On appelle cette plage la dynamique du sujet. Chez le sujet normal, cette dynamique va de 0 à 100 dB. Chez le sujet atteint d'une surdité d'oreille interne, cette dynamique va se rétrécir, ou, comme on dit, se pincer. Quand le seuil liminaire s'élève, disons à 40 dB par exemple, le sujet n'entendra que les sons ayant au moins cette intensité et n'entendra pas les sons plus faibles. De plus, le seuil douloureux va passer de 100 à 80 ou 70 dB. La plage d'audition confortable — c'est-à-dire la dynamique de ce sujet sourd — ne sera donc plus que de 30 ou 40 dB, au lieu de 100 dB pour un sujet normal. Dans la vie quotidienne le recrutement gêne beaucoup le sourd, pour qui les sons, à peine perçus, deviennent désagréables. Il est difficile de le supprimer, même si les prothèses auditives numériques commencent à pouvoir moduler en temps réel l'adaptation nécessaire de l'intensité délivrée dans le haut-parleur.

L'AUDIOGRAMME VOCAL

Cet examen consiste à faire entendre des mots et à demander au sujet de répéter ce qu'il a entendu. Une courbe permet de compter en pourcentage les erreurs réalisées en fonction de l'intensité du message transmis. Ces erreurs, liées souvent à des distorsions que l'audiogramme tonal ne décèle pas, mesurent la gêne auditive réelle. Il existe parfois une discordance entre un audiogramme tonal très peu perturbé et un très mauvais audiogramme vocal.

La détection des otoémissions

Nous avons détaillé dans le chapitre II les modalités de cet examen qui permet de quantifier le pouvoir discriminateur de l'oreille interne fourni par la contraction des cellules ciliées externes.

Les potentiels évoqués auditifs

L'électroencéphalographie, ou EEG, enregistre l'activité électrique du cerveau. L'étude des potentiels évoqués auditifs s'effectue à partir d'un enregistrement des modifications de cet électroencéphalogramme sous l'influence d'un stimulus sonore.

C'est un test objectif, ce qui signifie qu'il n'implique pas la participation active et subjective du patient. Cet examen consiste à additionner les tracés électroencéphalographiques des premières millisecondes qui suivent la stimulation auditive par un son itératif, répété 500 à 1 000 fois de suite. Chaque train d'ondes représente la réponse cérébrale à chacune de ces stimulations. Puis on calcule la moyenne de toutes ces réponses. Ce « moyennage » efface le bruit de fond et exacerbe les réponses d'amplitude très faible, car elles s'additionnent et peuvent ainsi devenir visibles sur les tracés.

Le test le plus souvent pratiqué en otologie, car il explore l'activité du nerf auditif et celle des premiers relais des voies auditives du tronc cérébral, n'examine que les dix premières millisecondes suivant le stimulus. Ce test ne prend pas en compte les éventuelles mises en jeu de la conscience, dont l'expression sur le tracé électroencéphalographique est beaucoup plus tardive, bien au-delà de 100 ms. On peut donc l'effectuer sur des sujets endormis. Les cinq déflexions du tracé qui le constituent ont une amplitude et surtout une latence d'apparition après le stimulus qui sont intéressantes, car ces ondes reflètent l'activité successive, d'abord du nerf auditif lui-même, puis des centres du tronc cérébral progressivement mis en jeu par l'influx nerveux sonore. Ainsi, par exemple, l'allongement de la latence de la première d'entre elles traduit-il une souffrance du nerf auditif, parce que c'est le premier organe à travailler. Mais, chez le prématuré et le nourrisson jusqu'à huit ou douze mois, cet allongement est physiologique, car il objective l'absence de myélinisation du nerf, donc le ralentissement de sa conduction.

Cet examen est précieux en clinique quotidienne, parce qu'il permet, pour les surdités de perception, de distinguer de manière simple celles qui relèvent d'une atteinte isolée de l'oreille interne, qui est rarement grave même si elle est gênante, de celles dues à une lésion du nerf auditif ou des centres cérébraux, de pronostic et de traitement beaucoup plus délicats.

Mais l'étude de la physiologie de l'audition normale s'appuie surtout sur les enregistrements tardifs, au-delà des cent premières millisecondes, délais à partir desquels les phénomènes conscients, notamment la mise en jeu de la mémoire, commencent à apparaître.

Habituellement, la méthode la plus employée consiste à étudier les résultats de la manipulation mentale d'un stimulus peu fréquent. À titre d'illustration, prenons comme exemple le test auditif suivant. Le sujet entend deux sons différents ; l'un est très fréquent, il est grave ; l'autre, beaucoup plus rare, est aigu. Le sujet doit compter les sons aigus qu'il entend, c'est-à-dire la survenue des événements rares que ces sons représentent dans l'ensemble de la stimulation. L'écoute passive des seuls sons graves entraîne, sur le tracé de l'EEG moyenné, une déflexion apparaissant environ 100 ms après le stimulus, qui reflète sa simple perception sensorielle. Le comptage actif des sons aigus entraîne deux effets : un raccourcissement du temps d'apparition de cette déflexion et l'apparition d'une autre déflexion, beaucoup plus tardive, ne survenant qu'autour de 300 ms ou plus. Cette onde, qu'on appelle P3, ou P300, objective un comportement cognitif, et ses caractéristiques dépendent de la nature du stimulus rare ; d'une manière plus générale, on estime qu'elle reflète le travail de mémoire, qu'il s'agisse du transfert de l'information sensorielle de la mémoire à court terme vers la mémoire à long terme ou du rappel à la conscience d'une information stockée dans la mémoire à long terme[1].

LES MOYENS DE LA RECHERCHE COGNITIVE

La recherche cognitive fait d'abord appel à quelques-uns des examens précédents. C'est en observant les mécanismes mis en jeu par l'audition de la musique qu'on connaît l'état de l'organe périphérique.

Mais l'exploration des fonctions supérieures de l'audition, notamment la manière dont le cerveau conscient analyse les éléments de la musique, demande des tests beaucoup plus complexes. Depuis deux décennies, grâce à l'amélioration « gigantesque » des mémoires informatiques — objet du prix Nobel 2007 attribué à Albert Fert (France) et Peter Grünberg (Allemagne) — et grâce au développement des nanotechnologies qui permettent d'observer la matière, et d'agir sur elle, à une échelle moléculaire, voire atomique, c'est-à-dire de l'ordre de quelques nanomètres, cette imagerie nouvelle est en progrès constant. Malgré leur coût, qui approche la dizaine de millions d'euros, les appareils qui semblaient les plus perfectionnés deviennent obsolètes en quelques semestres. Seuls les laboratoires de recherche en sciences cognitives ou quelques équipes médicales très spécialisées en disposent. Le plus impressionnant, actuellement unique au monde, est celui mis en route il y a un an à Saclay par le professeur Denis Le Bihan[2]. Quoi qu'il en soit, cette imagerie, qui a déjà confirmé ou précisé une bonne partie de nos connaissances, est en train de nous donner une carte détaillée des « autoroutes » du cerveau, mais surtout elle va sans doute nous apporter une vision nouvelle de ce qui se passe au niveau de certains groupes de neurones lors des différents processus de l'activité cérébrale consciente ou inconsciente.

On effectue ces différents examens soit sur des patients souffrant de syndromes neurologiques connus, soit sur des volontaires sains. Chez les premiers, l'information naît de la confrontation des résultats obtenus avec les données de l'examen clinique, et ce que l'on sait de la fonction étudiée chez les sujets sains. Quant aux seconds, et pour apprécier à sa juste valeur le niveau des connaissances auquel sont déjà parvenus les chercheurs, il faut admirer l'abnégation avec laquelle des personnes en bonne santé se soumettent à ces épreuves. Car le temps passé par ces volontaires dans un environnement instrumental bruyant et impressionnant, même s'il est sans danger, est considérable. Cet entourage instrumental rend difficile l'exploration cérébrale fonctionnelle de beaucoup de musiciens professionnels, car l'hypersensibilité de la plupart de ces artistes empêche souvent une expression normale de leur activité musicale, sauf peut-être chez les sujets jeunes.

Le PETscan

La tomographie par émission de positon, souvent appelée PETscan (*Positon Emission Tomography*), objective au niveau d'un organe quelconque l'augmentation locale de l'apport en oxygène et les variations de certains neuromédiateurs. Il consiste à injecter des marqueurs radioactifs spécifiques, de durée très brève, dont on observe l'effet sur la plaque photographique des coupes radiographiques du scanner cérébral effectué immédiatement après, pendant que se déroulent les tests auditifs. Le PETscan sert aussi à déceler les métastases de certains cancers profonds.

L'IRM fonctionnelle

Cet examen sert à étudier de façon ultrasophistiquée les clichés cérébraux obtenus par l'imagerie en résonance magnétique. Celle-ci objective les changements d'orientation des composants atomiques des tissus sous l'action de champs magnétiques intenses. Les progrès récents que l'IRM fonctionnelle vient de connaître, grâce à la technique de diffusion, donnent une résolution encore meilleure, permettant d'approcher le niveau neuronal et d'observer les fibres empruntées par l'influx nerveux dont on a visualisé l'origine.

La magnétoencéphalographie

Alors que l'EEG mesure les différences de potentiels fournis par l'activité cérébrale entre des électrodes posées sur le crâne, la magnétoencéphalographie, souvent appelée MEG, capte les champs magnétiques engendrés par les déplacements d'ions qu'entraîne l'activité des neurones. L'appareillage est bien plus lourd, puisqu'il comporte, dans une chambre blindée, un réseau de plus de 150 électrodes posées sur la peau du crâne et un volumineux casque de deux mètres de haut, porteur des semi-conducteurs réfrigérés par de l'hélium liquide, indispensable au bon fonctionnement de ces derniers. EEG et MEG, malgré leur différence, sont complémentaires et sont souvent effectués simultanément pour la même tâche cognitive. Alors qu'en IRM fonctionnelle et en PETscan l'information est tardive, de l'ordre de la seconde, et diffuse, la résolution de la MEG est de l'ordre de la milliseconde sur quelques millimètres carrés[3]. La MEG fournit des informations très précises, et sa technologie, qui est maintenant couplée à l'IRM par diffusion, est en pleine mutation[4].

LE PRÉMATURÉ ET LE JEUNE ENFANT

Chez le prématuré, aussi bien que chez le tout jeune enfant, les examens habituellement pratiqués en clinique sont les potentiels auditifs évoqués précoces et l'étude des otoémissions. Mais les chercheurs et les psychologues emploient aussi des tests cognitifs qui font appel à l'observation des réactions comportementales du nouveau-né ou du nourrisson. Les mouvements des yeux et de la tête sont enregistrés en vidéo et quantifiés. L'enregistrement informatisé du rythme de succion d'un biberon contenant un liquide non nutritif est un moyen d'approcher la sensibilité à un stimulus quelconque, qui est de plus en plus utilisé car il est très fiable, pourvu, bien sûr, que le biberon soit arrimé mécaniquement, et non tenu par une main qui pourrait involontairement perturber les réactions de l'enfant. Les tests se passent en maternité, avec l'assentiment des parents. On fait généralement appel à deux groupes de sujets, l'un reçoit le stimulus et l'autre sert de témoin, pour étudier les modifications du rythme de succion. La réactivité des nourrissons à un certain signal est considérée comme positive lorsque la moyenne des changements observés est significativement différente de ce que l'on peut relever dans le groupe témoin.

On peut aussi faire une exploration fœtale de l'audition in utero, reposant sur l'observation du déclenchement de mouvements des membres à partir du cinquième mois, ou de modifications du rythme cardiaque à la fin du septième mois, survenant à la suite du stimulus sonore. Ces méthodes indirectes sont peu précises, car l'absence de réactions du fœtus ne signifie pas qu'une information sonore ne soit pas parvenue à ses centres auditifs cérébraux.

Appendices

GLOSSAIRE

ACOUPHÈNE : sensation sonore dont on distingue deux aspects, objectif et subjectif. L'*acouphène objectif*, exceptionnel, réalise un souffle pulsatile ; il est habituellement dû au tourbillon sanguin dans un kyste artériel ou veineux, récemment apparu quelque part dans le rocher. L'imagerie vasculaire moderne en fait facilement la preuve, et le geste chirurgical en vient à bout. L'*acouphène subjectif* est fait de bruits très variés, que seul entend le patient. En réalité, ce bruit n'existe pas en tant que vibration sonore. C'est un processus qui stimule en permanence le système auditif et déclenche sans doute des potentiels d'action dans les fibres nerveuses auditives, responsables finalement des sensations sonores conscientes. Sa nature précise est incertaine. Elle s'apparente à un phénomène cicatriciel variant peut-être avec la cause qui lui a donné naissance. Lorsque l'origine en est topographiquement connue, on distingue les acouphènes périphériques, dus à une atteinte de l'oreille interne, et les acouphènes centraux, beaucoup plus rares, liés à une lésion habituellement localisée dans le tronc cérébral.

AGOGIQUE : expression des variations du mouvement de l'exécution d'une œuvre musicale, qui ne sont pas inscrites dans son écriture et réalisent de légers changements du tempo.

AIRE DE BROCA : voir chap. III, p. 260, 266.

AIRE DE WERNICKE : voir chap. II, p. 237.

AMBITUS : étendue de l'éventail fréquentiel des sonorités

les plus graves aux plus aiguës que sont capables d'émettre une voix ou un instrument, ou que contient une œuvre musicale.

AMUSIE : voir chap. II, p. 241.

APEX : pointe ou sommet. L'apex du limaçon correspond à la localisation des fréquences graves sur le clavier cochléaire. (Voir chap. II, p. 207.)

ATTRACTION : dans la musique tonale, les notes tonique et dominante dépendent de la gamme choisie. Lorsque le musicien réalise lui-même la hauteur de chacune des notes qu'il joue, comme sur un violon par exemple, il est « invinciblement » conduit, lorsqu'il approche la tonique ou la dominante, à réaliser des intervalles beaucoup plus petits que ne le voudrait le tempérament égal, sans que l'auditeur remarque cette modification. L'attraction est impossible à réaliser sur certains instruments à sons fixes tel le piano, mais peut apparaître sur quelques instruments à vent. Le phénomène de l'attraction, physiologiquement mal compris et peu étudié, conduit à admettre que la largeur perçue d'un intervalle dépend du contexte mélodique. (Voir Envoi, p. 84.)

AXONE : long prolongement du neurone qui le relie à un organe généralement situé très loin, qu'il s'agisse par exemple de la peau, d'un muscle ou d'un viscère. L'axone est très généralement à sens unique, c'est-à-dire qu'il est, soit centripète s'il s'agit d'un neurone sensitif, soit centrifuge s'il s'agit d'un neurone moteur. On parle alors volontiers de fibres afférentes, telles celles qui apportent à l'encéphale les informations sonores, ou de fibres efférentes, telles celles qui permettent au cerveau d'assurer, presque toujours sans que nous en ayons conscience, un véritable contrôle de la plupart de nos organes.

BRUIT BLANC : bruit dont le spectre fréquentiel comprend toutes les fréquences audibles émises aux mêmes intensités.

CELLULE CILIÉE : cellules de l'organe sensoriel de Corti, présentant des cils baignant dans les liquides de l'oreille interne. Elles sont responsables de la transformation de la vibration sonore liquidienne en signaux électrophysiologiques qui vont prendre naissance dans le nerf auditif. (Voir chap. II, p. 211.)

CENT : intervalle correspondant au centième du demi-ton tempéré. C'est une valeur trop faible pour être perceptible. Le cent correspond à peu près au quart d'un savart, et à la mille deux centième partie d'une octave.

CHROMA : le chroma apprécie la relation d'octave (forte ou faible) qui existe entre deux sons purs. (Voir chap. I, p. 164.)

COCHLÉE : partie de l'oreille interne dévolue à l'audition.

COMMA : on a voulu définir le comma comme le plus petit intervalle perceptible par l'oreille. En réalité, l'oreille des musiciens perçoit des intervalles encore plus petits (voir *savart*). En outre il existe plusieurs commas, dont la définition physique est différente. Sa définition physique dépend de la gamme dont il est extrait. Le comma pythagoricien est l'intervalle qui, dans la gamme de Pythagore, sépare l'empilement des douze quintes [$(3/2)^{1}$ 12 = 129,75] de l'empilement des huit octaves [2^{7} = 128] (voir chap. I, p. 118) ; sa valeur est égale à 129,75/128 ; il est égal à 5,885 savarts. Le comma « zarlinien » est celui qui sépare un ton majeur (9/8) d'un ton mineur (10/9) dans la gamme d'Aristoxène (encore appelée de Zarlin) ; sa valeur est égale à 81/80 ; il est égal à 5,395 savarts. Le comma de Holder (ou comma des musiciens) est égal au neuvième de demi-ton. Ces unités d'intervalle ne sont plus guère employées.

DENDRITES : branches arborescentes relativement courtes, émergeant du corps cellulaire d'un neurone. Chacune de ses nombreuses extrémités contribue à réaliser les connexions interneuronales.

DIENCÉPHALO-HYPOPHYSAIRE : partie basse et médiane du cerveau connectée à l'hypophyse, siège de centres importants intéressant les fonctions neuroendocriniennes et immunitaires. (Voir chap. II, p. 188.)

DIPLACOUSIE : distorsion de la sensation de hauteur d'un même son perçu successivement par chacune des deux oreilles. Du côté sourd, le son paraît plus aigu que du côté sain. Ce test implique que le sujet ait l'oreille suffisamment musicale pour décrire une telle discordance. (Voir chap. VII, p. 347.)

ÉCHOLOCATION : mode d'exploration de l'espace reposant uniquement sur l'audition, à l'exclusion de toute information visuelle ou tactile. Il s'agit, tel un véritable radar à ultrasons, de l'émission par l'animal de vibrations sonores dont l'écho sur les obstacles est reçu, analysé et utilisé pour deviner, sans les voir, leur existence et leur distance.

ÉTRIER : voir *marteau*.

FIBRES AFFÉRENTES-EFFÉRENTES : comme pour tout autre nerf, le sens de l'influx nerveux qui traverse le nerf auditif conduit à distinguer les fibres afférentes, qui pénètrent le tronc cérébral, et les fibres efférentes, qui en émergent. Voir *axone*.

FONDAMENTAL : fréquence fondamentale d'un son complexe périodique, la plus grave des fréquences composant son spectre fréquentiel. C'est généralement la plus intense. Très bien identifiable, elle permet de définir la hauteur tonale de la sonorité, c'est-à-dire, de manière quantitative mesurée en hertz, sa nature grave ou aiguë.

FORMANT : dans l'éventail fréquentiel composant le spectre harmonique d'une voyelle, on observe, en certaines zones bien précises, un renforcement important, mais très localisé, de l'intensité. Ce renforcement est appelé formant. Chaque voyelle présente deux formants caractéristiques, dont la situation sur l'éventail fréquentiel lui confère une sonorité particulière qui permet de la reconnaître.

GYRUS DE HESCHL : partie antérieure de la première circonvolution temporale, siège cérébral de l'audition.

HALLUCINATIONS AUDITIVES : elles font partie des acouphènes subjectifs d'origine centrale. Elles reproduisent souvent des sonorités musicales qui peuvent être très élaborées : chants, mélodies fredonnées par quelqu'un de connu ou par des voix étrangères, voire fragments de musique instrumentale. Les neurologues distinguent les hallucinoses et les hallucinations vraies. Les hallucinoses s'accompagnent du maintien d'un jugement critique sur l'origine artificielle des sonorités perçues, telles certaines hallucinoses migraineuses, ou celles fournies par des drogues dites hallucinogènes.

HARMONIQUE : nom donné à chacun des sons partiels qui entrent dans la constitution d'un son musical. Ces sons forment une série « harmonique », dont les rapports d'intervalle sont intangibles, mais dont les rapports d'intensité, très variables, déterminent le timbre du son entendu.

HERTZ : unité de mesure permettant d'apprécier la fréquence. Le hertz (Hz) définit une vibration par seconde. Quand il se compte par milliers, on parle de kilohertz (kHz). Le choix de la dénomination de cette unité est un hommage à un physicien allemand de la fin du XIXe siècle, Heinrich Hertz, qui découvrit les ondes magnétiques.

INTERVALLE : différence entre la hauteur fondamentale de deux sonorités. L'intervalle se définit par le rapport de chacune de leur fréquence fondamentale mesurée en hertz. C'est une fraction, toujours supérieure ou égale à 1, parce que son numérateur est par définition la fréquence la plus élevée. Selon la valeur de cette fraction, l'intervalle est appelé octave, quinte, quarte, etc.

LABYRINTHE : ensemble constitué par la cochlée (dévolue à l'audition) et le vestibule (dévolu à l'équilibre). Son synonyme est l'oreille interne.

LAME BASILAIRE : cloison osseuse et membraneuse séparant les deux rampes de la cochlée. (Voir chap. II, p. 209.)

MARTEAU : si on suit le trajet de l'onde sonore, c'est le premier des trois osselets formant la chaîne ossiculaire. Son manche est inclus dans l'épaisseur du tympan, et sa tête est fixée au deuxième osselet, l'enclume, qui s'articule elle-même avec l'étrier. (Voir chap. II, p. 203.)

MASTOÏDE : partie du rocher (l'un des os de la base du crâne) formant une saillie dure facilement perçue sous la peau, derrière le pavillon de l'oreille.

MYÉLINE : substance constituée de graisse particulière entourant l'axone de la plupart des nerfs sensitifs et moteurs, qui accélère la vitesse de transmission du signal nerveux.

MYOSINE : substance responsable de la contraction musculaire. Elle n'existe pratiquement que dans les muscles. Sa présence — sous une forme légèrement différente — dans les cellules ciliées externes de l'oreille interne rend compte de la contractilité de celles-ci, responsable de l'extraordinaire sélectivité fréquentielle de l'organe de Corti.

NERF VESTIBULAIRE : nerf de l'équilibre, transmettant aux centres nerveux les informations venues du compartiment de l'oreille interne dévolu à l'équilibre et nommée vestibule.

NEUROTRANSMETTEUR : intermédiaire chimique indispensable à la transmission de l'influx nerveux d'un neurone à l'autre. L'action du neurotransmetteur peut être très localisée à un seul neurone. Elle peut au contraire diffuser largement, plus ou moins loin et plus ou moins vite, à de très nombreuses cellules nerveuses. Sa nature chimique dépend de la fonction réalisée, notamment par le réseau neuronal mis en jeu.

OLIVE : groupement de neurones en amas situé dans le tronc cérébral, impliqués dans l'audition stéréophonique et la coordination motrice. Il en existe plusieurs, localisés à différents niveaux du bulbe et de la protubérance. (Voir chap. II, p. 234.)

ONDE DE BEKEZY : onde parcourant les liquides de l'oreille interne sous l'influence d'un son pur. (Voir ill. 11.)

ORGANE DE PACINI : organe sensoriel inclus dans l'épaisseur du derme, contribuant avec un autre organe, le corpuscule de Meissner, à la perception tactile. L'organe de Pacini est spécialisé dans la détection des variations de pression.

OTOÉMISSION : les cellules ciliées externes, grâce à la myosine qu'elles contiennent, se contractent comme de véritables muscles et affinent considérablement la discrimination fréquentielle de l'organe de Corti. En se contractant, spontanément, ou sous l'action des sons qu'elles reçoivent, les cellules ciliées externes créent un véritable bruit, comme le bruit d'un moteur à explosion, imperceptible par le sujet mais qui peut être enregistré et constitue ce qu'on appelle les otoémissions. La mesure de ces otoémissions objective les capacités de discrimination fréquentielle de l'oreille interne.

PATTERN : éventail d'informations disposées de manière caractéristique, permettant l'identification de l'élément qu'elles représentent ou dont elles proviennent.

PHONÈME : élément sonore le plus bref contribuant à la constitution de la sonorité des différents mots. La liste des phonèmes, même si elle en est proche, est plus longue que celle des voyelles et consonnes réunies, surtout si elle se veut internationale.

PLANUM TEMPORAL : aire auditive secondaire très importante. À gauche, il jouxte l'aire de Wernicke, impliquée dans la réception et l'intégration du langage. En outre, il est, à gauche, non seulement plus développé chez les droitiers, mais il l'est aussi davantage chez les musiciens professionnels que chez les sujets non musiciens. (Voir chap. II, p. 237.)

PRESBYACOUSIE : surdité de la sénescence. (Voir chap. VII, p. 352.)

RECRUTEMENT : distorsion de la sensation d'intensité. Le recrutement apprécie le pincement de la plage d'intensité sonore, qui sépare le seuil liminaire du patient — c'est-à-dire l'intensité la plus faible pour laquelle un son est perçu — du seuil pour lequel le son, soudain trop fort, devient douloureux. On appelle cette plage la dynamique du sujet.

SAVART : les variations de sensation de fréquence, comme celles d'intensité, se mesurent de manière logarithmique. Analogue au dB, l'unité qui les exprime, le savart, du nom d'un luthier du siècle dernier, est égal à mille fois la valeur du logarithme de ce rapport fréquentiel, qui est une fraction dont la note la plus haute constitue le numérateur. Le savart est pratiquement le plus petit intervalle de fréquence perceptible par l'oreille humaine la plus fine. Il correspond à peu près à la trois centième partie d'une octave.

SCISSURE DE ROLANDO : voir chap. II, p. 189.

SCISSURE DE SYLVIUS : voir chap. II, p. 189.

SPECTRE FRÉQUENTIEL : représentation imagée ou chiffrée de la valeur de chacune des fréquences composant un signal sonore. La composition de cet éventail spectral peut varier en fonction du temps.

SPIKE : onde de dépolarisation parcourant la fibre nerveuse à une vitesse variable. Le terme *spike* (en anglais, pointe) traduit l'expression visuelle habituellement très brève sur un oscilloscope de l'enregistrement de cette activité nerveuse électrique.

SYNAPSE : mode de connexion entre un neurone et soit d'autres neurones, soit l'organe qu'il est chargé d'innerver.

TEMPORAL : adjectif qualifiant un élément ayant trait au lobe temporal du cerveau. À ne pas confondre avec « temporel », qui apprécie la relation d'un phénomène avec l'écoulement du temps.

TONIE : fonction auditive qui apprécie la hauteur d'un son, et à propos de deux sons permet de préciser celui qui est grave et celui qui est aigu.

TONOTOPIQUE : adjectif qualifiant une répartition ordonnée des sonorités en fonction de leur fréquence sur un site anatomique ou théorique (graphique).

TROU FRÉQUENTIEL : au sein d'un éventail fréquentiel de sonorités émises ou perçues à des intensités variées, un trou fréquentiel définit une plage de fréquences dont l'intensité est nulle.

VIBRATO : oscillation légère de la fréquence d'un son émis par un instrument (ou une voix). La fréquence de cette oscillation, de quelques hertz, fait l'objet de jugements esthétiques.

VOISEMENT : représentation du son fondamental fourni par la vibration des cordes vocales au sein du spectre fréquentiel de certaines consonnes, permettant par exemple de distinguer *v* de *f*, ou bien *z* de *s*, ou enfin *j* de *ch*.

NOTES

I

LE MESSAGE SONORE : LES SONS, LA PAROLE, LE CHANT, LA MUSIQUE

1. L. Demany, « Perception de la hauteur tonale », *in* M. C. Botte, G. Canevet, L. Demany, C. Sorin, *Psychoacoustique et perception auditive*, Paris, Inserm, 1989, p. 56-58.

2. R. J. Zatorre, « Pitch perception of complex tones and human temporal lobe function », *Journal of the Acoustical Society of America*, 84, 1988, p. 566-572.

3. http://www.nexusjournal.com/guardian.html

4. S. Crottaz-Herbette, R. Ragot, « Perception of complex sounds : N1 latency codes pitch and topography codes spectra », *Clinical Neurophysiology*, 111, 2000, p. 1759-1766.

5. http://www.community.pima.edu/users/larry/fracmus.htm

6. M. Ouayoun, V. Péan, B. Meyer, C.-H. Chouard, « A study of speech fractal dimension », *Acta Otolaryngologica* (Stockholm), 119, 1999, p. 261-266.

7. M. Ouayoun, V. Péan, J. Genin, G. Bachelot, C. Fugain, B. Meyer, C-H. Chouard, « Asynchronous Interleaved Stimulation (AIS) : a new speech coding strategy for cochlear implant », *Acta Otolaryngologica* (Stockholm), 117, 1997, p. 182-186.

8. R. J. Zatorre, « Mécanismes cérébraux pour le traitement spectral et temporel pertinent à la musique et à la

parole », *in* L. Collet, Y. Christen, *Rencontres IPSEN en ORL-4*, Paris, Irvinn, 2000, p. 5-18.

9. K. Omori, A. Kacker, L. M. Carroll, W. D. Riley, « Blaugrund SM. Singingpower ratio : quantitative evaluation of singing voice quality », *Journal of Voice*, 10, 1996, p. 228-235.

II

DES ORGANES POUR ENTENDRE

1. M. C. Liberman, J. Gao, D. Z. He, X. Wu, S. Jia, J. Zuo, « Prestin is required for electromotility of the outer hair cell and for the cochlear amplifier », *Nature*, 419 (6904), 2002, p. 300-304.

2. O. E. Kelly, D. H. Johnson, B. Delgutte, P. Cariani, « Fractal noise strength in auditory-nerve fiber recordings », *J. Acoust. Soc. Am.*, 99, 1996, p. 2210-2220.

3. A. Dancer, « Biomécanique de l'audition », *in* J. M. Aran, A. Dancer, J. M. Dolmazon, R. Pujol, P. Tran Ba Huy, *Physiologie de la cochlée*, Paris, Inserm, 1988, p. 27-73.

4. J. Ohgushi, « On the role of temporal cues in frequency recognition », *JASA*, 64, 1978, p. 764-771.

5. A. M. Brown, S. L. Sheppard, P. T. Russell, « Acoustic distortion products (ADP) from the ears of term infants and young adults using low stimulus levels », *British Journal of Audiology*, 28, 1994, p. 273-280. S. L. Sheppard, A. M. Brown, P. T. Russell, « Feasibility of acoustic distortion product testing in newborns », *Br. J. Audiol.*, 30, 1996, p. 261-274.

6. S. Khalfa, E. Veuillet, L. Collet, « Influence of handedness on peripheral auditory asymetry », *European Journal of Neuroscience*, 10, 1998, p. 2731-2737.

7. C. Pantec, R. Oostenveld, A. Engelien *et al.*, « Increased auditory cortical representation in musicians », *Nature*, 392, 1998, p. 811-814. G. Schlaug, L. Jäncke, Y. Huang *et al.*, « Increased corpus callosum size in musicians », *Neuropsychologia*, 33. 1995, p. 1047-1055.

8. B. Lechevallier, H. Platel, F. Eustache, *Neuropsychologie et psychologie cognitive de la perception musicale*, Bruxelles, De Boeck & Larcier, 2006.

9. R. Pujol, « Anatomie fonctionnelle de la cochlée », in *Physiologie de la cochlée, op. cit.*, p. 5-26.

10. R. Houdart, « Le langage de l'homme et l'immaturité du cerveau à la naissance », *Bulletin de l'Académie nationale de médecine*, 181, 1997, p. 1153-1161.

11. M. J. Spence, M. S. Freeman, « Newborn infants prefer the maternal low-pass filtered voice, but not the maternal whispered voice », *Infant Behavior and Development*, 19, 1996, p. 199-212.

12. T. Nazzi, C. Flocia, J. Bertoncini, « Discrimination of pitch contours by neonates », *Infant Behavior and Development*, 21, 1998, p. 779-784.

13. N. Masataka, « Preference for infant directed singing in 2-days-old hearing infants of deaf parents », *Developmental Psychology*, 35, 1999, p. 1001-1005.

14. S. McAdams, J. Bertoncini, « Organization and discrimination of repeating sound sequences by newborn infants », *J. Acoust. Soc. Am.*, 89, 1997, p. 243-258.

15. M. G. Clarkson, R. K. Clifton, « Infant pitch perception : evidence for responding to pitch categories and the missing fundamental », *J. Acoust. Soc. Am.*, 77, 1985, p. 1521-1528.

16. D. Robertson, D. R. Irvine, « Plasticity of frequency organization in auditory cortex of guinea pigs with partial unilateral deafness », *Journal of Comparative Neurology*, 282, 1989, p. 456-471.

17. C.-H. Chouard, B. Meyer, P. Josset, J. F. Buche, « The effect of the acoustic nerve chronic electrical stimulation upon the guinea pig cochlear nucleus development », *Acta Otolaryngologica* (Stockholm), 95, 1983, p. 639-645.

III

LES CHEMINS DE LA MUSIQUE

1. D. Kimura, « Cerebral dominance and the perception of verbal stimuli », *Canadian Journal of Psychology*, 15, 1961, p. 166-171.

2. A. Burton, N. Morton, S. Abbess, « Mode of processing and hemisphere differences in the judgement of musical stimuli », *Br. J. Psychol.*, 80, 1989, p. 169-180.

3. G. Schlaug, L. Jäncke, Y. Huang *et al.*, « Increased corpus callosum size in musicians », *op. cit.*

4. G. Schlaug, L. Jäncke, Y. Huang *et al.*, « In vivo evidence of structural brain asymetry in musicians », *Sciences*, 267, 1995, p. 699-701.

5. B. Lechevallier, « La perception des sons musicaux : apport de la caméra à positons », *Bulletin de l'Académie nationale de médecine*, 181, 1997, p. 1191-1200.

6. J. Gandour, D. Wong, G. Hutchins, « Pitch processing in the human brain is influenced by language experience », *Neuroreport*, 9, 1998, p. 2115-2119.

7. Y. I. Fishman, D. H. Reser, J. C. Arezzo *et al.*, « Pitch *vs* spectral encoding of harmonic complex in primary auditory cortex of the awake monkey », *Brain Research*, 786, 1998, p. 18-30.

8. R. J. Zatorre, « Pitch perception of complex tones and human temporal lobe function », *op. cit.*

9. S. Evers, J. Dannaert, D. Rödding *et al.*, « The cerebral haemodynamics of music perception. A transcranial Doppler sonography study », *Brain*, 122, 1999, p. 75-85.

10. C. Liegeois-Chauvel, I. Peretz, M. Babaï *et al.*, « Contribution of different cortical areas in the temporal lobes to music processing », *Brain*, 121, 1998, p. 1853-1867.

11. D. W. Perry, R. J. Zatorre, M. Petrides *et al.*, « Localization of cerebral activity during simple singing », *Brain Imaging*, 10, 1999, p. 3453-3458.

12. C. Liegeois-Chauvel, I. Peretz, M. Babaï *et al.*, *op. cit.*

13. D. Gaudreau, I. Peretz, « Implicit and explicit memory for music in old and young adults », *Tennet IX*, Academic Press, 1999, p. 126-129.

14. C. Pantec, R. Oostenveld, A. Engelien *et al.*, *op. cit.*

15. E. Altenmuller, W. Gruhn, D. Parlitz, J. Kahrs, « Music learning produces changes in brain activation patterns : a longitudinal DC-EEG study », *International Journal of Arts Medicine*, 5, 1997, p. 28-33.

IV

LES AVENTURES DU DIAPASON

1. Conseil de l'Europe, note de la Division des Affaires culturelles, « La normalisation du diapason », 67-69 VI 323.

2. E. Leipp, M. Castellengo, « Du diapason et de sa relativité », *La Revue musicale*, 294, 1977, p. 5-39.

V

L'OREILLE ABSOLUE

1. C.-H. Chouard, « Étude environnementale et électrophysiologique de l'oreille absolue », *Bulletin de l'Académie nationale de médecine*, 174, 1990, p. 17-28.

2. J. Profita, T. G. Bidder, « Perfect pitch », *American Journal of Medical Genetics*, 29, 1988, p. 763-771.

3. G. C. Crummer, J. P. Walton, J. W. Wayman *et al.*, « Neural processing of musical timbre by musicians, nonmusicians, and musicians possessing absolute pitch », *J. Acoust. Soc. Am.*, 94, 1994, p. 2720-2727.

4. G. Schlaug, L. Jäncke, Y. Huang *et al.*, « Increased corpus callosum size in musicians », *op. cit.*

5. R. Salmelin, A. Schnitzler, L. Parkkonen *et al.*, « Native language, gender, and functional organization of the auditory cortex », *Proceedings of the National Academy of Sciences of the USA*, 96, 1999, p. 10460-10465.

6. S. Baharloo, « Absolute pitch : an approach for identification of genetic and nongenetic components », *American Journal of Human Genetics*, 62, 1998, p. 224-231. P. K. Gregersen, E. Kowalsky, N. Kohn *et al.*, « Absolute pitch : prevalence, ethnic variation and estimation of the genetic component », *Am. J. Hum. Genet.*, 65, 1999, p. 911-913.

7. L. Xu, J. Tsai, K. Franck, B. E. Pfingst, « Temporal and spectral features of tone languages : implications for cochlear implants », Washington DC, Collegium ORLAS Congress, 2000.

8. T. L. Hubbard, K. Stoeckig, « Musical imagery : generation of tones and chords », *Journal of Experimental Psychology : Learning, Memory, and Cognition*, 14, 1988, p. 656-667.

9. G. Zwang, *Le diapason*, Montpellier, Éditions Sauramps, 1998.

10. W. D. Ward, E. M. Burn, « Absolute pitch », in *The Psychology of Music*, D. Deutsch (dir.), New York, Academic Press, 1982. J. Profita, T. G. Bidder, *op. cit.*

11. B. Monsaingeon, *Interview de Sviatoslav Richter : Richter l'insoumis*, DVD et VHS publiés aux éditions NVC Arts, filiale de Warner Music Group Company, http:/ / www.nvcarts.com, en coproduction avec La Sept/Arte, 1998.

VI

OREILLE MUSICIENNE, SEXE ET DOMINANCE CÉRÉBRALE

1. H. G. Houston, R. J. McClelland, « Age and gender contributions in intersubjects variability of the auditory brainstem potentials », *Biological Psychiatry*, 20, 1985, p. 419-430.

2. R. C. Bilger, M. L. Matthies, D. R. Hammel *et al.*, « Genetic implications of gender differences in the prevalence of spontaneous otoacoustic emissions », *Journal of Speech and Hearing Research*, 33, 1990, p. 418-432.

3. A. Martinez Ibarguen, F. Santaolalla Montoya, A. Sanchez del Rey *et al.*, « Standard parameters of distortion products », *Acta Otorhinolaryngologica Belgica*, 46, 1995, p. 247-252.

4. B. P. Kimberley, D. K. Brown, J. J. Eggermont, « Measuring human cochlear traveling wave delay using distortion product emission phase responses », *J. Acoust. Soc. Am.*, 94, 1993, p. 1343-1350.

5. D. McFadden, « A masculinizing effect on the auditory systems of human females having male co-twins », *Proc. Natl. Acad. Sci. USA*, 90, 1993, p. 11900-11904.

6. D. McFadden, E. G. Pasanen, « Comparison of the auditory systems of heterosexuals and homosexuals : click-evoked otoacoustic emissions », *Proc. Natl. Acad. Sci. USA*, 95, 1998, p. 2709-2713.

7. N. Geschwind, « Cerebral dominance in biological perspective », *Neuropsychologia*, 22, 1984, p. 675-683.

8. R. C. Oldfield, « The assessment and analysis of handedness : the Edinburg inventory », *Neuropsychologia*, 9, 1971, p. 97-113.

9. N. Geschwind, A. M. Galaburda, « Cerebral lateralization. Biological mechanisms, associations and pathology », *Archives of Neurology*, 42, 1985, p. 428-654.

10. J. Smith, « Left-handedness : its association with allergic disease », *Neuropsychologia*, 25 (4), 1987, p. 665-674. M. Habib, M. Ceccaldi, « Immunité et latéralisation hémisphérique du cerveau », *Semaine des hôpitaux de Paris*, 65, 1989, p. 1207-1214. W. F. MacKeever, D. A. Rich, « Left handedness and immune disorders », *Cortex*, 26, 1990, p. 33-40. A. Searleman, A. K. Fugagli, « Suspected autoimmune disorders and left-handedness : evidence from individuals with diabetes, Crohn's disease and ulcerative colitis », *Neuropsychologia*, 25, 1987, p. 367-374.

11. A. Leroi-Gourhan, *Le geste et la parole*, Paris, Albin Michel, 1964.

12. B. D. Smith, M. Meyers, R. Kline, « Parietal processing of affect and cognition : cerebral organization in

strongly lateralized left-handed subjects », *Biol. Psychol.*, 29, 1969, p. 11-26.

13. M. Annett, « Hand preference and the laterality of cerebral speech », *Cortex*, 11, 1975, p. 305-328.

14. S. D. Moffat, E. Hampson, D. H. Lee, « Morphology of the planum temporale and corpus callosum in left-handers with evidence of left and right hemisphere speech representation », *Brain*, 121, 1998, p. 2369-2379. S. F. Witelson, « The brain connection : the corpus callosum is larger in left-handers », *Science*, 229, 1989, p. 665-668.

15. P. Soros, S. Knecht, T. Imai, S. Gürtler, B. Lütkenhöner, E. B. Ringelstein, H. Henningsen, « Cortical asymetries of the human somatosensory hand representation in right and left-handers », *Neuroscience Letters*, 271, Elsevier Science Ireland, 1999.

16. B. D. Smith, M. Meyers, R. Kline, « For better or for worse : left-handedness, pathology, and talent », *Journal of Clinical and Experimental Neuropsychology*, 11, 1989, p. 944-958.

17. Y. Guiard, « Prévalence latérale et spécialisation hémisphérique : le gaucher dans l'élite sportive », *Psychologie française*, 27, 1982, p. 285-297.

18. C. P. Benbow, « Physiological correlates of extreme intellectual precocity », *Neuropsychologia*, 24, 1986, p. 719-725.

19. J. M. Peterson, L. M. Lansky, « Success in architecture : a research note », *Perceptual and Motor Skills*, 57, 1983, p. 222.

20. M. Annett, M. Manning, « The disavantages of dextrality for intelligence », *British Journal of Psychology*, 80, 1989, p. 213-236.

21. D. Pignon, *La main sauvage*, Paris, Ramsay, 1987.

22. M. C. Neale, « Handedness in a sample of volunteer twins », *Behavior Genetics*, 18, 1988, p. 69-79.

23. S. Khalfa, E. Veuillet, L. Collet, *op. cit.*

24. L. Collet, C. Micheyl, S. Khalfa, X. Perrot *et al.*, « Difference in cochlear efferent activity between musicians and non-musicians », *NeuroReport*, 8, 1997, p. 1047-1050.

25. V. Laguitton, L. Demany, C. Semal, « Pitch perception : a difference between right and left handed listeners », *Neuropsychologia*, 36, 1998, p. 201-207.

26. C. P. Benbow, *op. cit.*

27. M. Hassler, D. Gupta, « Functional brain organization, handedness, and immune vulnerability in musicians and no musicians », *Neuropsychologia*, 31, 1993, p. 655-660.

28. C.-H. Chouard, « Contribution à l'étude de la latéralité chez les musiciens professionnels », *Annales d'otolaryngologie*, 108, 1991, p. 181-184.

VII

LES SOUFFRANCES DE L'OREILLE MUSICIENNE

1. C.-H. Chouard, « Les nuisances sonores dans la ville », in *Santé dans la ville*, Paris, Académie des Sciences/Éditions Elsevier, 2001, p. 657-660.

2. A. Axelsson, F. Lindgren, « Hearing in classical musicians », *Acta Otolaryngologica*, 377 (suppl.), 1981, p. 3-74.

3. Y. F. Cudennec, P. Buffe, « Évaluation de l'audition chez les musiciens de la garde républicaine », *Revue interne du Service de santé des forces armées*, 67, 1994, p. 234-252.

4. C. Meyer-Bisch, « Epidemiological evaluation of hearing damage related to strongly amplified music (1364 subjects) », *Audiology*, 35, 1996, p. 121-142.

5. K. Karlsson, P. G. Lundquist, T. Olaussen, « The hearing of symphony orchestra musicians », *Scandinavian Audiology*, 12, 1983, p. 257-264.

6. M. J. de Klaver, M. A. van Rijn, J. Marinus, W. Soede, J. A. de Laat, J. J. van Hilten, « Hyperacusis in patients with complex regional pain syndrome related dystonia », *Journal of Neurology, Neurosurgery, and Psychiatry*, 2007, 78 (12), p. 1310-1313.

7. G. Andersson, L. Jüris, V. Kaldo, D. M. Baguley, H. C. Larsen, L. Ekselius, « Hyperacusis — an unexplored field. Cognitive behavior therapy can relieve problems in

auditory intolerance, a condition with many questions », *Lakartidningen*, 102 (44), 2005, p. 3210-3212.

ANNEXE
L'EXPLORATION DE L'AUDITION

1. E. C. Hantz, K. G. Kreilick, E. W. Marvin *et al.*, « Absolute pitch and sex affect event-related potential activity for a melodic interval discrimination task », *J. Acoust. Soc. Am.*, 102, 1997, p. 451-460.

2. D. Le Bihan, « Qu'attendre de l'IRM dans l'exploration du système nerveux central ? », *Bulletin de l'Académie nationale de médecine*, 183, 1999, p. 487-507. http://www-dsv.cea.fr/neurospin/

3. L. Garnero, S. Baillet, B. Renault, « Magnétoencéphalographie/électroencéphalographie et imagerie cérébrale fonctionnelle », *Annales de l'Institut Pasteur*, 9, 1998, p. 215-226.

4. http://www-centre-saclay.cea.fr/streaming/domain7/2007/6/m157/index.html

Appendices

DU MÊME AUTEUR

ENTENDRE SANS OREILLE, Robert Laffont, 1978.

VAINCRE LA SURDITÉ. Progrès et promesses, Éditions du Rocher, 1995.

DANS LA COLLECTION FOLIO / ESSAIS

370 Collectif : *Genre et politique (Débats et perspectives).*
371 Denys Riout : *Qu'est-ce que l'art moderne ?*
372 Walter Benjamin : *Œuvres I.*
373 Walter Benjamin : *Œuvres II.*
374 Walter Benjamin : *Œuvres III.*
375 Thomas Hobbes : *Léviathan (ou Matière, forme et puissance de l'État chrétien et civil).*
376 Martin Luther : *Du serf arbitre.*
377 Régis Debray : *Cours de médiologie générale.*
378 Collectif : *L'enfant.*
379 Schmuel Trigano : *Le récit de la disparue (Essai sur l'identité juive).*
380 Collectif : *Quelle philosophie pour le XXIe siècle ?*
381 Maurice Merleau-Ponty : *Signes.*
382 Collectif : *L'amour de la haine.*
383 Collectif : *L'espace du rêve.*
384 Ludwig Wittgenstein : *Grammaire philosophique.*
385 George Steiner : *Passions impunies.*
386 Sous la direction de Roland-Manuel : *Histoire de la musique I, vol. 1. Des origines à Jean-Sébastien Bach.*
387 Sous la direction de Roland-Manuel : *Histoire de la musique I, vol. 2. Des origines à Jean-Sébastien Bach.*
388 Sous la direction de Roland-Manuel : *Histoire de la musique II, vol. 1. Du XVIIIe siècle à nos jours.*
389 Sous la direction de Roland-Manuel : *Histoire de la musique II, vol. 2. Du XVIIIe siècle à nos jours.*
390 Geneviève Fraisse : *Les deux gouvernements : la famille et la Cité.*
392 J.-B. Pontalis : *Ce temps qui ne passe pas* suivi de *Le compartiment de chemin de fer.*
393 Françoise Dolto : *Solitude.*
394 Marcel Gauchet : *La religion dans la démocratie. Parcours de la laïcité.*
395 Theodor W. Adorno : *Sur Walter Benjamin.*

396 G. W. F. Hegel : *Phénoménologie de l'Esprit, I.*
397 G. W. F. Hegel : *Phénoménologie de l'Esprit, II.*
398 D. W. Winnicott : *Jeu et réalité.*
399 André Breton : *Le surréalisme et la peinture.*
400 Albert Camus : *Chroniques algériennes 1939-1958 (Actuelles III).*
401 Jean-Claude Milner : *Constats.*
402 Collectif : *Le mal.*
403 Schmuel Trigano : *La nouvelle question juive (L'avenir d'un espoir).*
404 Paul Valéry : *Variété III, IV et V.*
405 Daniel Andler, Anne Fagot-Largeault et Bertrand Saint-Sernin : *Philosophie des sciences, I.*
406 Daniel Andler, Anne Fagot-Largeault et Bertrand Saint-Sernin : *Philosophie des sciences, II.*
407 Danilo Martuccelli : *Grammaires de l'individu.*
408 Sous la direction de Pierre Wagner : *Les philosophes et la science.*
409 Simone Weil : *La Condition ouvrière.*
410 Colette Guillaumin : *L'idéologie raciste (Genèse et langage actuel).*
411 Jean-Claude Lavie : *L'amour est un crime parfait.*
412 Françoise Dolto : *Tout est langage.*
413 Maurice Blanchot : *Une voix venue d'ailleurs.*
414 Pascal Boyer : *Et l'homme créa les dieux (Comment expliquer la religion).*
415 Simone de Beauvoir : *Pour une morale de l'ambiguïté* suivi de *Pyrrhus et Cinéas.*
416 Shihâboddîn Yahya Sohravardî : *Le livre de la sagesse orientale (Kitâb Hikmat al-Ishrâq).*
417 Daniel Arasse : *On n'y voit rien (Descriptions).*
418 Walter Benjamin : *Écrits français.*
419 Sous la direction de Cécile Dogniez et Marguerite Harl : *Le Pentateuque (La Bible d'Alexandrie).*
420 Harold Searles : *L'effort pour rendre l'autre fou.*
421 Le Talmud : *Traité Pessahim.*
422 Ian Tattersall : *L'émergence de l'homme (Essai sur l'évolution et l'unicité humaine).*

423 Eugène Enriquez : *De la horde à l'État (Essai de psychanalyse du lien social).*
424 André Green : *La folie privée (Psychanalyse des cas-limites).*
425 Pierre Lory : *Alchimie et mystique en terre d'Islam.*
426 Gershom Scholem : *La Kabbale (Une introduction. Origines, thèmes et biographies).*
427 Dominique Schnapper : *La communauté des citoyens.*
428 Alain : *Propos sur la nature.*
429 Joyce McDougall : *Théâtre du corps.*
430 Stephen Hawking et Roger Penrose : *La nature de l'espace et du temps.*
431 Georges Roque : *Qu'est-ce que l'art abstrait ?*
432 Julia Kristeva : *Le génie féminin, I. Hannah Arendt.*
433 Julia Kristeva : *Le génie féminin, II. Melanie Klein.*
434 Jacques Rancière : *Aux bords du politique.*
435 Herbert A. Simon : *Les sciences de l'artificiel.*
436 Vincent Descombes : *L'inconscient malgré lui.*
437 Jean-Yves et Marc Tadié : *Le sens de la mémoire.*
438 D. W Winnicott : *Conversations ordinaires.*
439 Patrick Pharo : *Morale et sociologie (Le sens et les valeurs entre nature et culture).*
440 Joyce McDougall : *Théâtres du je.*
441 André Gorz : *Les métamorphoses du travail.*
442 Julia Kristeva : *Le génie féminin, III. Colette.*
443 Michel Foucault : *Philosophie (Anthologie).*
444 Annie Lebrun : *Du trop de réalité.*
445 Christian Morel : *Les décisions absurdes.*
446 C. B. Macpherson : *La theorie politique de l'individualisme possessif.*
447 Frederic Nef : *Qu'est-ce que la métaphysique ?*
448 Aristote : *De l'âme.*
449 Jean-Pierre Luminet : *L'Univers chiffonné.*
450 André Rouillé : *La photographie.*
451 Brian Greene : *L'Univers élégant.*
452 Marc Jimenez : *La querelle de l'art contemporain.*
453 Charles Melman : *L'Homme sans gravité.*
454 Nûruddîn Abdurrahmân Isfarâyinî : *Le Révélateur des Mystères.*

455 Harold Searles : *Le contre-transfert.*
456 Le Talmud : *Traité Moed Katan.*
457 Annie Lebrun : *De l'éperdu.*
458 Pierre Fédida : *L'absence.*
459 Paul Ricœur : *Parcours de la reconnaissance.*
460 Pierre Bouvier : *Le lien social.*
461 Régis Debray : *Le feu sacré.*
462 Joëlle Proust : *La nature de la volonté.*
463 André Gorz : *Le traître* suivi de *Le vieillissement.*
464 Henry de Montherlant : *Service inutile.*
465 Marcel Gauchet : *La condition historique.*
466 Marcel Gauchet : *Le désenchantement du monde.*
467 Christian Biet et Christophe Triau : *Qu'est-ce que le théâtre ?*
468 Trinh Xuan Thuan : *Origines (La nostalgie des commencements).*
469 Daniel Arasse : *Histoires de peintures.*
470 Jacqueline Delange : *Arts et peuple de l'Afrique noire (Introduction à une analyse des créations plastiques).*
471 Nicole Lapierre : *Changer de nom.*
472 Gilles Lipovetsky : *La troisième femme (Permanence et révolution du féminin).*
473 Michael Walzer : *Guerres justes et injustes (Argumentation morale avec exemples historiques).*
474 Henri Meschonnic : *La rime et la vie.*
475 Denys Riout : *La peinture monochrome (Histoire et archéologie d'un genre).*
476 Peter Galison : *L'Empire du temps (Les horloges d'Einstein et les cartes de Poincaré).*
477 George Steiner : *Maîtres et disciples.*
479 Henri Godard : *Le roman modes d'emploi.*
480 Theodor W. Adorno/Walter Benjamin : *Correspondance 1928-1940.*
481 Stéphane Mosès : *L'ange de l'histoire (Rosenzweig, Benjamin, Scholem).*
482 Nicole Lapierre : *Pensons ailleurs.*
483 Nelson Goodman : *Manières de faire des mondes.*
484 Michel Lallement : *Le travail (Une sociologie contemporaine).*

485 Ruwen Ogien : *L'Éthique aujourd'hui (Maximalistes et minimalistes).*
486 Sous la direction d'Anne Cheng, avec la collaboration de Jean-Philippe de Tonnac : *La pensée en Chine aujourd'hui.*
487 Merritt Ruhlen : *L'origine des langues (Sur les traces de la langue mère).*
488 Luc Boltanski : *La souffrance à distance (Morale humanitaire, médias et politique)* suivi de *La présence des absents.*
489 Jean-Marie Donegani et Marc Sadoun : *Qu'est-ce que la politique ?*
490 G. W. F. Hegel : *Leçons sur l'histoire de la philosophie.*
491 Collectif : *Le royaume intermédiaire* (*Psychanalyse, littérature, autour de J.-B. Pontalis*).
492 Brian Greene : *La magie du Cosmos* (*L'espace, le temps, la réalité : tout est à repenser*).
493 Jared Diamond : *De l'inégalité parmi les sociétés* (*Essai sur l'homme et l'environnement dans l'histoire*).
494 Hans Belting : *L'histoire de l'art est-elle finie ?* (*Histoire et archéologie d'un genre*).
495 J. Cerquiglini-Toulet, F. Lestringant, G. Forestier et E. Bury (sous la direction de J.-Y. Tadié) : *La littérature française : dynamique et histoire I.*
496 M. Delon, F. Mélonio, B. Marchal et J. Noiray, A. Compagnon (sous la direction de J.-Y. Tadié) : *La littérature française : dynamique et histoire II.*
497 Catherine Darbo-Peschanski : *L'*Historia (*Commencements grecs*).
498 Laurent Barry : *La parenté.*
499 Louis Van Delft : *Les moralistes. Une apologie.*
500 Karl Marx : *Le Capital* (*Livre I*).
501 Karl Marx : *Le Capital* (*Livres II et III*).
502 Pierre Hadot : *Le voile d'Isis* (*Essai sur l'histoire de l'idée de Nature*).
503 Isabelle Queval : *Le corps aujourd'hui.*
504 Rémi Brague : *La loi de Dieu* (*Histoire philosophique d'une alliance*).
505 George Steiner : *Grammaires de la création.*

Composition Nord Compo.
Impression CPI Bussière
à Saint-Amand (Cher), le 23 février 2009.
Dépôt légal : février 2009.
Numéro d'imprimeur : 090659/1.
ISBN 978-2-07-037958-3./Imprimé en France.

163970